レディ・エミリーの事件帖
円舞曲は死のステップ

ターシャ・アレクサンダー

さとう史緒 訳

A FATAL WALTZ
BY TASHA ALEXANDER
TRANSLATION BY SHIO SATO

A FATAL WALTZ
BY TASHA ALEXANDER

Published by K.K. HarperCollins Japan, 2017

自分の本を大声で読み上げるのが
大好きなザンダーへ

田舎では誰もが善人になれる。
そこには誘惑するものがないから。

——オスカー・ワイルド『ドリアン・グレイの肖像』より

レディ・エミリーの事件帖

円舞曲は死のステップ

エミリーを取り巻く人々

◆**エミリー**（カリスタ）
ブロムリー伯爵の娘。新婚の夫フィリップ（アシュトン子爵）を亡くし、未亡人に。古代ギリシャ文学および芸術をこよなく愛している。

◆**コリン・ハーグリーヴス**
独立独歩でわが道を行く個性派紳士。公にできないような事件を調査するため、バッキンガム宮殿へ呼び出されることもしばしば。

◆**セシル・ドゥ・ラック**
成熟世代に達したフランス人女性。因習などにはいっさいとらわれない、突きぬけた発想の持ち主。芸術家のパトロンも務めている。

◆**アイヴィー・ブランドン**
エミリーの親友。知性と気品を併せ持つ、典型的な英国美人。

◆**ロバート・ブランドン**
アイヴィーの夫。将来を嘱望される政治家。因習などにとらわれがちな、典型的な英国紳士。

◆**マーガレット・スワード**
鉄道事業で財を成した米国人実業家の娘。ブリンマーカレッジでラテン語を専攻。社交界のルールに縛られるのが大嫌い。

◆**キャサリン**
エミリーの母親。ブロムリー伯爵夫人。以前、ヴィクトリア女王の女官を務めていた。

◆**ジェレミー・シェフィールド**（ベインブリッジ公爵）
エミリーの幼友だち。人生の目標はふたつ。「一生結婚しないこと」と「英国でいちばんふがいない男になること」

◆デイヴィス　エミリーが全幅の信頼を置く、有能な執事。

◆メグ　エミリーのメイド。

◆オデット　セシルのメイド。

◆バジル・フォーテスキュー卿
ヴィクトリア女王の側近中の側近。女王の政治顧問として、英国のみならず、ヨーロッパ大陸でもっとも影響力のある切れ者として知られている。

◆ミセス・レイノルド＝プリンプトン
政治に並々ならぬ関心を寄せているレディ。フォーテスキュー卿の長年の愛人。

◆メアリー・フォーテスキュー　フォーテスキュー卿の三番目の妻。

◆ミスター・ハリソン　フォーテスキュー卿の政治的盟友。

◆ミスター・マイケルズ　オックスフォード大学の個別指導教員、ラテン語研究家。

◆フォン・ランゲ伯爵　ウィーンに住む伯爵。

◆クリスティアナ　フォン・ランゲ伯爵夫人。とびきり優雅なレディ。

◆グスタフ・シュレーダー　オーストリアの無政府主義者たちの集団を束ねるリーダー。

◆エリザベート（オーストリア皇后）
愛称シシィ。少女時代からのセシルの親友。
若い頃は類いまれな美貌の持ち主として有名だった。

◆ジュリアン・ノールズ卿　ロンドンの新聞社を所有している。

おもな登場人物

エミリー――未亡人。レディ・アシュトン
コリン・ハーグリーヴス――エミリーの婚約者
キャサリン――エミリーの母親。ブロムリー伯爵夫人
アイヴィー・ブランドン――エミリーの親友
ロバート・ブランドン――アイヴィーの夫
セシル・ドゥ・ラック――エミリーの友人。フランス人
マーガレット・スワード――エミリーの友人。米国人実業家の娘
ジェレミー・シェフィールド――エミリーの幼友だち。ベインブリッジ公爵
デイヴィス――エミリーの執事
メグ――エミリーのメイド
バジル・フォーテスキュー卿――ヴィクトリア女王の側近
メアリー・フォーテスキュー――フォーテスキュー卿の妻
ミスター・ハリソン――フォーテスキュー卿の政治的盟友
クリスティアナ――フォン・ランゲ伯爵夫人。コリンの元恋人
グスタフ・シュレーダー――オーストリアの無政府主義者集団のリーダー

1

彼女が到着したことに、わたしはまるで気づいていなかった。

差し出したその手にコリンが口づけた瞬間、彼女があまりに身を乗り出しすぎていたことや、コリンが一瞬驚いたような目をしたことにも。けれど、その日の午後じゅう、同じ部屋でふたりと過ごし（とにかく申し分のない経歴を持ち、やたらと人目を引くふたりなのだ）、彼らが親しげな会話を楽しんでいる様子を見るうちに、あるひとつの結論に達せざるをえなくなった。そう、コリンとこの女性は、ただの知り合い以上の関係であると。これまで考えもしなかった。まさか自分の婚約者に、これほど親しくしているべつの女性がいたなんて。

ことあるごとに、若いレディたちは群れをなしてコリン・ハーグリーヴスの気を惹こうとする。そういう光景は見慣れていたし、どちらかというといつも面白がって見ていた。何しろ、コリンはギリシャ彫刻（もちろんプラクシテレスの作品）のごとき整った容姿の、理想的な男性だ。社交界デビューを果たした若いレディたちが夢中になるのも、無理はない。

おまけに、コリンは莫大(ばくだい)な財産を持つうえ、家柄も申し分ない(その歴史は征服王ウィリアムの時代までさかのぼる)。さらに手入れの行き届いた、立派な領地も所有している。そういう意味では、レディたちの両親にとっても、まさに理想的な男性と言えるだろう。でも今日まで、わたしは女性にこんな接し方をするコリンを見たことがなかった。フォン・ランゲ伯爵夫人クリスティアナに対するコリンの態度は、それほど違っていたのだ。

「それに愛しい人(シャッツ)、知っているかしら? マインツ男爵夫人ときたら、フィレンツェの大聖堂(ドゥオーモ)にある門扉がティントレットの作品だと勘違いしていたのよ。ねえ、信じられる?」フォン・ランゲ伯爵夫人が言った。愛しい人? 伯爵夫人が親しげな声でコリンにそう呼びかけたことに、わたしは衝撃を受けていた。

「きっと、彼女には芸術の専門的知識がなかったんだろう」コリンが答える。

「専門的知識ですって? いやだわ、あの人は本当に芸術に関することをまるで知らないのよ。あなただってティントレットが何者かくらいご存じよね、レディ・アシュトン?」

「ええ、もちろん」そう答えたものの、ルネサンス芸術には明るくない。だから、それ以上言葉を続けることができなかった。

「ティントレットがあの門扉を作成するのがありえないのはなぜか、あなたならわかっているでしょう?」

「わたしの専門は古代芸術なの。イタリアのルネサンス芸術における微妙なニュアンスについて論じることはできないわ」

「あら、ニュアンス云々（うんぬん）は関係ないのよ。ティントレットは画家で、ギベルティは彫刻家だというだけ。ギベルティこそ、あの門扉の制作者にほかならないわ。かのミケランジェロが〝天国の門〟と賞賛したことで有名なの」伯爵夫人はふざけるように、コリンの腕を軽く押した。「もっと婚約者を教育する必要があるわね。あなたがマインツ男爵夫人みたいに愚かな女性と結婚するなんて、受け入れがたいもの」

「その点については心配してくれなくていい。エミリーは非常に聡明（そうめい）なんだ」

「まあ、いかにも恋に夢中な殿方の言いそうな台詞（せりふ）ね」そう言うと、伯爵夫人はわたしに背中を向けた。会話の輪からわたしを締め出すかのように。

「ちょっと失礼してもいいかしら」生きていると、気まずさに押しつぶされそうになる瞬間がある。優雅さや知性、いや、せめて一貫性くらいは保とうとしているのに、その目標が達成困難に思えてしまう瞬間だ。夜会服姿でキリマンジャロに登頂しようとする女性や、〝本当に成功した人生〟とはどういうものかという定義を娘に言い聞かせようとするわたしの母親だって、今のわたしほど目ざす目標を遠くに感じはしないだろう。こんな気持ちは一秒たりとも長く味わいたくない。だからこそふたりに断って立ち上がったのに、ドレスのシルクの裾に爪先が引っかかり、つまずいてしまった。あえて伯爵夫人のほうは見ないまま、ぶざまな振る舞いをしてしまったレディに許されるかぎりのありったけの威厳をかき集め、紅茶が用意されたテーブルへと向かう。

マホガニー材のテーブルの上にはサンドイッチやら、ビスケットやら、ケーキやら、ごちそうをのせた大皿がずらりと並んでいる。どれもおいしいに違いない。でも、きまり悪さのあまり食欲がないわたしは、紅茶だけ注ぐことにした。手の震えが抑えられず、金色の液体がこぼれたソーサーを手に、応接室の反対側の座席に腰をおろした。

「まったく、伯爵夫人は驚くべき女性だ。そうは思わないかい、レディ・アシュトン？」

真向かいの席に腰かけたのはフォーテスキュー卿だった。華奢で繊細な椅子が彼の体の重みでたわんでいる。「ハーグリーヴスとは大の仲よしなんだよ。もう何年も前からのつき合いだ。特にハーグリーヴスがヨーロッパ大陸にいたときには、切っても切れない関係だったんだ」

フォーテスキュー卿はヴィクトリア女王の側近中の側近であり、英国内で最大の権力を誇る人物とみなされている。そして残念ながら、わたしはそんな彼の怒りを買い、目をつけられてしまっていた。フォーテスキュー卿がわたしを嫌っているのと同じくらい、わたしも彼を嫌っているのは言うまでもない。こんな調子で数日間もここに閉じ込められたまま、どうやって過ごせばいいのだろう？　ここ〈ボーモント・タワーズ〉は、フォーテスキュー卿がヨークシャーにかまえる瀟洒な屋敷なのだ。

フォーテスキュー卿の質問には答えないまま、応接室の向こう側を見た。苔のような緑色をした長椅子の上で、ひとりの紳士がだらしなく手足を伸ばしている。

「トーマス卿は眠っているのかしら？　だとしたら、パーティの始まりとしては幸先がいいとは言えませんね」

「幸先がよくないといえば、きみらの結婚式の延期だな」フォーテスキュー卿がゆったりとした口調で言う。「だが、ハーグリーヴスにロシアへ来てもらう必要があった。どうしてもね」

コリンの求婚を受け入れたあと、わたしと彼はすぐにでも結婚するつもりでいた。ところが結婚式の二日前、彼は任務でサンクトペテルブルクに呼び出されてしまったのだ。〝細心の注意が必要な状況に対処するため〟と、コリンを呼び出したのは、ほかならぬフォーテスキュー卿に違いない。そして結婚式を延期した結果、さまざまな噂話や憶測が飛び交ったのは言うまでもなかった。というのも、家族からの重圧に負け、わたしたちは結婚式に数百人に及ぶ人々を招待してしまっていたからだ。

「ミセス・ブランドンによると、トーマス卿は議会で居眠りをするとんでもない癖がおありだとか。にもかかわらず、地元の有権者たちが彼を再選し続けているのが不思議でなりません」そう言うと、わたしは窓の外に広がる湿原を見つめた。

「伯爵夫人との仲が復活した以上、ハーグリーヴスもきみとの結婚を急ぐことはないだろう」フォーテスキュー卿が空のグラスを指で弾くと、すぐに従者がウィスキーを注ぎにやってきた。従者が下がるや否や、わたしの宿敵は攻撃を開始した。「率直に言わせてもらうよ、レディ・アシュトン。きみがハーグリーヴスにとって理想の妻になるとは思えない。だから持てる力を総動員して、きみたちの結婚を阻止するつもりだ」

「わたしなら、議会で居眠りができるかどうかわかりません」フォーテスキュー卿にかかわりたくなくて、わたしは自分の話題を続けた。「退屈な演説を延々と聞かされれば、どれほど政治に熱心な議員でもうとうとしてしまうのはわかります。ただ、議会にある長椅子の寝心地がいいとはどうしても思えないんです。でも絶対に、貴族院よりも庶民院のほうが活気があって眠くはならないはずだわ」部屋の向こう側では、伯爵夫人がコリンの近くへ椅子を引き寄せ、彼の椅子の肘かけにほっそりとした手をかけている。

「この話題を無視しようとしても無駄だ」フォーテスキュー卿が語気荒く言う。赤ら顔をいっそう真っ赤に染めながら。

「いいえ、そうは思いませんわ」とうとうわたしはフォーテスキュー卿と視線を合わせた。「あなたの話題を完全に無視しようと決意を固めていますから。わたしの私生活はあくまでわたしのものですので」目の前にいる鼻持ちならない男に〝この女は何にも動じない〟と思わせてやりたい。「それにしてもここは寒くないですか？　こんな大きなお屋敷全体を暖かくするのは、至難の業なんでしょうね」

「きみも早く身の程を知ったほうがいい。それも、早ければ早いほどいいだろう」

「フォーテスキュー卿、あなたとこんなふうに一時間ほど言い争いを続けていたら、それなりに楽しいでしょう。でも、せっかくこうして同席しているんです。それなら、この時間を言い争いに費やすよりもむしろ、自分が楽しめることに費やしたいと思います」わたしはとびきり魅力的な笑みをフォーテスキュー卿へ向けた。「さあ、もう一度はじめから。実は今回、あなたから招待状を受け取って本当にびっくりしたんです。たとえ渋々でも、ミスター・ブランドンの求めに応じてくださったなんて」

ロバート・ブランドンは、わたしの親友アイヴィーの夫だ。ロバートが政界入りしたのはつい最近のこと。機転がきき、しっかりした性格のロバートのことをフォーテスキュー卿も気に入ったらしく、いっぱしの政治家に育てようと本腰を入れている。このパーティへのわたしの参加を希望したのは、彼の妻アイヴィーだったのだ。

「本当にわたしが、ブランドンの妻のご機嫌を取るためにきみを招待したと考えているのかい？　知性があるという評判の割には、頭の回転が鈍いんだな」

今の発言に答える義務はない。残念ながら、フォーテスキュー卿以上にわたしの関心をとらえて放さない対象がいた。コリンだ。彼は熱心な表情で、知性あふれる美しい伯爵夫人の話に耳を傾けている。

それにしても、なんて魅力的な女性だろう。濃くて長いまつげに彩られた瞳をきらめかせ、唇にも赤みが差している。思わず下唇を噛(か)み、自分の唇もあれくらい赤くなりますようにと祈らずにはいられない。

　紅茶を飲み、どうにか気を鎮めようとした。ありがたいことに、そのとき隣の椅子に、ある女性が腰かけた。フローラ・クラヴェルだ。

「エミリー、あなたがこの前わたしたちの家で見つけたエトルリアの彫像を、ジェラルドが大英博物館へ寄贈することを決めたの」フローラと出会ったのは、彼女がトーマス卿の息子と結婚してすぐのことだ。それほど一緒の時間を過ごしているわけではないが、フローラとの会話はいつも楽しい。彼女は少女時代、ニューヨークでわたしの友人マーガレット・スワードと同じ学校に通っていた。けれど、それからブリンマーカレッジを卒業したマーガレットとは違い、フローラはそれ以上勉強を続けようとはしなかった。とはいえ、彼女が聡明なことに変わりはない。その証拠に、わたしが英国郊外の屋敷に埋もれているすばらしい芸術作品を見つけ出して目録作りをしているという話を聞くと、すぐに夫の領地へ招待してくれたのだ。

「すばらしいわ」わたしは答えた。「あなたのご家族には本当に感謝しているの。お屋敷にある芸術品をいつでも見に来ていい、と研究者たちにおっしゃってくださったんですもの。それに、あなたの蒐集(しゅうしゅう)している芸術品の目録作りも許してくれたこと、本当にありがたく思っているのよ」

「その件できみが骨を折っていると聞いたんだ」近づいてきたのは、ミスター・ハリソンだ。今日の午前中に、はじめて顔を合わせた男性だった。フォーテスキュー卿の政治的同志だという。背が高く、ひどく痩せている。ミスター・ハリソンはフォーテスキュー卿とがっしり握手を交わすと、彼の隣に座った。「本当にすばらしいことだと思うよ」

「ありがとうございます」

「広大な私有地の中をうろついて芸術品をあさる。そんな活動のどこがすばらしいんだか。考えただけでもぞっとするね」フォーテスキュー卿はそう言うと、ごくごくと喉を鳴らしてウィスキーを飲み干し、奇妙にも一瞬フローラをじっと見つめた。従者がすぐにやってきてグラスにお代わりを注ぐ。「レディ・アシュトン、どうしてそんなに人を悩ませてばかりいるんだ？　気の毒に、ビンガムはまだきみの不適切な振る舞いに文句を言い続けているんだぞ」

「それならミスター・ビンガムは何にでも文句を言われる方なのかもしれませんね。だって、わたしは不適切なことなど何もしていないんですもの。それにあなたもご存じのように、銀製の聖杯を大英博物館に寄贈したのは、ミスター・ビンガムご自身なんですから」

説得するのに社交シーズンいっぱいかかってしまったものの、わたしはその大勝利の余韻に酔いしれていた。ミスター・ビンガムが聖杯を手放すのを渋ったのは、聖杯そのものの価値を認めていたからではない。学術的な目的を追求しようとするレディのことを単に認めたくなかったからだ。少し想像力を働かせればすぐにわかる。ミスター・ビンガムとフォーテスキュー卿は大の仲よしなのだろう。もしもフォーテスキュー卿に友人がいるとすればの話だけれど。

「そんなことは知らん。彼と話してみないとな」

「ミスター・ビンガムも喜んで話してくださるはずです」そう答えつつも、わたしはふと気づいた。フローラが緊張した表情を浮かべている。いけない。相手がいかに鼻持ちならない男でも、少なくともとげとげしい会話にならないよう注意しなければ。とはいえ、正直言って驚いていた。まさかフローラがこれほどフォーテスキュー卿に関心を抱き、一心に見つめているなんて。それにフォーテスキュー卿もフローラに意味ありげな一瞥(いちべつ)をくれている。彼はかすかにうなずくと、フローラと視線を合わせ、一瞬うっとりしたように目を輝かせた。

「これはまたすばらしい」わたしに笑みを向けながら、ミスター・ハリソンが言った。「きみに面と向かって反論する相手を見たのは、いったいいつ以来だろう、フォーテスキュー？　あまりに昔のことでわたしには思い出せないよ。まさかレディがそんな偉業を成し遂げるとは」

「口のきき方に気をつけろ、ハリソン。戯言(たわごと)は聞きたくない」

「おふたりとも、いいかげんになさってください！」そう言ったのはフローラだ。「これは週末の議論の場ではなく、あくまで狩りのためのパーティなんですよ」ミスター・ハリソンはすぐに謝罪の言葉を口にした。フォーテスキュー卿はといえば、グラスを掲げてウィスキーのお代わりをしている。

部屋にアイヴィーが入ってきたのはそのときだ。濃い緑色のブロケード織りのドレスに身を包んでいる。いつもながら流行最先端のデザインだ。ウェストがありえないほど細く見え、袖は去年の流行よりもいちだんとふんわりしている。ようやく会話の輪からはずれる機会が訪れ、わたしは内心ほっとした。椅子を倒しそうな勢いでアイヴィーのもとへ駆けつけると、アイヴィーも負けないほど熱烈に抱擁を返してくれた。

「フォーテスキュー卿からやっとのことで逃れられたって感じね？」アイヴィーは低い声で言った。わたしたちはほかの招待客から少し離れた、部屋の向こう側にある窓辺の椅子に腰をおろした。もっと天気がよければ、窓からは湿原の絶景がのぞめただろう。いかにも英国ならではの、もっともロマンチックな風景と言っていい。だが実際には、濃い霧があたり一面を覆い、遠くのほうは霞（かす）んで見えなくなっていた。これはこれで悪くないわ、と心の中でつぶやく。屋敷に向かって大股でやってくるヒースクリフの姿が見えるようだ。

〈ボーモント・タワーズ〉の部屋全体に言えることだけれど、この応接室も贅（ぜい）を凝らした装飾だ。というか、これでもかというほど財力を見せびらかした印象が否めない。家具はすべて最上級のシルクかベルベットで布張りされ、寄木細工の床にはアキミンスター織りの絨毯が敷き詰められている。ただし高級品をずらりと並べたところで、そこにいる人間が落ち着きや癒しを感じられるとはかぎらない。実際、ここは友人をもてなす場所というよりはむしろ、儀式が執り行われる客殿のごとき印象だ。

噂によれば、この建物の大々的な内装変更を取りしきったのは、フォーテスキュー卿の長年の愛人ミセス・レイノルド＝プリンプトンで、彼女はこの応接室のしあがりをいたく気に入っているという。天井はすべて淡い藤色と緑、金色でまとめられており、少なくとも高さ六メートル以上はあるだろう。漆喰でしあげられた天井には、複雑に絡み合った薔薇を思わせる円花飾りがアクセントとして添えられている。壁の上から三分の二は茶色がかった灰色に塗られ、それを背景に金箔張りの菱形模様が延々と続いており、壁の残り三分の一には羽目板が張られていた。ただし、羽目板はあまりに色が濃すぎて重苦しい印象だ。おまけに、羽目板には等間隔でシェイクスピアの『ベニスの商人』の登場人物がごてごてと描かれていた。

「ここから逃げ出せたらいいのに」わたしはぽつりとつぶやいた。「あなたからの頼みじゃなければ、絶対にこんなところには来なかったわ、アイヴィー」

このパーティはさほど大規模なものではない。参加者の大半は、選ばれし政治家とその妻たちだ。男性たちは会議に没頭するか、野鳥狩りに出かけるかのどちらか。勢い、残されたレディたちは何もすることがなくなってしまう。狩猟をして楽しむ週末の、典型的なパターンと言えるだろう。

「フォーテスキュー卿がひどい人だというのはわかっているわ。だけど、彼はロバートにとてもよくしてくれているんだもの。本当にお世話になりっぱなしなの」ロバートが政界でめきめきと頭角を現しているのは、フォーテスキュー卿の支援があってのことだ。そのお返しに、ロバートはフォーテスキュー卿に比類なき忠誠心を捧(ささ)げている。

「どっちのほうが居心地悪いものなのかしら？　フォーテスキュー卿の愛弟子(まなでし)になるのと、彼の敵になるのと」わたしは何気なく尋ねた。「少なくとも敵になれば、彼と一緒の時間を過ごさなくてもすむでしょう？」

「あら、そんなことはないわ。フォーテスキュー卿はあえて敵もそばに置いておくようにしているの。だから今週末、ミスター・ハリソンもここへ呼ばれたのよ」

「そうなの？　つまり彼にとって〝いやな客〟はわたしだけじゃないってこと？」

「ねえエミリー、政治の話はよしましょう。それよりフォン・ランゲ伯爵夫人について何か知っている？　ウィーンでは、外交官補たちが彼女のことしか話していなかったわ。彼女の取り巻き連中は悪名高いんですって」

「いいえ、あのレディのことは何も知らないわ」わたしは眉をひそめた。「コリンからも何も聞いていなかったし」

「あのふたり、親しいみたいね。コリンはヨーロッパ大陸で仕事をしていたときから、伯爵夫人を知っていたに違いないわ」

「ええ。ご親切にも、さっきフォーテスキュー卿がそう教えてくれたわ」

「あらまあ！　こんな話はやめましょう」アイヴィーはそう言うと、声を落とした。「フォーテスキュー卿はやけにフローラ・クラヴェルと親密な様子よね？」

「わたしも気になっていたの。てっきり、彼はミセス・レイノルド＝プリンプトンに夢中だと思っていたのに」

ミセス・レイノルド＝プリンプトンは長年にわたってフォーテスキュー卿の妻の役割を果たすと同時に、政治問題でも彼を支えている。特に、競争相手にまつわる個人情報を彼に提供しているのはミセス・レイノルド＝プリンプトンだ。

ちなみに、フォーテスキュー卿はこれまで三度結婚している。最初の妻は夫婦で西インド諸島を訪れた際に熱病にかかって他界し、二番目の妻は出産のときに亡くなった。前妻ふたりと同じように、現在のフォーテスキュー卿の三番目の妻メアリーも、夫に愛人がいることを気にかけてはいないらしい。

「〝夢中〟というのは、正しい表現とは言えないかもしれないわ。でも、フォーテスキュー卿がミセス・レイノルド＝プリンプトンと別れたわけではないのは確かよ。先週末、ケント州にあるレディ・ケタボーのお屋敷でふたりを見かけたの。たしかに少しよそよそしい雰囲気だったけれど、ふたりの仲がまだ続いているのは明らかだったわ。ケタボーのお屋敷へ行ったことはある？」

「いいえ、ないわ」

「それはすばらしい温室があるのよ。あんなにたくさんの植物を見たのははじめて。それに――」

そのあと、ケタボーの領地のすばらしさをとうとうと語るアイヴィーの姿を、微笑ましく眺めていることもできただろう。けれどわたしは友人をさえぎった。先ほどの会話の続きをしたかったのだ。「ねえ、フローラはまさか、その……フォーテスキュー卿の……」

「そうは思わないわ」アイヴィーが答える。「でも、クラヴェル家の財政状況がかつてと同じとは思えない。噂によれば、少なくともカントリーハウスの半分を閉めてしまっているそうよ。しかも、どのお部屋もすぐに改装の必要があるんですって。きっと、フローラは夫の立場をもう少しよくしたいと考えているんじゃないかしら？　トーマス卿が亡くなっても、息子には遺産がほとんど入らないかもしれないもの」

「でも、フローラがフォーテスキュー卿と懇意にしても、彼女の夫の助けになるとは思えないわ。ジェラルドは政治家ではないもの」

「もしかして、そうなりたいと思っているのかもよ」アイヴィーが優美な眉を釣り上げる。

わたしは思わず微笑んだ。「政治家の妻という役割をずいぶん楽しんでいるようね？」

「ええ。大いに楽しんでいるわ」

誰かが咳払（せきばら）いをするのが聞こえ、わたしたちは顔を上げた。目の前に立っていたのは、爵位を表す飾りリボンをつけた紳士。はじめて見る顔だ。

「レディ・アシュトン、ミセス・ブランドン、失礼だが自己紹介をしてもいいだろうか？　紹介しにやってきてくれるのをずっと待っていたんだが、どうやら女主人はわたしが困っているのに気づかないらしい。こんなに美しいレディたちと話す機会を、あと一分でも先延ばしにしたくないと思ってね。打ち解けた雰囲気のパーティだから、正式なマナーを無視してもいいだろうか？」

「ええ、もちろんです」そう言うと、わたしは手を差し出した。彼はその手を取ると、唇まで掲げ、深々とお辞儀をしてかかとを鳴らし、完璧なオーストリア語でこう言った。

「クス・ディー・ハント、グネーディゲ・フラウ。それとも、英語のほうがお好みだろうか？　あなたの手にキスをします（アイ・キス・ユア・ハンド）、素敵な奥様（グレシャス・レディ）」彼はアイヴィーにも同じことをくり返し、背筋を伸ばした。びっくりするほど背が高い。「はじめまして、フォン・ランゲ伯爵と申します。どうか、カールと呼んでほしい。わたしは狩りが苦手でね。だからレディ・フォーテスキューから、男性陣が狩りへ行っているあいだにレディたちを楽しませる仕事を仰せつかったんだよ」

「わたしたちも何か楽しいことを探し求めていたんです」思いやりにあふれた態度を目の当たりにし、わたしはいっぺんに伯爵に好意を抱いた。それに、彼が堅苦しいマナーを省略したのも気に入った。この笑みを見れば、氷のように冷たい心の持ち主でも魅了されずにはいられないだろう。けれども、伯爵の瞳にはいかなる感情も感じられない。屈託なく楽しんでいるように見せているが、実は、用心深く身構えているのだろう。

「レディたちのお相手ができて、これほど嬉しいことはない」伯爵は濃い口ひげを振り回さんばかりの勢いで、あたりを見回した。

「たしかウィーンにお住まいだとか。あの街の最近の様子を聞かせてくださる？」そう尋ねたのはアイヴィーだ。「新婚旅行で立ち寄った中でも、お気に入りの街なんです」頬をほんのりと染め、部屋の向かい側にいる夫をちらりと見る。ロバートはフォーテスキュー卿と何やら話し込んでいた。

「ウィーンはいつだって美しい。欧州広しといえど、リング通りに相当する魅力的な建造物はほかに見当たらないよ。それに言わせてもらえれば、あなたたち英国人はワルツ発祥の地ウィーンについて何も知らなさすぎる」

「本当に？」わたしは尋ねた。「それなら、ぜひウィーンを訪れなくては」

「ワルツがお好きなのかな？」

「ええ、大好きです」わたしは即答した。それが聞こえたかのように、コリンがこちらを見たのに気づき、心がほんわかと温かくなる。

「ならば、きみの婚約者は幸せ者だね」

「実際、素敵な方なんです」アイヴィーは目を輝かせた。「ミスター・ハーグリーヴスの
ことはご存じですか?」
「ああ。仕事でオーストリアに来ると、彼はよく訪ねてきてくれるんだ」
悩ましいほど優美な奥様とあなたは、なぜわざわざ〈ボーモント・タワーズ〉を訪れた
のですか?　英国の週末なんてひどく退屈なのに——そう質問しようとしたそのとき、ト
ーマス卿に気を取られた。昼寝から勢いよく起きてしまったため、前の机に置いてあった
花瓶を危うく落とすところだったのだ。息子ジェラルド・クラヴェルはしかめっ面をして
いる。父親の振る舞いが気恥ずかしかったのだろう。ジェラルドは善意から行動する、本
当にいい人だ。ただし、熱心すぎるのが玉にきず。やはり認めざるをえない——二日以上
も続けてジェラルドと一緒に過ごすところを想像しただけで、うんざりしてしまう。無気
力な父親とはあまりに対照的に、ジェラルドは何かにつけて前向きすぎるのだ。
「今週末はきみを頼りにしようと考えていたんだ、レディ・アシュトン」ジェラルドはそ
う言って、そばにやってきた。父親からわたしの注意をそらそうとする魂胆が見え見えだ。
「実は、みんなで芝居をやるのはどうかと考えていてね。手伝ってくれないか?　ぼくら
が狩りに行っているあいだ、きみたちレディだって何か気晴らしがしたいだろう?　レデ
ィがただ座って時間を持て余している姿など、想像するだけで耐えられないんだ」
「わたしは——」

「頼むよ。ギリシャ演劇はどうだろう？　きみの好きな演目を選んでくれてかまわない。フォーテスキュー卿の図書室を好きに使わせてもらえるはずだ」

「よければ」会話に割って入ってきたのはフォン・ランゲ伯爵だ。「わたしにも、ふさわしい出し物を見つける手助けをさせてほしい」

「それなら『トロイアの女』はどうです？　男性よりも女性の参加者のほうが数多く必要になります」わたしは提案した。

「頼むよ、悲劇はやめてほしい。勘弁してくれ！」ジェラルドは顔を真っ赤にしている。

「お祭り気分になるような演目にしてほしいんだ」

「それなら、アリストファネスの作品は？」またしてもわたしは提案した。

「ほう、ギリシャ文学に造詣が深いんだね、レディ・アシュトン？」そう問いかけられてはじめて、ミスター・ハリソンが背後にやってきていたのに気づいた。「きみは決して見くびってはいけない女性だ。そうだろう？」ミスター・ハリソンは注意深い目でこちらを見つめている。

「『女の平和』はとっても面白いと思います」わたしは言った。

「『女の平和』だって？」ジェラルドはやや衝撃を受けた様子だ。無理もない。わざとその演目を提案したのだから。〝不毛な戦いを終わらせるために、アテネ、スパルタ両都市の女たちが手を結び、夫から夜の営みを求められても応じないようにする〟という筋書きは、どう考えてもこの集まりには不適切だ。

「心配しないで、ジェラルド」わたしは安心させるように言った。「みんなを喜ばせるような演目を探してみるわ」

「ああ、わかった」ジェラルドの眉間に刻まれた深いしわが和らいだ。「それなら、すぐに取りかかろう。土曜までには計画を立てなければならない。きみ、図書室の場所を知っているかい？ 今すぐに案内してあげよう」ジェラルドはわたしの腕を取り、アイヴィーにうなずいてみせた。「ミセス・ブランドン、ぼくがレディ・アシュトンを図書室へ連れていっているあいだに、カードゲームの用意をしてくれるかい？ ホイストゲームはどうだろう、いいかな？ それなら、三十分後にゲーム室で落ち合おう」

アイヴィーが口ごもっているうちに、ジェラルドはわたしを扉のほうへ急かした。あとを追おうとコリンが立ち上がったものの、邪魔が入った。フォーテスキュー卿だ。

みなの一連の動きを見ていたフォン・ランゲ伯爵夫人は、艶然とした笑みを浮かべた。そして、あわててわたしのあとを追う自分の夫を見て、ほんのわずかにうなずいた。

「彼女はたしかに魅力的よ。でも、あまりに若すぎるわ！」

図書室からいったん寝室へ戻り、ふたたび階下へおりようとしていたところ、階下からフォン・ランゲ伯爵夫人の声が突然聞こえてきた。中央ホールからだ。わたしはとっさに

「その件についてきみと話し合うつもりはない」答えているのはコリンだ。

「ばかを言わないで。まさかあなたが――」

「クリスティアナ」決然とした口調でコリンが言う。

ふたりの姿が見えればいいのに。ホールは吹き抜けになっており、二階のバルコニーにはゴシック様式のアーチがずらりと並んでいる。もし今いる場所より二、三本先にあるアーチに隠れたら、ちょうど柱の陰からふたりの姿が見えるはずだ。でも今動けば、彼らに気づかれてしまうだろう。

柱の陰に隠れた。

「ということは、独身を貫き通すのはあきらめるつもりなのね？」

「そうだ。きみが想像している以上に、ぼくは彼女との結婚を楽しみにしているんだよ」

「あら、わたしの想像力を過小評価しすぎだわ、愛しい人（シャッツ）」

「クリスティアナ――」

「わたしがどれほどがっかりしているか、あなたに知ってもらわないと」

「手紙にも書いたはずだ。べつに、そんなに驚くようなことじゃない」

「今だから言うけれど、あなたから別れたいと言われたとき、さほど真剣に考えていなかったの。あなたは有無を言わさぬ口調だったけどね」

「もう終わった話だろう」

「ある女性に恋をした。あなたからそう聞かされたときは、信じたわ。だって、人は恋に落ちやすい生き物だもの。だけど、まさかその相手と結婚するとは思わなかったの」

「ぼくにとって、彼女はすべてなんだ」

「今のところは、そうかもしれない。でも、わたしもあなたも知ってのとおり……いいえ、今そんなことは考えないのがいちばんね」

「きみはひどい女だな」コリンが言う。声に笑いが混じっているのがわかった。

「あら、だからいつもわたしに夢中なんでしょう?」

〝びっくり仰天している〟〝恐怖に襲われている〟〝背筋が凍りついている〟――その瞬間に感じた気持ちを、どう表現したらいいのかわからない。ずっと息を止めていたことに気づき、わたしは思いきり深呼吸をしてみた。ナイフの刃先を当てられたときのように、喉元に鋭い痛みが走った。

「きみのことは心から尊敬しているよ、クリスティアナ。だが、ぼくはきみを愛したことは一度もない。きみだってぼくを愛したことは一度もないはずだ」

「いいえ、今のは嘘。そうじゃないことは、ふたりともよく知っているはずよ。でも、わたしが求めていたのはあなたの愛じゃなかったのよ、わたしの愛しい人(マイン・シャッツ)。それに、愛し合っているかどうかは、わたしたちにとって必ずしも問題ではなかったはずでしょう?」そう言うと伯爵夫人はコリンから離れ、大理石の床にヒールの靴音を響かせながら、バルコニーの真下にあたる部分へ移動し、立ち去った。

　彼女の靴音が消えると、わたしは手すり越しに階下をのぞいてみた。コリンは柱にもたれ、腕組みをしている。冷静沈着な面持ちだ。ギリシャ語で百まで数えてから、わたしはようやく口を開いた。

「このお屋敷、あまりにも火の気がなさすぎるわ。そう思わない？」階上からコリンに向かって話しかけた。「ここに着いてからというもの、体が冷えきってしまっているの」

「そこにいて」コリンはホールを横切るとエリザベス朝様式の階段をのぼり、いちばん上に着くなり、わたしを抱きしめた。軽やかな動きで壁に押しつけ、キスをする。情熱的なキス。めくるめく瞬間を楽しみたいのに、どうにも気が散ってしかたがない。こんなに荒々しいキスをするのは、わたしの体を早く温めたいというコリンのいつもながらの優しさから？　それとも、クリスティアナと再会して気持ちが高ぶっているから？　ああ、クリスティアナ。もうすでに彼女の名前が嫌いになっている。

　コリンは突然体を離し、上着のしわを伸ばすと、階上を見上げた。

「何か問題でも？」わたしは尋ねた。

「ちょっと待っていてほしい」コリンが言い終えた次の瞬間、寝室のほうから重々しい足音が聞こえてきた。

「ハーグリーヴス、さあ、行くぞ」声の主はフォーテスキュー卿だった。胸に分厚い書類を抱え、コリンに向かって鋭くうなずいてみせる。けれど、わたしのことは無視したままだ。「ハリソンや残りの者たちに邪魔される前に、きみとふたりきりで話し合いたい」

「すみませんが、まだ用事があるので」コリンはきっぱりと答えた。フォーテスキュー卿は不満げに低くうめくと、軽蔑したような目でわたしを一瞥し、階下へ去っていった。

「彼のことが恐ろしくないの？　英国じゅうの人たちが恐れているのに」

「ぼくは誰のことも恐れないよ。それに、英国だろうとどこだろうと、きみと一緒にいる時間は誰にも邪魔させない」

コリンはまたしてもキスをした。今度はわたしも、フォン・ランゲ伯爵夫人のことは露ほども考えなかった。

＊＊＊

一八九一年十一月二十七日
オックスフォード大学　サマーヴィル・ホール

親愛なるエミリー
タイミングを見計らってこの手紙を書いているの。だから、きっとあなたはこれを〈ボーモント・タワーズ〉滞在中に受け取っているはず。この手紙が、どう考えても退屈そうな週末のいっときの気休めになったら嬉しいわ。

今学期のはじめ、あなたが遊びに来てくれたときに講義を聞いた、個別指導教授を覚えている？　そう、ミスター・マイケルズ。わたしたちふたりを見て、あからさまにいやな顔をしたばかりか、わたしが何度質問してもわざと無視した、あの教授よ。あれから三週間ほどしつこく追いかけ回した結果、彼はようやくわたしと口をきいてくれ、オウィディウスについてのわたしの意見に耳を傾けてくれたの。『変身物語』に関する意見が完全に一致する、とわかったときの彼の驚きようときたら！　想像するだけでもおかしいでしょう？

それからさらに二週間が経った今、教授はわたしが門下に入ることを許してくれたの。オックスフォードの第二学期（ヒラリー・ターム）のあいだに、まず彼と一緒に作品の精読からはじめる予定よ。〝女性は大学に正規入学すべきではない〟という古い考えの持ち主だというのに、わたしの研究が進むよう、できるかぎりのことをしようとしてくれているの。

ところで、先週ジェレミーに会ったわ。レディ・テンプルトンとはしゃいでいたけれど、彼いわく〝かつてないほど退屈な思いをさせられた〟そうよ。でも、あなたが週末をどこで過ごすか話したとたん、ぱっと顔を輝かせて〝近所の知り合い（たぶんラングストン家ね）のつてで招待状を手に入れる！〟と張りきっていたわ。だから、きっとあなたの前に突然姿を現すはずよ。もしあなたの愛しい婚約者が結婚の予定を延期し続けたら、ジェレミーも名乗りをあげて、あなたのハートを手に入れようと躍起になるかもしれないわね。

ところでガートルード・ベルには会ったことがある？　彼女は今ペルシャ旅行の計画を立てている最中で、その計画というのがすばらしいの！　ねえ、エミリー、またしても結婚という制度に縛られてしまう前に、わたしと一緒に世界を探検しておくべきだと思わない？　そう思うでしょう？

あなたにいちばんの献身と堕落をもたらす、永遠の友

マーガレット・スワード

2

マーガレットから届いた手紙に、わたしがことのほか喜んだのは言うまでもない。手紙を読み、その返事を書くことは、こういった狩猟パーティでレディに許される数少ない気晴らしだ。でも今回の〈ボーモント・タワーズ〉は短期間の滞在だったため、誰かから手紙をもらえるとは期待していなかったのだ。

マーガレットとは知り合ったその年に、それまでの友人とは比べものにならないほど急接近した間柄だ。そもそものきっかけは〝古典文学を学びたい〟という興味が一致したこと。だけど、すぐに共通点はほかにもあると気づいた。ちなみにマーガレットの両親は、ニューヨークにある家屋敷を娘に継いでほしいと考えている。わたしが知るかぎり、マーガレットの父親は米国にあるほぼすべての鉄道を所有している、鉄道王なのだ。ところがマーガレットは両親をちゃっかり説得し、ブリンマーカレッジを卒業した今もオックスフォード大学へ通っている。

マーガレットの手紙を折りたたみ、ひと呼吸ついた。ツイードの上着とズボンに身を包んだ紳士たちが狩りに出かけてしまったあと、残されたレディたちとフォン・ランゲ伯爵は居間に移動した。そこもまた、うんざりするほど贅を凝らした空間だった。応接室と同じように、調度品はひとつ残らず最高級品が揃えられている。壁紙は濃紺色で、その濃さを和らげるために金色の模様が施されていた。とはいえ、壁紙の大半は隠れていて見えない。至るところに、巨匠による名画の数々がかけられているからだ。ただ残念なのは、濃い色の背景のせいで、せっかくの名画がちっとも引き立てられていないこと。おまけに、これほどの名画がずらりと並ぶと威圧感たっぷりで、かえって息苦しさを感じてしまう。

室内の四隅のうち三隅には、だだっ広い温室から運ばれてきたヤシの木が飾られている。長椅子もひとり用の椅子もすべて、シルクで布張りされていた。これほど大量のシルクを使ったら、中国にはもうシルクが残っていないのではないかしら？　わたしはふと心配になった。

伯爵はレディたちを退屈させないよう、心を砕いてくれている。実際、彼は魅力的で、一緒にいて楽しい相手と言っていい。どのレディにも均等に時間を割いて話しかける気の配りようだ。その一方で、彼が自分の妻にはほとんど関心を払わないことにわたしは気づいていた。今は伯爵とフローラ、アイヴィーが立体鏡で英国郊外の写真を鑑賞しており、わたしはマーガレットへの返事をしたためている最中だ。伯爵夫人はといえば、タイトルを隠したまま本を読み続けている。レディ・フォーテスキューはあまりにもの静かで、実のところ、彼女がここにいることさえ忘れかけていた。暖炉からいちばん離れた隅で、ひたすら刺繍(ししゅう)をしている。その頭上には、夫の巨大な肖像画がかけられていた。

　これほど控えめで大人しい女性には、ついぞお目にかかったことがない。まだ若いというのに、レディ・フォーテスキューは陰鬱な雰囲気をまとっている。何か話しかけられるたびに飛び上がって驚いた様子になるのは、内気だからというだけではないだろう。きっと、いつも無視される状態に慣れているからだ。夫フォーテスキューは妻に対し、あからさまに冷たい態度はとらない。当然だ。そんなことをすれば、自分の印象が悪くなる。でもそうする代わりに、妻にほとんど関心を示さず、あっさり無視していた。まるで妻が、お気に入りの使用人以下の存在であるかのように。あるいは、贈り物としてもらったはいいが、まったく必要ではないちょっとした装身具であるかのように。

　立体鏡に飽きてしまったアイヴィーがわたしのところへやってきた。わたしが手紙をしたためている金箔張りの机にもたれながら、誰にも聞こえないよう声をひそめて言う。

「どうしてフォーテスキュー卿が彼女と結婚したのか、理解できないわ」

「たしかに。あの忌むべき男がもっとも選びそうにないタイプの女性よね」わたしは答えた。「フォーテスキュー卿ならば、驚くほどの美人か、うなるようなお金持ちの女性か、どちらかを選びそうなものなのに。愛以外の理由で結婚したと考えるのが、いちばん妥当だもの」

「だけど、彼女は一文無しも同然だったのよ」

「そんな相手と結婚して先祖ゆかりの屋敷を取り戻してあげるなんて、フォーテスキュー卿は実に寛大な男だと、社交界から大絶賛されていたわよね」

気の毒なメアリー・フォーテスキュー。まだ幼い時分に父も母も亡くし、兄アルバート・サンバーンの庇護下に入ったものの、兄もまた両親と同じく若死にしてしまったのだ。兄アルバートの死後一年も経たないうちに、継承者が誰もいなくなったという理由から、男爵の地位とメアリーが幼少期を過ごした〈ボーモント・タワーズ〉は王室へ返還されることになった。そして数年後、ヴィクトリア女王が〝爵位をほかの誰かに与える〟という女王ならではの権利を行使し、お気に入りの側近フォーテスキューにそれらを与えたのだ。フォーテスキューが求婚するまで、十年間も遠縁をたらい回しにされていたメアリーのことを、誰もが〝家庭教師にならざるをえないだろう〟と考えていた。そんなメアリーと結婚したフォーテスキュー卿は、〝親切で思いやりのある、無私無欲の紳士〟に見えたものだ（おそらく、彼の人生の中ではじめてのことだろう）。

この婚約によって、社交界でのフォーテスキュー卿の立場が上がったのは言うまでもない。それまでの彼は〝従わなければならない恐ろしい男〟であり〝渋々ながらも尊敬しないといけない男〟だと思われてきた。忠実な支持者たちからも尊敬されていたとは言いがたい。わたしなど、彼らのフォーテスキュー卿に対する忠誠心に大いに疑問を抱いていた。

フォーテスキュー卿は権力がありすぎる。自分の好感度など、さほど気にする必要もないのだろう。でも、適切な花嫁を選ぶことで自分の評判を改善できるとわかり、迷わずその道を選んだに違いない。そう、結果的に、ロンドンでいちばん口うるさい既婚女性たちからの賞賛を浴びることになったのだから。

「結婚式はかなり大がかりなものだったわ」アイヴィーが言う。「だって結局、彼にとっては三度目の式でしょう？　それなのにメアリーには花嫁介添人が七人もついたのよ！」

「だけど、メアリーにとってははじめての結婚式だったのよね？」

「ええ。たしかにあなたの言うとおりだわ。メアリーがこうしたいと願う結婚式を挙げるべきなのよね」そう言ってアイヴィーは眉を思いきりひそめた。「でも、わたしには想像できないわ。あなたには想像できる？　誰かの三番目の奥さんになるなんて。前にほかの女性をふたりも愛していたことを知っているのに」

「あら、フォーテスキュー卿が前のふたりの奥さんを愛していたかどうかはわからないわ」

「それでも、自分の夫が過去にべつの誰かを愛していたなんて、考えたくない。なんとなく……いけないことに思えるの」

わたしはどう答えていいのかわからなかった。わたし自身、コリンを愛する前に最初の夫を愛した。そして明らかに、コリンもわたしと出会う前に、フォン・ランゲ伯爵夫人と深くかかわっていたのだ。「そういうふうに……」言いかけてためらった。〝うぶ〟という言葉は使いたくない。「〝最初に愛した人が最後の人〟だって考えるのは素敵なことよね。でも、いつもそううまくいくとはかぎらないわ」

「ああ、エミリー、そんなつもりで言ったんじゃ――」廊下がにわかに騒がしくなり、アイヴィーは口をつぐんだ。紳士たちが戻ってきたのだ。まだ狩猟用のツイードの装いに身を包んだままだ。彼らの様子を見ていた伯爵夫人が、すっと目を細める。部屋に入ってくるなり、コリンがまっすぐわたしのもとへ駆けつけたからだ。ロバートはアイヴィーの手に口づけている。アイヴィーは気をきかせてロバートと急いで立ち去り、わたしとコリンをふたりきりにしてくれた。

「手紙の返事は書き終えたかい？」コリンはわたしの肩越しに机を見おろした。

「まだ書きはじめたところなの。だけど、喜んでペンを置くわ」まだ乾いていないインクを拭き取ると、わたしは手紙を半分にたたんだ。

「おいで」コリンはわたしを長椅子に誘ってくれた。高い背もたれが優雅な曲線を描いている。寄り添って座ると、コリンは誰にも気づかれないようにわたしの手に触れた。「こんなのばかげているよ。ぼくらはほとんど結婚しているも同然だ。それなのに、きみに触れることさえ許されないなんて」

「もし結婚していたら、このパーティも今よりはるかに楽しめたのに」

「もし結婚していたら、このパーティには参加していないよ。今ごろギリシャにいたはずだ」亡き夫はわたしに、ギリシャのサントリーニ島の断崖絶壁に立つ、絶景が楽しめる別荘を遺してくれた。時間が許すかぎり、わたしはその別荘にこもるようにしている。実は、コリンが二度求婚してくれた思い出の場所でもあるのだ。

「それか、エフェソスね」そう言いながら、パリでの会話を思い出していた。アルテミス神殿があったことで有名なエフェソスは、トルコにある古代都市だ。

「エジプトかもしれないよ」

「どこでもいいわ」にっこりと微笑む。手の甲を親指でさすられ、喜びの吐息をつかずにはいられない。

「結婚式を延期しなければいけなくなったのが、本当に残念でならないよ。すまない」

「前にも言ったけれど、謝る必要なんてないわ。しかたがなかったんだし」

「今度の仕事が終わったら、もう結婚を先延ばしする必要もなくなる。来月じゅうに結婚しよう」

「ええ、そうしたいわ」わたしは一も二もなく答えた。コリンがまたしても手を撫ではじめる。このまま彼の腕の中へ飛び込んでいけたらいいのに。そう思わずにはいられない。ふたりの目と目が合う。互いを想う気持ちがあふれ出てしまいそうだ。そろそろ話題を変えたほうがいい。ふたりとも、それがよくわかっていた。

部屋をちらりと一瞥し、わたしはジュリアン・ノールズ卿に目をとめた。ロンドンにある新聞社の所有者だ。

「なぜフォーテスキュー卿はジュリアン卿を招いたのかしら？　政治集会の一部始終を新聞にすっぱ抜かれたがっているとは思えないけれど」

「フォーテスキュー卿は綿密な計画なしには何もしようとしない男だ。何か公にしたいことがあるに違いない」コリンが口をつぐむ。「とはいえ、今フォーテスキュー卿とぼくが話し合っている問題の微妙さを考えると、とても公式発表するとは思えない。すべて伏せておくようにと、彼自身からきつく申し渡されているくらいなんだ」

「その謎めいた問題がどんなものであれ、フォーテスキュー卿の意見に真っ向から反対している人はいないの？　今日うまいタイミングで、その人にまつわる悪評が暴露されて、失脚に追いこまれる可能性は？　あなたも知ってのとおり、こういう田舎だと、噂話は政治的なものだけとはかぎらないわ。ここにいる中で、個人的に破滅させられそうになっている人はいないのかしら？」

「非常に興味深い考えだな」にわかに聞こえた笑い声に、コリンもわたしも振り返った。ジュリアン卿だ。隣にはレディ・フォーテスキューが座っている。コリンとわたしにとても席が近いうえ、ひどく大声で話すため、彼の発言を無視するわけにはいかない。「そう、毎日何かしら新たな噂話が巻き起こる。われわれにとってはありがたいかぎりだ」

レディ・フォーテスキューは眉をひそめると、真っ青な顔で部屋から走り出ていってしまった。それなのに、フォーテスキュー卿は妻を追いかけようともしない。というか、もしかしたら彼は、妻が出ていったことにさえ気づいていないのではないだろうか。特に、隣に座っているフローラへ一心に注意を向けている様子を見れば、なおさらだ。

「彼女、具合が悪いみたい。様子を見てくるわね」わたしはそう言うと、コリンの手を離してメアリーを追いかけた。メアリーは中央ホールにある階段のいちばん下で突っ立っていた。ごてごてと彫刻された手すりを握りしめている。指関節が白くなっているのが見えた。

「ねえ、大丈夫？」

「ええ、大丈夫よ、レディ・アシュトン。ちょっと頭痛がしただけなの」メアリーが答える。聞こえるか聞こえないかのか細い声だ。「居間があまりに暑すぎて」

「暑いですって？」わたしは聞き返した。消えかけているのではないかと思うほど、暖炉の火は小さいのに？　思わずメアリーの手を取る。ぞっとするほど冷たい。

「夫が来るわ。そろそろ失礼していいかしら？」

フォーテスキュー卿はすでにやってきていた。「ありがとう、レディ・アシュトン。もうそれくらいで充分だろう」彼は妻に近寄ろうともしないどころか、見ようともしない。

「どうしても必要なとき以外は、今後いっさい妻には話しかけないでくれ」

「誰と話したいかを決めるのは、奥様だと思います」

「わたしに対して、そういう口のきき方はしてほしくないな。まったく我慢ならない。どんな愚か者だってすぐにわかる。妻がきみと話したがっていないことはね」

「お言葉ですが、わたしもそういう口のきき方はしてほしくありません。わたしが奥様の話し相手としてふさわしくないとお考えならば、このパーティにわたしを招待したのは大きな間違いでしたね」

「わたしは間違いなど犯さんよ。レディ・アシュトン、きみの性格はよく知っている。結婚に対してむやみに憧れを募らせないほうがいい。かえって自分の首を絞めるだけだ」

「あら、なんて陳腐な考え方かしら。あなたほど辛辣な批評がお上手な方なら、結婚についてもっと新しい考えをお持ちだと思っていたのに。なんだかがっかりです」

「きみも、もっとがっかりすることを学ばないとな。落胆こそ、今後きみがもっとも時間を費やして折り合っていかなければならない感情だよ」

こんなくだらない会話につき合う筋合いはない。そう考え、わたしは居間へ戻ることにした。背後でフォーテスキュー卿の大笑いが聞こえ、つと足を止めて振り返る。フォーテスキュー卿は妻メアリーの肩に手を置き、抱擁しようとしているところだった。驚きと当惑を覚え、わたしは顔を背けた。

「食えない男だな、フォーテスキューは。そう思わないかい?」ホールを取り囲む廊下の円天井の支柱の陰から、ミスター・ハリソンが現れた。「あれ以上最悪な男は、どこを探してもいないだろう」

まったく同感だ。でも、ミスター・ハリソンの目に宿る何か――あまりにむき出しの冷酷さのようなものが気になり、率直な意見を言うのはためらわれた。

「きみが彼のことを気にもかけていないのは、火を見るより明らかだ」

「でも、あの方はそんなわたしの気持ちなど、これっぽっちも気にしていないはずです」

そう言ってわたしは歩調を速めた。だがミスター・ハリソンはすぐに追いつき、片手でわたしの行く手をさえぎった。

「もしハーグリーヴスと結婚するつもりなら、フォーテスキューは決してきみと仲よくしようとはしないだろうね」

「わかっています。幸い、わたしも彼と友だちになりたいとは思っていませんし。それに、なんであろうと彼の承認が必要だとも考えていません。自分の結婚に関してはなおさらです」

「彼の娘クララが、どうしてもハーグリーヴスと結婚したがっているらしい。数カ月前、パーティでダンスを踊った際に、ハーグリーヴスに魅せられてしまったそうだ。以来、彼のことしかしゃべらないという。フォーテスキューは愛娘のたっての望みを叶えてやるつもりなんだろう」

「そういった状況でも、コリンなら完璧に対処できるはずです。結局のところ、誰と結婚するかを決めるのは彼自身ですから」

「許してほしい、レディ・アシュトン。わたしはただ、きみに警告したかっただけだ。もしフォーテスキューがきみの結婚を邪魔しようと決めたなら……」彼は一歩近づき、わたしの腕にそっと手をかけた。「結婚はきみだけの問題じゃなくなってしまう。フォーテスキューのやり方は実に危なっかしい。わたしたち全員が危険にさらされる」

「おっしゃっている意味がさっぱりわかりませんわ」そう言いながらも、好奇心がむくむくと頭をもたげた。なじみのある感覚だ。

「それは残念だな。きみほどの知性の持ち主なら……」ミスター・ハリソンはつと立ち止まり、横目でわたしを見ると、眉をひそめた。「ざっくばらんに言ってもいいだろうか？」

「ええ、お願いします」

「きみのフォーテスキューに対する態度に、感心したんだ。彼が操ろうとしても、きみにはそれをはね返す勇気がある。それこそ、英国にいる大半の男どもに欠けている資質だ。だからぜひきみに、手伝いをお願いしたいと思ってね」

「手伝い？」

ミスター・ハリソンはさらに近づき、低いかすれ声で続けた。「できれば続きは、ふたりきりになれる場所で話したい。ついてきてくれるかい？」

ミスター・ハリソンのあとに続いて入ったのは、ビリヤード室を経由しないと入れない小部屋だった。おそらく政治的な目的のために利用されている部屋だろう。部屋の大半を占めているのは、中世のものと思われるどっしりとした机。その至るところに、書類の山がきれいに積み重ねられている。壁には欧州大陸の地図がピンでとめられており、あたりを漂うのはむっとするような葉巻のにおいだ。

「フォーテスキューがどうしてわたしたちをここに招待したか、知っているかい？」扉を半分閉めると、ミスター・ハリソンは尋ねた。

「いいえ、見当もつきません」

「あまり時間がない。だから今ここで詳細をすべては話せないんだ。ただ、フォーテスキューはわたしの政治理念を脅かしかねない重要な書類を持っている。そこできみに、フォーテスキューを会話に引き込み、できるだけ時間を長引かせてほしいんだ。そのあいだにわたしが彼の部屋に忍び込めるように」

「どんな書類なんです？」

「悪いが、教えられない。とても微妙で政治的なものだから……」ミスター・ハリソンの声はだんだん小さくなった。次の言葉を待ってみたものの、それ以上何も話そうとはしない。きっと、あとは想像にまかせるということなのだろう。

「その書類がなくなっても、フォーテスキューは気づかないんですか？」

「ああ。彼はすべての書類を二部保管するようにしている。原本と写しで、写しは自分の着替え室のどこかにあるファイルに保管しているんだ。だけど、それらはただの記録に過ぎないから、実際に使うことはない。問題となっている書類の原本は、一括してどこかに保管されている。わたしたちがここに到着して以来、フォーテスキューはその原本を手放そうとしないんだ」

「それで、先ほど言っていたあなたの政治理念とはどういうものなんです？」

「大英帝国を守ることだ」

「フォーテスキュー卿も同じ考えなのでは？」

「理論上はね。でも、彼がその目標達成のために用いようとしている戦略が、わたしのとは違う。実際ここ数週間、危険な兆候が目に見える形で現れはじめているんだ。きみが思う以上に由々しき兆候がね。それなのに、フォーテスキューはすぐに対策を講じようとしていない」

「彼には彼なりの理由があるのでしょう」

「だがレディ・アシュトン、きみはフォーテスキューを信頼しているかい？　彼なら自分の愛する人たちを守ってくれると思うかい？　彼のことをそれほど絶対的に信頼しているのかな？」

「そうですね」わたしはいったん口をつぐんだ。「ミスター・ハリソン、いくらなんでも、

〝絶対的信頼〟という言葉は大げさすぎます」こみ上げる笑みを押し隠そうとしたが、うまくいかなかった。

「さっきも言ったが、きみは本当に知的な人だな。つまり、フォーテスキューは信頼に欠けるということで、われわれの意見は一致していると考えていいんだね？」

「ええ、わたしは彼の取り巻きじゃありません」

「そうじゃないかと思っていたんだ」ミスター・ハリソンは机にもたれた。「きみの婚約者の仕事には危険がつきものだ。だがフォーテスキューが執り行っている政治によって、その仕事はますます危険になっている。きみに頼みたいのは、ほんのささいなことなんだ。ディナーのあと、少しフォーテスキューと会話してくれるだけでいい」そこで彼はにやりとした。「でも、たぶん認めざるをえないだろうな。フォーテスキューが相手の場合、ただ会話するだけでも骨が折れる仕事だということを」

「ええ、そのとおりです」ミスター・ハリソンと目が合った瞬間、わたしは笑いをこらえようとした。フォーテスキュー卿に干渉し、ちょっとした邪魔をする――そう考えただけでなんだかわくわくしてしまう。特に、この仕事がまったく危険をともなわないように思えるからなおさらだ。気晴らしにはいいかもしれない。たとえミスター・ハリソンの計画がうまくいかなかったとしても、誰もそのこととわたしを結びつけては考えないだろう。おまけに、もしミスター・ハリソンの言葉が本当なら、わたしはコリンを助けることにもなるのだ。「たしかに、協力しても害はなさそうですね。少なくともわたしには。もしこの計画で問題が起きるとしても、どう考えてもあなたのほうですもの」

「そのとおり。後悔はさせないよ」

「わたし、自分が後悔するようなことはしないことに決めているんです」

「そうだろうと思った。わたしは断固たる意思を持って行動する人を心から尊敬しているんだ」ミスター・ハリソンは一瞬わたしをじっと見つめ、言葉を継いだ。「重要なのはタイミングだ。このパーティでの政治討論が熱を帯び出す前に、その書類を手に入れたいと思っている」

「ということは、今夜ですか？」

「ああ。それにレディ・アシュトン、わたしときみは、お互い非常に役立つ関係になれると思う」声にどこか面白がるような響きが感じられたものの、彼は真顔になった。「ディナーのあと、少なくとも三十分は必要なんだ。わたしはきみがフォーテスキューに話しかけるのを見守り、ひとたび彼が罠にかかったら、部屋を出ていくようにする。それでいいかな？」

わたしは無言のままうなずいた。

「ようやく、きみのことを信頼する気になってきたよ」

「信頼もしていないのに、手助けを頼んだんですか？」

「こういう仕事をしていると、どうにもならない状況下でなんとかしなくてはいけない場合もあるんだ。きっと、そこらへんはきみの婚約者が教えてくれるだろう」ミスター・ハリソンは上着のポケットに両手を深々と突っ込んだ。「けれど、今のわたしたちの計画については、ハーグリーヴスには言わないでほしい。今はまだ」

「なぜです?」

「どうしても秘密にしておきたいからだよ。たとえきみが全幅の信頼を置ける相手だったとしても、同じことを頼んだだろう。ひとりであろうと誰かに話すと、予期せぬ問題が起きてしまうものなんだ」

「でも――」

「大丈夫、ハーグリーヴスはすぐにすべて知ることになるよ。明日の朝、書類を彼に見せるつもりなんだ。それに……」ミスター・ハリソンはわたしを見つめ、よく日に焼けた顔に意味ありげな笑みを浮かべた。「きみもわたしたちの話に加わったらいいじゃないか? お互いに利用し合うのは、これが最後じゃないと思うしね。明日の朝食後、図書室へ来てほしい」

「ええ、楽しみにしています」ミスター・ハリソンの前に立ちながら、わたしは気まずさを感じていた。この計画に同意したことを示すために、何かしなくてはいけないような気になったのだ。紳士のマナーにのっとり、握手をしようと手を差し出すと、ミスター・ハリソンはその手を自分の唇まで掲げた。

「話がまとまってよかったよ。そのときまで、もうこの話題は口にしないほうが無難だろう。さあ、一緒に古代遺物の話でもしていたようなふりをしよう」

部屋から出て扉をしっかりと閉めると、わたしたちは居間に向かった。ちょうど中央ホールを横切っているときに、反対側からコリンが走り寄ってきた。

「ここにいたのか、エミリー」コリンはそう言うと、わたしの腕を取ろうとした。「ずっと捜していたんだよ」

「きみの婚約者は赤絵式の花瓶について驚くほどの知識を持っているね」ミスター・ハリソンがわたしの腕を離し、コリンへ引き渡す。その言葉にわたしはひどく衝撃を受けた。どうしてミスター・ハリソンは、わたしが古代ギリシャの花瓶に並々ならぬ興味を抱いているのを知っているのだろう？　もちろん、秘密にしているわけではない。けれど彼が今ここでその話題を持ち出したことに、ひどく驚いていた。特に赤絵式の話題だったからなおさらだ。

「どうしてあなたは――」そこでわたしは口をつぐんだ。ミスター・ハリソンが向きを変え、無言のまま歩き出したからだ。やがて彼の姿は廊下の向こうへと消えてしまった。

「ふたりきりにしてくれるなんて、気がきいているな」コリンがわたしに近づき、顔に指を滑らせる。「古代美術について何時間語ろうと、ぼくはそんなきみに夢中だ。でもここに到着してから、バルコニーでの刺激的なひととき以外、きみとはほとんど一緒に過ごせていない」

「伯爵夫人にあなたを独占されてしまっていたからよ」

「すまない」コリンが指を絡めてくる。「クリスティアナとは以前からの知り合いなんだ」

「ええ、聞いたわ。フォーテスキュー卿が嬉々として教えてくれたの」

「まったく、ひどいな。きみには自分の口から話したかったのに」

「話すって、何を？　フォーテスキュー卿は詳しいことは何も言わなかったの」

「クリスティアナとぼくは……しばらくつき合っていたことがあるんだ。だが、きみに恋をしたと気づいた瞬間に別れた」コリンがわたしの目を見つめる。「去年パリで〈カフェ・アングレ〉からル・ムーリスまできみをエスコートした夜、彼女に手紙を書いたんだ。あのとき、ロードス島の話をしたね。覚えてる？」

「ええ、よく覚えているわ。でも、二度目にポン＝ヌフであなたと会ったときのほうが、ずっと印象に残っているけど」

「ああ。あのときはきみにキスすべきじゃなかった」

「あら、嬉しかったのよ」コリンとこうして一緒にいられることで満足すべきなのだろう。けれど伯爵夫人のことが気になり、どうしても言わずにはいられなかった。「あなたが既婚女性とつき合うタイプだとは思いもよらなかったわ」

「出会ったとき、クリスティアナはまだ結婚していなかった」
「それなら、彼女が結婚したあとは？」
「エミリー、ぼくは彼女の評判を貶めるつもりはない。たとえ、相手がきみであっても
だ。それが正しいことには思えないからね。ぼくと彼女のあいだにはもう何もない、大事
なのはそこだと思うんだよ」
コリンの考えは尊重している。でも心のどこかで、あの華麗なる伯爵夫人の汚点になる
ようなことを聞きたいと願ってしまう自分もいた。
「なんだかいたずらっぽい笑みを浮かべているな。今きみが何を考えているのか、尋ねる
のが怖いよ」
「ええ、褒められるようなことじゃないのは確かだわ」
「ならば、きみの想像力をもっと好ましい方向へ向けさせなければいけないな」そう言っ
てコリンはわたしにキスをした。けれども誰かの足音が聞こえ、すぐに体を引いた。
「コリン、婚約者の評判にはもっと注意を払ったほうがいいわよ」やってきたのはクリス
ティアナだった。ハスキーでよく響く、男心をそそる声だ。「ふたりして、郊外の屋敷の
廊下でこそこそしているのを見つかったら、なんて思われることか」
「べつになんとも思われないはずよ」わたしはそう言うと、まっすぐ伯爵夫人を見つめ返
した。彼女が笑みを浮かべる。かつて見たことがないほど魅惑的で、どこか人を見下した

ような微笑だ。それから伯爵夫人はほっそりとした手をコリンの腕に置いた。

「本当に素敵で可愛い人。コリン、こんな女性に出会えてよかったわね。いつか彼女をウィーンへ連れてくるべきよ。伯爵はすでに彼女のことがいたく気に入った様子ですもの」

＊＊＊

一八九一年十二月五日
ケント州ダンリー・ハウス

最愛なるわが娘へ
これからあなたに伝えるのは、速達で送る価値が充分にある、喜ばしい知らせよ。
お父様と一緒に、バルモラル城での数日間の滞在を終えて帰ってきたばかりなの。なんと女王陛下から直々に、あなたとミスター・ハーグリーヴスに、大変光栄なお申し出があったのよ。ウィンザー城にあるセント・ジョージ礼拝堂で結婚式を挙げていいとおっしゃっているの。あなたも知ってのとおり、今回のエドワード王子とメアリー・オブ・テックの婚約には、わたしも陰ながら尽力したでしょう？　女王からは、あなたの結婚式に協力することで、ぜひわたしの尽力に感謝の念を表したいという身にあまるお言葉までいただいたの。

女王陛下には、あなたたちの結婚式を社交シーズン中に行うのがいちばんいいと思うと申し上げておいたわ。これであなたも挙式までの準備、特に嫁入り衣装（トルーソー）を整える時間がたっぷりできたわね。女王からは、前夜に花火を上げてはどうかというありがたいお申し出までいただいているの。

そうそう、忘れないうちにひと言言わせてちょうだい。レディ・ロンドンベリーから聞いた話によれば、あなた、彼女のご主人のお屋敷にある絵画や古代美術の目録を作らせてほしいと手紙を送ったんですってね？ 今後、そういう活動にはいっさいかかわるべきではないわ。一度きりしか言わないから、よく肝に銘じておいてちょうだい。

これからも、あなたの結婚式に関する最新情報を知らせるようにするわ。

あなたを心から愛している母親

C・ブロムリー

3

母からの手紙が届いたのは、ディナーのための着替えをしているときだった。おかげで、食事中もぼんやりと考えずにはいられなかった。どうしよう？　間違いなく、母はわたしの結婚式を一手にしきろうとしている。

あいにくコリンが座っているのは、わたしとは反対側の端の席。伯爵夫人の隣の席だ。だから、この悪い知らせをまだコリンには伝えられていない。そう、社交界を挙げての結婚式だなんて、絶対にいや。これっぽっちも興味はない。それこそ、コリンとわたしがいちばん望んでいないことと言っていい。最初に計画していた結婚式を中止せざるをえなくなって唯一よかったのは、それを理由にこぢんまりとした式を内輪で挙げられることだと思っていたのに。

わたしのディナーのお相手は伯爵だった（ちなみに、彼は先ほどから〝カールと呼んでほしい〟と言い続けている）。今は彼の話を半分聞き流しながら、失礼のない相槌を心がけようと最善の努力をしているところだ。フォーテスキュー卿とフローラは隣同士に座り、冗談を言い合いながら楽しそうに笑っている。けれど、テーブルにレディ・フォーテスキューの姿は見当たらない。あれから頭痛がひどくなり、ベッドに伏せっているのだという。

「きみは実に賢い女性と結婚したな、フォーテスキュー」トーマス卿が言う。「わたしもできることならベッドで休みたいよ。もうくたくただ。こんなふうに座ってただ話していたって、退屈なだけだ」

「だが父上、何か食べなくては」ジェラルドが言う。妻がフォーテスキュー卿とやけに親しげにしているのには、まるで気づいていない様子だ。「それに、こうして食事をしながら会話を楽しめば、ぼくら全員――」

「もういいだろう？　そろそろつまらないおしゃべりはやめて、ディナーはお開きにし、ワインを楽しむべき時間だ。そうだろう、フォーテスキュー？　あまり長くは起きていられないよ」

つまりこれは〝レディたちは応接室へ下がるように〟という合図だ。フローラがわたしのほうをちらりと見た。アイヴィーはというと、美しい顔を思いきりしかめている。

この部屋でいちばん身分が高いレディはわたしだ。そのため社交上のルールに従えば、わたしがいちばん先に退室しなければならない。けれど、わたしは部屋から出ていこうとしなかった。ゴシック建築の天蓋の下、暖炉の上に飾られた三体の天使像を見あげたまま、微動だにせずにいた。

ここが自分の屋敷なら、決して紳士だけを残して退室したりしない。ワインが好きだからという理由もあるが、それだけではなかった。会話がいちばん盛り上がるのはこれからだと言っていい。そんなときに、レディだけのけ者にされるのが我慢ならないのだ。

わたしはロバートを一瞥した。顔にはまぎれもない恐怖の色が浮かんでいる。わたしが反抗すると思っているのだろう。あまりに気の毒になり、せめて今夜くらいはほかのレディたちと同じ行動を取ろうと心に決めた。

椅子から立ち上がった瞬間、伯爵夫人がこちらを見て笑っているのに気づいた。

「あら、がっかりだわ」伯爵夫人が言う。「てっきりレディ・アシュトンは、レディがワインの席から締め出されるのには反対だと思っていたのに。どうやら彼女を頼りにせず、わたしひとりで大義のために闘わなければいけないようね。わたしはこのまま居間に下がってコーヒーを飲むなんてごめんだもの」

顔がかっと熱くなり、きびきびとした答えを返そうとしたにもかかわらず、あろうことか口ごもってしまった。わたしの腕を取ってくれたのはアイヴィーだった。「レディ・アシュトンは親切にも、わたしと一緒にいるために退室しようとしてくれたんです。自分がいないと、わたしが何もできないのを知っているから」

「もしそうなら、レディ・アシュトンは即刻、自分の主義を撤回すべきだわ。おそらく、勝手知ったる自分の屋敷の中でしか、大胆な行動には出られないんでしょう。だけど、もし本気で因習を変えたいなら、多少の窮屈さや不快感は我慢する必要があるわ」

「個人的なこだわりよりも友人のことを優先させるのは、尊敬すべき態度だと思うよ」コリンはわたしをじっと見つめたまま言った。

「伯爵夫人、ただやみくもに自分の主義を追求するより、もっと大切なことがあると思うんです。状況によっては、ほかの方たちのことを優先させるべきときがあるはずだと」わたしは言った。

「同意しかねるわ」伯爵夫人はコリンを見つめ、そう答えた。何か言い返そうとしたものの、それより前にアイヴィーがわたしを扉まで急き立てた。

「コリンが昔、あの人のことが好きだったなんて信じられないわ」その場を立ち去りながら、アイヴィーが言う。わたしはそれには答えず、心の中でつぶやいていた。コリンはどの程度、伯爵夫人のことが好きだったのかしら?

　わたしたちが足を踏み入れたのは広々とした居間だった。ディナーのあとに家族だけが使うタイプの部屋で、この屋敷の中でわたしのいちばんお気に入りの部屋でもある。どういうわけか、愛人ミセス・レイノルド＝プリンプトンの関心を引かずにすんだらしく、この部屋には典型的な十七世紀の建築様式が用いられていた。天井には手彫りの木製のはりが張り巡らされ、壁の両脇には白漆喰が施されている。屋根の中央部分を飾るのは、オルフェウスとエウリュディケの悲劇を描いた、実に魅力的な帯状装飾（フリーズ）だ。壁際の展示ケースには、簡素な美しさが際立つ青と白の磁器がずらりと並べられている。よく磨き込まれた床板の一部は柔らかな東洋の絨毯で覆われており、頭上のシャンデリアが優しい光を放っていた。この部屋の唯一の欠点は、あまりに寒いことだろう。最初、うっかり誰かが窓を閉め忘れたのではないかと疑ったほどだ。郊外にある大きな屋敷はたいてい隙間風が入ることで悪名高いとはいえ、〈ボーモント・タワーズ〉は別格だ。これほどの失敗建築物は、由々しき社会問題として取り上げられるべきかもしれない。

愛想のいい従者がテーブルに積み上げてくれたのは、わたしが図書室から選んだ本の山だ。その中から一冊選び出すと、椅子を暖炉に思いきり近づけ、腰をおろした。弱々しい暖炉の火にできるだけ近づきたい一心で。けれど、機知に富んだアリストファネスの作品を読みふけるうちに、寒さはさほど気にならなくなった。

今回わたしがアイヴィーのために持ってきたのは、メアリ・エリザベス・ブラッドンの『ザ・ドクターズ・ワイフ』だ。向かい側の席に座ったアイヴィーは、主人公イザベル・ギルバートの物語に夢中になっている。あまりに早く結婚しすぎたイザベルは、退屈な夫との暮らしの憂さ晴らしにいろいろな小説を読みふけり、理想の男性像を膨らませていたが、ついに夢の男性と出会ってしまう……というあらすじだ。大衆小説を好まない彼女の夫ロバートならば、この小説の背景も結末もありえないと真っ向から否定しただろう。

しんとした静けさの中、十五分が、さらにそれから十五分が過ぎた。廊下から騒がしい話し声が聞こえてきたのは、そのときだ。ひとりはフォーテスキュー卿の声だとすぐにわかった。怒りに満ちた口調だ。でも、相手の声が誰だかよくわからない。次に聞こえてきたのは、誰かが壁を叩き、扉をぴしゃりと閉めた音だ。

興味をかき立てられ、わたしはすばやく廊下へ出てみた。今夜のパーティの主催者を怒らせたのは、いったい誰なのだろう？　でも廊下には誰も見当たらない。しかたなく居間へ戻ったが、どうにも気になって、本に没頭することができなくなってしまった。

男たちがようやくレディたちに合流したのは、十分後のことだ。満面の笑みを浮かべたフォーテスキュー卿とともに、伯爵夫人が部屋に入ってきた。なるほど、フォーテスキュー卿は、強い意思を持った女性全員を忌み嫌っているわけではないらしい。当たり散らす相手を選んでいるのは明らかだ。部屋の隅には、ミスター・ハリソンがひとりきりで立っていた。コリンの姿はどこにも見当たらない。

「上演する劇は決まったの？」わたしが手にしている本を肩越しにのぞきながら、伯爵夫人が尋ねた。彼女のまわりだけがぱっと輝いたように見える。シルクで仕立てられた虹色のイブニング・ドレスは、伯爵夫人の完璧なヒップの曲線を強調していた。

「『蛙』にしようかと考えているの」

「もちろん、あなたが選ぶならギリシャ喜劇よね。勉強熱心な女学生みたい。なんだか可愛いわ。だけど、もう少し現代的な作品を選ぶべきじゃないかしら？」エメラルド色のチヨーカーが、伯爵夫人の瞳の緑色をいっそう引き立てている。

「そんなことを言われるなんて心外だわ。あなたは本当に『蛙』のあらすじをご存じなのかしら？　演劇の神ディオニュソスが、アテネで上演されているギリシャ悲劇の数々を忌み嫌い、現代劇に未来はないと考えるの。解決策はただひとつ。冥界から自分が〝演劇黄金時代の偉大な作家〟と考える人物を連れ戻すことだと言い出すのよ」

「それって、本当に面白いと思う？」顔にかかる濃い色の巻き毛を指でもてあそびながら、伯爵夫人が尋ねた。髪はサテンのように艶やかだ。

「ええ、とっても面白いわ。冥界に行った彼はアイスキュロスとソフォクレス、エウリピデスを競わせ、いちばん面白い悲劇はどれかを語らせるの。まずは――」

「あら、やめて、レディ・アシュトン。あらすじを全部聞かされたら、ただでさえ座って劇を見ているだけでも苦痛なのに、もっと見たくなくなってしまうわ」

「見ている？　あなたも劇には参加してもらうつもりよ。ぜひエウリピデスの役を演じてほしいの」伯爵夫人のそばにいると、自分に魅力がまったくないように思えてきてしかたがない。女らしい曲線を描く伯爵夫人の体つきに比べて、わたしはいかにも痩せっぽちだ。それに、彼女の知性と教養を前にすると、自分の未熟さや経験不足が強く感じられてしまう。

「あら、そうなの？」伯爵夫人は口角を上げて微笑んだ。「そういうことなら、わたしはあなたを誤解していたのかもしれないわね。エウリピデスが最高のギリシャ悲劇作家ということは、わたしでも知っているくらいだもの」

それを聞き、わたしはほくそ笑まずにはいられなかった。やや型破りなやり方をしたエウリピデスは、結局、この競技で負けてしまうからだ。彼女に面と向かってそう指摘したかったが、ありったけの意志の力をかき集め、すんでのところで言葉をのみ込んだ。それから中座を断り、部屋を横切って向かったのは、フォーテスキュー卿のいる場所。いよいよ、ミスター・ハリソンから与えられた任務の開始だ。

「すばらしいディナーでしたわ、そう思いませんか？」フォーテスキュー卿に声をかけた。「奥様にはメニュー選びの才能がおありになるんですね。鹿肉はまさに絶品でしたもの」フォーテスキュー卿は何も答えようとしない。「あなたに言われたあと、コリンとの結婚についていろいろと考えてみたんです」

「本当に？」フォーテスキュー卿はその話題に食いついた。すかさずわたしは彼ににじり寄り、部屋の隅へ追い詰めた。こうすればわたしがどかないかぎり、彼が勝手に立ち去ることはできない。

「噂で聞いたんですが、あなたのお嬢様がコリンと結婚したがっているとか。そういう理由でコリンからわたしを引き離そうとしていらっしゃるのなら、正々堂々とそうおっしゃるべきです。国家の安全保障問題であるかのようにこそこそ画策されるのは、いかがなものかしら」

「クララの問題にはむやみに首を突っ込まないほうがいい」

つまり、ミスター・ハリソンの話は本当だったのだ。というか、最初からそう気づくべきだったのかもしれない。フォーテスキュー卿の八番目の娘の正しい名前を、ミスター・ハリソンが偶然口にしたとは考えにくい。

「それなら、あなたもわたしの問題にむやみに首を突っ込まれないほうがいいと思います」

「もしハーグリーヴスとの結婚をやめなければ、わたしが彼にどういう態度をとるか、考えたことはあるのかね？」

「人を支配したい場合、あなたが好んで使うのが脅しだという噂は聞いています。でもコリンはそういう脅しに屈する人ではありません。今までを見てもおわかりのはずだわ」

「きみは自分が思っているほどハーグリーヴスのことを知らない。それに自分自身のことも忘れてはいけないね。わたしがきみにどんな影響を及ぼせるか、想像してみるといい。きみが破滅に追い込まれるのを見て、ハーグリーヴスがどう感じるかも」

「これまで自分がどういう過去を歩んできたかは、わたし自身がいちばんよく知っています。あなたにいいように支配されるとは思えません」

「気にかけるべきは過去ではなく、きみの現在だよ。きみを意のままに操ることなどあまりに簡単だ。一刻も早くハーグリーヴスとの婚約を解消したほうがいい。さもないと、婚約解消よりももっとひどい事態に直面することになるぞ」

「わたしを脅すつもりですか、フォーテスキュー卿？　もしそうなら、あなたは大きな失敗をすることになりますよ」

　フォーテスキュー卿は喉の奥からうなるような声を絞り出した。それが笑い声だと気づいたのは、彼の顔を見た瞬間だ。「もっと怖がったほうが身のためだ。わたしはきみやきみが愛する人たちに、甚大な損害を与えることができるんだ。わたしを軽く見ると危険だぞ」

「ご忠告、忘れないようにします」そう応じながら、わたしはミスター・ハリソンに手を貸してよかったとしみじみ考えていた。それでもなお、あとずさらずにはいられない。このひどく忌まわしい男のそばにいるだけで、わけもなく不安になる。

「きみみたいなタイプは嫌いなんだ、レディ・アシュトン」フォーテスキュー卿ははっきりとそう言った。「きみはあまりに過激すぎる。立場もわきまえず、レディとして慎み深く振る舞おうという努力もしない。昨今流行り(はや)の現代女性とやらの話を聞くと、虫唾(むしず)が走るんだ。きみみたいな女性たちの目標を阻止するため、わたしはあらゆる手を尽くすつもりだ。それに、きみにハーグリーヴスの仕事の邪魔をしてほしくない」

「外交官の妻は夫と同じく重要な存在だとみなされています。レディ・エルギンなどその最たる例で――」

「ハーグリーヴスは外交官じゃない。きみは、彼がどういう仕事をしているのか知っているのかね？」

「もちろんです。詳細までは知りませんが、コリンが――」

「いいや、きみは何も知らない。彼は任務の一環として、妻が容認できないようなこともこなさなければならないんだ。たとえば、ペアを組んだ女性と親密な関係になるとか」フォーテスキュー卿がにやりとする。分厚い唇から不揃いな歯をのぞかせながら。

「伯爵夫人のことをおっしゃっているんですか？」わたしは声をあげて笑った。でも認めざるをえない。どこかわざとらしい笑い声になってしまった。「やきもちなんてやきません。コリンのことを信頼していますから」

「本当に？」フォーテスキュー卿は両方の眉を思いきり釣り上げた。生え際まで届きそうなほど。生え際が激しく後退していることを考えると、相当な妙技と言っていい。「それほどうぶならば、きみは彼の妻になるのにうってつけかもしれないな」

「不思議でたまりませんわ。コリンのことをそんなふうに考えていらっしゃるなら、なぜお嬢さんと彼を結婚させたがるんです？」

「もういい、レディ・アシュトン。ただ、これだけは肝に銘じておくんだな。わたしと対立しているかぎり、きみの身は安全とは言えない。わたしにしてみれば、きみなど鼻であしらえる存在に過ぎないんだ」フォーテスキュー卿はまだしゃべり続けていたものの、わたしはもはや聞いてはいなかった。頭の中で反芻（はんすう）していたのは、先ほどの彼の言葉だ。〝きみを意のままに操ることなどあまりに簡単だ〟――もしかして今、わたしは操られているのかしら？　べつに間違ったことをしているわけではない。それはわかっている。ミスター・ハリソンの計画に乗ったのは、コリンを危険な目にあわせないためでもあるのだから。それなのに、ミスター・ハリソンの計画に同意したとき、自分が何か見落としてしまったような気がしてしかたがないのはなぜ？　どうしてさっきからずっと、そういういやな予感を拭えずにいるのだろう？

　メイドのメグにコルセットをゆるめられた瞬間、思いきり息を吸い込んだ。「自分でもよくわからないわ。どうしてこんなにきつく締め上げるのを、あなたに許したのかしら」さらに息を吸い込みながら、ぼやいた。

「コルセットを締めるほど、このドレスのすばらしさが強調されるのがわかっていたからですよ」メグが答える。「それに、こうして締め上げなければ、このドレスを着ることはできなかったでしょう」

「虚栄心って本当に厄介なものよね」わたしはため息をついた。でもミスター・ワースがデザインした優美なドレスを目の前にしたら、誰だって無理をしてでも袖を通したくなるはずだ。シルクタフタの細身のスカートは柔らかな乳白色。まるで光が発せられているかのような、温かみのある色合いだ。スカートの上には最高級のレースがわざと左右非対称で重ねられており、うしろで長く引きずるトレーンの形にまとめられている。深い襟ぐりのまわりにも、同じレースがふんわりとあしらわれていた。でも、このドレスの最大の特徴は、ウェスト部分がきゅっと締まったボディスのデザインだろう。すばらしくスタイルがよく見える。ドレスの美しさをさらに強調しているのが、ダイヤモンドとサファイアのネックレスだ。わたしはネックレスとお揃いのイヤリングを手に取ると、メグに手渡した。

「それにしても、今夜のパーティはくたびれてしまったわ。階下の様子はどう？　何か面白い噂話は聞けたの？」

「ええ……」メグはいつもこうだ。階下で拾ってきた噂話を詳しく披露する前に、必ずいったん口をつぐんで、もったいぶる。「フォーテスキュー卿と奥様は、なんと別々の階の、離れた部屋で寝られているそうです。しかもフォーテスキュー卿の反対側の部屋にお泊まりなのがミセス・クラヴェルだとか。いつもならご主人と同じ部屋にふたりでお泊まりになるのに、今回はなぜかひとりで泊まりたいとおっしゃったらしいんです。なんでも風邪気味で夫にうつしてはいけないから、という理由だったそうですよ」

「本当に？　今日一日、フローラは健康そのものに見えたけれど？」メグがひどく真剣な顔をしているのを見て、わたしは思わず笑ってしまった。

「この部屋の向かいにはフォン・ランゲ伯爵がお泊まりです。フォン・ランゲ伯爵も、伯爵夫人とは離れた寝室がいいと希望されたそうですよ」

「で、彼の奥さんはどこに？」

「二階だそうです。伯爵の従者ロルフによれば、ウィーンにある伯爵家は、いつもお互いの愛人が出入りしていて大騒ぎだとか。まったく、ウィーンの人たちの道徳観はどうなっているんでしょう？　でもロルフはとっても親しみやすい人ですよ。紳士的だし、とびきりハンサムでもあります」

「ミスター・ハーグリーヴスのお部屋は？」

「やはり二階で、伯爵夫人の向かい側です」わたしが両腕を上げると、メグがレースたっぷりのネグリジェを頭からかぶせてくれた。「今夜、ほかに何かご入用のものはありますか？　温かなミルクがあれば、寝つきもよくなると思いますが？」

「いいえ、大丈夫よ、ありがとう。あなたも休んでちょうだい。どうやらフォーテスキュー卿は、わたしたち全員が早く寝静まるのを期待しているみたいだから」

メグが部屋から出ていったあと、わたしは化粧台の前に座り、髪をとかしはじめた。母からは毎晩百回髪をとかすよう言われている。大抵の場合、母からそうやって押しつけられた規則には抵抗しているけれど、百回髪をとかすというルールに文句をつけたことはない。とはいえ〝容姿を保つための努力は忘れずに〟という母の信念に同意しているからではない。こうして髪をとかすのが好きだからだ。無意識に手を動かしながらあれこれと思いを巡らせていると、なんだか癒される。

でも、今夜は心が波立っていた。伯爵夫人とフォーテスキュー卿という手強い相手から攻撃されたせいだ。こんなことなら招待を受けなければよかった、と弱気になりはじめている。でも、アイヴィーを置いて帰ることなんてできない。こんな場所にひとりきりでいるのは、あまりにつらいだろう。とはいえ、明日になっても事態が改善する見込みがあるとは思えなかった。男性陣は午前中いっぱい狩りに出かけ、午後遅くから政治会議をはじめる予定だ。ああ、なんとかして伯爵夫人を避ける方法はないものかしら？　そう思案を巡らせていたとき、扉を小さく叩く音が聞こえた。

「いったいここで何をしているの？」ネグリジェの上からドレッシング・ガウンを羽織り、数センチだけ扉を開けた瞬間、そう尋ねずにはいられなかった。目の前に立っていたのは、まだ正装姿のコリンだ。

「中へ入れてくれるかい？　あるいは、ここで立ちっぱなしのまま、誰かに捕まえられるのを待つべきだろうか？」

これほど甘やかな誘惑に抵抗できる女がいるだろうか？　わたしは脇へ寄り、コリンを部屋に入れた。

「こんなふうにやってくるなんて、正気の沙汰じゃないわ」

「ああ、わかっている」コリンはわたしの顔を両手ではさんで口づけると、首元へ鼻をこすりつけた。「長くはいられない。あと十五分もすれば、あちこちで部屋交換の交渉がはじまってしまうからね。ここから出ていくところを誰かに見られるわけにはいかない。だが、どうしてもきみに会いたかったんだ。ひと目だけでも」

もう一度口づけると、コリンは出ていった。わたしをひとり残して。その夜、あまりの喜びにうっとりしすぎて、わたしが眠れなかったのは言うまでもない。

ひと晩じゅう、コリンの姿をした夢の神モルフェウスから逃れられなかったため、翌朝目覚めたときにはぐったりと疲れていた。メグが重々しいカーテンを引き、室内に陽光が燦々（さんさん）と差し込んでも、なかなか起きる気になれない。それでもどうにかして肘を突いて体を起こし、恐る恐る目を開けると、メグが作ってくれた枕の山にもたれ、熱々の紅茶が入ったカップを受け取った。

「今朝のレディたちの振る舞いに、フォーテスキュー卿はたいそうがっかりされていましたよ」わたしに着せるドレスにブラシをかけながら、メグは言った。「朝食に間に合うようおりてきたのは、ミセス・クラヴェルだけだったんです」

「今、何時なの？　男性陣はもう狩りに出かけてしまったかしら？」

「わたしが階上へ上がろうとしたときには、いつ出発されてもおかしくないご様子でした。

今は十時近くです」

「着替えを手伝ってちょうだい、早く！」

　それから三十分もしないうちに、わたしは図書室へ駆け込んだ。ミスター・ハリソンとコリンがわたしを待っているはずだ。でも扉を開けた瞬間、目の前の光景に、わたしは仰天した。それでも歩調をゆるめ、中へ入った。

「おはよう、レディ・アシュトン」話しかけてきたのはフォーテスキュー卿だ。「昨夜はよく眠れたかね？　罪悪感にさいなまれると、ぐっすり眠るのは難しいんじゃないのかい？」

「あなたにはそういうご経験がたくさんありそうですものね」

「まったく、きみの失礼な言動には呆れてものも言えないよ。昨夜わたしの部屋で、いったい何をしていたんだ？」

「あなたの部屋になんて行っていません」

「嘘はつかないほうが身のためだ」

「嘘をつく必要などありません。わたしがあなたの部屋に行くはずがないじゃないですか」

　フォーテスキュー卿はかぶりを振り、含み笑いをした。「きみはこういうことに慣れていないんだな、レディ・アシュトン。ならば、どうしてこれがわたしのベッド脇に落ちていたんだ?」

フォーテスキュー卿が掲げたのはブレスレットだった。前日わたしが身につけていた、シンプルなデザインの、金のブレスレットだ。

「知りません。きっとどこかで落としたんでしょう」

「わたしの部屋に忍び込んだときにね」

「違います……」扉が開いたのはそのときだ。コリンとミスター・ハリソンが中へ入ってきた。

「何を見つけた?」フォーテスキュー卿が尋ねる。

「これ全部だ」書類の束を掲げて答えたのはミスター・ハリソンだ。「レディ・アシュトンの部屋で見つけた。アリストファネス作品集の下にあったんだ」

「そんなばかな」わたしは口をぽかんと開けた。「だってわたしは――」

コリンは片手を上げてわたしを制すると、フォーテスキュー卿をひたと見据えた。「これは単なる状況証拠に過ぎない。きみの寝室にブレスレットを落としておくことも、彼女の部屋に書類の束を置くことも、誰にだってできるんだ」

「そうかもしれない。だが警察はわたしの話を信じるはずだ。レディ・アシュトンがわたしの部屋から出てきたのを見たという証人が、少なくともひとりいるんだからな。それにジュリアン卿はどう思うだろう? 自分の新聞の特ダネにしたいと思うはずだ」

「きみが興味を持っているのは、警察や新聞社の介入じゃない。ぼくにかかわることだろう?」

「いつもながら察しがいいな、ハーグリーヴス。この話を聞いたら、女王陛下が興味を持たれるとは思わないかい? そのせいで、お気に入りの諜報員(ちょうほういん)に対する彼女の信用ががた落ちになる可能性がある。そうだろう?」

「それよりありそうなのは、お気に入りの政治顧問に対する彼女の信用ががた落ちになる可能性だ。書類はきみのものだろう? もっと安全な場所に保管すべきじゃなかったのか?」

「女王は、きみが窃盗の疑いのある女と結婚するのをお許しにならないだろう」

「きみのような立場の男が、レディを攻撃するとは何事だ。一人前の男がすることじゃない。恨みを晴らしたいなら、敵国を相手にすべきだろう?」コリンが言う。そのあいだ、ミスター・ハリソンは無言のまま、本棚にもたれて指の爪を見続けていた。上着の前が不自然に開いている。下にピストルを携帯しているのだろう。

「ほう」フォーテスキュー卿が冷笑する。「ということは、きみは彼女を対等ではなく、単なるか弱いレディとみなしているんだな? レディ・アシュトンはさぞ不満だろう」

「エミリーはぼくと対等の存在だが、きみはぼくよりはるかに高い地位にある男だ。彼女を侮辱しようとするほど、きみは品位を落とすことになるんだぞ」

「なんて物言いだ。だが考えてもみろ、ハーグリーヴス。きみはこれほど簡単に体面を傷つけられるような女性を、妻として迎えられるのか?」

「わたしは自分の体面を傷つけるようなことは何もしていません」しっかりとした口調で反論した。「ただ、ディナーのあとのあなたとの会話を軽く考えてしまったのは、間違いでした」

「嬉しいよ。わたしのほのめかしを覚えていてくれたとはね。さあ、これできみもわかっただろう? 意見を主張しすぎる女性たちが、どれほどの危険にさらされることになるかを。もうこの件に関して、わたしは何も言うつもりはない。だが覚えておいてほしい、レディ・アシュトン。きみの婚約者の意見云々は関係なく、わたしは今回の一件できみを糾弾できるんだ。二度とわたしに逆らうな。わたしに何か求められて、それを断れば、この一件が世間に公表されることになる」そう言うと、フォーテスキュー卿は大股で部屋から出ていった。冷笑を浮かべながらうしろに続いたのは、ミスター・ハリソンだった。

わたしはコリンに向き合った。「本当にごめんなさい」そう謝ると、ミスター・ハリソンと約束した詳細を話して聞かせた。

「フォーテスキューにしては、ずいぶんとお粗末な計画だな」コリンは眉をひそめ、わたしの手を取った。「だが、くれぐれも気をつけないとだめだよ。どうしてハリソンを信用したんだ?」

「彼の話が理にかなっているように思えたの。それに、フォーテスキュー卿と話をする程度の協力なら、たいしたことではないと思ったのよ」

「だけど、どうしてハリソンが信用できると考えたんだ？　嘘ばかりの話をもっともらしく語るのなんて朝飯前の男だ。信じる前に、相手の人となりを考えないといけないよ」

「わたしのこと、許してくれる？」

なんだか大人の話を邪魔して叱られた子どもみたいな気分だった。同じ状況に置かれても、あの伯爵夫人ならこんな失態は犯さないだろう。彼女はコリンの同僚であり、彼と同じくプロなのだ。かたや、わたしは最低の部類の素人探偵に過ぎない。コリンもそんなふうに彼女とわたしを比較しているのかしら？

「もちろん許すよ。でも約束してほしい。今後は、こんなふうに何か行動を起こす前に、なんでも必ずぼくに相談すると」

「ええ、約束するわ」こんなことをコリンに頼ませている自分がつくづく情けない。「ミスター・ハリソンが持っていた書類の束は、結局なんだったの？」

「とても微妙で政治的な書類だというハリソンの言葉に嘘はない。でも、ぼくが教えられるのはそこまでだ。これ以上フォーテスキューのことは心配しなくていい。じきに政治的な問題が持ち上がり、彼もきみにちょっかいを出す時間などなくなってしまうだろう。ぼくらの予想以上に、もっと多くのものが危機に瀕（ひん）することになるんじゃないかと心配だ」

「ということは、ミスター・ハリソンがわたしに話したことは本当なのね？」

「ああ」

「もう少し詳しい話が聞きたいわ」

「そうしたいのは山々だ。きみは危険を目の前にしてもひるまないところがあるからね。きみがスパイの真似事をすることに、それほど魅力を感じているのが驚きだよ」コリンはわたしをしっかりと抱きしめ、いつもより荒々しく口づけた。「きみはいつも、ぼくの自制心をいとも簡単に揺るがす。それで事態がさらにややこしくなってしまうんじゃないかと心配なんだ」

「あなたの自制心は、わたしがこの世でいちばん嫌いなものだもの」わたしはコリンにキスを返し、さらに彼を引き寄せた。

「いったいいつになったら、ぼくらは結婚できるんだろう？」

「今日の午後なら空いているわ。もしあなたさえよければ」

「ああ、今日の午後結婚できたらどんなにいいだろう！」コリンはさらにキスを深めてきた。ふたりにとって何よりよかったのは、その瞬間のわたしに自制心のかけらも残っていなかったことだろう。

＊＊＊

一八九一年十二月六日
ロンドン　バークレー・スクエア

奥様へ
至急便にて手紙を転送いたします。メイドのオデットから受け取ったこの手紙により、わたしはにわかに彼女の女主人マダム・ドゥ・ラックの動向に注意するようになりました。

デイヴィス

＊＊＊

一八九一年十一月三十日
パリ　サンジェルマン通り

親愛なるカリスタ
今年のクリスマス、あなたに会えるのをわたしがどれほど楽しみにしていたか、知っているでしょう？　言うまでもなく、あなたといると楽しいからよ。それにとうとうあなたが郊外に所有している屋敷〈アシュトン・ホール〉を見られると思うと、わくわくしていたわ。言っておくけれど、それはアイヴィーの〝〈アシュトン・ホール〉はベルサイユ宮殿にも匹敵するすばらしい建物なの〟という言葉を信じたからじゃないわ。建物の広さだけ考えても、そんなはずがないもの。亡き夫の遺産である〈アシュトン・ホール〉をあなたが所有するのは、今年が最後だろうと考えたからなのよ。

でもね、残念ながらそちらへは行けそうにないわ。実は、幼なじみだったシシィから痛ましい内容の電報が届いたの。ええ、シシィとはオーストリア皇后エリザベートのことよ。ひどい鬱状態に苦しんでいるから会いに来てくれないか、という内容だったわ。息子さんを亡くしたショックから、いまだ立ち直れていないみたい。マイヤーリンクで起きた、あの醜聞をあなたは知っているかしら？　あなたの夫が亡くなってすぐの事件だったから、もしかすると詳細を知らないかもしれないわね。

ルドルフ皇太子が所有するマイヤーリンクの狩猟館で、皇太子本人とマリー・ヴェッツェラという若い愛人が遺体で見つかったの。どちらも銃で撃たれていたんですって。当初は、ふたり合意の上での情死と考えられていたわ。皇太子が愛人を撃ち殺し、続いて自殺を図ったんだろうって。だけど、わたしはそんな話を信じていなかった。関係者は事件をどうにかもみ消そうとしたけれど、もちろんそんなにうまくいくはずがない。さまざまな噂や憶測があっという間に広まっていったのよ。

どこから見ても心中だったけれど、ふたりは暗殺されたのではないかと考える人も大勢いたわ。シシィもそのひとりだったの。不幸なことに、シシィはその夜の真相についてほとんど聞かされていないみたい。たぶん、あなたやわたしのほうがよほど詳細を知っているはずよ。それは、シシィが権力の座についているせいもあるでしょう。でもね、あまりに大きな不祥事だと、真相が闇に葬られてしまうこともあるものなの。

もし周囲が事の真相を隠し続けようとしなければ、わたしも公にされた事件のいきさつを信じたかもしれないわ。

とにかく、会いに来てほしいという友人からの懇願を無視することはできない。とはいえ、あなたにも会いたい。ねえ、わたしと一緒にオーストリアへ行かない？　クリスマスのウィーンの美しさといったらないわ。それに新年も華やかな雰囲気なのよ。そのあと、最大の盛り上がりを見せるのが謝肉祭（ファッシング）。ワルツが好きな人にとって、あれ以上素敵な街はないはずよ。

クリスマスのあと、あなたが英国をすぐに離れるのは無理だとわかっているわ。でも新年を迎えてすぐウィーンで落ち合うのなら、どうかしら？　その頃になれば、ほかの招待客たちも自分の屋敷に帰るはずよね？

オデットは相変わらずふさぎ込んでばかり。嬉しそうな顔をするのは、デイヴィスから手紙が届いたときだけよ。まさか、あなたの執事がこんなにロマンチックな男性だったとはね。わたしの見立てに間違いなければ、デイヴィスはオデットに詩を送っているはずよ。
ああ、パリに引っ越してくるよう、あなたを説得できなかったことが返す返すも残念だわ。このままだと、わたしたちのうちどちらかが、やがて大切な使用人を失うことになりそうよ。

いつもあなたの献身的な友
セシル・ドゥ・ラック

4

セシルからの手紙を読み、わたしはひどくがっかりした。もちろん、セシルがクリスマスに会いに来られない理由は理解できる。でも、どうしても会いたくてたまらない。それだけに、ウィーンでセシルと落ち合うという計画には心惹かれた。真剣に考えてみる価値があるだろう。ただし、わたしの両親が一月いっぱい〈アシュトン・ホール〉に滞在する予定だから、一月後半になるまでは英国から離れられそうにない。そのあとなら、ワルツを踊りに行ってもいいかもしれない。

フォーテスキュー卿の不興を買うに違いないとわかっていたものの、わたしは残りの日々を〈ボーモント・タワーズ〉にある芸術品の目録作りに費やそうと心に決めていた。男たちが狩りに出かけているあいだに作業をすればいい。そうすれば、わたしが何をしているか、フォーテスキュー卿に気づかれる心配もないだろう。でも残念ながら、興味を引く品がほとんどなかった。目を引いたのは木製の箱くらいのものだ。マホガニー材でできており、中央に円形の真珠層がはめ込まれている。

中に宝物が入っているかもしれない――そう期待しつつ蓋を開けてみたが、入っていたのは決闘用のピストルだった。銀でできた台座には、ボーモント男爵家の家紋であるグリフィンの横顔が刻されている。

ケース内には光沢のあるベルベット地が内張りされている。ピストル二丁を収納できるデザインだが、二番目の空間は空いたままだ。内張りの両先端には布製の小さなつまみがついていて、それらをつまみ上げたところ、内張り全体が持ち上がった。下から現れたむき出しの木板の上に、黒こげになった紙の燃え残りが見つかったが、手に取ろうとした瞬間ぼろぼろに崩れてしまった。

まったくもう。欲求不満を募らせながら木箱を閉じ、誰も使っていない寝室を調べるべく、階上へ上がっていった。二階にある次の間に足を踏み入れると、女性がひとり座っていた。片手で目を押さえ、両肩を震わせている。

「レディ・フォーテスキュー?」わたしは部屋を横切って窓辺へ行き、重たいカーテンを開けて光を入れた。なんて可愛らしい部屋だろう。居心地がよくて、温かな雰囲気で、くつろげる。この屋敷のほかの部屋とは大違いだ。「大丈夫?」

「え……ああ、レディ・アシュトン、許してね」メアリー・フォーテスキューは手の甲で涙を拭った。「今夜のディナーのことを考えていたら、恐ろしくなってしまったの。わたしは政治的な催し物よりも、静かな暮らしのほうが性に合っているから」今日の昼食後、会議がはじまるのに合わせて首相と閣僚数人が到着することになっているのだ。

「心配ないわ。首相のソールズベリ侯爵はとっても感じのいい方だから。でも、あなたも前に彼にお会いしたことがあるんでしょう?」

「いいえ、主人はわたしが家にいるのが好きなのを知っているから、あまり一緒に社交行事に出かけたりしないの。でもさすがに、今夜はパーティを主催している側なのに姿を現さないわけにはいかないでしょう?」

「理解のある旦那様で幸せね」メアリーには結婚生活や夫婦に関する皮肉なコメントはするまい。そう心に決めて答えた。

「できるだけ夫には逆らいたくないの。彼のおかげで、わたしは何年にも及ぶ惨めな暮らしから抜け出し、先祖代々続く屋敷を取り戻せたんだもの」

「あなたがどれほど苦労してきたか、想像もつかないわ」わたしがそう言うと、メアリーは顔を背け、またしても涙を拭った。「ごめんなさい。こんな話を持ち出すべきじゃなかったわ」

「どれほど時が経っても、振り返るのがつらすぎる出来事はあるわ。特に、どうしても振り返らなければいけない場合は、苦しくてたまらないの。さあ、そろそろ失礼していいかしら?　男性陣と合流して昼食をとる前に、着替えておかないと」メアリーはあいまいな笑みをわたしに向け、部屋から出ていった。

その日の午後、メアリーは完全に自分を取り戻していた。落ち着いたたたずまいでしっかりと立ち、体の前で両手をきっちりと重ねている。ただし、ほかのレディたちと一緒には歩かず、巨大なテントの近くで待機していた。荒れ模様の天気から招待客を守るために建てられた、仮設のテントだ。アイヴィーとわたしがそこへ到着したのは、フォン・ランゲ伯爵夫妻と同じタイミングだった。伯爵夫人は相変わらず優美な装いだ。くるぶしまでの丈のツイードのスカートに、屋敷から野原へ歩くのにはうってつけの作りのしっかりした靴を合わせている。昼食前だというのに野原にずらりと並べられていたのは、午前中に男たちが仕留めた鳥を入れたモーニングバッグだ。大量のバッグを目の前にしたレディたちは、それでもどうにかマナーにのっとった会話をしようと精一杯努力していた。

「あなたの分はいくつあるの？」わたしはコリンに尋ねた。

「数えていないんだ」彼は答えると、わたしに腕を差し出し、集団から離れた。

「むしろ不愉快だと思わない？　ここには千五百羽分の鳥の死骸があるに違いないわ」

「ああ、少なく見積もってもね。でも、前にバッキンガムシャーで過ごした週末では、四千羽近い鳥を仕留めたんだ。摂政皇太子でさえ、ちょっとやりすぎだと考えていたよ」

「不愉快きわまりないわ。特に摂政皇太子は節度とは無縁の人だもの。もしその彼がそう考えたとすれば――」わたしはふいに口をつぐんだ。野原の向こう側から荒々しい怒声があがったのだ。

「もううんざりだ、ブランドン」フォーテスキュー卿がそう言いながら、歩いている集団に向かってやってきた。いつもより、さらに顔を上気させている。

「ですが、閣下、ぼくは――」ロバートはすぐにさえぎられた。

「きみのことは信用できん」フォーテスキュー卿はさらに声を荒らげた。どこか張り詰めたような声だ。「きみにはグラッドストンと話す権利もない」

「いいえ、ぼくはただ――」

「意見をするな。わたしの視界からさっさと消えてくれ」フォーテスキュー卿は掲げていたショットガンをおろし、テントに向かって大股で歩き出した。けれどもう一度振り返ると、ロバートに怒鳴った。「さあ、とっとと失せろ！」ロバートは一瞬ためらったものの、アイヴィーにうなずいてから、屋敷の方向へ向かいはじめた。

アイヴィーもあとを追おうとしたが、夫が制するように首を左右に振るのを見ると、その場で立ち止まった。体がぐらりと倒れそうになるところを、すんでのところでコリンが脇へ駆けつけて支えた。

「いったい何事なの？」衝撃のあまり、一同が無言で見つめる中、わたしはアイヴィーとコリンのもとへ駆けつけた。

「あのふたり、午前中からずっとあんな調子で言い合いをしているんだ。きみの夫とフォーテスキューは、アイルランド情勢について意見が食い違ってしまっていてね。明らかにミスター・グラッドストンはそのことを知っていて、アイルランド自治法案に賛成してくれるよう、ロバートに働きかけてきたんだ。だがご想像のとおり、フォーテスキューは自分の配下の者が敵対する党の者と話すのを頑として認めようとしないんだよ」

「あんなのひどいわ」アイヴィーが嘆く。顔が真っ青で手が震えている。「みんなが見ている前だというのに」

「たしかに、フォーテスキューはロバートを公然と非難すべきじゃなかった」

「というか、そもそもロバートを非難すべきじゃなかったのよ。だって彼は何も間違ったことはしていないもの」わたしは憤然と言った。そのとき、フォン・ランゲ伯爵が笑みを浮かべながら近づいてきた。

「親愛なるミセス・ブランドン、フォーテスキュー卿のかんしゃくは有名なんだ。これしきのことでくよくよすることはない。さあ、昼食を食べに行こう。こんな言い争いなど、あっという間に忘れ去られてしまうよ」

アイヴィーは伯爵の腕に手をかけ、勇ましくも微笑んだ。「もちろん、あなたのおっしゃるとおりだわ」ふたりがコリンとわたしの前を歩きはじめる。

「本当に？　こんなことはあっという間に忘れ去られるかしら？」わたしは小声でコリンに尋ねた。

「いいや、フォーテスキューは忠誠心に少しでも疑いのある者を許すような男じゃない。

もしフォーテスキューの後ろ盾を失えば、ロバートは政治家として厳しい立場に立たされるだろう」

そんなことがあったあとだけに、昼食は楽しいものとは言えなかった。ただし、テーブルいっぱいのごちそうはすばらしかった。テント自体はごつごつした丸太で作られており、田舎くさかったが、中のテーブルは細部まで美しく装飾されている。背の高い銀製の花瓶からは明るい色合いの花々が流れる滝のように飾られ、磁器の平皿はどれもぴかぴかに磨き込まれている。けれども、この世のものとは思えぬ美しい飾りつけも、場内を漂う緊張感を和らげることはできない。ちょうどいいわ、とわたしは思った。この機に乗じて、ミスター・ハリソンを問い詰めてみよう。

「どうしてあんなことをしたんです?」ミスター・ハリソンの隣の席に座り、開口一番に尋ねた。

「あんなことって、なんのことかな?」笑みを浮かべてはいるものの、その目はひどく冷たい。

「あなたもフォーテスキュー卿のご機嫌とりのひとりだったんですね。もっと早く気づくべきだったわ。もしフォーテスキュー卿のお気に入りでなければ、あなたがここに招待されるはずがないということに。あなたは彼を手伝うために招かれたんでしょう? わたしを破滅させるために」

ミスター・ハリソンは声をあげて笑った。「きみを破滅させる？　なんとまあ、まるで天動説のような物言いだね！　世界の中心はきみじゃない。太陽だ。太陽を中心に地球は回っているんだよ、レディ・アシュトン。きみは自分を買いかぶりすぎている。フォーテスキューはただ、娘のためにハーグリーヴスをきみから引き離そうとしただけだ。英国じゅうの応接室で、母親たちが日々企んでいる陰謀のほうがよっぽどたちが悪いはずだ」

「どうしてわたしのブレスレットを盗んで、フォーテスキュー卿の部屋に置いたんです？」

「書類を欲しがっていたのがわたしだと、彼に気づかれないためだ」

「でも、あなたは書類を手にしたわけじゃないわ。フォーテスキュー卿に返したじゃありませんか」

「必要な情報はすべて写しておいたんだ。わたしたちの計画は実にうまくいった」

「あなたにとっては、うまくいったんでしょうね。だけど、喜ぶ気にはなれません。あなたの計画に二度とわたしを巻き込まないで」

「親愛なるレディ・アシュトン、もしきみの助けが必要になれば、わたしは難なくきみを説得し、手伝わせることができるよ」

「そんなはずはありません」

昼食休憩のあいだも、雰囲気はいっこうによくならなかった。もてなし役であるはずのフォーテスキュー卿が、招待客と使用人の区別もなしに、誰彼かまわず噛みついたのだ。結果的に、全員がぎこちない沈黙の中、じっと座るしかなくなった。ただし用意された食事はすばらしかった。ビールやサンドイッチといったありふれたものはいっさい出されなかったのだ。思うに、フォーテスキュー卿ほど醜い腹回りの持ち主は、常にしっかりした量の食事をとる必要があるのだろう。それゆえ、わたしたちも屋敷で出されるごちそうのお相伴にあずかれたというわけだ。ただ、午前中にあれほどたくさんの鳥が撃たれたのだと考えると、キジ肉のトリュフ詰めを食べるのはどうしても気が進まなかった。しかも、狩りはまだ続くのだ。

ひとたび昼食を終えると、レディたちは律儀にもふたたび狩りをはじめた男たちを見守ることになった。アイヴィーは、わたしと一緒にコリンの傍らに立った。

「ここに残ってあなたの二度目の狩りを見ることで、わたしの献身的な愛を証明すべきかしら？」わたしは銃に再装弾しているコリンに尋ねた。

「それよりも、早く屋敷へ戻ったほうがいいときみに言うことで、ぼくの献身的な愛を証明するほうがずっといい」

「まあ、なんて優しいのかしら」アイヴィーが言う。

「そんなんじゃないんだ。エミリーはぼくの狩りの腕前をすでに認めてくれているからね。だから、きみたちふたりをここへ引き止めておいても意味がないと思ったんだよ。雨が降り出しそうだし、どのみち、ぼくらもあと一時間くらいしかここにいられないだろう。首相がじきに到着されるだろうからね」

「わたしもそろそろ、狩りをするロバートを見るのが好きにならなくてはね」アイヴィーがぽつりと言う。

「また明日があるさ」コリンは励ますような笑みを浮かべた。「さあ、ふたりとも風邪をひかないうちに屋敷の中へ戻るんだ」


屋敷に入るとすぐ、アイヴィーはわたしと別れ、夫を捜しに行った。わたしはといえば、ふたたびこっそりと目録作りに取り組んだ。〈ボーモント・タワーズ〉は名画の宝庫だ。特に後期ルネサンス期の作品が多いうえ、ターナーのすばらしい作品も数点所有している。それなのに古代美術の類は何も見つからない。だからこそその小さな像を見つけた瞬間、喜びに息をのまずにはいられなかった。応接室にある飾り戸棚の中にしまい込まれていたもので、高さは十五センチもない。祝宴でくつろぐ若い男を表現した、実に魅力的なブロンズ像で、しあがりの滑らかさといい優美な線使いといい、驚くほどだ。わたしはさっそくスケッチをはじめた。わざとゆっくり描くように心がける。スケッチの早さよりも正確さにこだわりたい。ほぼ描き終えたとき、扉が開く音が聞こえてひどく驚いた。

「あら、ここにいたのね」すっと姿を現したのは伯爵夫人だ。わたしの前に立ち、言葉を続ける。「あなたと個人的におしゃべりできるのを、楽しみにしていたのよ」

「それは驚きだわ」スケッチから目を上げずにわたしは答えた。

「まさか、コリンが結婚する日が来るなんて思いもしなかったわ。もちろん、まだその日が来たわけじゃないけれど、でも……」伯爵夫人は微笑むと、わたしを見おろした。「きっとその日が来ると信じているわ。あなた、とっても運がいいわね。コリンは本当にすばらしい男性だもの」伯爵夫人の口調はやけに楽しそうだし、どこかわざとらしい。彼女が何を言いたいのか、わたしにはすぐにピンときた。

「ええ、これ以上ないほどすばらしい男性だと思うわ。完全にあなたの負けね。お気の毒様、と言うべきかしら？」

「わたしは負けないわ、レディ・アシュトン。絶対にね。わたしが身を引くと思ったら大間違いよ」

「聞いた話によると、あなたは身を引く必要もないみたい。だって、すでにコリンのほうからあなたを振ったんですもの」

「コリンがあなたにそんなことを？」伯爵夫人は笑った。どうにかしてマナーに反しない、でも皮肉めいた答えを返したい。そう考えた瞬間、ふたたび扉が開いた。

「ふたりとも、どうしてこんなところに隠れているんだ？」近づいてきたのはコリンだ。瞳にやや面白がるような色が宿っている。

「あなたの婚約者は本当に可愛らしいわね」伯爵夫人はそう言うと、親しげな目でコリンを見つめた。ちょうどふたりきりのときに、わたしがするような目つきだ。コリンはこんなふうに、いつもわたしと伯爵夫人のまなざしを比べているのかしら？

「ソールズベリ卿は到着されたの？」わたしは尋ねた。洗練されすぎていて歯が立たない伯爵夫人から、どうにかして気をそらしたい。

「いや、今日の訪問は取り消さざるをえなくなった。三十分前に電報で脅迫状が届いたんだ」

「まさか、それって――」伯爵夫人はそこでいったん口をつぐみ、ドイツ語で何かつぶやいた。あまりに早口でなんと言ったかわからない。でも、コリンにはわかったのだろう。ちらりと伯爵夫人を横目で見た。

「そんなことを考えてはいけない」コリンが言う。

「でも可能性はあるわ」伯爵夫人が答える。

「ここではありえない」

「コリン？」わたしは尋ねた。「いったいなんの話？」

コリンはわたしのほうをほとんど見ようともしない。「すまない、エミリー。緊急事態なんだ。まさか事態がこれほど悪い方向へ急展開するとは思わなかった。すぐにフォーテスキューと話さなければ」

その晩は早々に寝室へ引き上げた。ロバートとアイヴィーは部屋に閉じこもりきりで、ディナーにさえおりてこなかった。それにフォーテスキュー卿を捜しに行ってしまって以来、コリンの姿も見ていない。ベッドで『ドリアン・グレイの肖像』を読みながら、ふととりとめもないことを考えてしまう。伯爵夫人も自分のお屋敷に、この本に出てくるのと同じ肖像画を持っているかもしれない……。そのとき、扉を叩く音が聞こえた。

コリンだわ！　ベッドから飛び上がり、ガウンを羽織りもせず、薄いネグリジェ姿のまま扉を開けた。胸をときめかせながら。

「べつの誰かを期待していたようだな、レディ・アシュトン？」わたしを押しのけて部屋に入ってきたのはフォーテスキュー卿だ。うしろ手に扉を閉め、言葉を継ぐ。「なんとだらしない。きみには慎み深さのかけらもないのか？」彼は椅子にかけてあるガウンを手に取り、投げつけてきた。

「同じ質問をあなたに返します」レースとフリルがついたガウンを胸に抱え、頰を真っ赤に染めながら、わたしは言い返した。「よくもこんなふうに、わたしの寝室へ入ってこられますね？」

「今夜はきみの婚約者を待つ必要はない。ハーグリーヴスは来ないよ。それに彼の部屋に会いに行くのもおすすめしない。邪魔されたくないだろうからな」

「どういう意味です？」

「ハーグリーヴスは部屋にひとりじゃない、という意味だ」フォーテスキュー卿はわたしをいやらしい横目で見ると、動物のうなり声のような声を喉から絞り出し、部屋から出ていった。

怒りのあまり、わたしは全身をわなわなと震わせた。なんて無礼な男だろう。こんなふうに部屋へ入ってくるなんて。それに、コリンはわたしを裏切ったりしない。絶対に。そもそもコリンは裏切りとは無縁の人だ。伯爵夫人が自分の部屋へやってきたところで、決して扉を開けないだろう。たとえ伯爵夫人が強引に入ってこようとしても、阻止するはず。本当に伯爵夫人がそんなことをするかはわからないけれど、とにかくコリンが彼女を止めるのは間違いない。そうよ、そのことを一瞬たりとも疑ってはいない。ええ、これっぽっちも。ベッドの端に腰かけ、わたしはやたらとゆっくり深呼吸をし、落ち着きを取り戻そうとした。すぐに深呼吸の効果は現れた。

なんだか自分で自分を褒めてあげたい気分だ。こんなに大人らしい態度が取れるなんて。そう考えた瞬間、ちっともそうではないことに気づいた。現に〈ボーモント・タワーズ〉へ到着して以来はじめて、不快なほどの暑さを感じている。わたしはガウンを羽織り、階上にあるコリンの部屋まで上がった。扉をノックしようとしたとき、部屋の中からある音が聞こえてきた。聞き間違うはずもない。伯爵夫人の笑い声だった。

5

扉を叩こうとした手が凍りついた。もっと近づけば、中の会話が聞こえるかもしれない。そう思ってさらに扉に歩み寄る。

伯爵夫人の笑い声が途切れたあと、聞こえてきたのはコリンの声だ。低くて何を言っているかまではわからない。でも何を話しているにせよ、声の調子から察するに、部屋から伯爵夫人を追い出そうとしているのではないのは明らかだった。

きっと、伯爵夫人はこれほど夜遅くに尋ねてきた理由をこんなふうに打ち明けたのだろう。あなたが自分を捨ててべつの女性と結婚しようとしているだなんて受け入れられない、考えているだけで頭がおかしくなりそうだ、と。そしてコリンはそんな彼女をやんわりと拒絶しているのだろう。恥をかかせないよう、礼儀にのっとった言い方で心を和ませようとしているに違いない。

それにしては、コリンの声が優しすぎるのが気になる。それに伯爵夫人の笑い声に余裕が感じられることも。わたしはコリンの部屋の真向かいにある壁にもたれ、手にした蝋燭の火をじっと見つめた。でもどういうわけか、焦点が定まらない。そこへ聞こえたのは、またべつの物音だ。伯爵夫人の笑い声よりもはるかに聞きたくない、喉から絞り出すような不快な笑い声。気がつくとフォーテスキュー卿が傍らに立っていた。わたしをじっと見つめながら。

「これでもまだ、ハーグリーヴスを信じるか?」

「ええ、もちろんです」そう口にしたものの、自分でも嘘くさい答えだと思ってしまう。

「すまないが、レディ・アシュトン、よく聞こえないな。もっと大声で話してくれないか?」

「よくもそんなことを!」わたしはやっと聞こえるか聞こえないかの声を保った。フォーテスキュー卿は何も答えようとしない。わたしは踵(きびす)を返し、早足で自分の寝室へと戻った。

そんなわけで、〈ボーモント・タワーズ〉でまたしても眠れぬ夜を迎えることになった。でも昨夜に比べて、今夜のほうがより不愉快なのは言うまでもない。昨夜はまんじりともしないまま、コリンからキスされたときのことを何度も思い返していた。キスそのものと同じくらい、甘やかな時間を過ごしたのだ。でも今夜は違う。そのキスをしてくれた張本人が、べつの女性にキスをしているかもしれないと考えながら、何時間も過ごさなければいけないなんて。心の中で、貞節をしっかり守ろうとするコリンを賞賛する自分がいる。

でもその一方で、コリンほど意志の固い人でも、あの伯爵夫人の魅力を見せつけられたら降参してしまうのではないかと危ぶむ自分もいる。

とうとうまどろみはじめたのは、カーテンの隙間から夜明けの光が差し込む頃だ。でもすぐにメグに起こされるはめになった。メグによれば、フォーテスキュー卿が朝食の席には全員がつくようにと言い張っているという。寝ぼけ眼のまま、招待客たちがテーブルへつく。ただし伯爵夫人の姿だけが見当たらない。明らかに、昨夜のせいだろう。そうとしか考えられない。わたしはいっきに食欲を失った。向かい側に座るコリンは、朝から旺盛な食欲だ。これも明らかに、昨夜のせいだろう。

ロバートとアイヴィーは無言のまま、隣同士で座っている。アイヴィーは目の前にある皿をじっと見つめ、ほかの招待客たちとは目を合わせようとしない。もっとも、彼らもアイヴィーには決まりきった挨拶の言葉しかかけていなかったが。

「ねえアイヴィー、伯爵とわたしにはあなたの助けが必要なの」わたしは食べる気もない卵料理に塩をかけながら話しかけた。壁と天井の両端に同じ花模様が描かれており、それを見るたびに頭が痛くなる。「アリストファネスの劇がなかなかうまくまとめられなくて」

「ミセス・ブランドンに寸劇の手伝いを頼んでも無駄だ」そう言ったのはフォーテスキュー卿だ。不機嫌そうな顔でロバートを見ている。「ブランドン夫妻は今日の午後、帰ることになっているんだ」

ロバートは表情こそ変えなかったが、両肩をこわばらせている。フォークが皿にぶつかり、不快な音をたてた。

「首相との会議は中止にした。だから紳士諸君は、一時間でまた狩りに出かけることになる」テーブルにナプキンを放り投げると、フォーテスキュー卿は部屋から大股で出ていこうとしたが、ふと扉の前で立ち止まった。「午後までにはわたしの屋敷から出ていってほしい、ブランドン」

フォーテスキュー卿が立ち去ったあとしばらく、誰もが無言のままだった。沈黙を破ったのは、コーヒーカップを手に取ったジュリアン卿だ。大きな手はまるで薄いカップを握りつぶしそうに見える。「これって、アイルランド自治法案に関係があるのかい？ハーグリーヴス、きみはどう思う？アイルランド人がソールズベリ侯爵を脅かしているんだろうか？」

「いや、そうは思えない」コリンは答えた。

「わたしは今の一件を記事にすべきだと思わないかい？」ジュリアン卿はそう尋ね、片笑みを浮かべた。

「この一件を公にする価値があるとは思えないな」コリンは相変わらず朝食をものすごい勢いで平らげている。「むしろ、何も触れないほうがはるかにいいだろう」そう言ってロバートとアイヴィーに一瞥をくれた。ジュリアン卿がわかったというようにうなずく。

「火のないところに煙を立てても、いいことはひとつもありません」そう言ったのはレディ・フォーテスキューだ。か細い声が部屋全体に聞こえるようにと懸命な様子が伝わってくる。「このパーティに出席されたどの方にも、きまりの悪い思いをしてほしくないんです」

「たしかにそうだ、マダム」ジュリアン卿が言う。「だが、ここにアイルランド人がいない以上――」

「わたしはアイルランド人のことを言っているのではありません。それはここにいる全員がご存じのはずです」誰も答えようとしない。それ以上何も言わず、レディ・フォーテスキューは朝食を黙々と食べはじめた。ロバートが席から立ち上がり、中座を断ったのは、そのすぐあとのことだ。アイヴィーも夫のあとに続いて部屋を出る。わたしはふたりを追いかけた。中央ホールでようやくアイヴィーに追いつき、腕をつかんだ。

「アイヴィー――」

「大変なことになってしまったわ、エミリー。どうすればいいかわからない」

「何か手伝えることはない？」わたしは尋ねた。「あなたたち、〈ホルトン・ハウス〉へ行くつもり？」ロバートの所領はヨークシャー南部にある。馬車で行けば〈ボーモント・タワーズ〉から比較的近い。

「いいえ、ロンドンへ戻るわ。ロバートはソールズベリ侯爵と話したがっているの」

「それなら、わたしもあなたたちと一緒に行くわ」

「ありがとう。でも、あなたがいたら、ロバートが今以上のきまり悪さを感じてしまうと思うの。今何よりロバートに必要なのは、夫婦ふたりきりになれる時間のはずだから」

「そういうことなら、あなたにまかせるわ」わたしはアイヴィーをひしと抱きしめた。華奢な背中がひどくこわばっているのに気づき、胸が張り裂けそうになる。「何か必要なものがあったら、なんでも言ってちょうだいね」

「ロバートを追いかけなくちゃ」アイヴィーはそう言うと、夫のあとを追った。残されたわたしは壁にもたれ、石造りのアーチ型天井を見上げた。オックスフォード大学のアーチ型天井を彷彿とさせる造りだ。これからどうすべきかわからない。途方に暮れているところへ、ありがたいことにすぐコリンがやってきてくれた。

「彼のことだ、きっとどうにかするだろう」コリンは言った。「政治家稼業はとかく浮き沈みが激しい。だがロバートならば、身の処し方を知っているに違いない」

「これからどうなるの？」

「ロバートはしばらく大人しくしているだろう。そのあと態勢を立て直すか、あるいは、政治家はあきらめて一紳士として人生を送れれば満足だと自分に言い聞かせるかのどちらかになるはずだ」

「でも、ロバートは何も悪いことをしていないわ」

「彼は指導者選びを間違えてしまったんだ」コリンが言う。「フォーテスキューがどんな類いの男か、われわれ全員が知っている。それなのに、ロバートはそんな男と手を組むという危険を冒してしまった」

「ロバートに選択肢があったとでも？」

「ぼくらには常に選択肢があるものだよ、エミリー。だが不愉快な一件をいつまでもくよくよ考えるのはよそう。またしても狩りへ出かけなければいけない。その前にキスさせてくれるかい？」コリンはわたしの手を取り、小さな部屋へ引き入れた。部屋は埃だらけの家具でいっぱいだった。「ここなら、誰にも邪魔される心配はないだろう。昨夜はあのあと、きみに会えなくて残念だったよ」

「ええ、わたしも」わたしは唇を噛んだ。「でも、お仕事だったんでしょう？」

「ああ」

「伯爵夫人と？」

「彼女はオーストリアで連絡役を務めてくれているんだ」

「あなたの連絡役はいつもあんなに美人なの？」

「いや、残念ながらいつもというわけじゃない」コリンはわたしの手を取った。「きみは何も心配する必要ないんだよ」

「あなたを信じるわ。でも、伯爵夫人に関して同じことは言えない。わたしだって、それほどうぶではないもの。彼女があなたの単なる同僚で満足するようには思えないの」

「長いことクリスティアナは同僚以上の存在だった。今となっては変えようのない事実だ。だがエミリー、クリスティアナがぼくに夢中になるわけがない。彼女は自分の心を誰かに捧げるような類いの女性ではないんだ。彼女が好きなのは戯れ。そう、ゲームを楽しむみたいにね。クリスティアナにとっては、すべてがワルツみたいなものなんだ。それに彼女はちゃんと知っている。男の大半が、結婚しても自分との関係を続けようとすることをね」

伯爵夫人がコリンに夢中だとは思わない。でも、コリンが〝自分も彼女に夢中だったことは一度もない〟と言ってくれなかったことが、どうにも気になってしかたがない。わたしはため息を押し殺した。

「現実の世界というのは、若いレディだった時分に教わったのとはずいぶん違うものなのね」

「真実をごまかしてもろくなことはない。ぼくはそう考えているんだ」コリンは眉をひそめた。「目の前にある真実に向き合うほど、人はいい人生を生きられるはずだ。ぼくは今まで、どうして男が妻を欲しがるのかさっぱり理解できなかった。結局は失望させられるだけなのに」

「あなたって、予想以上に皮肉屋だったのね」

「いや、きみには何も隠す必要がないと思ったから言ったまでだ」

「わたしもあなたの意見には賛成だわ。だけど、ほとんどの人は反対すると思うの。現実を無視していたほうが幸せだと考える人は多いから」

「もしもきみが純粋に実質的な理由……たとえば爵位や領地を守りたいとか、財産を得たいという理由から結婚するなら、相手との関係についてあれこれ考える必要もないだろう。世継ぎを産んでその兄弟を産めば、きみの役目はおしまいだ。あとは、自分に情熱を感じさせてくれる相手を追いかけられるようになる。誰もが目立たないようひっそりと浮気すれば、夫も妻も傷つくことはない。それのどこがいけないんだい？」

「でも、それっていちばん不満足な生き方のように思えるわ。わたしなら、ひとりでいたほうがまし」

「独身を貫く生き方にも、それなりのマイナス面がある。それにしても、なぜぼくらはこんなに不愉快な話題を話し合っているんだろう？」

「あなたのお友だち、クリスティアナのせいよ。それに不愉快な話題といえば、昨日母から手紙が届いたの。ヴィクトリア女王がわたしたちにウィンザー城で結婚するようおっしゃってくださっているそうよ。しかも、来年の夏に」

「来年の夏だって？　どうしてそんなに待たなくてはいけないんだ？」

「わたしたちの希望が考慮されるとは思えないわ。母と女王陛下はむしろ、六月がいいと考えているはずよ。しかも大がかりな催し物つきで」

「催し物？」

「ええ。花火を打ち上げてはどうかと書かれてあったわ」

「なるほど」コリンの目に笑みが宿る。

「先の英国での結婚式を中止してから、むしろギリシャで結婚するほうがいいかもしれないと思うようになったの」

「結婚の承認に必要な人数だけ揃えて、あとはふたりきりで、だね。そして結婚式のあとはミセス・カテヴァティスのごちそうをいただくってわけかい？」わたしの別荘の料理人は料理の比類なき才能に恵まれている。サントリーニ島の燦々と降り注ぐ太陽と、大皿に盛られたミセス・カテヴァティスお手製の、ほうれん草とチーズのパイ。考えただけでもそそられる組み合わせだ。湿っぽくて薄ら寒い英国郊外に閉じ込められている今は、なおさらのこと。

「ええ、そのとおりよ」

「ギリシャの名酒ウーゾで数えきれないほど乾杯をして、夜遅くまで大騒ぎするんだね？」

「もしかすると翌朝まで乾杯し続けるかもしれないわ」わたしたちは視線を絡め合った。

「だが、女王の意向にどうやって異を唱えればいいのかわからないよ」

「そう言うだろうなと思っていたの。英国に誠心誠意尽くそうとするあなたのことは心から尊敬しているわ。でもねコリン、あなたの場合は行きすぎてる。来年の夏までなんて、そんなに長く待つのは我慢ならないの」

「きみはぼくのことをあれほど長く待たせたじゃないか」コリンは温かな笑みを浮かべた。

「そうね、本当にひどい態度をとってしまったわ」

「そんなことはないさ。きみがどうしてぼくの求婚を受け入れるのをためらったのか、ぼくにもよくわかるんだ。そもそも、きみがそれだけ独立独歩の状態を大切に考える女性じゃなかったら、結婚したいなどと思わなかっただろう」

「わたしたち、嘘みたいに相性がいいのね」そう言いながらわたしは唇を近づけた。それなのに、コリンはキスをしてくれない。

「にもかかわらず、ぼくらは待たなければいけないだろう。女王陛下のご機嫌を損ねるわけにはいかないからね」

「今の発言には、皮肉がまるで感じられないわね？」

「いいや、ほんの少し皮肉をこめたつもりだよ」

「ああ、あなたのことが本当に大好きよ。でも、女王陛下の気持ちを変えることはできなさそうね。そもそもウィンザー城での挙式を申し出てくださったのは、エディ皇太子とメアリー・オブ・テックの婚約をすすめたうちの母に感謝したいから、という理由なんだもの。誰もが言っているわ。メアリー・オブ・テックはすばらしい女王になるだろうって」

「エディがすばらしい国王なら言うことなしなんだが」コリンが言う。英国皇太子の長男エディは頭の回転が遅いうえ、スキャンダルまみれなのだ。しかも時が経つごとに、醜聞の内容もどんどんひどくなっている。

「あら、あなた今、皇族に異を唱えたじゃない？　それでも女王には異を唱えられないと言い張っても、わたしならあなたを説得できるかもしれないわ。持てる力をすべて発揮して、あなたを誘惑すればね」

コリンはわたしの頬に片手を当てた。「勘弁してくれ、エミリー。きみの魅力に抵抗するには、ありったけの意志の力が必要なんだ」

「さあ。あなたに、自分が思っているだけの意志があるかどうかわからないわよ」わたしは爪先立ちになり、コリンにゆっくりと口づけた。両方の頬に一度ずつ。「今日あなたが狩りに出かけなければいけないのが、つくづく残念だわ。もっとずっと楽しい時間の過ごし方があるのに」

実際、その日の午前中は〝楽しい〟とは言いがたかった。前日に到着するはずだった大勢の招待客たちは、結局やってこなかった。首相と閣僚数人が妻同伴で到着すれば、レディたちも新たに知り合った人々との会話を楽しめたはずなのだ。でも実際は大違いだった。

アイヴィーはまだ階上で荷造りの指示に大わらわで、伯爵夫人とレディ・フォーテスキューも姿が見当たらない。フローラとわたしは、伯爵とともに置き去りにされたも同然だ。三人とも何もやることがなくて、暇を持て余していた。

「どうしてわたしたち、狩りをしてはいけないのかしら？　理解できないわ」そう言い出したのはフローラだ。

「わたしはそんなふうに思ったことは一度もないわ」わたしは書きかけの手紙から顔を上げた。マーガレット宛ての手紙は、すでに六ページにも及んでいる。「でも、キツネ狩りは許されてもいいかもしれないわね。鳥を撃ち殺すのはレディらしからぬ振る舞いだと思うけど、キツネを追いかけてバラバラにする役目を猟犬にまかせるのもどうかと思うの」

「アリストファネスの劇はあきらめたのかい？」伯爵が尋ねる。

「上演をあきらめたのかという質問なら、ええ、そうなんです」わたしは答えた。「だって、誰も演劇を楽しむような気分とは思えないんですもの」

「いや、ぼくは違うよ！」そう言って突然大股で応接室へ入ってきたのは、ベインブリッジ公爵ジェレミー・シェフィールドだ。かつてのわたしの幼友だちジェレミーは今、ツイードの上下に身を包み、輝かんばかりの魅力を放っている。

「ジェレミー！」わたしは嬉しさのあまり飛び上がった。「ああ、びっくりしたわ！　いったいどこからやってきたの？」

「ハイウォーターだ。ここから八キロも離れていない。きみがここにいると聞いて、〈ボーモント・タワーズ〉を目ざしてやってきたんだ」

「ええ。マーガレットから警告されたわ。あなたには気をつけてねって」

「先手を取られたか。お願いだ。ぼくが抜け出してきたパーティより、このパーティのほうが退屈じゃないと言ってほしい」

「〝退屈〟というのは、正しい表現ではないかもしれないわね」

「じゃあ〝心地よい眠気を感じる〟とか？」

わたしは笑みを浮かべた。「〝ほんの少し面白い〟というところかしら」

「ぼくらのパーティは全然そんな感じじゃなかったよ。主催者のラングストンは、ぼくらをなかなか狩りに行かせてくれなくてね。まずはこぢんまりと座って話そうと言って聞かないんだ。結局だらだらと何時間も過ごすはめになってしまった。でも、きみたちレディはいつもあんな感じで時間をつぶしているんだよね。今回きみたちの苦しさがようやくわかったよ。ハイウォーターでいちばん一緒にいて楽しいのはミセス・レイノルド＝プリンプトンのはずだったんだが、彼女は恐ろしく機嫌が悪くて、話しかけられなかったんだ」

「本当に？　彼女がここへやってこないのは驚きだわ」

「ああ、ぼくもだ」ジェレミーが声を落とす。「こうしてきみと噂話ができるとほっとするよ」

「わたしもよ」

ジェレミーは声を普通の大きさに戻した。「よければ、散歩でもしないか？　もしきみのお友だちが中座を許してくれるなら？」

「レディ・アシュトンがいなくなると寂しいが、なんとか我慢するよ」そう言うと、伯爵はわたしに親しげな笑みを向けた。少し馴れ馴れしすぎる笑みのように思えてしかたがない。わたしは手早く外套と帽子を身につけると、ジェレミーの腕を取り、その場から離れた。

「来てくれてどれほど嬉しいか、あなたには想像もつかないでしょうね」散歩しながら、わたしはしみじみと言った。うしろを振り返り、〈ボーモント・タワーズ〉を見つめる。小塔や煙突だらけの建物から遠ざかっていくのが、なんだかひどく嬉しい。外はすばらしい天気とは言いがたく、空気は冷たいし、強風が外套に吹きつけている。それでも建物の中に入るよりも、寒い屋外にいるほうがどういうわけか落ち着くのだ。

「そう言われてぼくがどれほど嬉しいか、きみには想像もつかないだろうね」ジェレミーは勝ち誇ったような笑みを浮かべた。少年時代を彷彿とさせる笑みだ。思えば、幼い頃ジェレミーにはカエルやヘビでよく脅かされたものだ。「まさか、ハーグリーヴスを捨てる気になったんじゃないよね？」

「あなたって本当にひどい人ね」

「ああ、そうだよ。だが男たるもの、いつも希望を抱いていたっていいだろう？」

「ええ。あなたのお楽しみを否定する気はないわ。特にこのパーティは夫婦同伴だもの。あなたがいちゃつけるような、特定のお相手がいないレディが全然いないのだからなおさらよ」

「ぼくはいつだって、特定の相手がいるレディのほうが好きなんだけどなあ。彼女たちのほうが何かと要求してこないから楽なんだ」

「まあ、ジェレミーったら。あなたが来てくれて本当に嬉しいわ。あなたはいつだってわたしを笑わせてくれるんだもの」

「ぼくがどれだけ本気か、きみにわかってもらえればいいのに。きみが結婚したその瞬間から、ぼくはきみの愛を勝ち取るために全力を尽くそうと心に決めているんだよ」

「それならわたしは、あなたにちょっかいをかけられるたびに、そっけなく拒絶するのを楽しみにしているわ」

「ところでアイヴィーはどこだい？　たしか、きみはアイヴィーのために、この悲惨なパーティに渋々参加したんだよね？」

「アイヴィーなら、帰宅するために準備しているところよ」

わたしはジェレミーに、ロバートとフォーテスキュー卿のあいだに何があったか説明した。フローラが屋敷から飛び出してきたのはそのときだ。この寒いのに外套も羽織っておらず、涙を流している。

「エミリー、すぐに来て！　大変なの！」フローラは苦しげに叫んだ。「とっても恐ろしいことが起きてしまったのよ！」

6

「いったい何があったの?」フローラのほうへ駆け寄りながら、わたしは尋ねた。

「たぶん、中へ入ったほうがいいだろう」ジェレミーはそう言うと、自分の薄手の外套を脱いで、フローラの震える肩にかけてあげた。

「ありがとうございます、閣下。お心遣いに感謝します。でも屋敷の中ではなく、外で話すほうがいいかと」マナーにのっとった話し方をしているにもかかわらず、フローラの声はひどくしわがれている。その奇妙な対比に、なぜか恐れをかき立てられてしまう。フローラはわたしの腕にしがみついたままだ。こうしてしがみつくことで、フローラは自分の態勢を立て直そうとしているのかしら? それとも、わたしの衝撃を和らげようとしてくれているの? 「ひどい事件が起きてしまったの」

「事件って、どんな?」フローラに尋ねた。「誰かけがをしてしまったとか?」

フローラは深く息を吸い込むと口を開いた。「フォーテスキュー卿が亡くなったの」

わたしは唖然とした。「亡くなった?」

　フローラが肩を震わせているのを見て、突然思い至った。彼女は亡きフォーテスキュー卿の愛人だったかもしれないのだ。もし彼を愛していたとすれば、悲しみはさぞ深いだろう。それなのに表立って彼の死を悼むことはできないのだ。そう考えると、なんだかフローラが気の毒に思えた。「原因は？」

「わからないわ」フローラは涙を止めることができない。「きっと銃弾に当たったんだと思うの」

「だが鳥撃ち銃で人は殺せない」ジェレミーはフローラにハンカチを手渡し、がっしりした腕を彼女の肩に回した。

「でも、ほかに原因が考えられないのよ」

「もしかして突然気分が悪くなったとか？」わたしは尋ねた。「それで倒れたんじゃ？」

「違うみたい。警察が今こちらに向かっているわ」フローラが言う。

「ほかにけが人は？」

「いいえ、誰も」ハンカチはすでにぐしょ濡れだ。「たぶん、そうだと思うんだけど」

「レディ・フォーテスキューは知っているのか？」今度はジェレミーが尋ねる。

「いいえ。だからこうしてあなたを捜しに来たのよ、レディ・アシュトン。貴族院の議長から、レディ・フォーテスキューにこの訃報を伝えてほしいと頼まれたの。だけど、自分の口から彼女に話すなんて耐えられない。ねえ、わたしの代わりに話してくれない？」

「ぼくで力になれることならなんだって手伝うよ」ジェレミーが言う。「だけど、レディ・フォーテスキューに残酷な知らせを伝えるのは、やはり男よりもレディのほうが適任だと思う」

「もちろん、わたしから彼女に伝えるわ」無意識のうちに言葉が口をついて出ていた。これ以上ひどい状況があるだろうか？　妻が夫の愛人から、夫本人が死んだと聞かされるなんて。考えるだに恐ろしい。「心配しないで。レディ・フォーテスキューがどこにいるか知っている？」

「わたしたちと一緒に応接室にいるわ」フローラは答えた。「クッションに刺繍をしているの」

「全然気づかなかったよ。レディ・フォーテスキューは気配を消す達人なんだね」

「すぐにレディ・フォーテスキューに知らせるわ。そのあいだあなたは、ジェレミーと一緒にいて」フローラはジェレミーの肩に頭をもたせかけていた。涙はどうにか止まりそうだ。ようやく屋敷の中へ戻れる程度の落ち着きを取り戻しつつあるのだろう。一方のわたしはといえば衝撃を受け、ひどく困惑し、驚いたことに悲しみを感じていた。

屋敷の中に戻ったフローラとジェレミーが、目立たないように伯爵夫妻を呼び寄せているあいだも、わたしはレディ・フォーテスキューの姿を捜し続けていた。彼女を見つけたのは温室だ。刺繍に飽きて散歩に来たのだろう。でもいざ話しかけようとして、ふと考えずにはいられなかった。この瞬間を境に、レディ・フォーテスキューの人生は永遠に変わってしまうのだ。

そのあと、何をどう伝えたのか自分でもよく思い出せない。けれども、こういう取り返しのつかない知らせによってすべてが一瞬にして変わってしまう状況においては、どんな言葉を用いるかなどさほど重要ではないだろう。夫の死を伝えた瞬間、レディ・フォーテスキューは微動だにせず、まっすぐ前を見つめた。それからわたしが伸ばした手を振り払い、まばたきをした。みるみるうちに目に涙があふれ、やがて彼女はすすり泣きはじめた。レディ・フォーテスキューの傍らに立ち、わたしはぼんやりと考えていた。他人にとってはひどい男のように思えても、フォーテスキュー卿は近しい者たちにはまったく違う態度をとっていたのかもしれない、と。

フォーテスキュー卿死去の一報が広まるにつれ、屋敷はぎこちない沈黙に包まれた。レディ・フォーテスキューとフローラのふたりは自分の部屋へこもり、残されたわたしたちはひそひそとささやき合った。自分たちの言葉が長い廊下伝いに伝われば、彼の死を悼むレディふたりの気をそらせるかもしれない、とでも考えたかのように。ジェレミーは使用人をハイウォーターへ遣わし、私物を運び込ませた。こんな混乱のさなかにひとりだけ帰りたくないと考えたのだ。どのみち、ここから勝手に去るのは許されなかっただろう。

フォーテスキュー卿は単なる事故死ではなかった。頭部を一発撃たれていたのだ。鳥撃ち銃でも猟銃でもなく、凶器は決闘用のピストルだった。凶器が発見されたのは雑木林の中、狩り用のショットガンが立てかけられた場所から二、三メートル離れた木の下だ。すぐに警察がやってきて、わたしたちをひとりずつ呼んで事情聴取をはじめた。ロバートとアイヴィーの帰宅も延期となった。

「〈ボーモント・タワーズ〉に到着してから、何か怪しい動きに気づいたりしませんでしたか?」わたしの取り調べに当たったのは、非常に若くて熱心な警官だった。

「ミスター・ハリソンが上着の下にピストルを所持していたのを見てびっくりしたわ。彼にとって、フォーテスキュー卿は実のところ政敵だったのでしょう? もしかすると――」

「ミスター・ハリソンの銃は凶器ではありませんでした。この凶器をどこかで見たことがありますか、レディ・アシュトン?」彼は凶器をわたしに差し出した。

「ええ、あるわ」よく考えもせず手を伸ばしながら、わたしは答えた。

警官は少し頬を紅潮させて体を引くと、改めてわたしを見た。「それは、いつ?」

「あら、わたしはフォーテスキュー卿を殺してなんかいないわ。銃を見たのは図書室よ。ちょうど……」わたしは口をつぐんだ。亡くなった男性の私物をくまなく調べていたことを認めてもいいものかしら? 「この屋敷にある芸術品の目録を作ろうとしていたときに」

「なるほど。ですが、どうしてあなたがピストルの収納ケースを開けるに至ったのかがわかりません」

「ケースの中に何が入っているかわからなかったから開けてみたのよ。何か、美術品が入っているかもしれないと思って」

「だから箱を開けるのが正しいことだと？」

「ええ」わたしは揺るぎないまなざしで警官を見た。「でも、ケースの中には銃が一丁しか入っていなかったわ。もう一丁は収納されていなかったの。だから、これがそうじゃないかと思っただけよ」

「収納ケースには今、ピストルが一丁も入っていません」警官は言った。

「それなら——」

警官はわたしをすぐさまさえぎった。「今日はもうこれ以上お答えいただく必要はありません、レディ・アシュトン。質問に正直にお答えいただき、ありがとうございました」

数時間後、外務省から三人の紳士が、そしてソールズベリ卿の側近ふたりが屋敷へ到着した。ロンドン発の臨時列車で急遽駆けつけたのだという。彼らとコリン、ミスター・ハリソン、トーマス卿は政治会議に使われていた部屋に閉じこもってしまった。ひとりも外へ出てこない。

「なんだかいやだな。自分がまるで役立たずみたいに思えてしまう」ジェラルド・クラヴェルは興奮した様子で部屋を行きつ戻りつしている。彼がそんな様子なのは、自分の妻の悲嘆ぶりを目の当たりにして、彼女とフォーテスキュー卿の関係を直視せざるをえなくなったからだろうか？　それとも、ふたりがそういう関係だったことで、殺人犯としての嫌疑をかけられるのを心配しているから？

「警察も政府の要人も勢揃いしているんですもの。きっと、よしなに取り計らってくれるはずよ。心配することはないわ」

「ぼくらの中に、何か見た人間がいるに違いない」ジェラルドが言う。

「警官は優秀なやつだった。彼が事件を解決してくれるよ」そう答えたのはジェレミーだ。

「あっ、伯爵夫人が戻ってきた！」とジェラルドが声をあげる。「ちょっと失礼するよ。彼女なら、何か普通じゃないことに気づいたかもしれない」

伯爵夫人に近づいていくジェラルドの姿を見ながら、ジェレミーはこっそり笑った。

「彼はいつも忙しくしていないと気がすまないようだね？」

警察の事情聴取が終わっても、ロバートは階下に姿を現さない。わたしの傍らでアイヴィーはハンカチを握りしめ、窓の外をぼんやりと眺めながらつぶやいた。「あまりにひどすぎるわ」わたしは答えをためらった。アイヴィーがそう言ったのは、夫ロバートに対する心配を募らせているせいだと考えたからだ。ロバートがフォーテスキュー卿と言い争っていたところを、わたしたち全員が目撃している。ロバートの立場は決していいとは言えないだろう。「フォーテスキュー卿のことを好きな人なんていなかったわ。でも、彼が亡くなってしまった今は、つらくて……」

「彼の死をこれっぽっちでも残念に思っている人はひとりもいないはず。そのことへの罪悪感で、わたしたちも暗い気分になってしまっているのよ」わたしは答えた。

「まあエミリー、死んだ人の悪口を言ってはいけないわ」

「ええ、そうね。でも、自分だけは彼のことが好きだったとは言わせないわよ」

アイヴィーの隣へ座るなり、ジェレミーは彼女の手を取った。「フォーテスキューは不愉快な男だったが、もう死んでしまった。アイヴィー、今回だけはこの機会を利用して、きみの親友にぼくを印象づけさせてほしい。ホメロスの引用だ。〝人を殺めて誇ることは正しからず〟」

「まあジェレミー、『オデュッセイア』ね！」目が合った瞬間、わたしはジェレミーに驚くほど強い絆を感じた。「いったい、いつ読みはじめたの？」

「いや、それが読んでいないんだ。いかにも教養があるように思わせる引用を探すのが、ぼくの趣味なんだよ」これにはアイヴィーも微笑まずにはいられなかったようだ。「よし。アイヴィー、きみは笑っているときがいちばん愛らしい。笑みを絶やさないでほしいな」ちらりとこちらを見たジェレミーの瞳には、わたしと同じく、ロバートを心配する気持ちが映し出されている。

腕に触れられるまで、わたしはコリンが部屋に入ってきたことにも気づいていなかった。彼が低い声で話しかける。「話がある。一緒に来てくれないかい？」

「もちろんよ」

わたしたちは中座を断ると、ひと言も交わさないまま図書室まで歩いていった。コリンが扉を閉め、室内を見回す。わたしたちのほかに誰かいないか確かめるかのように。そのうえで口を開いた。「事態はかなり深刻だ。今はっきりしているのは、フォーテスキューがこのパーティの出席者に殺されたということ。そして、ロバートが最重要容疑者に挙がっているということだ」

「ロバートが人を殺すはずがないわ！」

「もちろん、ぼくもきみと同じ意見だ。だがぼくら全員の目の前で、フォーテスキューは彼を悪し様(あしざま)に言い、政治生命を脅かすような態度をとっていた」

「でも、それならジェラルド・クラヴェルはどうなるの？　もし自分の妻がフォーテスキュー卿と浮気していたのを知っていたら、彼だってフォーテスキュー卿を殺す動機があることになるわ」

「ふたりが浮気をしていたのは確かなのか？」

「きちんと証明できるか、という意味なら、証明できないわ。だけど――」

「証明できなければだめなんだ。ジェラルドには動機があるかもしれない。でも彼にはフォーテスキューを殺害する機会がなかったのも事実だ。事件が起きたとき、彼はぼくらと一緒に狩りに出ていたんだからね。事件のあった時刻にはっきりしたアリバイがないのは、ロバートだけなんだ」

「ロバートはアイヴィーと一緒にいたわ」

「いや、その時刻、アイヴィーと一緒に寝室にいたのは彼女のメイドだけだ。なんでも、ロバートはビリヤード室から新聞を取ってくると言って出ていき、寝室にいなかったらしい。ただ、ビリヤード室でロバートの姿を目撃した人間は誰もいないんだ」

「ロバートはほかに何か言っていないの？」

「ここ数日間、フォーテスキューは誰かから警告を受けていたと言っている。それも、脅しつけるような内容だ。だからロバートは、フォーテスキューが暗殺されたに違いないと考えているんだよ。だが今のところ、そういった脅迫状の類いは一通も見つかっていない。それに脅迫状のことを知っている者が、ロバート以外に誰もいないんだ」

「差出人は誰だったのかしら？」

「ロバートは知らないと言っている」

「ミスター・ハリソンってことはない？　彼が信用ならない人物だということは、すでに実証ずみよ」

「事件があった時刻、ハリソンはぼくの隣に立っていた」

「ねえ、コリン、何かロバートのためにしてあげられないの？」

「それができればどんなにいいか。だが、ぼくはこれからベルリンへ行かなければいけなくなった」

「この事件のせいで？」

「ああ。フォーテスキューが死んだとなれば、政治面で大きな影響が及ぶのは必至だ。特にヨーロッパ大陸における問題とかかわってくる。それ以上詳しいことは言えない。今言えるのは、きみと離れ離れになるのが寂しいということだけだよ」

「ベルリンにはどれくらい滞在することになりそう？」

「まだわからない」

「せっかく夏になる前にあなたと結婚しようと計画していたのに。どうやら計画が台無しになってしまいそうだわ」

「ということは、ぼくは女王のご機嫌を損ねずにすむかもしれないね」

「ベルリンへ行ってしまう前に、あなたに時間があれば話はべつよ。ちなみに、わたしは今日の午後なら空いているわ」

「ぼくも空いていればよかったのに」コリンはそう言って笑った。

コリンの瞳は、まぎれもないわたしへの愛情に満ちている。きっと、わたしの瞳にも彼に対する思慕の情が浮かんでいるに違いない。それでも彼の腕に飛び込んだりせず、わたしは一歩下がった。「どうしてかしら？　今日殺人事件が起き、たった今深刻な話を聞かされた。それなのに今は、あなたと一緒にいられるこの瞬間のことしか考えられないの。こんな大変なときにあるまじき態度だわ。わたしって不謹慎よね？」

「人は必ずしも自分の欲望を完全に抑制できるとはかぎらないよ」

「そんなことを言わないで。あなたがもうすぐ出発してしまう今は、特に」わたしはコリンの上着の下襟を引っ張った。「ロバートを助けるために、わたしに何かできることはないかしら？」

「ぼくにもわからない。とにかく状況が深刻なんだ。ただ、真相を探り出せる人がいるとすれば、それはきみだと思う」

わたしがデイヴィッド・フランシス殺害事件を解決したのは、つい数カ月前のことだ。そのほぼ一年前にも、夫の死にまつわる真相を暴いたことがある。

「事情聴取のとき、警察は何も教えてくれなかったわ」

「そんなことでくじけるきみじゃないだろう？　よければ、きみにもっと情報を与えるよう警察側に働きかけておくよ。だがエミリー、はっきり言って、警察もさほど情報を握っているとは思えない。とにかく今のところは、状況証拠しかないんだ」

「警察は何か見過ごしているはずだわ」

「ああ。だが今は、アイヴィーのことをいちばんに考えてあげるべきだと思う。彼女の世界は、いまや崩壊しかかっている。だからこそ支えてあげてほしい。そうできれば、きみも事件の捜査に集中できるだろう。こんなときに、きみをひとり残していかなければいけないのがつらいよ」

コリンはわたしに口づけた。唇が荒々しく重ねられる。痛いほどに。息をするのもままならない。

「向こうに着いたらすぐに手紙を書くよ」コリンはそう約束した。

わたしは応接室には戻らなかった。アイヴィーを見つけたのは中央ホールだ。階段のいちばん下に座り、小さな両手をきつく握りしめ、まばたきひとつしていない。わたしは親友の前にひざまずいた。

「ロバートが連れていかれたの」アイヴィーは力のない声で言った。「警察が今、わたしたちの荷物を調べているところよ。きっと彼らは――」

そのとき、わたしは視界の隅に何かをとらえた。赤いスカートだ。かすかにシルクの衣擦れの音がする。見ると、戸口に伯爵夫人が立っていた。わたしたちの話が充分聞こえるほどの近さだ。「ここでは何も言わないで。階上へ上がりましょう」

わたしの部屋に入るなり、アイヴィーは泣きながらくずおれた。わたしはそんな彼女をしっかりと抱きしめ、うとうととまどろむまで待った。ベッドに横たえたものの、アイヴイーはしきりに寝返りを打ち、悪い夢を見ているのかすすり泣きを漏らしている。起こさないよう注意しながら、わたしは呼び鈴を鳴らしてメグを呼び、寝室の扉の外で指示を与えた。家に戻る準備をし、ジェレミーを呼んできてほしいと。

「警察はロバート・ブランドンをロンドンへ連行した。ロンドン警視庁がこの事件に興味を持っているに違いない。国家への反逆じゃないかという噂もあるからね」廊下をやってくるなり、ジェレミーは言った。「アイヴィーをロンドンへ連れていくつもりかい？」

「ええ。ここにはいられないもの」

「たしかにそうだね。ぼくがすべて手配して同行する。本当に大変なことになってしまって残念だよ、エム」五歳のときからの呼び方でジェレミーが言う。瞳には思いやりの色が宿っていた。いつにないことだ。「どんなにつらいことか、想像もつかない」

「同情ならアイヴィーのためにとっておいてあげて」

「もちろん、アイヴィーのことも同じくらい気の毒だと思っている。だけど、きみが苦境に立たされた友人を救おうとしているのには賛成できない」

「でも、ロバートが人を殺すはずがないのよ」

「ああ、ぼくだってそう思うよ。でもロンドン警視庁にそう確信させるのは至難の業だ」ジェレミーはわたしの肩にそっと触れると、手を落とした。「出発の準備ができしだい、知らせるよ」

もともとジェレミーは効率のよさとは無縁の人間だ。でも今回だけは違った。その日わたしたちがわずか数時間でヨークシャーを出発できたのは、ジェレミーがてきぱきと動いてくれたおかげだ。もう二度と〈ボーモント・タワーズ〉を見なくてすみますように。わたしはそう祈るような気持ちだった。

議会が閉会しているため、ロンドンは閑散としていた。バークレー・スクエアにあるわたしの屋敷も、社交シーズンが終わってからは、閉じてしまっている。埃よけのために家具にはすべて布がかけられ、使用人たちの多くもダービーシャーにある亡き夫の領地へ出払っていた。そこでわたしがクリスマスを過ごすことにしていたからだ。執事のデイヴィスはジェレミーから電報を受け取るとすぐに〈アシュトン・ホール〉を出発し、早めにロンドンの屋敷へ戻り、留守を預かっている使用人たちを束ねてくれていた。

真夜中過ぎに到着したわたしたちを、デイヴィスは戸口で迎えてくれた。「ミセス・ブランドンが一緒に来られるとうかがい、すぐに〈ホルトン・ハウス〉へ電報を打ちました。ミセス・ブランドンのトランクは、明日の始発列車で届くことになっています」アイヴィーのほうを向いて言葉を継ぐ。「それまでは黄色の間でおくつろぎください。ミセス・オークリーがご案内し、ゆっくりおやすみになれるよう軽食をお持ちいたしますので」

「ありがとう、デイヴィス」アイヴィーはそう言うと、わたしのほうは一度も振り返らず、家政婦のあとに続いてバロック様式の階段を上がっていった。

「奥様、図書室をお使いいただけるよう準備を整えました」デイヴィスが言った。「お腹がすかれていたときのために四十七年もののポートワインと、サヴォイから取り寄せた冷たい夕食をご用意しております。料理長は明日の朝、ここへ到着する予定です」

腕を取られるまで、わたしは隣にジェレミーがいたのを忘れかけていた。彼のエスコートで図書室へと向かう。「あの執事はきみのことが本当によくわかっているんだな。すぐに寝室へ案内しないとは大したものだ。殺人事件についてきみと話し合いたくてね。ただしひと言でもギリシャの話を持ち出したら、すぐに失礼するからね」

「ギリシャの話はコリンのためにとっておくわ」デイヴィスに聞かれないよう、わたしはジェレミーにささやき返した。

「きみと話していると、大学時代にもっと勉強しておけばよかったとうっかり後悔しそうになるよ」

図書室へ足を踏み入れた瞬間、わたしはなんとも言えない居心地のよさを感じた。柔らかな光に浮かび上がるのは、アーチ型の高い天井とずらりと並んだ本棚。まるで古くからの友人に出迎えられたようなぬくもりを感じ、わたしはお気に入りの椅子に沈み込むと、こめかみをもんだ。

「ねえジェレミー、いったいどこから手をつければいいと思う？」デイヴィスが退室すると、わたしは尋ねた。

「事件解決の手順ならきみがいちばんよく知っているだろう？　ぼくなんか役に立たないよ」

「あなたは周囲に見せかけているほど役立たずではないはずよ。だって今日の荷造りもあっという間にこなしてしまったじゃない！」

「くれぐれも、そのことはほかの人に言わないでくれよ。ぼくのせっかくの評判が台無しになってしまうからね。ぼくは英国一の怠け者を目ざしてるんだ。それって、意外と疲れることなんだよ」

＊＊＊

一八九一年十二月五日
オックスフォード大学　サマーヴィル・ホール

親愛なるエミリー
信じられないことが起きたの！　なんと明日、ミスター・マイケルズと食事することになりました――ね、驚きでしょ？　まったく知られていないラテン語の詩を翻訳してミスター・マイケルズに見せたところ、彼いわく〝非常に繊細な文字〟に感銘を受けたとかで、仲間三人とのディナーにわたしを招待してくれたの。

何より面白いのは、そのラテン語の詩がきわどい内容で（サッポーとはなんの関係もないけれど）、どう考えてもわたしの書く文字は繊細とはほど遠いものだということ。こちらとしては、かなり大胆な賭けに打って出たつもりだったの。むしろ衝撃を受けたミスター・マイケルズから叱りつけられるのを期待していたのよ。

それなのに、わたしの努力は完全に裏目に出てしまったみたい。いったいどうすべきなのか自分でもわからないわ。次回はもっと彼を激怒させたいと思っているの。

そうだ、ディナーのあとに〝どうしても煙草(たばこ)が吸いたい〟と言い張ってみるのもいいかもしれないわね。

ところでヨークシャーはどう？　あなたがひどく退屈していないことを祈っているわ。

あなたの友
マーガレット

7

マーガレットの手紙が届けられたのは、わたしたちが〈ボーモント・タワーズ〉を出発してわずか数時間後だったが、実際手紙を読めたのは翌朝のことだった。その日、ロンドンはぞっとするほどひどい天気だった。黄色く濃い霧が街じゅうに垂れ込め、住民から生きる気力を奪っている。そう、透明ではなく黄色の霧が立ち込めている様子は、まさに芸術家が喜びそうな光景と言っていい。人の命を奪う霧、と表現しても過言ではないだろう。ロンドンでもっとも貧しい地域には、呼吸器の病気で苦しんでいる人が多い。そのため、この黄色い霧のせいで死亡率が上がる一方なのだ。まだわたしが幼かった頃、黄色い霧のせいで、わずか数日のあいだに何千人とは言わないまでも、何百人というロンドン市民が亡くなったことがある。その衝撃の事実を、新聞の第一面の記事で読んではじめて知ったのだ。母はひどく恐ろしがり、わたしがその記事を読んでいるのを見た瞬間、手から新聞をひったくって暖炉に投げ込んでしまった。

「奥様、少しお話ししてもよろしいでしょうか?」熱々の紅茶でカップを満たしながら尋ねてきたのはデイヴィスだ。普通なら、執事は朝食の席で給仕などしないものだが、デイヴィスは違う。新聞にアイロンをかけるあいだに朝刊の記事を熟読しているため、わたしが朝食を食べているときに、めぼしいニュースについて実に的を射たコメントをし、楽しませてくれるのだ。執事であるデイヴィスとわたしの関係は、日々刻々と進化しつつある。そのことを知ったら、母はどんな反応を示すだろう？　想像するだけで頬がゆるんでしまう。いまやわたしにとって、デイヴィスは使用人というよりもむしろ、なくてはならない友のような存在になっていた。

「ええ、もちろんよ」紅茶にミルクを注ぎながら、わたしは答えた。

「今朝は新聞に目を通される時間を早めに切り上げたほうがよろしいかもしれません。ミセス・ブランドンがすでにお目ざめで、もうすぐ階下へおりていらっしゃるはずです。新聞の第一面にミスター・ブランドンを痛烈に非難する記事が載っておりますので」

執事の言葉を聞いた瞬間、わたしは新聞をひっつかみ、ひどい中傷記事をあっという間に読み終えた。案の定、扇情的な見出しとともに掲載されていたのは、フォーテスキュー卿の殺害にまつわる記事だ。〝英国で公開処刑が行われていないのは嘆かわしい〟などという論調は、無責任も甚だしい。読んでいく中で、役に立った情報はひとつだけ。ロバートがロンドンに連行された理由だ。匿名の情報筋によると、ロバートは殺人だけでなく国家反逆の疑いもかけられているらしい。なんでも〈ボーモント・タワーズ〉から非常に重要な政治文書が紛失してしまったのだという。

「あらぬ中傷もいいところだわ」わたしは新聞を折りたたみ、デイヴィスに渡した。「すぐに燃やしてちょうだい。明日の新聞は持ってこなくていいわ」だが、しばし口をつぐんで手で額をこすったあと、続けた。「いいえ、やっぱり明日も持ってきて。完全に無視するよりも、記事の内容を把握していたほうが役立つはずだわ」

次の瞬間、扉が開いた。入ってきたメイドが、わたしの前で短くお辞儀をする。「ベインブリッジ公爵がお見えです、奥様。応接室へお通ししましょうか?」

「ええ、お願い」どう考えても、ジェレミーが朗報を持ってきたとは思えない。それだけに、彼とはアイヴィーのいない場所で話したい。「デイヴィス、朝食を食べ終えたら図書室で待っているようにと、ミセス・ブランドンに伝えてちょうだい。公爵とわたしはなるべくすぐに図書室へ行くからと」

今まで、この屋敷の応接室について考えてみたことは一度もない。それなのに今日足を踏み入れたとたん、驚いてしまった。わが家の応接室には、なんて温かな雰囲気が漂っているのだろう。壁一面が赤いシルクで覆われ、白い大理石の炉棚には赤々と火が燃えている。椅子もすべて座り心地のよいものばかりだ。程よく湾曲した背もたれと柔らかな革の座席に身を預けると、優しく抱擁されているかのような気分になる。まるで宮殿のような広さながら、こぢんまりとしたわが家を思わせる居心地のよさだ。まさに〈ボーモント・

タワーズ〉とは対照的と言っていい。暖炉脇の椅子にだらけた格好で座っていたジェレミーは、わたしを見るなり飛び上がった。

「この応接室へ通されるのはいつ以来だろう？　思い出せないよ。まるでお気に入りの求婚者みたいな扱いじゃないか。ぼくへのきみの態度は、日に日に親密になっていくね」

「またそんなふざけたことを言って。それにあなたもよく知っているはずよ。わたしのいちばんのお気に入りは図書室だってことを。応接室というのは味気なくて、魂が感じられない場所よ」手にジェレミーのキスを受けながら微笑んだ。

「魂が感じられない場所。なるほど、ぼくにぴったりじゃないか」ジェレミーは腰をおろした。「実は、ニューゲート監獄に行ってきたんだ」

「ニューゲート監獄？」その名を聞いて震え上がらない英国人はいないという、ロンドンでもっとも悪名高き刑務所だ。「そうよね。ロバートはあそこに拘束されているんですものね」

「たった今、彼を訪ねてきたんだ。きみに来てほしいと言っていた」

「もちろん行くわ。すぐにアイヴィーを連れてくるわね」

「いや、ロバートはアイヴィーに今の自分を見せたくないと言っていた。その点に関しては絶対に譲らないだろう」

ニューゲート監獄には自分も一緒に行く――ジェレミーのその申し出を、わたしはありがたく受けることにした。監獄へ向かう道のりは永遠に続くかのように思えた。不安や緊張が募る一方だ。吐き気がするし、手も小刻みに震えている。とうとう目的地に着いた瞬間、わたしは思い知らされた。ニューゲート監獄は予想以上に最低最悪な場所だということを。白塗りの高い壁も、監獄内を漂う悪臭や不潔さを覆い隠すことはできないらしい。

ジェレミーは入り口近くにいた番人に話しかけ、ロバートを連れてくるよう命じた。

「囚人たちにそういった特権を許すわけにはいきません、閣下」

「彼のためじゃない。レディ・アシュトンのためなんだ。きみは本気でこちらのレディを、はるばる刑務所の奥まで歩かせるつもりか？」

番人は目をすっと細めてわたしを見ると、不満げにうなった。「いいでしょう。ここでお待ちください」その瞬間、わたしはレディとして扱われることになんら抵抗を感じなかった。そもそも刑務所の奥がどうなっているか見たいとも思わないし、興味もない。

十分後に戻ってきた番人の案内で、わたしたちは迷路のような階段を通り、小さな事務所へたどり着いた。「面会時間は十分です。ただし、自分も同室させてもらいます」番人は鍵を開けると、扉を勢いよく開いた。

ロバートはわたしたちに背を向けて立っていた。窓の下に広がる中央刑事裁判所（オールド・ベイリー）をぼんやりと見つめている。彼の裁判が行われるはずの場所だ。刑務所と中央刑事裁判所の建物は暗い通路で結ばれている。あの通路を通って判事の前に引き出されるとき、ロバートはいったい何を考えるのだろう。番人は扉を閉めて鍵をかけると、鍵をポケットにしまい込んだ。なんだか奇妙な気分だ。この番人の手助けがなければ、自分がここから出られないなんて。

わたしは部屋を横切り、ロバートへ近づいた。わたしたちが部屋に入った物音は聞こえているはずなのに、彼は振り向こうとせず、まだ窓の外を眺めている。わたしは低い声で話しかけた。「こんなときに元気かなんて尋ねるのはおかしいと思うんだけど、ほかにかける言葉が思いつかないの」

ロバートは振り返ってわたしを見た。ひどくやつれて顔が青白い。不安げでうつろな目の下にはくまができている。「きみが囚人とも平気で話せるような人じゃないとわかってほっとしたよ。もしそうなら、アイヴィーとの友だちづき合いをやめてもらうところだった」それから、背後で番人のそばに立っているジェレミーに軽く会釈した。

「でも、アイヴィーにはすでに悪い影響を与えてしまっているわ」

「ああ。ぼくときみは必ずしも意見が一致しているわけじゃないからね。ぼくは保守的な男なんだよ、エミリー。紳士として何より大切なのは、レディを守って世の中の醜い一面を見せないようにすることだと思っている」

「ときには、真実を見たほうがいい場合もあるわ」

「必ずしもそうとはかぎらない」ロバートはちらりと番人のほうを見た。今は椅子に座り、新聞を読みふけっているふりをしている。ジェレミーは背後からその記事を眺めていた。

「だが、不幸な状況にある今、ぼくにはきみしか頼る人がいないんだ」

「どうして警察は、あなたがフォーテスキュー卿を殺害したと考えているの？」

「ほかにこれという容疑者がいないからだ」

「少なくとも英国の半数の人は、彼が死んでよかったと思っているはずよ」わたしは声を抑えたまま言った。「でも、あなたは彼が死んでもひとつも得をしないわ。彼はあなたの指導者だったんだもの。それなのに、そんなあなたがなぜ彼を殺したと考えられているの？」

「フォーテスキューは公の場でぼくを侮辱した。ぼくの政治生命を断ち切ってやると公言したんだ。おまけに、ぼくは射撃の名手として知られてる。殺人を犯すのはさほど難しいことではないと考えられたんだろう」

「射撃の腕はすごくても、あなたには人は殺せない。それはこのわたしがよく知っているわ」

「だがエミリー、ぼくは実際、人を殺してしまったんだよ」ロバートがつぶやく。

わたしは愕然（がくぜん）とした。「でも……まさか、そんな……」

「いや、相手はフォーテスキューじゃない。もう何年も前のことだ。決闘でね」

「決闘？」穏やかなロバートが決闘に挑む姿など想像できない。

「もちろん、アイヴィーはこのことを知らない。彼女には言わないでほしい。さらに心配をかけてしまうだけだから」

「でも……たとえ過去に何があったとしても、今回の事件とは関係ないでしょう？　あなたはフォーテスキューを殺していないんだもの」

「ああ。だが今回の事件の凶器が、その決闘で使われたピストルだったんだ」

「それが重要なことなの？」眉をひそめながら尋ねた。

「フォーテスキューは決闘のことを知っていた。ぼくがかかわっていたことを証明する、ファイルを持っていたんだ」

「どうしてそんなことを？」

「ぼくを脅して支配するためだよ」

「だけど、それが脅迫の理由になるとは思えないわ。わたしはあまり好きになれないけれど、いまだに決闘は名誉ある行動だと考える男性もいるでしょう？」

「だが閣僚になるとなれば、話は違う」ロバートは窓の外をぼんやりと眺めた。「まあ、今のぼくにはもうそんな可能性は残されていないがね」

「ロバート、なぜわたしに会いに来てほしいと思ったの？」

「誰がフォーテスキューを殺したのかはわからない。だけど彼は暗殺されたに違いないいんだ。〈ボーモント・タワーズ〉に滞在中、脅迫状を受け取ったとフォーテスキュー自身が言っていた」

「誰から?」

「わからない。ぼくにわかっているのは、それがウィーンからの手紙で、フォーテスキュー個人を脅迫する内容だったということ。それに一国の政治にかかわる高位の人物の暗殺計画についての情報が書かれていたということだけだ」

「その高位の人物って誰かしら?」

「わからない」

「このことを警察には話したの?」

「ああ。だがフォーテスキューの家からは、ぼくの話を裏づけるような証拠は何も見つからなかったらしい」

「新聞で、重要書類がなくなったという記事を読んだの。その書類と一緒に、脅迫状も盗まれた可能性があるわ」

「ぼくもそう考えているんだ。けれど、誰もぼくの話に耳を傾けてくれない」

「脅迫状の差出人が誰か、突き止めなければいけないわね」

「だからきみに来てほしかったんだ」ロバートは深々と息を吸い込み、言葉を継いだ。

「先ほどぼくの父が事務弁護士とやってきて、出費を惜しまず弁護に全力を尽くすと約束してくれた。だが力強い言葉とは裏腹に、父の目は怯えていた。明らかに父も弁護士も、ぼくが無罪放免になる希望を捨ててしまっているんだろう」

「でもあなたの事務弁護士が……いいえ、あなたの法廷弁護士が……とにかく誰かが、フォーテスキューに脅迫状を送った差出人を突き止められるはずだわ」

「そのためにも、誰かにウィーンへ行ってもらうしかない。ところがそう考えているのはぼくだけらしいんだ。そんな努力はしても無駄だと、誰もが決めつけてしまっている。そこではたと気づいたんだ。妻ときみがつき合うのにあまりいい顔をしなかったのは、間違いだったんだとね。ハーグリーヴスは国外に行っていて、同僚の政治家たちは恐ろしい勢いでぼくから離れていってしまっている。事件にまつわる調査を頼める知人、しかもそれ相応の実力の持ち主となると、きみしかいないんだ。ベインブリッジにも頼んでみたんだが……」

「どうすべきかわからない、と言われたのね」

「そのとおり。ただ彼が提案してくれたんだ。きみと話すといいって。レディをこんなことに巻き込むなんてとんでもないことだとわかっているが、きみが今まで成功を収めてきた事実は否定できない」ロバートはため息をついた。「というか、過去の難事件を解決したきみの手腕は見事だった」

「それで、わたしにどうしてほしいの？」

「頼みたいことはわずかだ。きみをいかなる危険にもさらしたくないからね。もしウィーンへ行き、フォーテスキューに脅迫状を送りつけた人物を捜し出せたら、その人物を連れてウィーン大使館にいるオーガスタス・パジェット卿を訪ね、話をさせてほしい。そうすれば、英国の司法当局もぼくの話を信じるようになるはずなんだ」

「ほかに役立ちそうな情報は?」

「フォーテスキューは、ウィーンの無政府主義者たちの集団を警戒していた。シュレーダーという男が率いる集団だ。だが彼らがこの事件にかかわっているかどうかはわからない」

「できるかぎりの努力はするわ」

「本当に恩に着るよ、エミリー」

「いいえ、まだあなたを助けたわけじゃないもの。近いうちにあなたに、〝きみは命の恩人だ〟と言わせてみせるわ」

「その日を楽しみにしているよ」ロバートはどうにかこわばった笑みを浮かべた。

「あなたにこれを持ってきたの」わたしはこっそりと一冊の本を取り出した。「持ち込むのを看守に頼み込むのは至難の業だったのよ。でもジェレミーがお金を握らせてくれたおかげで、どうにか持ってこられたの。あなたが大衆小説をどう考えているかはよく知っているわ。でも、衝撃的な小説の中には本当に面白いものもあるんだとわかってほしくて」

ロバートは本の表紙をまじまじと眺めた。「『レディ・オードリーの秘密』？　この悪趣味な小説については、もういやというほど聞かされているよ」

「でも、わたしの亡き夫だってこの本を楽しんでいたのよ。フィリップがどれだけ博識な人だったか、あなただって知っているでしょう？」そう、フィリップは紳士としても、学者としても超一流だったのだ。

「読んでみるよ。ここではほかに何もすることがないからね」

「ええ。今こそ、あなたを堕落させるちょうどいい機会だと思っているの」

「まずはレディたちでワインを飲む。そしてお次はこの小説。まったく、きみの放蕩ぶりにはきりがないんだね？」傍目にも、ロバートが軽口を心がけているのがよくわかった。わかりすぎるほどに。

「あなたを釈放させるために、全力を尽くすわ」わたしたちはほんの一瞬だけ目を合わせた。わたしの全力などたかが知れている。ふたりともそのことは痛いほどよくわかっていた。それでも、わたしはロバートと握手を交わした。

そのとき、番人がこほんと咳払いをした。「マダム、囚人には触らないように」

「わたしもウィーンに連れていって！」アイヴィーの美しい顔はすっかり輝きを失っていた。〝ニューゲート監獄へ面会に行っても、ロバートはあなたには会ってくれない〟監獄へ行く前にわたしがそう告げたときも、アイヴィーはひるんだり、たじろいだりはしなかった。でもわたしたちが監獄から戻ってきたとき、目はすでに赤く腫れていた。

「あなたはここに残らなければならないわ。もしロバートがあなたに会いたがったらどうするつもり？」アイヴィー本人にはとても言えないけれど、わたしはあることをひどく心配していた。もしわたしがウィーンでなんの成果も上げられなかった場合、ロバートはわたしが英国へ帰国する前に処刑されてしまうかもしれないのだ。「もしロバートがあなたと会う気になったら、あなただってわたしの調査の進み具合を彼に報告できるわ。あそこでロバートに触れることが許されないのは残念ね。長い時間をかけて抱擁すれば、多くを伝えられるのに」

「エミリーったら！」アイヴィーは恥ずかしそうにジェレミーを見た。

「ぼくなんか、もっとひどいことをいつも聞かされているんだよ」ジェレミーが言う。

「今の発言よりもずっと最悪なことをね」

「まあ、あなたって本当に優しいのね」アイヴィーは頬を染めながら答えた。

「よかった、きみの笑顔が戻って。鬱々していてもなんにもならない。どれほど状況が絶望的でもね。結局、最後にはすべてが明らかになるはずだ」

「ありがとう、ジェレミー」

「マーガレットに電報を出しておいたの。彼女からは速達で、なるべく早くオックスフォードを出発してここへ来るという返事が届いたわ。だから、あなたはひとりきりじゃない。わたしがウィーンへ行っているあいだ、あなたたちにはバークレー・スクエアに泊まってもらうつもりよ」セシルに〝すぐにウィーンへ一緒に行きたい〟という電報を打ったあと、わたしはコリンの兄ウィリアムと義姉ソフィー、そして自分の両親に宛てた手紙を急いでしたためた。今年のクリスマスをわたしとともに〈アシュトン・ホール〉で過ごすはずだった人たちだ。ウィリアムとソフィーは計画の変更を難なく受け入れてくれるだろう。コリンの仕事柄、こういった突然の変更には慣れているはずだ。けれども、わたしの母はそうはいかないに違いない。

「ロバートのご両親がすでにロンドンへいらしているの。わたしと一緒に過ごしたいと思っているかどうか、わからなくて……」

「アイヴィー、もしあなたが一緒に過ごしたくなければ、無理にふたりと一緒にいることはないわ。すべてマーガレットにまかせていればいいのよ」

「ぼくはどうなるんだい？　まさか、ぼくを蚊帳の外に置くつもりじゃないだろうね？」そう言ったのはジェレミーだ。

「ロンドンにそのまま滞在するつもりだったんじゃないの？　それとも領地に戻るとか？」わたしは尋ねた。

「いや、ロンドンにいる気にも、領地へ戻る気にもなれない」ジェレミーがいたずらっぽく目を輝かせる。「一緒にウィーンへ行くよ。きみを厄介事から守る男が必要だ。ぼくがその役を買って出る」

「セシルがあなたの同行をいやがるとは思えないけど、くれぐれも覚悟しておいてね。ことあるごとに、セシルはあなたがコリンほどハンサムじゃないことを思い出させようとするはずだから」

「見た目がすべてじゃないんだよ、エム」

＊＊＊

一八九一年十二月八日
オックスフォード大学　サマーヴィル・ホール

親愛なるエミリー
あなたの電報を受け取り、この返事を速達便で送ります。知らせたいことがたくさんあって、電報の文字数では足りないと思ったからよ。まずは、すぐにロンドンへ行くとアイヴィーに伝えてね。
それから信じられないことに、ミスター・マイケルズから〝今回の事件調査について、自分に手伝えることがあればなんでも協力する〟と言われたの！　でもはっきりと答えておいたわ。〝あなたはそういった分野には向いていないと思います〟って。
とはいえ、彼がそんな申し出をしてくれたことに驚かずにはいられないの。たとえ、それがもっとも不適切なタイミングだったとしてもね。そう、ミスター・マイケルズが先の申し出をしてくれたのは、ディナーのあと、〝煙草を吸っていいか〟と尋ねたわたしに眉ひとつ動かすことなく同意した直後だったのよ！

いつもあなたの友
マーガレット

8

ジェレミーとの旅行は、想像とはまるで違う展開になった。わたしたちが背負っている任務は困難だ。考えるだに恐ろしく、ともすると気力をくじかれてしまう。でも、ジェレミーは落ち込むのはやめて、あくまで明るい気持ちでいるべきだと考えていた。身も心もくつろいだ状態でウィーンへ到着したほうが、より効率的に調査に取り組めるだろうと助言してくれたのだ。実際、あの手この手で楽しませようとしてくれた。それでもわたしがため息しかつけないときは、大声でオスカー・ワイルドの新作『ウィンダミア卿夫人の扇』の引用を聞かせようとした。来年二月にウェストエンドで公開予定の戯曲だという。どうしてその台本を手に入れることができたのか聞き出そうとしたものの、ジェレミーは答えを教えてはくれなかった。

パリに到着したわたしたちはパリ東駅でセシルと落ち合い、オリエント急行に乗り込んだ。とてつもない量のトランクと小さな愛犬ブルータスとシーザーを引き連れていたにもかかわらず、セシルはわたしたちにピクニックランチを用意してくれていた。列車の客室内で食事をしながらのほうが、他人の目を気にせずにブランドン夫妻の窮状について話せるだろうという配慮からだ。もちろん、オリエント急行の食堂車で出される食事は絶品に違いない。なんといっても、ヨーロッパ大陸でもっとも贅を凝らした列車なのだから。とはいえ、セシルの用意したバスケットの中身も、食堂車のメニューに引けを取らないすばらしいものだった。そのごちそうすべてが、オリエント急行のよく気のきく使用人たちにより、磁器と銀器で給仕されたのは言うまでもない。ひとたび食事が終わると、ジェレミーはすぐに客室から出ていった。自分の客室に戻ったわけではないのだろう。喫煙車の誘惑に勝てず、そこに集う人々とおしゃべりでもしに行ったに違いない。

ここ数日間の緊張のせいで、わたしは疲れきっていた。従者によってベッドが用意された客室はくつろげる雰囲気で、郊外にある大きな屋敷の居心地のいい部屋を彷彿とさせる。もちろん部屋自体はとても狭いのだが、木製の羽目板と金箔に縁取られた落ち着いた色調の組み合わせにより、なんとも言えない魅力が醸し出されていた。信じられないほど柔らかなベッドに潜り込むと、眠気を誘う列車の音のおかげで次の瞬間には眠りに落ちていた。まさにジェレミーの主張は正しかったことになる。翌日の夕刻、ウィーン西駅に到着する頃には、わたしは元気と集中力を取り戻し、理路整然と考えられるようになっていた。

ウィーンには一度も来たことがなかったが、さぞ美しい場所なのだろうといつも想像を巡らせていた。はたして実際に目にするウィーンの街は、期待を裏切らなかった。リング通りは、昔からウィーンの街を守っていた城壁を活用すべく、フランツ・ヨーゼフ皇帝が建設を命じた環状道路だ。皇帝家所蔵の芸術品を収納した美術史美術館や世界有数のコレクションを誇る自然史博物館、オペラ座など、壮麗な建築物がずらりと立ち並んでいる。今は冬だから建物には雪が降り積もっており、丸石を敷き詰めた大通り沿いに点在する公園のあいだを美しく飾るケーキ・セットのように見えた。

わたしたちが予約していたのは、最高級ホテル〈ホテル・インペリアル〉のスイートルームだ。ヴュルテンベルク王子の宮殿として建設されたが、彼がウィーンを離れる際に売却され、ホテルに改築された建物である。二階には、もともと王子が私室として使っていた部屋を改装した〝高貴な館(ベル・エタージュ)〟と呼ばれる広大なスイートルームが並んでいる。セシルとわたしが身を落ち着けたのは、ありとあらゆる贅沢な調度品に囲まれたそのスイートルームだった。寝室はふたつあり、ベッドまわりはすべて最高級のリネン製品で統一されている。複数ある居間の壁には淡い青のシルクの壁紙が施され、繊細な手彫りの繰形(くりかた)でアクセントが添えられていた。室内を照らし出しているのはシャンデリアだが、部屋じゅうの至るところに、堂々とした銀製の燭台に入れられた蝋燭も配されている。宿泊者がより淡い光を好んだ場合に備えてのことだろう。

わたしたちの部屋に至るまでの内装も、すばらしいことこのうえない。壮麗な大階段は、よく磨き込まれた淡い青の大理石でできている。高い天井や滑らかな円柱、踊り場に配された古典様式の彫像などの質の高さは、ベルサイユ宮殿に匹敵するものだ。もちろん、セシルには〝スケールが違いすぎる。ここの広さは太陽王の宮殿のごく一部にも当たらない〟と反論されたけれど。それでもなお、これほど印象的な内装に囲まれていると、まるで王族になったかのような気分になる。

その日はもう予告なしに訪問するには遅い時間だったため、フォン・ランゲ伯爵夫人宛てに〝明日の朝、屋敷へ伺います〟という旨の手紙だけ送っておいた。英国の諜報機関と接触しているクリスティアナなら、わたしの捜査に役立つ情報を持っているのではないかと考えたのだ。メグに手伝われながら、手のこんだビーズ細工が施された深紅色のお気に入りのドレスを身につけると、わたしは友人たちとともにホテルのダイニングルームでディナーを楽しんだ。食事はどれもおいしかった。意外だったのは、予想よりもフランス料理に近いメニューだったことだ。

翌朝の八時になると、ホテルの案内係にフォン・ランゲ伯爵の屋敷までの行き方を教えてもらい、ホテルをあとにした。訪問するには早すぎる時間ではないかという心配はいっさいしなかった。いや、認めざるをえないだろう。わざと早い時間に訪問し、クリスティアナを混乱させたかったのだ。結局のところ、訪問する旨はちゃんと手紙で伝えてあるのだから。

最初から、セシルはわたしに同行しないだろうと考えていた。結局、彼女がウィーンにやってきたのは、友人である皇后を訪ねるためなのだから。だがセシルはわたしと同じ時間にホテルを出た。ただし行き先は宮殿ではない。わたしも心酔している芸術家、グスタフ・クリムトのスタジオだ。なんでもクリムトに自画像を描いてもらうのだという。ウィーンへ到着したセシルが真っ先に訪問したのが自分ではないと知り、皇后は気を悪くされないかしらと尋ねると、セシルはいたずらっぽく目を輝かせながら笑った。

「シシィよりわたしのことをわかっている人はいないのよ」そう言うと、セシルは馬車へ乗り込み、その場を立ち去った。

ウィーン市民はとても早起きだ。朝早くだというのに、毛皮に身を包んだ人々が、通りに並ぶいろいろな店やパン屋、コーヒー・ショップに出入りしている。雪で覆われた狭い路地が蜘蛛(くも)の巣状に広がるウィーンの街を歩いているうちに、足がたちまち冷たくなった。裏地のない革のブーツは雪に向いていないらしい。伯爵夫人の堂々たる屋敷に到着する頃には、上着そのものが凍りついてしまったかのように思えた。

それにしてもフォン・ランゲ邸の立派さときたら……! 威風堂々としたたたずまいは、さながら宮殿のよう。バロック様式の壮麗な建物で、あまりに威厳に満ちているため、通りそのものが小さく見えるほどだ。内装はすべて漆喰細工で統一されており、至るところに智天使(ケルビム)と神話の名場面が描かれていた。その繊細な美しさに、わたしはすっかり圧倒されてしまった。お仕着せを着た使用人に案内された応接室には、信じられないほど温かい雰囲気が漂っている。わたしのクリスティアナに対するわだかまりは、いっきに氷解した。ただし、それはその一瞬だけだった。

伯爵夫人はわたしを三十分近く待たせてからようやく姿を現し、向かい側の席に座った。

「まあ、かわいそうに。体がすっかり冷えきっているみたいね。温かい飲み物でもいかが？」

「いいえ、結構よ。ありがとう」

「まさかコリンがこれほど早くあなたをウィーンに連れてくるとは思わなかったわ」

「コリンは今ベルリンにいるの。ウィーンにやってきたのは、わたしひとりだけよ。あなたに助けてもらえたらと思って」

「ベルリンに？」伯爵夫人は微笑んだ。目にも笑いが浮かんでいる。「彼はあなたにそう言ったの？」

「わたしがここへやってきたのは、ロバート・ブランドンのためよ。彼は、わたしたちが〈ボーモント・タワーズ〉に滞在しているあいだ、フォーテスキュー卿にウィーンから脅迫状が届いたというの。あなたなら何か知っているかもしれないと思って」

伯爵夫人は笑った。「あら、そんな捜査に首を突っ込んではだめよ。あなたには無理だわ」

「わたしには無理でも、あなたには無理ではないと？」体の冷えが和らいだせいで、手足の先がずきずきしはじめた。「あなたがわたしを好きでないのと同じように、わたしもあなたのことが好きではないわ。でも今回は、お互いに助け合えると思うの。個人的な感情で助け合わないなんてばかげて――」

「お互いに助け合えるですって？　あなたがわたしの、どんな助けになると？」

「わたしは目立たずに行動できるし、秘密を守ることもできるわ。同僚として、あなたのお仕事の役に立てるはずよ」

「うぬぼれるのもいいかげんにして。わたしはプロよ。あなたみたいな素人とはレベルが違うわ」伯爵夫人はソファの肘かけに肘をのせ、一本の指先で自分の顎を支えると、わたしの顔をじろじろと眺めた。「あなたが持っているものの中で、わたしが欲しいと思えるものはひとつしかないわ」

わたしは伯爵夫人の視線を受け止めた。「コリンね？」

伯爵夫人がうなずく。「彼を解放して、わたしに返して。そうすれば、あなたが知りたがっていることを教えてあげる」

「わたしはコリンを鎖でつないでいるわけではないわ。それに、あなたのもとを去ろうと決めたのはコリンであって、わたしがお願いしたわけではないのよ」

「もちろん、鎖につながれた状態だなんて言っていないわ。コリンがそんな状態に耐えられるとは思えないもの。だけど、もしあなたが少しだけ態度を変えたら――たとえば、ほかの男性ともっと本気で戯れるようにすれば、コリンはわたしのもとへ戻ってくるかもしれない。もしあなたが愛人を作れば、彼も作るはずよ」

「そんなことをする気はないわ」

伯爵夫人は肩をすくめた。「あなたにとって、ミスター・ブランドンの命はその程度の価値しかないということね」

「何も教えてくれないなら、フォーテスキュー卿へ脅迫状を送りつけた人物を自分の手で捜し出すまでだわ」

「あなたの友だちが絞首刑になる前にね」伯爵夫人がまたしても笑みを浮かべる。わたしは彼女をひっぱたかないようこらえるので必死だった。

「はっきり言って、驚いたわ。あなたが前の恋人を取り戻すために、わざわざわたしに協力を求めるなんて。コリンはあなたの恋人だったんでしょう？　彼を取り返すためにわたしの手を借りるなんて、恥ずかしくないの？」

「自分が愛している相手から愛してもらえないという事実を受け入れるのが、どれほど苦しくてつらいことか、あなたにはわからないでしょうね」

「あなたとコリンのあいだに愛情はなかったはずよ」

「あら、それならどうしてコリンは、わたしに結婚を申し込んだのかしら？」伯爵夫人はあざけるような笑みを浮かべた。

「その質問に答えるべきは、わたしではないはずよ」頬がかっと赤くなるのを意識しながらも、わたしはどうにか答えた。伯爵夫人は本当のことを言っているの？　コリンは伯爵夫人とつき合っていたことを認めた。でも求婚するほど真剣だったとはひと言も聞いていない。にわかに不安に襲われた。

「わたしの夫のほうが、あなたをたいそう気に入っているわ。たぶん、あの人に頼むことも検討してみるといいかもしれない。ちょうど数週間前、今の愛人と別れたところよ。話をしてみるべきだわ」

部屋から立ち去るべく、わたしは立ち上がった。「お気の毒に。あなたは今、本当に不幸なのね」

フォン・ランゲ邸から立ち去ろうとしたそのとき、伯爵に呼び止められた。わたしがウィーンを訪れたことに、たいそう喜んでいる様子だ。伯爵は魅力的な人ではあるけれど、つい先ほど彼の妻とあんな会話を交わしたあとで、とても話す気にはなれない。そこでわたしは早々に屋敷をあとにした。なんだか身も心もぼろぼろになった気分だ。通りを激しく行き交う小型四輪馬車に踏みつぶされた雪のように。どうすべきかわからず、とりあえず目的もなく歩きはじめた。ホテルにはまだ戻りたくない。外は思いのほか冷え込んでおり、またしても雪が降りはじめた。といっても、優雅に舞う粉雪ではない。身も凍るような氷の塊が強風にあおられ、頬を切りつけてくる。

　どうしようもなく不安だった。でも、そんな不安を覚える権利が自分にないことは百も承知だ。わたしと出会う前に誰を愛そうと、コリンを責めることはできない。でも実際にこうして前の恋人と顔を合わせてみると、自分がどうにも劣っているように感じられてしかたがない。伯爵夫人とわたしでは、あまりに違いすぎる。どうしてコリンはタイプの違うふたりを愛することができたのだろう？　結局コリンも気づいてしまうのではないかしら？　わたしが伯爵夫人のお粗末な代用品に過ぎないことに。

　皇族の邸宅であるホーフブルク宮殿をぼんやりと眺めながらミヒャエル広場沿いを歩いていると、ひとりの紳士にぶつかった。彼はすばやく謝罪し、早足でそのまま去っていく。わたしが見つめる中、彼は通りを横切ってシャウフラー小路へ向かい、一軒のカフェへ入った。店のウィンドウからこぼれる金色の明かりは、いかにも暖かそうで心をそそられる。わたしは彼のあとを追うことにした。

　店内は石造りのアーチ型天井の下、円テーブルが並べられており、木製のラックには新聞がかけられている。ラックにない新聞は、テーブルに座った紳士たちの前にあり、彼らはみな真剣な目つきで、余白に何か走り書きをしていた。とりあえず店の奥にある座席に腰かけると、先ほど通りでぶつかった男がこちらをにらみつけてきた。わたしは男を無視し、すぐ隣に現れたウェイターに笑みを向けると、ミルク入りコーヒー（ミア・ヴァアイス）を注文した。ウェイターはすぐにコーヒーとグラス入りの水を持ってきてくれた。先の男はまだわたしをにらみつけたままだ。ミルクが入っているにもかかわらず、コーヒーは熱くて飲めない。そこで手近にあるラックに近寄り、『ウィーナー・リタラタージータング』と書かれた新聞を手に取った。傍らに座っていた男が笑みを向けてきたのはそのときだ。

「かつての恋人に恨まれてるみたいだね?」男が話しかけてきた。

「なんですって?」わたしはドイツ語で答えた。フランス語と同じくらいドイツ語も流暢(りゅうちょう)に話せればいいのに、と思ったのはこれがはじめてではない。

「すまない。あなたを怒らせる気はなかったんだ」男は椅子から飛び上がり、お辞儀をした。「ぼくはフリードリヒ・ヘンクラー」

「レディ・エミリー・アシュトンよ」ためらったあと、わたしは言った。まったく見知らぬ相手に自己紹介をするなんて、なんと大胆な男だろう。こんな人に会ったのははじめてだ。わたしはあとずさりをし、自分のテーブルまでこそこそ逃げ帰ると、腰をおろした。新聞を広げて記事に夢中になっているふりをしつつ、コーヒーをひと口する。でも次の瞬間、思わず身をすくめた。

「おいしくないかい?」ヘンクラー氏(ヘル・ヘンクラー)が自分の席から声をかけてきた。

「いいえ、コーヒーじゃないの。つまり、このコーヒーが問題ではないということよ。もともとコーヒーが苦手なの」

「それならどうして注文したんだ、レディ・エミリー・アシュトン？　あなたは英国人？　それなら紅茶がいいんじゃないのか？」

「ウィーンに紅茶を飲みに来たわけじゃないもの」

「気に入った」彼は横切ってわたしのテーブルまでやってくると、ひょいと飛び上がり、空いていた椅子に座った。ウェイターのほうへ腕を振りながら言う。

「ヴィクトル！　ホイップクリームをのせたココアを持ってきてあげてくれ（ホーレン・ズイー・イーレ・ハイセ・ショコラーデ・ミット・ゲパイシュタ・クレーム）！」

「ありがとう」わたしは礼を言った。

「あなたのコーヒーをもらっていいかな？」

「え、ええ、どうぞ」

「ありがとう」

ヴィクトルと呼ばれた店員がわたしのココアを持ってきてくれる前に、彼はコーヒーを飲み干してしまった。「もし結婚の申し込みを断った相手じゃないなら、いったい彼は何者なんだ？」

「彼って？」

「あなたのお友だちだよ」ヘンクラー氏は顎をしゃくって、先ほどぶつかってきた男を指し示した。

「さあ、さっぱりわからないわ」

「自分では気づきもしないうちに誰かを怒らせることのできる女性って、好きだなあ。自覚がまったくないなんてすばらしいよ！」

「言っておくけれど、わたしはあの人を怒らせるようなことは何もしていないわ！」

「からかっただけだよ。あなたを描いてもいいかな？」

「わたしを描く？」

「ぼくは才能ある芸術家なんだ」ヘンクラー氏は椅子から飛びおり、自分のテーブルへ戻ると、大きなスケッチブックを抱えて戻ってきた。

「すばらしいわ」彼の作品を見ながらわたしは感嘆の声をあげた。どのスケッチもページから飛び出してきそうなほどの躍動感にあふれている。

ヘンクラー氏はわたしからスケッチブックを受け取った。「話しながら描いてもいいかい？」

「え……ええ、よければどうぞ」わたしはココアの上にのせられたホイップクリームをすくい取った。「なんの話をしましょうか？」

「そうだな、レディ・エミリー・アシュトン、王族のきみがどうしてウィーンにやってきたんだい？」

「わたしは王族じゃないわ。それに、フルネームで呼ぶのはやめて」

「わかったよ、レディ・エミリー」

「正式にはレディ・アシュトンよ」

「どっちも気に入らないな。ほかにあだ名はないの？」

「ハー・ヘンクラー、わたしは――」

「だめだよ。ぼくのことはフリードリヒと呼んでほしい。絶対にね」

なんと愛らしい男性だろう。黒髪はくしゃくしゃだし、上着もしわだらけで、身なりは最悪だというのに。わたしと同い年か、少しだけ年上に違いない。それに重労働をしたことがあるかのように、両手がごつごつしている。

「友だちの中には、わたしをカリスタと呼ぶ人もいるわ」

「〝いちばん美しい〟っていう意味の？　そのあだ名なら大賛成だな」

「ギリシャ語を知っているの？」

「ぼくだってまったくの無教養というわけじゃないんだ」フリードリヒはスケッチブックから顔を上げずに答えた。「で、どうしてオーストリアへ来たのか、まだ話してくれていないよね？」

「ある人を捜しているの」

「行方不明の恋人とか？」

「いいえ。一度も会ったことがない人よ」

「それなら捜し出すのがよけいに難しいじゃないか。だけど、ぼくは固く信じているんだ。

みんなが結局、ここ〈グリーンシュタイドル〉に集ってくるとね。あそこにいる男が見えるかい、黒髪で口ひげのある。ハンサムだろう?」

「そうね、どちらかといえば」

「あれがグスタフ・マーラーだよ。彼の作曲した音楽、聞いたことがある?」

「ええ、もちろん。本当に本人なの?」

「ああ。紹介しようか?」

「でも、何を話したらいいのかわからないわ」

「それなら、次の機会にしよう。だけど、ぼくはあなたがこの店で捜し人を見つけると思う。あなたがすべきは、ただこの店でぼくらと一緒の時間を楽しむこと。毎日毎週、朝から晩までここで見張っていればいい」

「そんな時間の余裕はないわ」

「あなたのような女性に余裕がないはずないと思うけどな」

わたしはふいに自分がどう見られているのか気になりはじめた。「あなたがそう考えるのはわかるわ。でも――」

「すまない、またやってしまった。べつにあなたを怒らせるつもりはなかったんだ」

「謝る必要なんてないわ」

「どうしてそんなに急いで、その人物を見つけたいんだい?」

「急いで見つけないと、わたしの友人の夫が命を奪われてしまうの」

フリードリヒは口笛を吹き、椅子にもたれた。「彼の命を狙っているのは何者なんだい？　最近ウィーンの街では、暗殺者を捕まえるのが日に日に難しくなっているんだ」

「そうなの？」

「ああ。ぼくもだんだん、無政府主義者たちが正しいのではないかと思いはじめてきた」

「無政府主義者たち？」

「暴力行為を重ねることで今ある秩序を崩壊させ、国家のない世の中にしようという思想の持ち主たちさ。彼らは、今まであなたが信じてきた世界が崩壊するとも考えている」

「その人たちは何か新しいことを企てているの？」

「彼らはいつだって何かを企てている」フリードリヒは笑った。「あなたはそういうことについて何も知らないんだね？」

「ええ。でも、わたしが捜しているのは無政府主義者と関係がある人なの。どうやったらその人物を捜し出せるかしら」

「そう簡単にはいかないだろうね。だけど、そう難しくもない。ここには無政府主義者たちが掃いて捨てるほどいる。グループも数えきれないほどある。見つけやすいグループもたくさんあるけど、名前も知らない個人を追跡するとなると、どうしたらいいのかわからない」

「名前は――」わたしは口をつぐんだ。フリードリヒのことは何も知らない。シュレーダーの名前は明かさないほうがいい。

「いいよ。言いたくない理由はよくわかるから」フリードリヒは木炭を置き、スケッチブックを掲げた。

わたしは思わずあえいだ。「鏡を見てるみたい！」

「実によく描けている」聞き覚えのある声がし、わたしは背後を振り返った。そこにいたのはミスター・ハリソンだ。灰色の瞳でフリードリヒを見つめている。「ふたりきりにしてもらえるかな？」

「ああ、もちろん」フリードリヒはスケッチブックを抱え、自分の席へ戻っていった。

ミスター・ハリソンがわたしのほうへ前かがみになる。「ここにやってきたのは間違いだったな」

「べつのカフェのほうがよかったかしら？　この店はすでにわたしのお気に入りになっているんだけど」

「違う。ウィーンにやってくるべきではなかったと言っているんだ」

わたしは片眉を釣り上げた。「そうなの？」

「きみがどういう目的でここに来たかはお見通しだ。ブランドンを助けることはできないぞ。それに、助けようとしたら危険にさらされることになる。きみだけじゃない。きみが愛してやまない男もだ」

「わたしが恐れるべき相手とは誰なのかしら？」

「わたしだよ」ミスター・ハリソンは上着の内ポケットに手を伸ばした。ちらりと見えたのは銃だ。〈ボーモント・タワーズ〉で持っていたのと同じ銃だろう。「これを取っておくといい。眺めるたびに、わたしの存在を思い出すんだ。わたしはいつだって好きなときに、きみやきみの愛する人たちを妨害できる。そんなの朝飯前なんだよ」そう言って、彼はテーブル越しに何かを転がしてきた。小さくてなんなのかわからない。その小さな物体の正体がわかったのは、ようやく回転が止まった瞬間だ。なんと弾丸だった。

＊＊＊

一八九一年十二月十五日

英国ロンドン　バークレー・スクエア

親愛なるエミリー

ウィーンであなたが元気にやっていること、そしてすぐに英国へ戻れるようになることを祈っています。あなたのことが本当に恋しい。今年のクリスマスのことを考えただけで、耐えがたい気分になるの。わたしの両親は電報で、すぐにインドから帰国すると知らせてきたわ。だけど両親とどんな顔で会えばいいのかわからなくて、帰国しないでほしいとお願いしておいたの。わたしとロバートを取り巻く世界が、あまりに突然変わってしまったことに驚きを禁じえません。

本来なら喜ぶべき知らせがひとつあるの。でも、今の状況を考えるととても喜べないわ。あなたなら、それがどんな〝知らせ〟かわかるわよね？　運命とはなんて残酷なんでしょう。ロバートとわたしが長いこと待ちに待った知らせが、今このタイミングで現実のものになるなんて。ロバートも含め、あなたのほかには誰にも話していないわ。ただマーガレットは何か勘づいているかもしれない。彼女に隠し続けるのは難しそう。最近では朝食を見ただけで、気分が悪くなってしまうんだもの。

ロバートのお母様は毎日わたしを訪ねてくれるけれど、張り詰めた沈黙の中、ふたり黙って過ごすことがほとんどよ。前はロバートの弁護についてあれこれと前向きな計画を話していたのに、さすがにここ最近は話も尽きてしまったみたい。もしわたしが妊娠したのを知れば、義母は自分の屋敷にわたしを呼び寄せようとするはず。それだけは勘弁してほしいわ。

新聞では連日新たな記事が掲載され、日を追うごとに内容も過激になっています。マーガレットとデイヴィスはわたしの目に触れないようにしてくれているけれど、こっそり新聞を見つけ出して読まずにはいられないの。今日の記事には、ロバートがドイツ側の諜報員ではないかと書かれてあったわ。ねえ、信じられる？　根拠もないのにそんな記事を書き、夫を非難しようとする記者たちの気が知れないわ。だけど、〈ボーモント・タワーズ〉からフォーテスキュー卿の重要書類が盗まれたことはまず間違いないみたい。このことについて、あなたは何か知っているの？　どうしてみんなが、その書類をロバートが盗んだのだと考えるのか、つくづく不思議です。

今のところ、あなたに伝えられる楽しい知らせはほとんどないわ。だけど、これだけは伝えておかないとね。マーガレットの友人、ミスター・マイケルズは矢継ぎ早に彼女へ手紙を送ってきているの。しかも彼の手紙を読むとき、マーガレットは頬を赤く染めているのよ！　彼が貴族ではなく、オックスフォード大学の個別指導教員だというのが返す返すも残念ね——こんなことを言ったからといって、どうかわたしを叱らないでね。マーガレットのご両親が、ふたりの結婚を許さないんじゃないかと心配なの。

でも実際、わたしはあなたほどマーガレットのことをよく知っているわけじゃない。だから、もしかすると、あれはただ勉強に関する手紙だったのかも。わたしが状況を完全に勘違いしているだけかもしれないわ。

あなたのことが本当に、本当に恋しい、あなたの献身的な友アイヴィー

9

馬車の中、セシルとわたしは毛布の山の下に潜り込み、ぬくぬくと温まりながら車窓を流れる風景を眺めていた。今、馬車はゆっくりとホーフブルク宮殿のアマリエン宮に到着しつつある。これから皇后に謁見する予定なのだ。ウィーンに到着してから今日で二日目。わたしはすでにこの街の魅力に引き込まれていた。多くの意味において、この街は社交シーズン中のロンドンを彷彿とさせる。至るところで舞踏会やパーティ、演奏会、オペラが開かれているのだ。でも大きく違う点もある。まずはコーヒーをたしなむ文化だろう。それにひときわ驚いたのが、まさに絵葉書のように美しいリング通りと活気ある芸術家集団。もちろん、ロンドン社交界にはつきものの既婚女性たちをほとんど見かけないことにもびっくりした。きっとウィーン市民には彼らなりのルールがあるのだろう。でも外国人として、わたしは自分のしたいことをするまでだ。既婚女性たちからことあるごとににらまれたりしないのは、ひどくありがたい。

宮殿への訪問のための着替えには、いつもよりかなり時間がかかってしまった。なんだかがっかりしてしまう。たとえ王族と対面しても、自分はひるまないという自負があったのに。結局、ミスター・ワースのドレスを着ていくことに落ち着いた。濃い赤紫色のアンダースカートに金色の刺繍が施された、人目を引く美しいドレスだ。ハイネックのボディスの上に身につけたのは、美しく縁取られたトリム・ジャケットに金色のベルベットでふんわりと作られたオーバースカート。腰回りのひだ飾り(フラウンス)はアンダースカートと同じ布地で、スカートの赤紫色を引き立てるようなデザインがなされている。また幅広の下襟と袖の折り返しにも、アンダースカートと同じ繊細な刺繍が施されていた。メグはいつもよりさらに骨を折り、わたしの巻き毛を完璧に結い上げると、控えめな羽根飾りがついたお気に入りの帽子でしあげてくれた。とにかくメグの気合いの入れ方は凄(すさ)まじかった。〝これで皇后に好印象を与えられる〟と確信できるまで、わたしをホテルの外へ出そうとしなかったほどだ。

対照的に、セシルのドレス選びはいつもとまるで変わらなかった。何を身につけても、驚くほどの気品が備わっていることを充分自覚しているのだろう。その年齢にもかかわらず顔はいまだに美しく、銀色の髪は輝いており、仕草ひとつひとつが優美なことこのうえない。おまけに、セシルの衣装ダンスの中身はどれも、皇后との謁見に着ていってもなんらおかしくないものばかりなのだ。

セシルとシシィが出会ったのは少女時代。セシルがバイエルンを訪れたときだという。

実際に顔を合わせることはめったになかったものの、そのとき以来、ふたりは文通を続けているのだ。セシルいわく、皇后との絆は非常に強く、何かあったときはお互いに励まし合ってきたのだという。

皇后は美しいことで有名だが、美貌を保つために過激な手段を用いていることでも悪名高い。話によれば、彼女は体型維持のために極端な食事制限をしているという。食事といえばオレンジとスミレの香りのアイスクリームと塩で味つけした生卵。生卵に子牛の肉汁や牛乳をかけて食べることもあるのだという。また顔にはイチゴや子牛の生肉のパックをし(そもそも生肉がパックに向いているかどうか、わたしにはわからないのだけれど)、オリーブオイル、または牛乳と蜂蜜入りの風呂で入浴をしているというのだ。

皇后本人を見たことは一度もないけれど、幼い頃、アイヴィーから皇后が描かれた葉書を見せられたことがある。そのときは、英国の女王もこれほど素敵だったらいいのにとさんざんふたりで嘆いたものだ。ところがアマリエン宮の正式な大広間に通されたセシルとわたしを迎えてくれた皇后は、その葉書の女性とは似ても似つかない容貌だった。

「ああ、大好きなセシル、あなたが来るのを首を長くして待っていたのよ」皇后は衝撃的なほど痩せていた。しかも頭の先から爪先まで黒ずくめだ。いまだに息子の死を悼んでいるのだろう。彼女の息子ルドルフ皇太子は、マイヤーリンクにある王家の狩猟小屋で亡くなっているところを発見された。オーストリアじゅうを震撼(しんかん)させた事件だ。

「もっと早くわたしを呼びに来させるべきだったのよ。こんな状態のあなたを見て、胸がつぶれそうだわ」

「あら、わたしを叱らないで。耐えられないわ。この国ではかつてないほど忌むべき事態が起こりつつあるの。どうしてウィーンに戻ってきてしまったのかしら。自分でもわからないわ。少女だった頃に戻りたい。アルプスで遊んでいた頃に」

「そういえば、馬たちの調子はどう？」セシルが尋ねると、皇后は顔をぱっと輝かせた。それからふたりは嬉々としていろいろな動物たちのことを話しはじめ（話に登場した動物のうち、〝虚無主義者（ニヒリスト）〟と名づけられているものもいた。なかなかすばらしいネーミングセンスだ）、動物談義は約十五分にも及ぶことになった。そのあいだ、どちらもわたしに注意を払おうとしなかったものの、シシィはとうとうため息をつくと、生気のない目でわたしをぼんやりと見た。

「たぶん、あなたには本でも読んでいてもらったほうがいいと思うわ。そうすれば、わたしとセシルが少女時代の思い出話に花を咲かせていても、退屈しないですむもの」皇后はひらひらと華奢な手を振り、遠く離れた机のほうを指し示した。「ありとあらゆる種類の本があるわ。読みたいものを手に取ってちょうだい」

「ありがとうございます」そう答え、机のほうに向かった。机の上には本がきちんと山積みされており、わたしはにわかに興味を覚えた。ギリシャ神話が二冊にプラトンの『国家』、やや衝撃的な内容の詩集が六冊、そしてギリシャ語で記された『オデュッセイア』……。なるほど、王族にもかかわらず、皇后は決してつまらない人物ではないらしい。わたしは最初に詩集を手に取った。おそらくふたりの話はすぐ終わり、詩集を読んでいる時間もほとんどないだろうと考えながら。

けれども、皇后には積もる話があったようだ。セシルと話したいという皇后の気持ちを、わたしは低く見積もりすぎていた。

四十五分後、わたしは〝これまで古代ローマ時代の詩人たちを過小評価してきた〟という結論に達することとなった。次に『国家』を手にしようとした瞬間、部屋の反対側で行われている会話がひときわ騒がしくなった。いや、騒がしくなったと言っても、〝先ほどよりやや聞き取りやすくなった〟という程度だったのだが。彼女たちが何を話しているかは、相変わらずわからない。ただときどき「マイヤーリンク」という言葉が漏れ聞こえてくる。その言葉がわたしの注意を引いたのは、前もってセシルから「マイヤーリンクの話題は避けるように」と言われていたからだ。それに、目の前にある机の上に置かれていた手紙にも「マイヤーリンク」という文字が書かれていたからでもある。

ヨーロッパ大陸に暮らすほとんどの人たちと同じく、わたしもまたルドルフ皇太子の死亡事件にまつわる記事は読みあさっていた。はじめ、報道では皇太子が心臓発作で亡くなったとされたものの、皇太子の愛人であるマリー・ヴェッツェラが同じ日の夜に死んでいたため、じきに情死としてヨーロッパじゅうに広まり、さまざまな憶測を呼ぶこととなったからだ。当初、オーストリア国内の新聞で愛人の名前が報道されることはなかったが、わたしがロンドンで読んだ新聞には、ふたりの心中にまつわる詳細が書かれていた。

普通なら、わたしも他人が書いた手紙を盗み読みしようなんて夢にも思わなかっただろう。でも今回だけは、机の上に思いきり前かがみになり、セシルと皇后の動きに目を光らせつつ、手紙に書かれた文字を読み取ろうと必死だった。手紙を手に取るわけにはいかない。そんなことをすれば、文字どおり、盗み聞きと同等の行為をしていることがばれてしまうだろう。

それは皇后宛ての報告書で、〝ルドルフ皇太子が亡くなった夜、現場となった狩猟小屋で数多くの弾痕が見つかった〟という内容だった。ページの最後には、フランス人と英国人の関与をほのめかす興味深い一文が書かれている。できることなら、ページをめくって最後まで読みたい。でもそんな危険を冒すわけにはいかないだろう。本当にフランス人か英国人が、マイヤーリンク事件にかかわっているのかしら？

「ずいぶん長いこと、あなたを放ったらかしにしてしまったわね」セシルがそう言うのが聞こえた。「さあ、こちらへいらっしゃい。ねえシシイ、きっとカリスタはあなたと気が合うはずよ。カリスタはギリシャ語を勉強していて、ほとんどの時間をサントリーニ島で過ごしているの」

「まあ、なんて運のいい人なんでしょう」皇后は言った。「わたしはコルフ島に城を持っているの。もしわたしがもっと賢明だったら、あの安全な城から絶対に離れなかったのに」

「ウィーンでも皇后様の身は充分安全ですわ」わたしはふたりの向かい側の椅子に腰かけた。

「ウィーンで安全な人などひとりもいないわ」

皇后のその意見は正しいのだろう、と思った。そして宮殿をあとにしたとき、そのとおりなのだとさらに強く確信した。向かい側の通りにミスター・ハリソンが立ち、立ち去るわたしたちの馬車をじっと見つめていたからだ。

「とっても活気のある集団なのね」ホイップクリームをのせたココアを運んできてくれたヴィクトルに、わたしは話しかけた。真向かいにあるテーブルには新聞が雑然と置かれ、そのまわりを大勢の紳士たちが行き来している。彼らは代わる代わる新聞をわざと芝居がかった調子で読み、そのたびにどっと笑いが巻き起こっているのだ。

「ユング・ヴィーン」ヴィクトルが答えた。「〝青年ウィーン派〟という意味なんだよ」

「全員、前衛的な思想の作家なんだ」フリードリヒが言い添える。「彼らはこの店に住んでるようなものなんだよ」

「若いやつ、ほら、あのいちばん右端にいる男は、すでに詩集を出しているんだ。まだ十八歳にも満たないんじゃないかな」ヴィクトルが言う。「フーゴ・フォン・ホーフマンスタールという名前だ」

「ぜひ作品を読んでみたいわ」わたしがそう言うと、ヴィクトルはお辞儀をし、無言のままその場から立ち去った。ヴィクトルを見送ると、わたしは新聞を広げた。

「フーゴ・フォン・ホーフマンスタールはすばらしい才能の持ち主だよ」フリードリヒはそう言ってスケッチブックを手に取り、わたしたちの隣のテーブルに座っている女性を描きはじめた。恐ろしく高さのあるボンネットをかぶっている。「彼は今後、大きな成功を収めるに違いない。もしこれほど彼の作品が好きになっていなかったら、たぶん大嫌いになっていたと思うんだ」

それから三十分間、彼の作品について語り合ったあと、わたしはフリードリヒに新聞を見せながら唐突に尋ねた。「この男性を知っている？」グスタフ・シュレーダーという男によって書かれた、新聞の編集長宛ての手紙が掲載されていたのだ。名前を見た瞬間、ロバートから聞いた〝シュレーダー〟ではないかと思い当たった。

手紙はとてもよく書けており、歯切れがよかった。もし無政府主義の原理を受け入れるかどうかという話し合いが行われたら、間違いなくシュレーダー氏は多くの人を味方につけることができるだろう。彼のものの見方がとても理路整然としていることに、わたしは少なからず衝撃を受けていた。

「ああ」フリードリヒが答える。「シュレーダーなら知ってるよ」

「ここへよく来るの？」

「この店に？　いいや」フリードリヒが真向かいの椅子で前かがみになる。「あなたは無政府主義者になろうとしているのかい？」

「いいえ、まさか」

「そうだろうね。あなたみたいな立場の人は、自分の地位を失いたくないはずだ」

「わたしみたいな立場の人？」わたしは新聞をテーブルの上に放り投げた。「あなたはわたしの立場を、どんなものだと考えているの？」

「金銭的に余裕があって、たくさん自由が与えられている」

「そのとおりよ」わたしはフリードリヒの視線を受け止めた。

「それに、生活のために働く必要もない」

「ええ、たしかに。でも、いくら資産をたくさん持っていても、女性というだけで行動の自由が制約されてしまう。そういう因習からは自由になれないわ」

「それでも、同じ女性でももっと貧しい人たちに比べれば、あなたははるかに自由だと思うよ」

「そうかしら？　今わたしが閉じ込められている独房が、彼女たちの独房よりもほんの少し居心地がいいだけなんじゃないかしら？」

「いいや、あなたは明らかにほかの女性たちよりも機会に恵まれている。いつでも好きなときに旅行もできるし、教育も受けられる。それに、好きな相手とつき合える」

「貴族仲間の一般的なルールを逸脱しすぎないかぎりはね」

「逸脱しすぎたらどうなるんだい？　貴族たちはあなたを仲間はずれにするだろうか？もしそうなっても、あなたは自分の贅沢な屋敷に引きこもり、楽しい生活を楽しめるはずだ。仮に、周囲の目を気にしなくてはいけないという点で、女性が社会にがんじがらめになっているとしよう。だけどぼくが思うに、あなたはそういうタイプじゃない。社会から何がなんでも認められたいとは考えていないんじゃないかな。だから、社会から拒絶されてもさほど打撃は受けないはずだ」

「あら、あなたって無政府主義者なの？」

「違うよ」フリードリヒはスケッチブックを開き、わたしに手渡した。「これがシュレーダーだ」

そこには厳しい表情の男が描かれていた。こちらをにらみ、顔にはたくさんしわがある。

「どうすれば彼に会えるかしら？」

「シュレーダーがあなたに会いに〈ホテル・インペリアル〉まで行くとは思えない」フリードリヒはコーヒーをかき混ぜた。

「彼が指定してくれたら、その場所にわたしが出向くわ。あなた、わたしを彼と会わせてくれる？」

「手配しておくよ。詳しいことは明日教えるね」

「ありがとう」

フリードリヒはふいにため息をつくと、椅子に沈み込んだ。

「いったいどうしたの？　わたしが無政府主義者相手にお遊びをするのがいやだとか？」

「無政府主義者はお遊びなんかしない」

わたしは笑みを浮かべた。「それなら、いったい何？」

「アンナが来た。母親も一緒だ」

「アンナ？」わたしはフリードリヒの視線の先をたどった。カフェの反対側に若いレディが座っている。えくぼのある顔のまわりをふんわり覆っているのは褐色の巻き毛だ。外の寒さのせいで、頰がピンク色に染まっている。ところが彼女の母親は、娘のような美しさをまるで持ち合わせていない。というか、母親はこれ以上ないほど目を細めて、フリードリヒを激しくねめつけている。そしてかぶりを振ると立ち上がり、アンナをぐいっと引っ張って立たせ、大股で店の扉から出ていってしまった。

「エッコルト夫人はぼくを忌み嫌っているんだ」フリードリヒがぽつりと言う。

「どうして？」

「厚かましくも、彼女の娘の愛情を勝ち取ってしまったからだよ」

「夫人は、あなたたちの結婚に反対しているの？」

「慎み深い言い方をすればそういうことになる。ぼくの欠点はいくつもあるけれど、何より問題なのは職業だ。うさんくさい仕事をしているってだけで、受け入れてもらえないんだよ」

「彼女は芸術家が嫌いなの？」

「なんの成功も収めていない、失業中の芸術家が嫌いなんだ」

「でも、もしあなたに仕事が入れば？」

「それでもだめだろうね。ぼくはユダヤ人だから」

「なんという無知と偏見かしら」今度はわたしがため息をつく番だった。「わたしも少しは世間を知っているわ。だからわかるの。あなたが大成功を収めれば、あの母親も、今はあなたの欠点とみなしている部分をあっさり忘れてしまうってことがね」

フリードリヒは肩をすくめた。「リング通りの壁画を描く仕事をもらえればいいんだけど、今のところ依頼がないんだ」

「それなら、わたしがあなたに作品を頼むわ」

「いや、助けはいらないよ」

「それなら助けるのはやめる。だけど、もしわたしにできることがあったら、必ず知らせてちょうだい」フリードリヒを助ける方法をなんとか探し出そう。わたしはそう心に決めていた。「でもせめて、シュレーダー氏と引き合わせてくれるお礼くらいはさせてね」

「わかったよ。ぼくが芸術家として成功するよう、陰でこっそり資金提供したりしないと約束してくれたらね」

「そんなこと、夢にも思っていないわ。あなたには、自分の手で成功をつかめるだけの才能がある。だけど、あなたにちょっとした幸運をもたらすために、友人に助けの手を借りても罰は当たらないと思うの」

＊＊＊

一八九一年十二月十七日
英国ロンドン　バークレー・スクエア

親愛なるエミリー
こちらではたくさんのことが起きているけれど、いいことは何ひとつありません。
いいえ、たぶん少しはいいことがあるかもしれない。でも最初に悪い話のほうから伝えるわね。今日アイヴィーを説得し、ようやく外の空気を吸いに出かけることにしたの。デイヴィスのためにクリスマス・プレゼントを探しに行こうという話になったのよ。

少なくとも、いい気晴らしになるだろう。わたしはそう思っていたの。アイヴィーは外出を少し怖がっていたけれど、ひとたび出かけることが決まるとすぐにその気になってくれたわ。でも〈ハロッズ〉に足を踏み入れた瞬間、ミセス・ハーストに出くわしてしまったの。これが不快きわまりない女性で、わたしの両親の友人であるテイラー家の知り合いなのよ。ほら、テイラー家って覚えている？　昨年の社交シーズンに、わたしが滞在していた感じの悪い一家よ。とにかく、ミセス・ハーストは全然面白みのない娘と一緒にロンドンへ買い物をしに来ていたというわけ。娘のほうは名前も思い出せないわ。まあ、大した問題じゃないわね。本当にうんざりするくらい平凡でつまらない母娘なの。それがアイヴィーを見つけた瞬間、ミセス・ハーストときたら娘をあわてて遠ざけて――ねえ、信じられる？　それからわたしのほうへつかつかと歩み寄り、アイヴィーから引き離して大声でこう言ったの。「殺人犯の身内と仲よくするのは感心しないわ」って。

ええ、きっと、そのときわたしが見せた反応は芝居がかっていたかもしれない。ミセス・ハーストの手を振り払い、大声で彼女を叱責したの。そのときは言葉を選んだつもりだけれど、あとになって考えてみれば、あの状況にはいちばんふさわしくない言葉だったかも。

だけど後悔はしていないわ。本当にひどい女性なんだもの。あんな忌むべき人にアイヴィーがいじめられるのを見ているのが我慢ならなかった。

そのあと、わたしたちふたりはなんとか態勢を立て直さなければならなかったわ。かわいそうなアイヴィーにとっていちばんなのは、閉ざされた馬車に守られて屋敷へ戻ることだとわかっていたけれど、そうする代わりにわたしは彼女と店を回り、デイヴィスに葉巻カッターを買ったの。イニシャルの刻印入りよ。彼が気に入ってくれることを願うわ。

で、いい話のほうだけど、さほどいいわけでもありません。ただミスター・マイケルズがわたしに最新研究の手伝い——そう、手伝いをしてほしいと頼んできたのよ。もちろん、喜んでお引き受けしますと答えたわ。女も大学の一員として必要だということを、世間に広く知らしめられるから、とつけ加えてね。これを聞いてミスター・マイケルズは顔を真っ赤にしてやたらと襟を引っ張っていたけれど、結局は同意してくれたの。折れてくれたいちばんの理由は、わたしに翻訳の才能があることを彼が認めてくれたからに違いないわ。

ウィーンでのあなたのお仕事が順調であることを祈っています。わたしたちの幸せは、あなたの調査にかかっていると思うから。

あなたの友人の中で、いちばん堕落した友
しかも日に日に堕落の度合いが増している気がするマーガレット

10

連日降り積もった雪がようやくやんだものの、空は鈍色のままだ。小型四輪馬車の車輪の下で、刻一刻と汚れていく半溶けの雪と同じ色をしている。分厚い雲間からわずかばかりの光が差し込んでも、重厚なウィーンの建築物を輝かせることはできない。新しくできたウィーン宮廷劇場から漏れる明かりでさえ、くすんで見える。またしても一週間が過ぎようとしていた。ロバートの潔白を証明する手がかりは見つからないままだ。

その日の午前中、セシルとジェレミーとわたしは、クリムトのスタジオを訪れていた。サンヴェルト通りの三階にあるそのスタジオでは、クリムトが弟エルンストとフランツ・マッチの三人で共同作業している。彼ら三人は芸術家商会を設立し、協力し合いながら装飾壁画を手がけた。そうして生み出された作品の多くは、主にリング通りに展示されている。セシルが肖像画のためにポーズを取っているあいだ、ジェレミーとわたしはこの画家の作品を畏怖の念とともに見つめていた。長いスモック姿で分厚いひげを生やしたクリムトは今、絵の具を混ぜ、モデルを注意深く眺めつつ、ときおり肩に乗ってくるぶち猫へ手を伸ばしている。そんな彼の様子を見ているあいだ、わたしは気もそぞろだった。時間がやけに気になる。というのも、フリードリヒには〝無政府主義者はお遊びなんかしない〟と言われたにもかかわらず、シュレーダー氏から届いたのは、わたしをアイススケートに招待するという返事だったからだ。というわけで、これからウィーンに新しくできたスケートリンク、〈スケートクラブ（アイスラオフフェアアイン）〉へ行くことになっている。ただし、セシルとジェレミーはわたしより三十分前にそこへ出かける予定でいた。そうすれば、なんの疑いも持たれずにシュレーダー氏とわたしの様子をこっそりうかがうことができるからだ。人目がある場所とはいえ、わたしがまったく面識のない人物と待ち合わせをすることに、誰もが不安を覚えていた。

「カリスタ、あなたは本当に美しい」セシルとジェレミーが出ていくと、クリムトはぽつりと言った。セシルの友人の多くと同じく、クリムトもまた、亡き夫がつけてくれた愛称でわたしを呼んでいる。「あなたの絵を描かせてほしいな」

「今回は時間の余裕がないの。でも、きっといつか描いてちょうだい」

「いや、あなたはぼくのモデルにはならないだろう。どういうわけか、そんな予感がする。だからぼくはあなたの優美さ、特に、あなたのその瞳を記憶に刻みつけておかなければいけないね」

「あなたの作品は、これまで見たほかの人たちのどの作品とも違うわ。あなたの筆使いはとても複雑で難解なのに、モデルの心の奥深くにある情熱的な側面を優美に描き出してしまう。モデル自身、自分のそういう部分に本当に気づいているのかしらと思わずにはいられないの。顔や体つきなら、目に見えるから誰でもわかるわ。でも、あなたが見ているような心の奥底まで、モデル自身が見通せていると思う？」

「その質問には答えられないな。ぼくはしゃべるのがうまくないんだ。もしもっとよく知り合ったら、ぼくがひどくつまらない人間だってことがわかると思うよ」

「それが本当なら、セシルがあなたのために時間を割いたりしないわ。あなたはあえて多くを語ろうとはしていないんじゃないかしら？　そんな気がするの」そう言いながら、わたしはアトリエの中をゆっくりと歩き回った。壁やテーブルなどありとあらゆる表面に絵画や素描が置かれており、それらに囲まれているだけで生き生きとした気分になってくる。すばらしい芸術作品がそばにあると、これほど心地よい気分になるものなのだ。油絵具のにおいを思いきり吸い込んでみる。どんな高価な香水よりもわたしを酔わせ、くらくらさせるにおいだ。「他人の奥深くをこれほど見通せるのは、本当にものすごい才能だと思うの。あなた、フォン・ランゲ伯爵夫人の肖像画を描いたことはある？」

「クリスティアナの？　ああ、彼女の屋敷でね。見せてもらったことはない？」

「ええ。わたしたち、それほど仲がいいわけじゃないから」

「それは意外だな。ふたりともよく似ているのに」クリムトは紙ばさみの中から大量の素描を引き抜き、目を通しはじめた。

「似ている？　まさか、そんなはずないわ」

「クリスティアナのほうが皮肉っぽいし、世慣れているけれどね。だが彼女はあなたよりも年上だ。あなたも数年経ったらああなる。あなたたちふたりは同じようなエネルギーを持っている。それに同じような頑固さもね」クリムトはわたしに大きなサイズの画用紙を手渡した。「これが彼女の肖像画のための習作だよ」

伯爵夫人は美しかった。もちろんその事実は知っていたが、鉛筆だけのデッサンだというのに、クリムトはちゃんととらえていた――彼女の力強さ、優美さ、そして傷心を。伯爵夫人の瞳には深い悲しみが宿っている。「そしてあなたたちふたりは、同じ男を愛している」

「わたしは――」

「さあ、そろそろお友だちのところへ行く時間だ」クリムトはわたしの手からスケッチを取った。

それからすぐに、わたしはアトリエをあとにした。あの習作からなるべく早く遠ざかりたかった。伯爵夫人と自分が似ているはずがない。ええ、そんなことがあってなるものですか――その瞬間、またしても思わずにはいられなかった。コリンは伯爵夫人をどの程度深く想っていたのだろう？　不機嫌なままスケートリンクに到着すると、すでにジェレミーとセシルがスケートを楽しんでいた。腕に腕を絡め、華麗にリンクを滑っている。

　スケート靴の紐をしっかりと締めると、わたしは気持ちを切り替えた。すぐそばでは吹奏楽団が軽快なマーチを奏でている。なんだかわくわくしてきた。よし、思いきりスケートを楽しもう。でも、優美なスケーターたちの仲間入りをするべくリンクへ一歩足を踏み出した瞬間、すぐに気づいた。とてもじゃないけれど、彼らのようには滑れない。たちまち足首が恐ろしい角度にねじ曲がり、あわや仰向けに倒れそうになる。倒れずにすんだのは、近くにいた紳士がとっさに体を支えてくれたおかげだ。

「きみのお友だちはスケートがうまいね」紳士の顔を見た瞬間、すぐに誰かわかった。フリードリヒがスケッチに描いていたシュレーダー氏だ。けれど、彼にはスケッチではわからない驚くべき特徴があった。目だ。濃い色の目の中に金色が少々混ざっている。こうして見つめていると、吸い込まれてしまいそうだ。「彼女たちはきみをぼくから守るためにここへやってきたのかい？　それとも、きみの愛すべき無害なお友だち、といった役割なのかな？」

　わたしはひるむことなくシュレーダー氏の腕を取った。ふたりしてゆっくりとリンクの上を滑りはじめる。「ひとりでここへやってくるほど、わたしも愚かではないわ」

「きみのドイツ語はひどいな。英語で話そう」

「でも、最低というわけじゃないわ」英語には切り替えずに答えた。「あなたの英語よりましなはずよ」

「なぜわたしに接触してきた?」

「ここへやってきたのは……外交上の任務をこなすためなの。最近、英国である人物が殺されたわ。その人が、ウィーンから脅迫状を受け取っていたのよ」

「それがわたしと、なんの関係があるというんだ? 無政府主義者だから、その殺人事件の犯人だとでも?」

「あなたが犯人だなんて言っていないわ。だけど、あなたは暴力を通じて自由を得ることができると考えているのよね? だったら、ある程度事件にかかわっているのかもしれない」

シュレーダー氏は腕の筋肉をこわばらせた。「きみは無政府主義についてなんにも知らないんだな」

「腹を立てることはないわ。だって、あなたが無政府主義者だから接触したわけじゃないもの。実際、あなたがどんな活動をしていようと、特に気にならないの。もしあなたが手を貸してくれて、英国へ脅迫状を送りつけた人物を特定できさえすればね」彼は何も答えようとしない。「もしその人物があなたの……〝組織〟の一員なら、助けてほしいの。でも、秩序正しい状態を嫌っている人たちなのに〝組織〟と呼ぶのはおかしいわよね? 代わりにどういう言葉を使えばいいのかしら」

今度はシュレーダー氏も笑った。「いや、〝組織〟がいい。皮肉がきいている」

わたしも思わず笑い声をあげた。「それなら助けてくれる？」

「不本意だな。自分が軽蔑するものすべてを持ち合わせている相手に魅了されるのは」

「あら、わたしはあなたが軽蔑するものすべてを持ち合わせてなんかいないわ。特に政治に関することならなおさらよ。結局、わたしには選挙権がないんだもの」

「選挙は無益な活動に過ぎない。誰に票を入れようが、誰が勝とうが、最終的には政府が政治を牛耳ってしまう」

「それなら選挙権を許されていない者として、わたしは無政府主義者のあなたから認めてもらってもいいはずよ」

「いや、それは不完全な論理だな、カリスタ」

「そう呼んでいいとはまだ言ってないわ」わたしが体のバランスを崩しかけると、シュレーダー氏は腕をしっかりと握り、また体を支えてくれた。

「それがきみの名前だと、フリードリヒに教えられたんだ。それに、どうしてきみの名前を呼ぶのに許可が必要なのかがわからない」

「その点については、何も議論したくないわ。わかってほしいのは、脅迫者を見つけることは、お互いのためになるということ」

「なぜわたしのためになるのかわからない」

「英国へ送られてきたのは、単にあいまいな内容の脅迫状ではなかったの。あなたがよく知っている陰謀計画にまつわる詳細な情報も書かれていたのよ」少しはったりをかけてしまったけれど、ここはこうするしかない。「もしあなたの〝組織〟の誰かが情報を漏らしているなら、誰か突き止めたいでしょう？　あなたが自分の計画をやり遂げたいと考えているなら、なおさらそうだと思うわ」

「たとえ取るに足りない情報だとはいえ、きみはどうしてそういう類いの情報を得ることができたんだい？」

「ミスター・ハリソンと一緒に仕事をしたことがあるからよ」わたしはシュレーダー氏の顔をじっと見つめた。けれど、特に変わった様子は見当たらない。

「ハリソンほど信頼できないやつはいない。わたしはそう思っている」

「全面的にあなたに賛成だわ」

「わたしはきみも信用していない」

「言わせてもらえれば、シュレーダー氏、わたしだってあなたを信用していないわ。でも、そんなことは関係ないと思うの。だってさっきも言ったとおり、これはお互いのためになることなんですもの」

「わたしなら自力でその人物を見つけ出せる。どうしてわざわざきみに情報を教えなければいけないんだ？」

「あなたが無政府主義者だからよ。だって、あなたは平等を信じているんでしょう？　あなたがこの情報に関して知る権利を持っているのと同じく、わたしだって平等に知る権利があるはずだわ」

「ますます不完全な論理だな。だが気持ちはわかる。きみは不思議なほど面白い人だ。だから、できるかぎり協力しよう。三日後、〈カフェ・グリーンシュタイドル〉で会おう。午前中には行くが、何時になるかわからない」

「ありがとう」

「あと、ハリソンには気をつけるんだ。わたしたちが会っているのを、やつは知っている」

「それがそんなに重要なことなの？」

「やつにとっては、すべてが重要なんだ。あいつは実に危険な男だ。自国の政府を全面的に支持しているが、そのやり方が実に容赦ない。おそらく、政府関係者が認めないような手段を実行しているはずだ。充分気をつけたほうがいい」そう言うと、シュレーダー氏はわたしの腕を離し、すばやく滑り去っていった。わたしひとりをリンクに残して。

このままだと転んでしまう。わたしはすぐにそう気づき、足の動きをゆるめようとした。でも、それが間違いだった。予想よりスピードが出ていたため、いくらがんばっても文字どおり体が言うことを聞いてくれない。すぐに体のバランスを失い、仰向けに転んでしまった。なんとか立ち上がろうとして、また転んでしまう。今回は帽子が脱げ、氷上を滑っていくというおまけつきだった。

どこからともなく現れ、かがみ込んだのはジェレミーだ。「けがはない？」

「ええ。人としての尊厳が傷ついただけよ。バッスルが格好悪くずり落ちていないか気になるけれど、今回だけはこの邪魔な腰当てをしていてよかったわ」わたしはチョコレート色の外套にかかる雪を振り払った。ミンクで縁取られ、べっこうのボタンがついた、体にぴったりなデザインのお洒落な外套だ。

ジェレミーは力強い手でわたしを引っ張り上げると、帽子を取ってきて頭の上にのせてくれた。「こうしてきみを救出するのは、なんだか楽しいよ」

「あら、これは救出のうちに入らないわ」わたしは微笑むと、ピンでもう一度しっかりと帽子を固定した。「もしシュレーダー氏がわたしを肩に担いで誘拐しようとしたら、あなたもわたしを〝救出〟できるかもしれないけど」

「できるかもしれない？　ぼくの能力を疑っているの？」

「いいえ、全然。ただ、そんな状況はありえなそうだと思っただけよ」わたしはジェレミーの腕に腕を絡め、両手を毛皮のマフの中へすっぽりと入れた。ふたりして快適なスピードでリンクを回りはじめる。

「あれはきみの親友、フォン・ランゲ伯爵夫人じゃないか？」ジェレミーに尋ねられ、わたしはリンクの中心で完璧なスピンを披露している優美な女性に目をとめた。スピンを終えた伯爵夫人がわたしたちに気づき、手を振っている。緑色をしたベルベットのスケート用衣装を身につけた彼女は、いつもよりさらに洗練されて見えた。

「あら、ふたりお揃いのところに出くわすなんて嬉しい驚きだわ」言葉とは裏腹に、伯爵夫人は目をすがめている。顔に浮かべた微笑が作り笑いである何よりの証拠だ。「ところで、あなたに首ったけの婚約者からは便りがあった？」

「ええ、もちろん」本当のように聞こえればいいのだけれど、とわたしは祈るような気持ちだった。「彼が遠くへ行っているときはいつも、定期的に手紙のやり取りをしているの」

実際のところは〈ボーモント・タワーズ〉を去って以来、コリンから便りはない。ベルリンにいる彼に宛てて何通も手紙を送ったのに、なしのつぶてだ。

「本当に？　それは興味深いわね、そんなことが可能だとは思えないけれど」

「ぼくら紳士はそんなに信用がないのかい？」そう尋ねたのはジェレミーだ。「たしかに、ぼくはだらしがない。だがハーグリーヴスはいやになるくらいきちんとした男だ」

「コリンがあなたの居場所を知っているとは思えないわ」伯爵夫人が言う。面白がるような声だ。「それにコリンがベルリンを発(た)ってしまった以上、彼に手紙を送っても無駄だと思うわよ」

「それはあなたの一方的な考えでしょう？」わたしは尋ねた。てっきりコリンはまだベルリンにいるものだと思っていた。その事実を伯爵夫人に知られたくない。「経験から言えば、コリンはどこにいてもわたしの手紙をどうにかして受け取ってくれるの。きっと細心の注意を払って、自分の次の行き先へわたしの手紙を転送してくれているのよ」

「ということは、あなたが今ウィーンにいることをコリンが知っていると?」

「もちろんよ」ぶざまにもわたしはジェレミーの腕にしがみついた。ここで転んだりしたくない。

「レディ・アシュトン、そろそろ自覚したほうがいいわ。あなた、とっても嘘をつくのがへたなのね」伯爵夫人はふたたび華麗なターンを決めると、去っていった。弾むような笑い声を残して。

11

「もうだめ、ココアは飲めそうにもないわ」わたしは手を振ってヴィクトルを追い払った。〈カフェ・グリーンシュタイドル〉の自分の定席となりつつあるテーブルに、すでに二時間近くも座っている。シュレーダー氏を待ちながら飲んだ三杯のココアに、ホイップクリームをたっぷり入れてしまったことを後悔しはじめていたところだ。

ヴィクトルは空になったカップをさっと下げ、グラスに水を注ぎ足すと、一片の紙を手渡した。

「フォン・ホーフマンスタールの詩の一節だよ」ヴィクトルは顎をしゃくり、いつものように人でごった返している〝青年ウィーン派(ユング・ヴィーン)〟のテーブルを指し示した。

「ありがとう」わたしは渡された紙にさっそく目を走らせた。「『切望の枝々が／夜風に吹かれて音をたてている／あなたの小さな庭園で……／なんて甘やかなのだろう／そんな小さきものに思いをはせることは』……すばらしいわ。ねえフリードリヒ、コーヒーのお代わりはどう？」

「いや、やめておく」

　これは〝手持ちの現金がない〟または〝貯金が底をついたから今日はこれから水を飲み続ける〟という意味だ。「ヴィクトル、コーヒーのお代わりを持ってきて」

「いや――」フリードリヒは断ろうとした。

「わたしにお金の無心をしたり、自分のパトロンになってほしいと頼んだりしないあなたのことを本当に尊敬するわ。あなたは自分の手で成功をつかみ取りたいと考えているのよね。でもね、その主義を曲げたくないからって、二十クロイツァーほどのコーヒーを断るのはどうかと思うの」

　フリードリヒは反論しようとしなかった。

　ウィーンでの滞在日数が増えるにつれ、わかってきたことがある。この街の文化の中心が何よりもカフェだということだ。

　ウィーンの芸術家たちは、カフェを第二のわが家のように考えている。いや、実際は第一のわが家だと言っていい。今まで〈カフェ・ツェントラル〉や〈シュランゲ〉、〈バウワー〉、〈ハインリヒホフ〉（そこではヨハネス・ブラームスを見かけた）を訪ねてみたが、ここほどわたしを惹きつけてやまない場所はない。このカフェで、わたしは劇作家たちが台詞の果たす役割について論じ合い、詩人たちが表現しにくい言葉を巡ってののしり合ったり、画家たちがビリヤードに興じたりする姿を目の当たりにしてきた。しかもビリヤード中だというのに、画家たちは右ポケットにいかに球を入れるかよりも、どの色をどう混ぜたら完璧な色合いが出せるのかを真剣に考えるあまり、まったく目の焦点が合っていないありさまなのだ。

この街の富裕層もよくカフェに集まる。シュレーダー氏の目標とは異なり、富裕層がカフェにやってくる目的は〝貧しい人々とひとつになる〟ことではないが、カフェではロンドンで言うところの〝仲間（リーグ）〟がすぐにできる。ウィーンでは十五分もあれば、身分の差に関係なく、いかなる芸術的なテーマも語り合えるような、気の合う同好の士を見つけられるのだ。

「アンナ・エッコルトにはあれから会ったの？」ヴィクトルがコーヒーのお代わりを持ってきたあと、わたしはフリードリヒに尋ねた。

「いいや（ナイン）、彼女のお母さんは、ぼくらが会うのを全面的に禁止しているんだ。ぼくがこの店にひんぱんに出入りしていることがばれてしまったから、アンナはもう二度とここへ来るのを許されないだろう」

「残念だわ」

「見事なほど期待どおりの結末だよ。ぼくらは社会的な階級も宗教も違う。結ばれる望みのない愛なんだ」

「それならアンナのことをあきらめるつもり？」

「いいや。どうにかして彼女を勝ち取る方法を探し出してみせる。大学の壁画を描く仕事に応募しているんだ。もしあの仕事につけたら、名声と充分な収入が与えられる。妻を養っていけるくらいのね」

「彼女のお母様も納得するくらい充分な収入なの？」

「いいや、ほど遠い」フリードリヒはそう言ってにやりとした。「でもアンナには充分なんだ。大事なのはそこさ」

「フリードリヒ、わたし、ますますあなたのことが好きになってしまったわ」愛するレディが自分より経済的に裕福な男と結ばれるようにと、みずから身を引いた紳士たちの姿を思い返した。そういう例は数知れないほど見てきている。しかも、彼ら紳士たちは相手の女性の気持ちを無視して、勝手に身を引いてしまっているのだ。「あなたがお嬢さんにふさわしい結婚相手だと、エッコルト夫人を説得するのは至難の業だわ。でもあなたとアンナをこっそり会わせる手配なら、わたしにだって整えられるわよ」

「本当に？」

「ええ、喜んで」わたしはにっこりと微笑んだ。

「でも、どうやって――」シュレーダー氏がテーブルに近づいてきたのを見て、フリードリヒは口をつぐんだ。「とりあえず、彼とゆっくり話して」そう言うとスケッチの道具をかき集め、カフェの反対側へ姿を消した。

「やあ、カリスタ」シュレーダー氏はわたしが差し出した手を取り、握手をした。

「あら、手にキスはなし？」

「ふざけないでくれ」彼は唇を突き出し、目をすがめると、わたしを見おろした。

「許してね。オーストリア人男性の騎士道精神がすばらしいものだから、無政府主義者がマナーの撤廃を訴えているのをつい忘れてしまったの」シュレーダー氏は答える代わりに不満げにうめくと、ヴィクトルに合図をし、いかにも濃厚そうなヘーゼルナッツ・トルテを注文した。「それで、何か情報はある？」

「きみにはクリスティアナ・フォン・ランゲという強敵がいるんだな」

「わざわざ教えてもらわなくても、伯爵夫人に関する情報ならすべて知っているわ。それで、英国へ情報を漏らした人物は特定できたの？」

「いや、わたしの――」言葉を切って笑みを浮かべた。「〝組織〟の中で、英国と通じている者はいなかった」

「確かなの？」

「ああ、確かだ」

「もしかしたら誰かが自分の妻か恋人に話してしまったのかもしれないわ。それで話を聞かされたほうの人物が――」

「ありえない」

「もちろん、ありえるわ」わたしは唇を噛み、目をぐるりとさせないようどうにかこらえた。まったく、男というのはなぜこんな自信たっぷりな物言いをするのだろう。

「わたしがやっている活動の重大さを、きみはまったくわかっていないようだな。わたしは周囲に自分が信頼できる者たちしか置かない主義なんだよ」

「だからといって、誰も裏切らないということにはならないはずよ。それにミスター・ハリソンを信用できないと言った以上、あなたは彼となんらかのつながりがあるに違いないわ」

「わたし自身が裏切り行為に敏感でなければ、こんな活動なんかしていられないよ、カリスタ。あらゆる手立てを尽くして、裏切りがないかどうかを確認しているんだ」

「でも最初にこの話をしたとき、あなたは自分のグループ内に情報漏洩者がいる可能性を否定しなかったわ」

「わたしが自分の身の安全を確信できているのは、決して不穏な兆候を見過ごさないからだ。それに仲間たちも、もしわたしを裏切ったらどんな運命が待っているかは心得ている。ウィーンは自殺の多い街だ。もう一件自殺があったからといって、誰の注意も引かないだろう」

突然、まわりの空気が水に変わったかのようだ。わたしはふいに息苦しさを覚えた。

「きみはこれまでに人殺しとコーヒーを飲んだことがないんだな?」シュレーダー氏はヴ

ィクトルが運んできたカップを掲げながら尋ねた。

「紅茶ならあるわ。でも、コーヒーははじめてよ」

頬が赤くなるのが自分でもわかる。顔に動揺が出てしまったけれど、それでもどうにか冷静さを装おうとした。

「ウィーンにはリング通りと謝肉祭以外にも、はるかにいろいろなことがある。だが、この街の後ろ暗い面は、無視するのがいちばんだ」

「今のわたしにそんな贅沢は許されないのよ、シュレーダー氏。あなたの計画について詳しく知っている人たち全員から、話を聞きたいわ。彼らの中に、フォーテスキュー卿とつながっている人がいるに違いないもの」

「フォーテスキューだって？」彼は笑った。「わたしの仲間で彼とかかわっている者などいるはずがない」

「でも、あなたが何かを見落としているかもしれないわ。わたしはあなたのお仲間のことをまったく知らない。だから、よけいな先入観を持たずに彼らと話ができるはずよ」

「きみが彼らと話をすることはない」

「でも――」

「それに彼らが何者なのか、きみが知ることもない。きみは自分が有能だと思っているのかもしれないが、これはお遊びのゲームとはわけが違うんだ。しかも、きみはこの街の人間でもない。力になれないのは残念だ。もしきみの友だちが絞首刑という運命を免れられなかったとしたら、こう考えるといい。彼の死によって、今後大衆によりよい生活がもたらされるかもしれない、とね。そう考えれば少しは慰められるだろう?」

「やってもいない犯罪のせいで、ロバートを絞首刑にさせるわけにはいかないわ」

シュレーダー氏は肩をすくめ、テーブルから立ち上がった。「すべてのゴールが達成できるとはかぎらない」

彼はそう言い残すと、カフェから出ていった。

外套を身にまとい、ふとポケットに手を滑り込ませた瞬間、わたしはそこに冷たくて固いものが入っているのに気づいた。ミスター・ハリソンの銃弾だ。

記憶に間違いがなければ、あの日カフェで脅されて以来、ミスター・ハリソンとは会っていなかった。それにあの日、ミスター・ハリソンから手渡された銃弾を、自分の外套のポケットに入れた覚えもない。それなのに、どうしてこの銃弾が入っているのだろう?

突然不安に駆られ、わたしは窓の外を見た。ちょうどシュレーダー氏が通りを横切りはじめたところだ。

ふたつ数えてから、わたしは彼のあとをつけはじめた。

以前コリンから、誰かを尾行するときのこつを教えてもらったことがある。もちろん、殺人歴のある無政府主義者を尾行するためではない。わたし自身が誰かに尾行された場合、そのことに気づけるようにするためだ。にもかかわらず、わたしはわくわくしながらコリンの教えを実践していた。

最初は順調だった。通りを渡り、尾行対象とはかなり距離を置きながらも、視界に彼の姿をとらえ続ける。シュレーダー氏はホーフブルク宮殿をぐるりと回り、市民庭園フォルクスガルテンを通ってグリルパルツァーの記念碑のほうへ向かっていた。オーストリア最高の劇作家兼詩人を称えるために建てられた記念碑だ。わたしはためらって足を止めた。広々とした公園内では、相手に気づかれずに尾行を続けるのが至難の業なのだ。案の定、こちらの配慮が足りなかったに違いない。シュレーダー氏は巨大な彫像の傍らに並べられた長椅子の雪を払い、腰かけると、わたしに向かって手を振った。

内心悔しく思いながらも、わたしは覚悟を決め、彼に近づいた。

「まだあなたに聞きたいことがあるの」

「数ブロック前からとっくに気づいていたよ」

「気づいていたなら、すぐにそう教えてくれるべきじゃないかしら？」

「で、きみのお楽しみを台無しにするのかい？　それは忍びない」シュレーダー氏は足元の雪を蹴散らした。「いったい何が知りたいんだ？」

実のところ、彼をつけて自宅を突き止め、そこで同胞たちと会うまで見張り続けようと考えていた。でも、それを彼に明かすつもりはない。

「正直に答えてほしいの。もし密告者の正体を突き止めたら、わたしに教えてくれる？」

「いや」

「その人の名前も、あなたがその人を見つけたという事実も教えてくれるつもりはないの？」

「そうだ」シュレーダー氏は口をつぐみ、雪を蹴散らした。「だがきみのしつこさには驚いた。だからもう一度言っておく。わたしは密告者を見つけていない。わたしがきみに嘘をつく必要はどこにもないはずだ」

「どうしてあなたの言うことを信じられると思う？」

「信じられないだろうな」シュレーダー氏は笑った。「とにかく、これ以上わたしをつけるな、カリスタ。話はもう終わりだ」

わたしはシュレーダー氏が座っていたベンチに腰をおろし、彼が歩き去るのを見送った。絶対にあきらめない。また尾行してやる。でも、今度こそ彼に気づかれないようにしなくては。

凍てつく空気の中、聞き覚えのある声がした。「こんな寒い日に座っていると、憂鬱になるような場所だね」

「コリン？」

わたしはベンチから飛び上がった。コリンがわたしの両手を握りしめ、引き寄せた。

「どうして……わたしが……あなた、ベルリンに――」

「話はあとだ」わたしの冷えきった体は、コリンの口づけでいっきに温まった。まさに夏の太陽をはるかにしのぐ威力だ。わたしはコリンに身をまかせた。「おいで。建物の中へ入ろう」コリンはわたしの腰にしっかりと腕を回しながら公園を歩き出した。「美術史美術館へ行こう。もう行ったかな?」

「いいえ。ここに観光に来ているわけではないもの」

「そのようだね。だがきみに付き添い役がついていないのが嬉しいよ」コリンは立ち止まり、またしてもキスをした。「こんな真冬に公園を散歩してもいいことなんて何もないと思っていた。でも今わかったよ。ここは完全にふたりきりになれる場所なんだとね。そうは思わないかい?」

「あなたが今の状況の深刻さを理解しているとは思えないわ」

「見くびらないでほしい。自分がなすべきことはちゃんとわかっている」わたしたちは美術館の前までやってきた。「さあ、何が所蔵されているだろう? 古代ギリシャの彫刻かな?」

「もう。お願い、やめて」意に反して、思わず笑ってしまった。コリンは慎み深くわたしの腕を取ると、建物の中へ足を踏み入れた。無言のまま、建物の中を進んでいく。ようやく言葉を交わしたのは、アルテミス像が展示されている陳列室へたどり着いたときだった。

二世紀の作品で、プラクシテレスの作風に似ている。

「ハリソンがきみのあとをつけていた。彼には、これがぼくと婚約者のロマンチックなデートだと思わせなければならない」

「ハリソンもわたしを尾行していたの?」わたしは天井を見上げ、ため息をつくと、体の両脇でこぶしをきつく握りしめた。「ああ、わたしって、救いようもないくらい尾行がへたなのね。信じられないほど——」

「いいや、救いようがないなんてことはない。ただもう少し実践が必要なだけだ。それに今は、ハリソンに見張られていた場合に備えて、作品を見ていたほうがいい。このアルテミス像をどう思う?」

「すばらしいわ」女神像は実に優雅なポーズを取り、脇にあるもう一体の彫像に寄りかかっている。彼女自身のより小さなイメージを表現した彫像だ。

「どうしてグスタフ・シュレーダーと会ったんだい?」

「それよりまず、あなたがいつウィーンに到着したのか教えて」

「少し前からここにいる。きみがウィーンにいたことを全然知らなかったんだ」

「手紙に書いたのに」

「きみのその手紙は、ベルリンでぼくを待っているに違いない。ベルリンにはほんの数日しかいなかったんだ。きみに手紙を書く時間の余裕もなくてね。すまない」

「いいのよ。わたしだってそれくらいわかっているわ」

「きみは本当に愛すべき女性だね。さあ、シュレーダーとのことについて教えてほしい」

「座ったほうがよくないかしら？」わたしたちは空いているベンチに腰をおろした。それからわたしはロバートについて、そしてフォーテスキュー卿に情報を漏らした謎の人物についてすべて話した。

「きみはよくやっているよ、エミリー。それしか手がかりがないのに」

「わたしがやっていることに反対しないの？」

「ぼくはいつもと同じ態度を貫くまでだ。とにかく、不必要な危険は冒さないでほしい。もしそうなってしまったら、ぼくがきみを英国へ連れて帰る」コリンの瞳には名状しがたい色が宿っている。おそらく、毅然（きぜん）とした誇りのようなものだろう。ふたりきりでいるときにだけコリンが見せる目の輝きだ。でも今日はいつもと何かが違う。コリンの瞳の色がいつもより温かくて濃いように思える。

「まるで楽しい旅行へ出かけるみたいに聞こえるわ。それなら、もし調査をうまくやり遂げても、あなたがわたしを英国へ連れ帰ってくれる？」

「もしうまくやり遂げたら、きみが望むものをなんでもあげるよ」

「女王に言われた日よりも前に結婚したいと言っても？」

「いや、それはまずいよ、エミリー。非常にまずい」

ああ、コリンにキスしたい。周囲にこれほどすばらしい芸術品があるというのに、鑑賞する気になれないほどコリンの存在に圧倒されている。

「こういう公共の場所であなたに決定を強いるつもりはないわ」

「よかった。ありがとう」

「それで、あなたはどうやってわたしを見つけ出したの？」

「単なる幸運さ。約束を終えて帰る途中、通りの反対側にいるきみを見かけたんだ。誰かを尾行しているとすぐにわかったよ」

わたしは眉根を寄せた。「自分ではうまく尾行できていると思っていたのに。あなたにもシュレーダー氏にも気づかれていたなんて最悪だわ。でも、もっと最悪なのはハリソンもわたしをつけていたのに気づかなかったことよ」

「それは、きみがそういう疑いを持っていなかったからだ」

それからわたしは、ミスター・ハリソンとのあいだに何があったか、一部始終をコリンに打ち明け、ポケットから銃弾を取り出してみせた。コリンは心配そうな表情を浮かべ、わたしの手を取った。

「今後は自分の周囲にもっと注意しなければいけないよ。明らかに不純な目的を持つ誰かにきみが尾行されているところを想像するだけで、ぞっとしてしまうんだ」

「あら、あなたなら、もっとよこしまな目的を持って近づいてきても大歓迎よ」

「エミリー、そんなことを言って、ぼくの寿命を縮める気かい？」

「ええ、もしわたしと結婚してくれないなら」

「まさか。きみと結婚しないはずがないだろう？」

「わたし、明日なら空いているわ」わたしは言った。「あなたは？」

「ぼくも空いていればよかったのに」

「あなたはどこに泊まっているの？〈インペリアル〉？」

「いや、ぼくはここによく来るから、シュテファン大聖堂の近くに部屋を借りているんだ」

「フォン・ランゲ邸の近くね」

「ああ。どうして彼らの家を知っているんだい？　訪ねたのかい？」

「ウィーンへやってきてすぐに伯爵夫人を訪ねたの。でも、けんもほろろだったわ」

「クリスティアナはきみがウィーンにいるのを知っていたのか？」

「ええ。彼女とは二度顔を合わせたわ」

「彼女はぼくに何も教えてくれなかった」コリンがぽつりと言う。「教えてくれていたら――」

「伯爵夫人と会っていたの？」

「ああ、一緒に仕事をしているんだ」

「そう」嫉妬していることを悟られないよう声を平静に保とうとしたものの、わたしはこの瞬間に心を決めた。もう伯爵夫人を嫌っていることを、へたに隠さないようにしよう。自分の正直な気持ちを認めるのだ。

「エミリー……」

わたしはひらひらと手を振った。この話はもうおしまい。この仕草でコリンにさりげなくそう伝えられていればいいのだけれど。「べつに彼女のことはなんとも思っていないわ」

「本当に？」そう尋ねるコリンの笑い方が気に入らない。

「ええ、ちっとも」

「この件について、ほかに話すことは何もないのかな？」

「こんな話、退屈なだけだわ」

「よし、わかった。だがクリスティアナが今までずっと、きみがここにいることをぼくに教えてくれなかったのはどうにも腹立たしい。他人をだますなんて彼女らしくないのに」

「そうかしら？　他人をだますくらい当然と思っていなければ、秘密調査員なんてやっていられないと思うけれど」

「エミリー――」

「ごめんなさい。でも、我慢できないんですもの。たぶん、あなたは自分が思っているほど彼女のことをよく知らないのよ。とにかく、もうどうでもいいことだわ。こうしてわたしを見つけてくれたんだから」

「せっかくふたりでウィーンにいるんだから、ぜひともワルツは踊らないといけないね」

コリンはそう言うと、笑みを浮かべた。昔の恋人から話題をそらそうとしているのは明らかだ。

「ロバートが無罪放免になってからね」

「エミリー、二十四時間働いているわけにはいかないんだ。秘密調査員にも、ときには息抜きが必要なんだよ。おまけに、どこに有益な情報が転がっているかわからない。今夜〈ゾフィエンザール〉で舞踏会があるんだ。シュトラウスのオーケストラが演奏する。一緒に出席しよう」

冬のあいだ、ウィーンでは数えきれないほどの舞踏会が催される。仮面舞踏会に公式舞踏会、社交界お披露目(ひろめ)のための舞踏会、宮中舞踏会――どの会場でも、皇帝のお気に入りのシャンパン、モエ・エ・シャンドンがひと晩で五百本も開けられるそうだ。いちばんのパーティ好きであっても、そういった数々の舞踏会の四分の一にすら出席できないらしい。でも、人でごった返したウィーン屈指の舞踏会場〈ゾフィエンザール〉の光景に圧倒されながら、わたしは思わず考えていた。今夜はウィーンに住む人たちがひとり残らず、ここにワルツをしに来ているんじゃないかしら？　セシルとわたしが会場に到着したのは遅い時間だった。もちろんジェレミーも一緒だ。

　会場の雰囲気は圧巻だった。比類なきスケールの大きさだ。室内の至るところに美しい装飾が施される中、軽快な音楽の調べにのせて、活気あるダンスがくり広げられている。凍てつく冬の世界から、いっきに夏の庭園へ足を踏み入れたかのような演出だ。会場の至るところに花々があふれ、まぶしく輝く電灯を水面に映したプールでは白鳥たちが泳いでいる。舞踏場はものすごい混みようで、とてもワルツを踊るどころではない。けれども不断の努力と熱心なパートナーさえ揃えば、どうにか回転するくらいの空間は確保できるだろう。

「一緒に楽しめるお相手がきっと見つかるわ」人波をかわしながら、セシルは前かがみになり、ジェレミーに言った。「あなたに誰か紹介してあげられればいいのだけれど、あいにく、わたしのウィーンの知り合いはみんな浮気をしているのよ。今夜が終わるまでに愛人を見つけられなかったら、それは誰のせいでもない、あなたのせいよ、ジェレミー」

「ぼくは美徳の鑑のごとき人物になろうと心を決めたんです。エミリーの気を惹くという不毛な試みを続けるつもりなんですよ」ジェレミーはそう言うとにやりとした。

「本当にそれこそ不毛な試みというものよ。それならわたしと踊りましょう」そう答えたセシルとジェレミーが舞踏場へ姿を消すと、わたしは軽食が並べられたテーブルへ進み、シャンパンを手に取った。どこか座る場所はないかとあたりを見渡してみる。

「レディ・アシュトン、本当にあなたなの？」

「まあ、レディ・パジェット、お会いできて嬉しいわ」

レディ・パジェットは、オーストリアに駐在する英国大使の妻だ。彼女とは数回顔を合わせたことがある。うちの母が友だちなのだ。しかも彼女は英国でもっとも尊敬されているレディでもある。

「もうウィーンには長く滞在しているの？　ここのお天気にはもう慣れた？」

「まだ二週間ほどしか滞在していません。でも、この雪景色にすっかり魅せられてしまいました」

「ばかな！　雪なんて見るだけでぞっとしてしまうわ。ここにはじめて赴任してきた年は毎日のように、こんな雪深いお天気になんの意味があるのだろうと考えていたものよ。風もきついでしょう？　それこそ息ができないほどに。でも、あなたは若いから耐えられるのかもしれないわね。ところであなたのドレス、ワースのデザインなの？　あら、そう。やっぱり美しいわねえ。ブルーの色合いが微妙に違っていて完璧だわ。この街ではここ一年ほど、誰もピンク以外の色を着ようとしないの。ピンク以外の色もあるってことを、みんな忘れてしまったんじゃないかと思うほどよ」

レディ・パジェットはウィーンのレディたちにやや手厳しいと言わざるをえない。たしかに会場内にはピンク色のドレスが多いけれど、ほかにもさまざまな色合いのドレスが混ざっている。わたしの今宵の装いは、淡いアイスブルー色のシルクのドレスだ。至るところに無数の銀糸の刺繍が施されており、ワルツのときにふんわりするようスカートにも充分な厚みがある。ボディスは深い襟ぐりで、袖はごく短めで肩先が隠れる程度のキャップ袖。頭部にはメグがダイヤモンドの飾りピンをいくつかとめてくれ、長くて白い手袋、さらに幅広のプラチナとダイヤモンドのブレスレットとお揃いのチョーカーがアクセントを添えている。

「本当にすばらしい演奏ですね。この先、シュトラウスの奏でる音楽のない舞踏会に耐えられるかどうか、自信がありません。もう早く踊りたくてうずうずしているんです」わたしはにこやかに言った。

「こんばんは、お揃いだね」そう声をかけてきたのはミスター・ハリソンだ。彼はわたしたちの前に立ち、軽くお辞儀をした。

「まあ！　会えて嬉しいわ」レディ・パジェットはミスター・ハリソンに手を差し出した。

「もちろん、レディ・アシュトンのことは知っているわよね？」

「ええ、いやになるくらいに」

「まさにぴったりの言葉ですね」わたしは手を差し出さずにいた。

「ミスター・ハリソンは主人にとって、なくてはならない人なの」レディ・パジェットが言う。「彼がいなければわたしたち、いったいどうなっていたかわからないわ」

「身にあまるお言葉です」ミスター・ハリソンがまたお辞儀をする。

何か言うべきだとはわかっていたものの、わたしは薄い笑みをどうにか浮かべただけだった。

「今ちょうどレディ・アシュトンから、踊りたくてうずうずしていると聞かされたばかりなの。もしよければ――」

「いいえ、その必要はありません。わたしは――」

「悪いが、今夜きみと踊っている時間はなくてね、レディ・アシュトン。ほかの人に次のダンスを申し込んでいるんだ」ミスター・ハリソンはレディ・パジェットの手にまたしても口づけると、そそくさと姿を消した。

眉を釣り上げたレディ・パジェットがわたしを振り返り、何か言おうとする。ありがたいことに、その瞬間コリンが現れた。わたしに礼儀正しくお辞儀をし、レディ・パジェットには手の甲へ完璧なキスをしてみせた。

「まあ、まるでオーストリア人みたいね、ミスター・ハーグリーヴス?」レディ・パジェットが言う。「英国の気質を完全に忘れ去ったりしないでちょうだいね」

「ご心配には及びません。ぼくはただ、この国の文化に敬意を表しているだけです」

「もしハプスブルク宮廷式のお粗末なマナーを真似るようなら、このわたしが許しませんよ。あなたを即刻ロンドンへ帰国させるよう言い張りますからね」

「それならウィーン市民の真似をするのは、この舞踏室の中だけにとどめておくようにします。なんといっても、ここには舞踏会の主人役であるオーストリア人の魂が感じられますので」

「まあ、それは違うわ。オーストリア人の魂といえば、大量のビールとシュニッツェル、それに卵入りパンケーキ(カイザーシュマーレン)を平らげることしかないのだから」

レディ・パジェットは目を閉じてかぶりを振った。いかにも〝絶望的だわ〟と言いたげな、優美な仕草だ。

「レディ・パジェット、あなたはここにいる誰よりもウィーンで多くの時間を過ごされている。だから、あなたの意見には一も二もなく従うつもりです。ただし、これだけは言わせてください。実を言うと、カイザーシュマーレンは好物なんです」

「親愛なるミスター・ハーグリーヴス。あなたのことが本当に心配になってきたわ。もし今夜ずっとオーストリアをひいきし続けるつもりなら、早く素敵な婚約者とワルツを踊っていらっしゃい」

「では、ご期待に応えようと思います」コリンはわたしの手を取った。

「すぐにわたしを訪ねていらっしゃいね、レディ・アシュトン」レディ・パジェットが言う。「滞在中、あなたにはウィーンでも指折りのパーティの招待状が届くよう手配しておくわ」

感謝の言葉を述べたものの、わたしは自分でもどう応じたのかわからなかった。コリンの手が触れた瞬間、突然、心臓が早鐘を打ち出してしまったのだ。

「カイザーシュマーレンって?」踊りだしながら、コリンに尋ねた。

「きみとパンケーキについて話し合うつもりはないよ」コリンはわたしを強く引き寄せ、華麗なステップで舞踏場を旋回しはじめた。周囲の景色がぼやける中、お互いだけを見つめ合う。わたしの体をしっかりと腕に抱きながら、コリンがくるくると華麗な旋回をくり返す。何度も何度も。

ウィンナー・ワルツは、今までわたしが踊ってきたどのワルツよりもはるかに速いペースだった。なんという流動感。地に足がついている気がしない。魅惑のワルツにくらくらしてしまう。一度ウィンナー・ワルツを経験してしまったら、普通のワルツがひどく退屈なものに思えるだろう。

何度も旋回をくり返すうちに、ひと組の男女がわたしの注意をとらえた。ぼんやりとした視界に、ふたりの姿がくっきりと浮かび上がる。ミスター・ハリソンとフォン・ランゲ伯爵夫人だ。彼らは身を寄せ合うように、舞踏室の隅に立っていた。

＊＊＊

一八九一年十二月二十日
英国ロンドン　バークレー・スクエア

親愛なるエミリー
ロバートに関する記事も含め、最近のロンドンの新聞を同封します。なんだかみんながロバートが有罪だと信じ込んでいるみたい。おまけに、最近ではロバートが反逆を起こそうとしていたとか、財政的に破綻していたなどという噂までまことしやかに流れているの。新聞は告訴を恐れてさすがにそこまで断定的には書いていないけれど、人の口に戸は立てられないわ。
みんながフォーテスキュー卿をあれほど嫌っていた事実を考えると、今の状況に驚きを禁じえないの。まさか、人々が彼の殺害事件にこれほど関心を持つとは思ってもいなかったのよ――そう、無実のロバートをここまで意地悪く攻撃するほどに。でも悲惨な殺され方をしたおかげで、フォーテスキュー卿の好感度はいっきに上がってしまったみたい。いまや誰もがフォーテスキュー卿のことを〝助けの手を差し伸べてくれた恩人〟と考えているかのようだわ。生前のフォーテスキュー卿がひどく威圧的だったことや脅迫まがいの言動をくり返していたこと、不愉快きわまりない態度で不作法だったことなどなど（改めてくり返すまでもないわね。あなたがいちばんよくわかっているはずだもの）をあえて口にしようとする人がひとりもいない状況なの。

アイヴィーが参ってしまっているのは言うまでもないわ。昨日は一緒にロバートを訪ねてみたけれど、わたしとの面会はもちろん、妻との面会もいまだに拒みつづけているの。アイヴィーはますます絶望的になり、嘆き悲しんでいるわ。ロバートを取り巻く状況は刻一刻と悪化しているんだもの。ねえエミリー、こうなると、ロバートが有罪ではないことを証明するだけでは不充分かもしれない。実際にフォーテスキュー卿を殺した犯人を見つけ出さなければならないわ。でなければ、誰もロバートの無実を信じてくれないのではないかと心配なの。今後もロバートは疑惑を晴らせないままになってしまうんじゃないかって。

深刻な話はここまでにして、あとはわたしの近況を報告するわね。愛しのミスター・マイケルズはわたしがオックスフォードへ戻らないことに業を煮やし、ひどく感情的な手紙を送ってきたわ。〝勉学を捨てるとは何事か〟という非難の言葉が羅列された手紙をね。こちらからの返事には、オウィディウスの『恋愛指南（アルス・アマトリア）』を引き合いに出して反論しておいたの。そうしたらよほどむっとしたのか、速達で返事が返ってきたのよ！　認めざるをえないわ。わたし、今の状況が楽しくてしかたがないの。

最後にデイヴィスの近況を。三日前にセシルのメイドから手紙を受け取って以来、彼は果てしなく落ち込んでいるわ。どうかオデットに大急ぎでべつの手紙を送るよう伝えてちょうだい。あなたの執事は不機嫌になると、全然面白みがなくなってしまうんだもの。デイヴィスったら、フィリップの葉巻を隠してしまったのよ！ いくら捜しても見つからないの。あまりに腹立たしくて、〝イニシャルさえ彫らなければデイヴィスに買ったクリスマス・プレゼントを返品できたのに〟などと考えてしまったわ。つくづく残念なのは、デイヴィスと同じイニシャルの知り合いが誰もいないことよ。

あなたの献身的な友人
マーガレット

12

翌朝は、満ち足りた気分で目ざめた。ドレッシング・ガウンを羽織り、スイートルームのカーテンを勢いよく開けてみる。またしても雪が降っていた。大きな雪片が降り積もり、通りの向こう側が何も見えない。なんて素敵な光景だろう。

でも窓台を見おろした瞬間、そんな気分は吹き飛んだ――銃弾が置かれていたのだ。ミスター・ハリソンがこの部屋へ侵入したに違いない。

わたしは銃弾をつまみ上げた。でも手が震えているせいで、冷たくひんやりとした表面をうまくつかみきれず、銃弾は寄木細工の床へ落ちた。やけに澄みきった音が室内に響き渡る。

ミスター・ハリソンはわたしが寝ているあいだにやってきたのかしら？　それとも、わたしがこの部屋を留守にしているときに？

無断で部屋に入られたと思うと、不安で胸が押しつぶされそうになる。こういう不快な気分には覚えがあった。つい数カ月前、ロンドンで忍び込み強盗の標的になったばかりなのだ。結局、その強盗は無害であることがわかったけれど、今回の侵入者は間違いなく敵だ。弾丸を拾い上げようとかがみ込んだ瞬間、ふらふらとめまいがした。

そのとき、ほんの少しだけ扉が開いた。メグだ。

「マダム・ドゥ・ラックと公爵はすでに朝食を召し上がっています、奥様。あの画家も来ていましたが、すでに帰りました」メグは鼻にしわを寄せ、朝こんな早い時間に現れたクリムトへの不快感を表した。

一方のわたしは気をまぎらしてくれたメグに感謝し、とりあえず銃弾はナイトテーブルの引き出しに入れておこうと考えた。先ほどまでの不安を振り払い、ぼんやりと考える。クリムトはいつ〈インペリアル〉へやってきたのかしら？　昨夜の舞踏会にもいなかったし、あのあとカフェでも一度も見かけていない。まさか彼が朝食を食べにここへやってくるとも思えない。残念ながら、答えを知るのはセシルとふたりきりになれるときまで待たなければいけないだろう。詳しい話はそのとき聞けるはずだ。

「奥様、お着替えなさいますか？」メグが尋ねる。

あまり急ぎたくない気分だったので、ゆっくりと時間をかけてドレスを選んだ。手持ちの中でもいちばん落ち着いたミッドナイトブルー色の、ウールのドレスだ。ボディスの襟ぐりは深いV字型で、両端には青いペイズリーの刺繍が施されている。首元にアクセントを添えているのは同じ色合いの、繊細なベネチアン・レースで縁取られたハイカラーの襟で、袖口からも同じレースがのぞいている。ドレスの色合いでわたしのブルーの瞳は引き立てられ、昨夜のコリンとのワルツの記憶で頬もピンク色に染まっている。少なくともこの瞬間は、ミスター・ハリソンの銃弾から気をそらすことに成功したと言っていい。

　居間へ足を踏み入れると、セシルがジェレミーのためにコーヒーを注いであげているところだった。

「エム、朝早くからそんなに魅力をたっぷり振りまくのは反則だよ」ジェレミーはそう言うと、コーヒーに砂糖を少なくとも四つ入れた。

「あら、ごめんなさい」わたしはそう言って紅茶のカップを手にした。それからテーブルに銃弾を置くと、友人ふたりに、今朝それをどこで見つけたか話した。

「おやまあ（モン・デュー）」セシルが目を丸くする。「由々しき事態だわ」

「ホテルに頼んで、もっと警備を強化してもらわないと」わたしは言った。「あの男を二度と侵入させるわけにはいかないわ」

「ぼくが支配人と話すよ」ジェレミーが申し出る。

「ありがとう。できれば、階段を上がったところに見張りの人を置いてもらえないかしら。そうすれば、気分的にとっても楽になるわ」

「ああ。さほど難しいことじゃない。すぐ手配してくれるだろう」

わたしはアプリコット・パイを手に取った。「なんだかあなた、疲れているわね」

「朝四時まで踊って八時に起きるのは、なかなかきつくてね」ジェレミーが答える。

「あなたもそれなりに年をとって、夜遊びが厳しくなってきたのかもしれないわね」そう言いながら、スカートの裾が引っ張られるのを感じた。「こら、ブルータス、やめなさい！」足元から犬をすくい上げ、セシルに手渡す。セシルはブルータスをにらみつけ、ここぞとばかりにシーザーにビスケットを与えた。

「それはないよ、エミリー。ぼくはまさに今男盛りだし、ずっと人生の盛りを謳歌したいと思っているんだ」ジェレミーはコーヒーをぐいっと飲むと、しかめっ面をし、もうひとつ砂糖を加えた。「決めているんだ、三十二歳より年はとらないって。いや、三十二歳になってからの話だけどね」

「いやだわ、ジェレミー。わたしがあなたの本当の年齢を知っていることを忘れているでしょう？」わたしは言った。「どんな手段を使ってでも、あなたにもう自分も年なんだって認めさせてみせるわよ」

「あら、四十歳以下の若い男で魅力的な人なんていないわよ」セシルがきっぱりと言う。

「魅力的かどうかには興味がないんですよ、マダム。ただぼくは若くありたいだけなんです」

「それが間違いなのよ」セシルがかぶりを振る。「まあ、あなたにもいつかわかるわ」

「のちのちがっかりさせたくないので言っておきます。ぼくは何かを学ぶってことがほとんどないんです」ようやくコーヒーの甘さに満足したらしく、ジェレミーはカップを飲み干し、すぐにお代わりをした。

「ということは、クリムトもまだ魅力的ではないということ?」セシルに尋ねる。

「彼は時が経てば魅力的になるはずよ。今のところは、単に面白いだけだけど」

「それに聡明だわ」と、つけ加える。

「ええ、たしかに」セシルも認めた。

「それなら彼は、魅力的じゃないけど聡明、ということかい?」そう尋ねたのはジェレミーだ。

「ええ」セシルとわたしは同時にそう答え、ふたりとも笑い出した。

「きみたちレディは手厳しいね」ジェレミーはスプーンでさらに砂糖をすくったが、ボウルの中に戻して顔をしかめ、コーヒーカップを遠ざけた。「今朝はどこへ出かけようか、エム?」

「会いに来てもいいかと伯爵が尋ねてきたの」わたしは言った。「でも部屋に入ってもらいたくなかったから、〈カフェ・グリーンシュタイドル〉で落ち合う約束をしたのよ」

「彼はぼくが行くのを期待しているかな?」

「いいえ」

「なら、かえって好都合だ」

「ところで皇后の様子はどう、セシル?」わたしは尋ねた。

「すっかり落ち込んでいるわ。元気がないし、本当に心配。最近では彼女を見ていると、友人知人にずっとがっかりさせられてきたハムレットを思い出してしまうの」

「今朝、皇后に会いに行く時間はあるの?」

「ええ、あるわよ。招待したお客様たちがここへ到着するまでのあいだなら」昨夜の舞踏会で、わたしたちはレディ・パジェットからエッコルト夫人とその娘アンナを紹介してもらった。フリードリヒの窮状を聞いたセシルが、アンナの母親に〝ドイツ語の日常会話を教えてくれる人が大至急必要だ〟と訴えかけ、今日の訪問が実現したのだ。

もちろん、これはセシルがフリードリヒのために打った芝居にほかならない。セシルのドイツ語は完璧だし、ウィーンの方言〝ヴィーナリッシュ〟まで話せるほどなのだ！　しかもハプスブルク宮廷の人々はみな、フランス語も堪能だ。けれどエッコルト夫人はセシルの話を簡単に信じ込んでしまった。おそらく今日、セシルは面と向かってエッコルト夫人を説得するに違いない。自分のドイツ語の先生はアンナ以外に考えられない、と。

わたしは炉棚の上の時計をちらりと見た。「だったら急いだほうがいいわね。エッコルト夫人との約束に遅れてしまうわ」

「それなら馬車を探してこよう」飲みかけのコーヒーをあきらめ、ジェレミーが言う。

「いいえ、歩いていくわ」ジェレミーが不満げにうめくのをものともせず、わたしはメグの手を借りて外套を着込み、毛皮のマフに両手を滑り込ませた。

「歩くだって？　この雪の中を？」

「きっと楽しいわ」数日前、新しいブーツを買ったのだ。だから雪の中でも平気で歩ける自信がある。分厚い革でしっかりと守られ、毛皮の裏地がついており、靴底も丈夫な作りだ。雪の中をそぞろ歩いても、足元が濡れることはなく足先も冷えないだろう。

わたしたちはセシルにいとまごいをし、表へ出た。ジェレミーは帽子をかぶり、その上にすぐ降り積もった雪を払いながら、わたしにしかめっ面をしてみせた。けれど腕を貸してくれ、ケルントナー通りをオペラ座のほうに向かって進みはじめた。やがてオペルンガッセに入り、続いてアウグスティーナ通りに出る。真新しい雪はとても柔らかく、凍てついた歩道に降り積もり、歩く衝撃を和らげてくれている。ホーフブルク宮殿へ向かう道の途中、ジェレミーは歩くよりもむしろ雪の上を滑りはじめた。

「スケートよりも簡単だよ」ジェレミーが言う。「それにこうしていると、マナーを無視してきみの腕にしがみついていられる」

「もしこれ以上しがみついてきたら、あなたを通りに放り出すわよ」

「それもまた楽しそうだ」ジェレミーは満面の笑みを浮かべた。「きみのお友だち、アンナとフリードリヒの恋路を手助けするのが、本当にいいことだと思う？　禁断のロマンスなのに」

「どうしてそんなことを尋ねるの？」

「こと階級の話になると、ウィーン市民はぼくら英国人よりもずっと大変なんだ。程度の差こそあれ、ぼくら英国人は少なくとも同じ集団に属しているだろう？　だけど、ウィーン市民は小さな集団に細かく分かれている」

「まあ。あなたがこの国の文化に詳しかったとは意外だわ」

「数日前の夜に出会ったとっても魅力的な女性から聞いたんだ。彼女は自分より階級が上の男と結婚し、夫の同僚たちから完全に無視されてしまったらしい。身分違いの男女が結婚してうまくいくのは、身分が低いほうの伴侶が外国人の場合だけなんだそうだよ」

「あなたが彼女に少しでも慰めを与えられていたらいいわね」

「残念ながらそうはできなかった。ぼくの心はすでにべつの女性のものだからね」ジェレミーの長いまつげに雪が降り積もる。

「その幸運な女性は誰？　それに、彼女の不幸な夫は誰かしら？」

「絶対に教えない」

「ジェレミー、あなたって可愛い人ね！」わたしは彼の腕を引っ張り、肩に頭を軽くぶつけた。「その女性があなたに感謝していることを願うわ」それからわたしたちは無言のまま進み、〈グリーンシュタイドル〉の店内に入ると外套を脱いだ。

「さあ、こっちよ。わたしのテーブルは奥にあるの」

「きみ専用のテーブルがあるの？」

「少なくとも、わたし宛ての郵便物をここで受け取るのは、わたしじゃなくてフリードリヒなの。彼のお友だちもほとんどがそんな感じよ」

「会員を限定していないロンドンの紳士クラブみたいだな」ジェレミーはわたしのために椅子を引いてくれた。

「さあ、それはわからないけど、賭けてもいいわ。ロンドンの紳士クラブよりウィーンのカフェのほうがはるかに優れてるって。もちろん、レディにも広く開放されているからよ」

「その意見にはぼくも異論なしだ」注文した飲み物を、ヴィクトルがすぐに運んできた。

「フォン・ホーフマンスタールに、きみが彼の詩を気に入っていたと伝えたよ。とっても喜んでいた」ヴィクトルが言う。

「よかったわ」そう答えて店内を見回した。でも詩人の姿は見当たらない。「いつか彼と話をしなくちゃ」

「フォン・ホーフマンスタールも喜ぶと思うよ。ふたりとも、ほかに注文は？」

「いいえ、ありがとう」わたしが答えると、ヴィクトルはお辞儀をして去っていった。

ジェレミーは両手でカップを包み込んだ。「ホットコーヒーがこれほどありがたいと思ったのははじめてだ。こんなに寒いのに、どうして歩こうなんて言い出したんだ？」

「むしろ寒いくらいのほうが好きなの。張り詰めた空気に当たると、注意が研ぎ澄まされる気がするのよ。元気づけられるし、爽快な気分になるの」

わたしがそう答えている最中に、フォン・ランゲ伯爵が現れた。ジェレミーを見て眉を釣り上げたが、どうにか笑みを浮かべ、いつもながらの手の甲へのキス（ハンドクス）でわたしを歓迎してくれた。「クス・ディー・ハント、グネーディゲ・フラウ。今日は保護者同伴なんだね？」

「エミリーが厄介事に巻き込まれると困るからついてきたんだ」ジェレミーは足を組み、椅子を少し後ろに倒した。

「あら、わたしがあなたの助けを必要とすることはないはずよ」それから、にっこりと伯爵に微笑みかけた。「特に、あんなにお世話になったあなたがお相手ならなおさらです」

「きみのワルツはすばらしかったよ、レディ・アシュトン。昨夜は本当に圧倒されてしまった」

コーヒーを口にした瞬間、ジェレミーはむせて、何度も咳をくり返した。「失礼。あまりに……熱くて」

わたしはジェレミーをにらんだ。「ウィンナー・ワルツは最高のダンスですね」

「きみは謝肉祭まで滞在を延ばすべきだよ」伯爵が言う。

「そうしたいのは山々なんですが、もし友人の汚名をすすげなかった場合……」

「ロバートを見捨てることなど、彼女にはできないんだ」ジェレミーが言い添える。

「もちろんそうだろう。だからこそ、わたしはあなたを手助けしようと思ってここへやってきたんだ。妻が協力を断ったそうで、本当にすまない」

「いいえ、いいんです」

伯爵が前かがみになり、新聞を読んでいるふりをしているジェレミーには聞こえないような小さな声でささやいた。

「妻はハーグリーヴスを手放したくないんだよ」口ひげを引っ張りながら言葉を継ぐ。「この街で愛人がいない者などいない。英国人としてのきみの常識には反するだろうが、厳然たる事実なんだ。そうでないふりをしてもしかたがない」

さあ、ここは慎重に答えなければ。そう自分に言い聞かせたものの、それがことのほか難しいことにすぐに気づいた。こういった正直な告白には慣れていない。特に、ほかの女性が自分の婚約者を愛していると聞かされたのだから、なおさらだ。「こういう状況には慣れていないんです。今はそうとしか言えません」

「あのふたりは何年も一緒に仕事をしてきた仲だ。友人以上の関係になっても驚くべきことではない」

できることなら伯爵に尋ねたかった。コリンは本当にクリスティアナに求婚したの？　もしそうなら、それはいつ？　ふたりの関係はいつまで続いていたの？　思わず唇を噛む。

いいえ、わたしが本当に知りたい質問は、コリン本人にしか答えられないだろう。コリンはクリスティアナを愛していたの？　どうして彼女と別れたの？　今はクリスティアナをどう思っているの？　夫との結婚生活はごく短かったため、わたしは愛についてほとんど知らない。夫フィリップが亡くなるまで、彼に対してこれっぽっちも愛情を感じていなかった。それでもフィリップのことを考えると、いまだになんとも言えない複雑な気持ちになってしまう。彼の親友だった男性と婚約している今は特に。でも結局、もうどうすることもできない。わたしはコリンをこれほど愛しているのだから。

でも、心から愛した相手と別れた経験のある人は、この世の中にどの程度いるのかしら？　しかも別れた原因が相手の死ではなく、何かほかの理由だったら？　たとえば通りで偶然相手とすれ違った場合、どんな気持ちになるものなの？　それに、相手がべつの異性と一緒にいるのを見かけてしまったときは？　コリンへの愛の深さを考えると、愛という強い想いがそう簡単に消えてしまうなんて、信じられない。きっと、相手に対する優しい気持ちのようなものが残るはず。もしそれが真実だとすれば……。その先は考えたくもない。

わたしはよけいな物思いを振り払った。「何か手がかりでも？」

伯爵は外套のポケットから封筒を取り出し、わたしの手に握らせた。「シュレーダーの同僚たちの名前だ。まさか、きみがこの情報をわたしから聞き出すとは誰も思わないだろう。それにちょっとしたメモも入っている。万が一誰かに、わたしから何を聞いたのか教えろ、と要求された場合に役立ててほしい」

「本当にありがとうございます(ダンケ・フィールマルズ)」わたしは礼を述べた。「今度お目にかかるまで、しばらく時間がかかってしまいそうですね」

伯爵はわたしの手にキスをした。「次回きみと会えるのを心から楽しみにしているよ」

そう言い残し、彼はカフェをあとにした。

「それで、どんなメモを渡されたんだい?」新聞をテーブルに放り投げながらジェレミーが言う。「下心見え見えの、なんとも痛ましい言い訳だったな。なあ、エム、ぼくはこういうことを認める気はないよ。特に、伯爵のことは信用していない。彼はぼくらの評判を悪くしようとしている。そういうタイプの男だよ」

「大丈夫、不適切な態度は許さないわ」

わたしは封筒を破り、紙を二枚取り出した。一枚目は伯爵が言ったとおり、名前と住所が書かれたリストだった。二枚目はゲーテの有名な作品『若きウェルテルの悩み』からの引用だった。

こんなに軽々と体が動いたのははじめてのことだ。ぼくはもはや人間ではなかった。愛らしい女性を腕に抱いて、まるで疾風のごとく飛び回ると、まわりのものはすべて、くるくると飛び去っていった。

ジェレミーはわたしからメモを受け取って読むと、ぐるりと目を回した。

「なんてことだ。ぞっとするよ。こんな引用を手渡すなんて、本当に恥ずべき男だな。とはいえ、とりあえず同僚たちの名前と住所は手に入れられたね。伯爵はさらにきみに感謝させたくて接触してくるかもしれない。そんなことがないようにしないと」

「心配する必要はないわ。伯爵とは昨夜、五回もワルツを踊ったんですもの。感謝の念を表すには、それで充分でしょう？」

「平気で妻を裏切ろうとするような男がきみとかかわっていると思うと、心配の種が尽きないよ」

「まさかあなたの口からそんな批判が飛び出すなんて。たぶん伯爵は、自分が不当な扱いを受けていると考えているんじゃないかしら？　ほら、わたしはコリンの婚約者でしょう？　だからわたしと戯れるのが、いちばん手っ取り早い復讐（ふくしゅう）だと考えたんだわ」

「ぼくが嫉妬しているだけだとは思う。だがそれでも、伯爵のことをなぜか認める気になれないんだ」

「ジェレミー、あなたったらいつの間に高い道徳観を持つようになったの？　それが歓迎すべきことかどうか、わたしにはわからないわ」

「ならば、そんなものはすぐに捨てるよ」ジェレミーが瞳を輝かせる。「もちろん、きみがそれでいいって言ってくれたらね」

そのとき、フリードリヒがカフェに入ってきた。開いた扉から雪が舞い込んでいる。わたしはすぐに気づき、彼に手を振った。「こちらは、きみの友だち?」テーブルへやってくるなり、フリードリヒは尋ねた。

「フリードリヒ、紹介するわ。こちらはジェレミー・シェフィールドよ。ベインブリッジ公爵、ノーザム伯爵、ブリッジウォーター子爵で……あら、あなたの爵位を忘れてしまったわ」

「たくさんあるからね」ジェレミーはそう言うと、フリードリヒが伸ばした手を取って握手をした。「会えて嬉しいよ。コーヒーを飲むかい?」手を振ってヴィクトルに注文を伝える。フリードリヒがいつも頼むコーヒーと、本人に尋ねもせずトルテもつけ加えた。

「今日はびっくりするほどたくさんお客さんがいて驚いたわ」わたしはあたりを見回した。

「誰もこの悪天候には勝てないみたいね」

「ああ。光熱費がかさむから、みんなアパルトメントにいたくないんだよ」トルテをがつがつ食べながら、フリードリヒは答えた。

「きみはじきに、レディ・アシュトンの陰謀の恩恵を受けることになると思うよ」ジェレミーは秘密めいた口調でフリードリヒに話しかけた。

「レディ……？　ああ、カリスタのことだね」ジェレミーが片眉を上げるのを見て、フリードリヒはわたしのほうを見た。「作品の依頼はしないという約束だったのに」

「いいえ、あなたのお仕事とは関係のないことよ」わたしはフリードリヒに、セシルと一緒にひねり出した計画について説明した。「というわけで、セシルは今、アンナとその母親に会っているわ。もし計画どおりに進めば、あなたはあと一日か二日で、アンナと〈インペリアル〉で再会できるはずよ」

「この感謝の気持ちをどう表現したらいいのかわからないよ」フリードリヒがかすれた声でつぶやく。

「そんなことしなくていいよ」ジェレミーが言う。「今朝は礼の言葉を受けつけるような気分じゃないんだ。ところできみは画家なのか？」

フリードリヒはうなずくと、テーブル越しにスケッチブックを手渡した。ジェレミーは普段と変わらぬ態度でパラパラとページをめくりはじめたが、最初の数ページで手を止めた。

「すばらしい！　なんて生き生きしているんだ！　芸術には詳しくないが……これは好きだな。絵の具でも描くんだろう？　スタジオはどこにあるんだい？」

「ほかの四人の芸術仲間と一緒にスタジオを借りているんだ。クリムトのスタジオからそう遠くないところにある。クリムトの作品は知っているかい？」

「もちろん」ジェレミーが答える。「きみの画風はクリムトに似ているのか？」

「いいや、全然違うんだ。ぼくの画風は写実主義に根ざしていると思う」

「完成したきみの作品が見たいな」ジェレミーは言った。「レディ・アシュトンのこんなにすばらしいスケッチを描けるんだから」

「きみに見てもらえてよかったよ」フリードリヒはスケッチブックの紙を破くと、住所を走り書きした。「もしここにいなければ、スタジオにいる」

「このひどい雪がやむまでは行けないだろうな。そうだ、明日はどうかな？　午後四時あたりは？」

「もちろんいいとも。来てくれるのを楽しみにしているよ」

「さあ、そろそろ行かなくちゃ」と、わたしは立ち上がった。

「もう行くのかい？」ジェレミーが尋ねる。「せっかく温まってきたところなのに」

「あなたにはもう少し上等のブーツが必要ね」わたしは外套と帽子を身につけた。「フリードリヒ、もし明日ここで会えなければ、〈インペリアル〉へ何時に来てもらえればいいか、公爵に伝言を伝えてもらうわね」

「本当にありがとう、カリスタ。アンナもぼくも、この恩は一生忘れないよ」

店の扉へ向かいながら、ジェレミーが前かがみになった。「一般市民と交流するきみを見るのは、ことのほか楽しいよ」

「あら、どうしてそんなことを言うの？　もしかして反対しているのかしら？」

「いや。ただ驚いているだけだよ。彼は本当に優れた芸術家みたいだね。で、これからどこへ行こうとしているんだ？」

「伯爵からもらったリストの最初に書いてある住所よ。ここから歩いてすぐだもの。芸術に開眼したあなたがフリードリヒと熱っぽく語っているあいだに、地図で確かめておいたの」

「歩いてすぐ、というきみの言葉には同意しかねるな。目的地にたどり着く前に凍死してしまうんじゃないか？」

　カフェの正面までたどり着くと、ジェレミーはわたしのために扉を開けてくれた。でもわたしは一瞬足を止めた。扉付近に座っていた人物に気を取られたからだ。新聞で顔を半分隠している。

　ミスター・ハリソンだ。

「さあ、行くんだろう？」ジェレミーが尋ねる。「早く扉を閉めないと雪が入って迷惑だよ」

　ジェレミーのあとに続いて店から出て、通りを渡る。一ブロックも進まないうちに、尾行されているのに気づいた。

「今回はまいてみせるわ」わたしはつぶやくと、あたりを見回した。雪に埋もれておらず、視界に入るものといえば、シュテファン大聖堂しかない。塔が尖っているため、雪が積もっていないのだ。わたしはジェレミーの手を取り、教会の中へ引き入れた。

「わたしね、モーツァルトが結婚式を挙げた場所をずっと見たいと思っていたのよ」

13

わたしたちはさっと身をかがめ、裏口から大聖堂に入った。残念なことに、正面のものすごく大きな〝巨人の門〟が開いていなかったのだ。身廊をまっすぐに歩き、いちばん奥にある高い祭壇のほうへと向かう。それから、空いていた信者席に腰をおろした。

「いったい何をしているんだ?」ジェレミーがささやく。

「わたしたち、つけられているわ」

「誰に?」

「ミスター・ハリソンよ」

「彼がここにいるのか?」

「わからないわ」あたりを見回したものの、彼の姿は見えない。「もしここにいなくても、わたしたちが出てくるのを待っているはずよ」

「ということは、午前中ずっと教会の中で過ごすつもりか?」

「あなたの魂にとってはいいことだと思うわ、ジェレミー」それからわたしたちは無言のまま座り続けた。

「もう飽きたよ」ジェレミーがそう言ったのは、きっかり三分後のことだ。

「あなたの忍耐力のなさには本当に驚かされるわ。ねえ、それならあなたが面白くなるような質問をしてあげる。伯爵夫人についてどう思う？」

「彼女はとにかく華やかだ。物怖じしないし、知的だし、ありえないほど魅力的だよ。聞いた話によれば、頭もよく回るらしい。それに、世慣れた女性だと思う」

「ああ、最悪」わたしはため息をついた。

「まさか伯爵夫人に嫉妬しているんじゃないだろうね？」

「実は、少ししてるわ」

「ハーグリーヴスはそのことを知っているのか？」

「まさか！　そんなことをコリンに打ち明けたら、自分がありえないほど知的じゃなくて、物怖じばかりして、まったく世慣れていないように思えてしまうはずよ」

「心配する必要ないよ」

「わかっているわ。ただ……」わたしは口をつぐんだ。「ねえ、わたしたちは赤ちゃんの頃からの知り合いよね。率直な話をしていい？」

「もちろんさ。好きなだけぼくにショックを与えてかまわないよ」

「あなたは……世慣れているわよね。つき合っていた愛人と別れて後悔したことはある？

わたしには想像できないの。相手への愛情が突然消えてしまうのが、どういう状態なのか」

「愛人の大半はゲームを楽しんでいるだけだ」

「コリンがゲームを楽しむタイプとは思えないわ」わたしはそう言うと、頭をうしろに傾けてアーチ型天井を見上げた。

「でも、彼はチェスがとてもうまい」

「ジェレミー、少しはわたしの力になってよ」

「この件に関しては力になれない。きみの心を和ませることができるのは、ハーグリーヴスだけだからね」

「彼の愛情を疑っていると思われたくないの」

「疑っているのかい?」

「いいえ」

「なら、どうして伯爵夫人に怯(おび)えているんだ?」

「コリンが彼女のもとへ戻ってしまうのを心配しているわけじゃないの。ただ、伯爵夫人と比べたらわたしは物足りないんじゃないかと、不安なの」

「そんなことは絶対にないよ」

「あなたの言葉を信じられたらどんなにいいか」わたしはあたりを見回した。ミスター・

ハリソンの姿はどこにも見当たらない。「もうここから出ても平気だと思う？」

「さあ、ぼくにはなんとも言えないよ」

「そろそろ〈インペリアル〉に戻るべきかもしれないわ」

「いや、もう少しここにいよう」ジェレミーが言った。「きみの言うとおり、ぼくの魂にとっていいかもしれない。ぞっとするんだけど、ぼくの中で〝聖遺物を見てみたい〟という気持ちも少しあるんだよ」

「ここには、最後の晩餐（ばんさん）のテーブルクロスの一部も収納されているらしいわ」

「ああ。明らかに、中世のうさんくさい商人から買ったものだろうね。そのうえ、ぼくは骸骨も見てみたいんだ」

「地下墓地（カタコンベ）を見学できるわ」わたしはジェレミーの手を取り、聖遺物が収められている聖バレンタイン礼拝堂を通り過ぎると、まっすぐ地下墓地に向かった。本来なら、旅行者には公開していない場所なのだが、ジェレミーがそこの鍵を持つ管理人をまんまと買収してくれたのだ。でも謝礼金と引き換えに中へ入ったとたん、そこがじめじめとして、身の毛がよだつような場所であることに気づいた。まさに、誰もが思い描くとおりの場所だったのだ。

「死んだあと、自分の骨がどこかの教会に積み上げられるのは勘弁してほしいな」ジェレミーがぽつりと言う。「いや、もしかすると、本当はそうしてほしいと願っているのかもしれない。ここで自分の骨がこうしてひっそりと積み上げられているほうが、ロマンチックなのかもしれない」

「ロマンチック？　まさか。それにあなたは遺骨の心配をする必要がないはずよ。外国の墓地に入ろうとがんばったって、どのみちあなたの一族の地下墓所へ埋葬されることになるのだから」

「ただし、ウィーンで財産を使い果たして一文無しで死んでしまった場合、話はべつだ」

「あら、あなたはそんなことができるほど浪費家じゃないもの。でも、もしそれほど堕落することがあったら、ここにあなたの遺骨を収納できる専用の棚を作ってあげる。あなたの頭蓋骨が大勢の人の骨の上に積み上げられるのなんて、いやだもの」

「ああ、きみはなんて寛大なんだ。ぼくが生きているあいだに、それほどの思いやりを示してくれたらと思わずにはいられないよ。実際のところ、きみはぼくの心を打ち砕こうとしているけどね」

「あなたに心があるなんて考えたこともなかったわ」

「ああ、ぼくもさ」

　シュテファン大聖堂の外にも、ミスター・ハリソンの姿は見当たらなかった。とはいえ、ただ手をこまねいているわけにはいかない。次の任務に取りかかるべく〈インペリアル〉

へ戻ると、わたしたちはこれ以上ミスター・ハリソンにつけられないよう、できるだけの手段を講じた。セシルとわたしがその日の午前中の出来事を報告し合っているあいだ、ジェレミーからさっそくホテルの支配人に話してもらったところ、支配人はすぐに見張りの警備員の数を増やすと約束してくれた。それから急いで昼食をとると、わたしとジェレミーはふたたび外へ出かけた。

その日の午後まで、わたしは伯爵のリストに載っている人々が住んでいるような地域を訪れたことがなかった。子どもの頃、母に連れられて父の領地の借地人たちを訪問したことはある。けれどもきちんと手入れされた家に住んでいる彼らの暮らしは、ウィーンの貧民街の悲惨な状況とはかけ離れていた。なるほど、彼らの家の造りは、ウィーンの高級住宅街にある邸宅を真似ている。窓には突起状の装飾がついており、家全体に複雑な飾りがごてごてと施されていた。だがそんな家の造りも、窓からぶら下がる洗濯物や歩道に巻き散らかされたごみ、凍てつく空気をものともせずに漂う悪臭、近くの工場から排出されるすすなどを隠すことはできない。ぼろぼろの衣類しか身につけていない子どもたちが、本来なら居心地のいい部屋で温かい食事を楽しんでいるべきときに、路地裏を走り回っていた。

ひどい雪のせいで、リストに記された六軒の住所を確認するのに数時間もかかってしまった。彼らの居場所を突き止めてはじめてわかったのは、薄汚く寒々しい家に身を寄せ合うように暮らすシュレーダー氏の同胞たちは、何を聞かれても答えそうにないということだった。

「甘かったわ。彼らが何か打ち明けてくれると考えていたなんて」裏通りに捨てられた悪臭を放つごみの山をまたぎながら、わたしは言った。「こんな暮らしをしている人たちが、わたしたちを信用するはずがないのに」

「ぼくらのせいじゃないさ」

「彼らの窮状を救うために、わたしたちにできることなんて何もなさそうだわ」わたしは道路の反対側で建物に寄りかかっている少女を見つめた。擦り切れたドレスに黒ずんだ外套を着ているが、手袋ははめていない。

「誰か捜しているの？」少女はかすかにオーストリア訛りのある英語で尋ねてきた。

ジェレミーはわたしの腕をぎゅっと握り、少女へ近づいた。「フランツ・カウフマンという人を知っているかい？」

「たぶんね」少女はジェレミーにウィンクした。「でも、あたしと遊ぶほうが楽しいわよ」

わたしは思わず息をのんだ。平然とした態度を装うのに必死だった。

「あら、お友だちはショックを受けたみたいね？　それともあなたの奥さん？」少女が鼻にしわを寄せる。「だけど本当の紳士なら、奥さんをこんな場所へは連れてこないはずよ」

「あなた、英国人なの？」

「母さんがね」

何も考えず、わたしはマフを少女に手渡した。「寒いでしょう、使って」

少女はマフを払いのけた。

「施しなんていらないわ」

「ばかなことを言うんじゃない」ジェレミーがマフを突き返す。少女がジェレミーに笑みを向けると、驚くほど白い歯がこぼれた。

「どうしてカウフマンを捜しているの？　あの人、また何かやらかした？」

「彼はよく問題を起こすの？」わたしは尋ねた。

「さあ、あたしにはよくわからない」少女はそう言うと、毛皮のマフに両手を潜り込ませたあと、わたしをしばし見つめた。でも鋭いまなざしは少しも和らいでいない。「ありがとう」

「どういたしまして。お名前は？」

「リナよ」

「わたしはエミリー」

「レディ・エミリー・アシュトン？」リナに尋ねられ、わたしはうなずいた。「あなたのことを尋ね回っている男の人がいるわ。ハリソンって人」

「彼はどんなことを尋ねているの？」

「あなたが誰を捜しているのかってこと。たとえ誰でも、あなたと話したら痛い目にあうだろうという噂よ」

「ここの人たちはハリソンを恐れているのかしら？」

リナは肩をすくめた。「いいえ、そんなに。どちらかというとシュレーダーのほうを恐れているわ。でも、あなただってそのことを知っているんでしょう？　だからここへやってきたんじゃないの？」

「もしかして、わたしを見張るようにハリソンから頼まれてるの？」

リナは笑い出した。「まさか。あの人のことは大嫌いだもの」

「どうして？」わたしは尋ねた。

「どうしてあなたに理由を言わなきゃいけないの？」

「わたしは英国にいる無実の友人の命を救うために、情報を探しているの。手を貸してくれないかしら？」

リナは唇をすぼめ、長い息を吐き出すと、ジェレミーのほうへ身を寄せた。「もし手を貸したら、彼はあたしを守ってくれるかしら？」

「もちろんさ。紳士として約束は守るよ」ジェレミーはリナに短いながらも、かっこいいお辞儀をしてみせた。

リナが笑い出す。「わかったわ。あとで後悔するかもしれないけど、あなたたちに協力する」

「ステファン・グロスを知っている？」わたしは尋ねた。「彼のことを捜しているの。それかジェイコブ・リースナーは？」

「その人たちから話を聞こうとしても時間の無駄よ。すべてを知っているのはシュレーダーだけだもの。〈オーフェンロッホ〉という店を知ってる？　ここから通りをふたつ隔てた場所にあるレストランよ」

「ああ、さっき通り過ぎたときに見たよ」ジェレミーが手袋を引っ張りながら答える。

「シュレーダーはほとんど毎晩あの店にやってくるの」

「明日もやってくるかどうかわかる？」

「いいえ。あたし、あの人とは口をきかないから」リナはぽつりとつぶやいた。「あの人、あたしの父さんを殺したの」

〈インペリアル〉に戻る道すがら、ジェレミーはずっと黙り込んでいた。

「大丈夫？」わたしは思わず尋ねた。

「よく思い出せないんだが……さっきのリナという子、どこか見覚えがあるんだ。だが、やっぱり思い出せないな……」

「ベインブリッジ！」コリンだ。彼はホテルの前に走るリング通りを横切ってくると、ジエレミーと握手を交わし、わたしの手に口づけた。「午後じゅう、ぼくの婚約者を引き連れてどこへ行っていたんだ?」コリンがまたしてもわたしの手に口づける。瞳に浮かんでいるのは、どこかからかうような温かさだ。

「きみならエムのことはよく知っているだろう? 正義のための調査で、一日じゅうあちこち走り回らされていたんだよ。まったく生真面目すぎる。こんなレディ相手に、きみはよく耐えていられるな」わたしのほうへ顔を向けてそう言ったものの、ジェレミーは目を合わせようとはしなかった。

「失礼ね、ジェレミー。でもつき合ってくれてありがとう。あなたがいなかったら途方に暮れていたわ」

ジェレミーは足元をじっと見つめてから、わたしと目を合わせた。「ああ。じゃあ、ぼくはこれで失礼するよ」ジェレミーがホテルへ入るなり、コリンはわたしを引き寄せてキスをした。

「雪景色の中にたたずむきみは、本当に素敵だ」コリンが言う。「だが、きみが凍えてしまわないうちに中へ入るのがいちばんだろう」

ホテルの正面玄関へ向かうと、ジェレミーがそこに立っているのが見えた。わたしたちのほうをじっと見つめている。それから、ジェレミーは顔を真っ赤にしながら急ぎ足でわたしたちのそばを通り過ぎ、ふたたび外の通りへ出ていった。

わたしは思わずジェレミーを呼び止めた。けれども彼は振り返ろうともしない。あとを追おうとすると、コリンに腕をつかまれ、引き止められた。

「放っておいたほうがいい」

「でも――」

「エミリー、ジェレミーにとってはつらい状況なんだよ」

「まさか、あなた……」わたしは口をつぐみ、ジェレミーのほうを見た。「いいえ、違うわ、コリン。あなたの勘違いよ」

「思いたいように思えばいいさ。だが、こういうことはきみよりもぼくのほうがわかっているんだよ。はるかにずっとね」

14

「なんて感傷的なの」セシルはそう言うと、ゲーテの詩集を放り投げた。わたしたちはスイートルームの居間で紅茶を飲んでいるところだ。「わたしはフランス的な作風のほうがずっと好きよ」

そのとき、メイドのオデットが居間に入ってきた。悲しい調べのアリアを歌いながら、セシルに郵便物を手渡す。

「今日は、あなた宛ての英国からの郵便はなかったの?」セシルはオデットに尋ねた。

オデットは答えず、歌声をひときわ張り上げながら部屋から出ていった。

「ねえ、わたしがいかに大変かわかるでしょう?」セシルが言う。「あなたの執事のせいで、わたしの心は乱されっぱなしなのよ」

「クリムトがあなたを幸せな気分にしているかぎり、大丈夫だと思っているわ」わたしは答えた。

「クリムトはよけいなことを期待しない。そこが気に入っているの。わたしたち、少なくとも今この瞬間は、お互いにしっくりいっているのよ」

「〝この瞬間〟のあとはどうなるの？」

「なぜそんな先のことをよくよく考えなければいけないの？　わたしは激しい恋を求めているわけじゃないのよ、カリスタ。かつてはそういう人がいたわ。でも、もう二度と苦しみたくないの」

「そんな話はじめて聞いたわ。いったい相手は誰なの？　ご主人じゃないのはわかっているわ」

「ええ、夫ではないわ。遠い昔の話だけれど、彼のことを思い出せないほど昔……というわけではないの」

「その人をまだ愛しているの？」

「いいえ」

「これっぽっちも？」

「たぶん、ほんの少しは気持ちが残っているかもしれない。もちろん、だからこそ（ビアン・シュール）、激しい恋というのは厄介なのよ。相手のことを完全には忘れきれない。結局、少し距離を置くくらいがいちばんなの」

「いったい誰とそんな恋に落ちたの？」

「いつか話してあげるわ。でも、今はまだだめ。悲しくなるから」

「あなたのそんな姿は見たくないな」そう言いながら、コリンが部屋に入ってきた。

「まあ、ムッシュ・ハーグリーヴス、今日も素敵だこと」

コリンはセシルが差しだした手に口づけると、わたしの隣に腰をおろした。

「おまけに、わたしが話題を変えたいと思ったタイミングを見計らったように登場するなんて。心憎いわ」

「お役に立てたなら光栄です、マダム。いつもながらおきれいですね」コリンはセシルが注いだ紅茶のカップを受け取り、わたしに向き直った。「ハリソンがどんなゲームをしかけようとしているのか突き止めたんだ。思っていたよりも、はるかに危険なゲームだ」

「いったいどんなゲームなの?」

「ハリソンは、ドイツとの戦争に英国を巻き込もうとしているんだ。数年前、彼はある陰謀を企てて失敗している。オーストリア皇太子を説き伏せて、父帝を権力の座から引きずりおろそうとしたんだ」

「ルドルフ皇太子を説き伏せようとした?」わたしが聞き返すと、コリンはうなずいた。

「そうだ。ただ無駄骨に終わったのは明らかだ。ハリソンたちが目ざしたのは、父帝に比べてドイツ皇帝を快く思っていないルドルフ皇太子を王座につかせることだった。ルドルフならばドイツを見捨て、英国とフランスとともに同盟を組むだろうと見込んだんだ。ただぼくが知るかぎり、フォーテスキューはその計画にずっと反対していた。オーストリアがどこと同盟を組むかは、あまり重要じゃないと考えていたんだ」

「ルドルフが『ヴィーナー・タークブラット』に寄稿していたのは知っている?」セシルが尋ねた。

「それは、新聞なの?」と、わたし。

「ええ。かなり進歩的な新聞よ」

「父帝はそれを読んでどう思われたのかしら?」

「皇帝が知っていたとは思えないな」コリンはそう言ってからセシルに尋ねた。「それとも、知っていたんですか?」

「いいえ、知らなかったわ」セシルが答えた。「ルドルフは〝ジェプス〟というペンネームで記事を寄稿していたの。たとえそのことを知っていたとしても、皇帝がルドルフの記事に賛同したとは思えないわ」

「つまり、ハリソンと仲間たちは、ルドルフを説得して政変を起こそうとしたのね?」

「ああ。だが失敗した」

「そのことがどう戦争につながっていくの?」セシルが尋ねる。

「ドイツでは今、愛国主義がかつてないほど高まりつつある。それに、戦争は避けられないと信じている者たちの数も急増しているんだ」コリンは説明した。「どうやらハリソンは、オーストリアの支援を得るのは無理だとあきらめたらしい。その代わりに、国同士の争いを引き起こすような事件を起こそうとしているんだ。ドイツと同盟国がこれ以上強大になる前に、英国も戦うべきだと考えているんだ」

「ハリソンの最初の陰謀は成功しなかったというの本当?」わたしは皇后の机の上で見かけた手紙について話した。「わたしが読んだかぎりでは、マイヤーリンク事件にはフランスと英国が関与しているような書き方だった」

「ハリソンがフランスと結びついている可能性はある」コリンが言う。

「ねえセシル、そのことについて、皇后に尋ねてみることはできるかしら?」セシルはため息をついた。「いい考えだとは思えないわ。シシィは精神的にもろくなっているの。あの事件のことを掘り返しても、さらに苦しませてしまうだけだわ」

「でも、もし皇后自身であの事件のことを詳しく調べていたとしたら――」そう言いかけたところで、セシルにさえぎられた。

「わたしが知るかぎり、シシィはこの一年近く、何も新しい情報を知らされていないはずよ。その前だってほとんど何も知らされていなかったわ。シシィは子どもを失ったことを嘆き悲しむ母親なの。だからこそ、息子が〝心中の約束をしていた〟という以上の、もっと重要な情報を必死で探し求めているのよ」

「だけど、もし皇后が正しかったら? わたしたちで真実を見つけ出せるとしたら?」わたしは尋ねた。

「今はとりあえず、ハリソンとロバートの件に集中したほうがいい」コリンが指摘した。「マイヤーリンクで何かが起きていたとすれば、おいおい解明できるだろう。今この時点で皇后を困惑させる必要はないと思うんだ」

「フォーテスキュー卿は周囲の人たちを脅し、支配していたわ。もしマイヤーリンク事件にミスター・ハリソンが関与していたという証拠を握っていたとしたら――」

「フォーテスキューは間違いなく、ハリソンを支配していただろうね」コリンが結論づけた。

「そしてフォーテスキューが死んだ今、ミスター・ハリソンは自分の計画実現に向けて好きなようにできるというわけね……」わたしはうめいた。「彼にとっては都合のいい状況ね」

「だが、ハリソンにフォーテスキューは殺せない。狩りに出かけていたとき、ハリソンはぼくの隣にいたんだ」

「誰かを雇って殺させたのかもしれないわ」と反論した。

「可能性はある」コリンはうなずいた。けれども言葉とは裏腹に、その表情はとても同意しているように見えない。「だが、わざわざ被害者の屋敷にある決闘用のピストルを使って暗殺しようとするだろうか？　考えにくい話だと思うな」

「どうして？　そうしたら普通の殺人事件に見せかけることができるでしょ？」

「普通の殺人事件？　おやおや、きみはますますレディらしからぬ考え方をするようになったね」

「だからカリスタのことを愛しているんじゃないの？」セシルが尋ねる。

「ええ、まさにそのとおりです」コリンは笑った。

「いろいろ衝撃的な小説を読んでいてわかったの。殺人事件の調査をするには、被害者の死によって誰が得をするかを突き止めるのがいちばんだって」わたしは言った。「フォーテスキュー卿の死によって得をするのは、明らかにミスター・ハリソンだわ。ロバートにとっては、なんの得にもならない」

「当局は、ロバートがフォーテスキューを殺したのは怒りに駆られたせいだと考えている。何かを得ようとしてやったのではなく」

「ねえ、ムッシュ・ハーグリーヴス、あなたはミスター・ブランドンが有罪だと思うの？」と、セシル。

「まさか。だがエミリーは、反論してくる相手がいないと調子が出ないんですよ」

「〈ボーモント・タワーズ〉にいた人の中で、フォーテスキュー卿の死によって得をする人は、ハリソン以外誰もいないわ。かわいそうに、メアリーはまたしても自分の屋敷から追い出されることになってしまうのね」わたしはつぶやいた。あの領地には、未亡人用の小さな屋敷がある。夫フォーテスキューの長男がすべての相続手続きを終えたら、メアリーはその屋敷に住むことになるのだろう。

「たしかにハリソンがもっとも怪しく見える。だが、もしあの事件が暗殺だとしたら、フォーテスキューの政敵も容疑者としてみなさなければいけない」

「英国じゅうだけでなく、ヨーロッパ大陸にもたくさん容疑者がいるってことね」

「残念ながら、きみの言うとおりだ」コリンは行きつ戻りつをやめ、指で額をこすった。

「とにかく情報を集めてみるよ」すばやくわたしにキスをし、セシルにうなずいてから言葉を継いだ。「そろそろ行かないと。はずせない約束があるんだ。明日また会いに来てもいいかな?」


翌朝早く、わたしはまたしても〈カフェ・グリーンシュタイドル〉に出かけた。ここにやってくるのがもはや習慣となりつつある。

その朝、ココアを飲みながら一時間以上かけて楽しんだのは、ギリシャ語の勉強だ。ロバートが逮捕されてからというもの、ギリシャ語の勉強をすっかりさぼっていたのだ。とはいえ、友人がニューゲート監獄で苦しんでいるというのに、自分だけ勉学を楽しんでいると思うと、やはり罪悪感を覚えてしまう。そんなわたしの脇では、同席しているフリードリヒが新聞の案内広告を声に出して読んでいた。

「〝昨日、男性に付き添われて〈グリーンシュタイドル〉に座っていた、美しいレディ。

彼女はとても思いやり深く、雑誌『キケリキー』を隣のテーブルの紳士に手渡していた。そして、その紳士はさらに思いやり深く、ボックス番号六七二――つまり、いつもこの新聞が入っている箱を指し示した〟」フリードリヒはコーヒーを一気に飲み干した。「これって、あなたのことかな？」

「わたし？　まさか」

「だけど、ぼくは昨日、あなたとしばらくのあいだ一緒に座っていたよ。たとえ付き添い役だったとしても、新聞に自分のことが載ったらいいなと考えていたんだ」

「でも昨日、わたしは誰かに雑誌を渡していた？」

「いいや」フリードリヒは新聞に視線を戻し、笑みを浮かべた。わたしがギリシャ語の勉強に戻った次の瞬間、フリードリヒは椅子から飛び上がった。「あなたのことは彼女にまかせるよ」

「なんですって？」

そう尋ねたときには、すでにフリードリヒはテーブルから離れていた。背後から呼びかけようとしたものの、わたしはふいに口をつぐんだ。フォン・ランゲ伯爵夫人のお出ましだ。真紅のドレスに身を包み、輝かんばかりに美しい。

伯爵夫人は先ほどまでフリードリヒが座っていた椅子に、カップを持ってすばやく腰をおろした。カップいっぱいにコーヒーが注がれているのに、優美な動きゆえ、一滴もこぼれることがない。

「わたしのお友だち、グスタフ・シュレーダーに会ったそうね。彼にはあなたと自由に話していいと言っておいたわ」

「彼はあなたの許しがないと誰とも話せないの？」

「いいえ。でも、あなたのことは信用していいと伝えておいたのよ」

「それはご親切に。この借りは感謝の言葉だけでは返せないわね」

「あら、借りはもう返してもらったわ。あなた、思っていたよりも友だち思いだったのね」

「それにあなたは、思っていたより身勝手な人ではなかったわ」

伯爵夫人は笑った。「そんなことはないわ。昨夜コリンが訪ねてきてくれたんですもの」

その瞬間、わたしは心の中で切に願った。どうか、顔が青ざめていませんように。「あら、気分でも悪いの？」

「いいえ、全然」伯爵夫人が真実を語っているはずがない。コリンがわたしを訪ねたあと、伯爵夫人のところへ行っていたなんて信じられない。コリンへの疑いを晴らすための理由をいくつも数え上げてみる。でも、そうしている最中も、みぞおちのあたりに締めつけられるような痛みを覚えた。伯爵夫人はこれほど完璧な美貌の持ち主だ。かつてコリンが激しく惹かれた相手でもあって、それは厳然たる事実だ。もちろんコリンのことは信じているけれど、伯爵夫人のことは信じられない。ここは彼女がどうわたしを説得しようとするか、お手並み拝見だ。

「結婚って、結局は退屈なものだと思うの。結婚式を挙げる前に、そのことを学んでおいたほうがいいわ。あなたは今深く傷ついているでしょうけど、そういう心の痛みもいつかは消えていくの。特に、あなたが謎解きで気晴らしをしている今はなおさらのこと」

「あなたは間違ってる。もし結婚が結局は退屈なものだとしたら、わたしは最初からプロポーズを受けたりしないもの」

「コリンはあなたの純真さに惹かれているのかしら？　いいえ、違うわね。彼はそんなものに惹かれるには知性がありすぎるもの。あなたには誰にも不快感を与えないような可愛らしさがあるわ。コリンがそんなあなたを魅力的だと考えるのもわかるの。たとえ、彼の本当の好みがもっと……」伯爵夫人は口をつぐみ、艶然と微笑んだ。「これ以上言う必要はないわね」

「ええ、ないわ。そろそろ失礼していいかしら？」このまま黙って伯爵夫人の戯言を聞いているつもりはない。わたしは外套を羽織り、急いで外へ出た。雪はやんでおり、雲も消えて太陽の光が差している。でもあたりの空気は身を切るように冷たい。この街に到着して以来、今日がいちばん寒いに違いない。

そのとき、一陣の強風に危うく足を取られそうになった。なんとか倒れずにすんだのは、誰かが体を支えてくれたおかげだ。

「もっと気をつけないと、レディ・アシュトン」ミスター・ハリソンは帽子を目深にかぶっていた。

「放して」わたしはすかさず言った。それなのに、ミスター・ハリソンはわたしの腕を強くつかんだまま、通りを横切り、狭い路地に引き込んだ。

「きみと話がしたかったんだ。きみの婚約者が不作法な質問をしてきたのでね」

「コリンはそれほど真実に迫っているのかしら？」

ミスター・ハリソンはわたしの体を建物の壁に叩きつけた。「わたしの計画を邪魔すれば、彼は苦しむことになるぞ」

「手を放して」わたしは食いしばった歯のあいだから、振り絞るような声で言った。恐怖と怒りを同時に感じていた。

今まで誰にも、こんな手荒な真似をされたことはない。過去に人を殺したことがあるとシュレーダー氏が認めたときの冷静な様子を思い出さずにはいられなかった。ミスター・ハリソンも同じなのかしら？　そう考えると、恐怖に身がすくんでしまう。

ミスター・ハリソンはわたしの肩を揺さぶった。レンガの壁に頭を打ちつけられ、一瞬視界が暗くなった。「彼を止めろ」

「ばかげているわ。わたしがコリンの仕事を止められると思う？」わたしはかろうじて答えた。体の奥深くにある根っこの部分が震えている。

「きみは頭がいい。彼の気をそらす方法を考えろ。さもないと、彼は抹殺されるぞ」ミスター・ハリソンはまたしても壁にわたしの体を打ちつけると、うしろに下がり、外套の袖口から何かを取り出した。「いつでもきみのことを監視している。それを忘れるな。わたしがいつもきみに張りついていることをな」そう言うと、わたしに向けて銃弾を放り投げ、歩き去った。

わたしはミスター・ハリソンの後ろ姿を見送った。彼のあとを追うどころか、手足を動かす勇気さえ奮い起こすことができない。膝がひどく震えている。壁伝いにずるずると滑り落ち、雪の中になすすべもなくうずくまった。歯がカチカチと音をたてて、呼吸が乱れ、頬には冷たい涙がこぼれ落ちた。

「エミリー！」どこからともなく現れたのはジェレミーだ。わたしを立たせると、手袋を脱ぎ、むき出しの手で涙を拭いてくれた。

「どうして、わたしがここにいるとわかったの？」

「〈グリーンシュタイドル〉できみを捜していたんだ。そうしたら店から出ていったと伯爵夫人から聞いたんだよ。いったい何があった？」

「わたし……わたし……」呼吸が浅くなり、まともにしゃべることもできない。

「いや、そんなことはどうでもいい」ジェレミーはわたしをひしと抱きしめた。腕に力がこめられている。彼の胸に顔を埋めると、煙草とペパーミントのにおいがした。まるで小さな少女に戻り、父の腕に抱かれてほっとしているかのよう。でも次の瞬間、ジェレミーは体を離し、わたしをじっと見つめた。瞳にまぎれもない情熱をたぎらせて。「エム……」ジェレミーはわたしに荒々しく口づけた。あまりに生々しいキスに、不安と恐れをかき立てられてしまう。心がひどく波立ち、彼を止めることさえできない。

「なんてことだ、エム、すまない」ジェレミーは体を離すと、目を閉じ、両手で顔を覆った。「許してはもらえないだろうね。こんなことをしてしまって」こめかみを指でこすりながら言葉を注ぐ。「ただきみを慰めたかったんだ。決してきみをどうこうしようなんてつもりは――」

「いいのよ」

わたしはあまりに打ちのめされていた。誰かを気遣ったりする余裕がない。今日一日だけで、なんと大変な目にあったことだろう。ほかのことに比べれば、ジェレミーにキスされたことなど取るに足りないことのように思える。少なくとも、今この瞬間は。

「〈インペリアル〉まで連れて帰ってくれる？」

「もちろんだ」ジェレミーは少しためらったあと、わたしの腕を取った。まるでわたしに触れたら自分が何をしてしまうかわからないと恐れるかのように。

そのあと路地から表通りへ出ると、手を振って最初に通りかかった馬車を止めた。わたしたちは無言のままホテルへ到着し、スイートルームに通じる壮麗な階段のいちばん下へたどり着いた。

「今夜シュレーダーに会いに行くときは、ハーグリーヴスに付き添ってもらうといい。それがいちばんだろう」

「コリンは仕事よ。でもセシルと一緒だから――」

「だめだ。無防備な状態であの界隈に行くのは危険すぎる。なら、ぼくが一緒に行こう」

ジェレミーの瞳には楽しげな光も笑みも感じられない。わたしが知るかぎり、そんなことははじめてだった。


スイートルームまで付き添ってくれたジェレミーは、絶対に医者に診てもらうべきだと言い張り、診察が終わるまで応接間の暖炉脇で立ったまま待っていてくれた。医者によれば、けがは大したことがないという。軽い脳震盪を起こしたものの、特別心配することはないそうだ。結果を聞くと、ジェレミーは医者とともに去っていった。

彼らが部屋から出ていった瞬間、背もたれのついた長いソファに座っていたセシルが、大理石のテーブルを扇で軽く叩いた。「あまりに危険すぎるわ。ハリソンはあなたを殺す気かもしれない」

「そんなはずないわ。もしわたしが死んでしまったら、ミスター・ハリソンはコリンの調査を止める手立てを失ってしまうもの」

「ムッシュ・ハーグリーヴスもわたしと同じ意見だと思うわ。カリスタ、これ以上あなたを危険な目にあわせることはできない。即刻ウィーンを発つべきよ」

「いいえ。フォーテスキュー卿に脅迫文を送ったのが誰か、あるいはハリソンがどんな陰謀を企てているのか突き止めるまでは、帰国しないわ」

「そういうことはムッシュ・ハーグリーヴスにまかせておきなさい」

「コリンは特別な理由があってこの国に派遣されているの。詳しいことはわからないけれど、それがロバートの無罪放免につながる証拠探しでないことだけは確かだわ」

「ムッシュ・ハーグリーヴスなら、自分の任務をこなしながらあなたの知りたい情報も探れるはずよ」

「でも、わたしにだってできるわ。というか、そうしたくてたまらないの。ロバートの件はもちろんのこと、こうやって事件の調査をするのが好きなのよ。これからは特に気をつけるようにするわ。だから心配しないで」

「シュレーダーに会いに行くときは、ジェレミーもついてきてくれるの？」

「ええ。それがいいことかどうかわからないけれど」

「どういう意味？」ロマンスの兆しをすばやく察知することにかけて、セシルの右に出る者はいない。

「今日ジェレミーに助けられたあと、いろいろあったの」わたしはジェレミーとのあいだに起きたことを、セシルに包み隠さず打ち明けた。

「おやまあ（モン・デュー）！　それならあなたの身の心配をする必要はなさそうね。ジェレミーはいつだってあなたを愛しているし、危険から守ってくれるはずだもの。とはいえ、今夜はわたしも一緒に行くわよ。その無政府主義者に興味があるの。どんな相手であれ、情熱的な信念を持つ男って素敵よ。ぜひ知り合いになりたいわ」

「シュレーダー氏は四十歳を超えていると思うわ。あなたなら、彼が魅力的な男に思えるかもしれない。クリムトはなんて言っているの？」

「べつに何も」セシルはそう言うと、いたずらっぽい笑みを浮かべた。

＊＊＊

一八九一年十二月二十二日
英国ロンドン　バークレー・スクエア

親愛なるエミリー
最近、自分が無力に思えてしかたがないの。ロンドンにひとり取り残され、アイヴィーには慰めや安心感も与えられず、またしても興味深い調査に携わっているあなたとセシルのことを妬ましく思うしかないんですもの。

　でも今回だけは、あなたに有益な情報をもたらすことができそうよ。なんと、フォーテスキュー卿殺害に使われた凶器が紛失してしまったんですって！　ヨークシャーからロンドンへ移すあいだに消えてしまったそうよ。ね、怪しいでしょう？　紛失した凶器というのは、いつだって事件の鍵を握っているものだもの。

　さあ、恐れを知らないあなたの友マーガレットは、どうやってロンドン警視庁からこの情報を聞き出したと思う？　実はミスター・マイケルズのおかげなの（彼ったら、この差し迫った時期にクリスマス・プレゼントを買うため、オックスフォードからロンドンへやってきたのよ！）。なんでも警察幹部に知り合いがいて、その知り合いとランチを食べたときに聞き出したんですって。もっとも、その情報を得るために高価なワインを数本空けなければいけなかったらしいけれどね。もちろん極秘情報だから、一般には明かされていないわ。でも、あなたには伝えておくべきだと思ったのよ。

　ロンドンのお天気は最悪よ。ニューゲート監獄にいるロバートは、さぞつらいと思うわ。アイヴィーもここのところ体調が優れない様子なの——理由は書かなくてもわかるわよね。アイヴィーなら大丈夫だとわかってはいるけれど、あまりに痩せてしまって、見ていて心配になるの。

あなたも全力を尽くしていることと思うわ。だけどエミリー、早く吉報を持って帰国して。ここでは何もかもがうまくいっていません。

あなたの友
マーガレット

15

ジェレミーにキスされた瞬間、わたしは気にもとめないふりをした。でも実際のところ、ひどく動揺していた。心が千々に乱れ、筋道を立てて考えることさえままならない。キスそのものにためらいは感じなかった。あれは生々しい感情がいっきに高まった瞬間に起きたこと。だから罪悪感も覚えてはいない。しかもジェレミーは女性と戯れるのがうまいのだ。だけど、ふと考えてしまう。あのキスは、ジェレミーにとってどんな意味があったのだろう?

シュレーダー氏に会いに行くまでの数時間のあいだに、どうしてもコリンと話がしたかった。でも、ミスター・ハリソンとの一件があったし、ひとり歩きはためらわれる。そこで小型四輪馬車に乗って出かけることにした。セシルはついていくと言い張ったけれど、どうしてもコリンとふたりきりになりたい。そこでふたりで話し合った結果、馬車で出かけるかぎりは、わたしの身に危険は及ばないだろうという結論に落ち着いた。

ところがコリンのアパートメントに馬車が近づいたとき、そこから見覚えのある女性が出てくるのに気づいた。伯爵夫人だ。扉を開けて押さえている玄関番（ハウスマイスター）と親しげに言葉を交わしている。おそらく古くからの知り合いなのだろう。

どうしても伯爵夫人と顔を合わせる気分にはなれず、御者に馬車を止めさせて降りると、ドゥルヒハウザー通りを横切った。ウィーンの街によく見られる、建物の背後の中庭を通り抜けるための道だ。空気はまだ身を切るように冷たい。けれど胸が焼けつくような感じを覚えている今のわたしには、これくらいの寒さがちょうどいい。凍てついた空気が心の痛みを浄化してくれるように思える。通りから様子をうかがうと、すでにクリスティアナの姿はなかった。おそらく、わたしが降りた小型四輪馬車に乗って帰宅したのだろう。

伯爵夫人が本当に立ち去ったかどうか確かめるために、わたしはギリシャ語で一から二百まで数えて待った。それからもう一度、一から百まで数えたものの、あまりに寒くてそれ以上は続けられなかった。

コリンの部屋は建物の五階にある。本来なら階段を上がるのだけでもひと苦労なのだが、今回はほとんど何も考えずに駆け上がっていた。扉をノックすると、出てきたのはコリン本人だ。その瞬間、わたしは彼の腕の中へ飛び込んでいた。

「どうしたんだ?」わたしを椅子に座らせると、コリンは尋ねた。これがなんとも座り心地の悪い椅子だった。はじめは前かがみに座ろうとし、続いて深く腰かけようとし、今度は椅子の先にちょこんと腰かけようとしたものの、なんとも座りが悪くて落ち着かない。

「ひどい座り心地だろう？　家具全般がそんな感じなんだよ。すまないね」

「大丈夫よ」わたしはコリンをしばし見つめた。なんて整った顔立ちだろう。できることなら、彼の瞳に宿る温かさに永遠に溺れてしまいたい。コリンの前に身を投げ出し、助けを乞い願いたくなったのは、これがはじめてではなかった。

もちろん、調査を投げ出したいわけではないし、コリンに調査を引き継いでほしいわけでもない。とはいえ、今日のような恐ろしい思いをすると、コリンのがっしりとした肩に頭を預け、永遠に守ってもらいたくなってしまう。

「エミリー？」コリンはわたしの前に立ち、腕組みをした。「いったいどうしたんだ？」

「心から愛しているわ、コリン。あなたはわたしの意欲をかき立ててくれる。それに、わたしの可能性を見きわめ、その可能性を伸ばそうと応援してくれる」わたしはふいに頭痛に襲われた。それとも、ずっと頭が痛かったのに今まで気づかなかっただけなのだろうか？

「いつも強くあろうとする必要はないんだ」コリンはわたしの巻き毛を指で引っ張った。

「わかっているよね？　ときにはぼくを頼ってくれてもいいんだよ」

「ええ、わかっているわ」わたしはコリンの手を取り、手のひらに口づけた。こうしていると心がとっても慰められる。ただし、コリンにすがりつくつもりはない。

「今日は何があったか聞かせてくれないのか？」

「ミスター・ハリソンに怖い目にあわされたの」わたしは事実をそのまま詳しくコリンに話して聞かせた。話を聞き終えたコリンがまずしたのは、わたしの後頭部の具合の確認だ。丁寧に指で感触を確かめていく。すると、大きなこぶが見つかった。

「医者に診てもらったのか？　誰か呼ぼうか？」

「もう診てもらったわ。悪いところはないそうよ。心配することはないって」

「気分は悪くないかい？」コリンはそう尋ね、わたしの肩に手をかけた。

「大丈夫。ちょっと痛いだけ」

「かわいそうに」コリンはわたしの額に口づけた。

「今度はシュレーダーがあなたを脅さないか心配よ」わたしはコリンの濃い色の瞳をのぞき込んだ。

「そんな心配は無用だ。シュレーダーにぼくは傷つけられない。彼自身、それがよくわかっているはずだ。たとえ彼がそんなことを言ったとしても、ただきみを怖がらせるためだけだろう」コリンはわたしの向かい側の椅子に座り、椅子を近くに引き寄せ、わたしの手を握った。指先に力がこめられている。表情も真剣そのものだ。「それよりも、ハリソンがきみに対してした仕打ちのほうがずっと心配だ。きみを傷つけるなんて許せない」

「ひとりで外出しないよう、気をつけないといけないわね」

「ああ、絶対にひとりで外出してはいけないよ。外出するときはベインブリッジに同行を頼めるだろう?」

「ええ、もちろんよ」少し返事が早すぎたかもしれない。たちまち落ち着かない気分になり、話題を変えようとした。

「それでもあなたのことが心配だわ。自分の身の安全のこととなると、やけに自信たっぷりになるのね。どうしてシュレーダーが自分を傷つけないと思うの?」

「なぜなら、ぼくは彼より少なくとも四倍は賢いからだ。それに彼がこうありたいと考えているよりも、ぼくのほうがはるかに腹黒い。敵に対していかようにも対応できる」

「でも――」

「ぼくのような仕事をしていると、この種のことは日常茶飯事に起きるんだよ。だから心配する必要はないんだ」そう言われたものの、わたしは何も答えようとしなかった。コリンはこちらが不安になるほど冷静だ。自分の命が脅かされているというのに、ちっとも動揺していない。わたしには信じられなかった。いくらそういう仕事をしていても、命の危険があるというのに平然としていられるなんて。「すまない、エミリー。きみが困っているのはよくわかる。こういう状況はさぞつらいだろう。だが、ぼくはきみに逃げ出してほしくない。それに、逃げ出す手助けをしたいとも思えないんだよ」

「わたしも逃げ出したいなんて思わないわ」それが自分の本心だと、わかっている。だけど、それが本心であってほしいと願う自分もどこかにいる。「とにかく今は頭が痛いだけよ」

「かわいそうに」コリンはわたしの頬に手を当て、前かがみになり、キスをした。「今夜シュレーダーと会うつもりなのか？」

「ええ。きっと彼は自分の陰謀にまつわる情報を教えてくれるはず。わたしが知りたいのはひとつだけ。彼には英国とのつながりがあるかどうかということなの」

「あいにく、ぼくはホーフブルク宮殿で会議があるんだ。そうでなければ一緒に行けたのに。ベインブリッジを連れていくつもりかい？」

「ええ」またしてもジェレミーの話題だ。わたしは唇を噛み、心の中でつぶやいた。ジェレミーとキスをしたことを話すべきかしら？　頭では、正直なのがいちばんだとわかっている。でも、これほどすべてが行き詰まっている状況で、本当のことを話して何かいいことがあるかしら？　そう考えて、結局黙っていることにした。この決断が裏目に出なければいいのだけれど。

「よかった。彼ならきみを守ってくれる」いかにもほっとした様子のコリンを見て、わたしは罪悪感でいっぱいになった。嘘をつくのはやはり苦手だ。いや、厳密に言えば嘘ではない。ジェレミーとのキスの話をしていないだけ。「ぼくが一緒に行けたらよかったのに」

「わたしも、あなたに来てもらえたら嬉しかったわ」またしても話題を変えたくなった。「フォン・ランゲ伯爵夫人から聞いたんだけど、彼女はシュレーダー氏と友だちなんですって。あなたはそのことを知っていたの？」

「いや、知らなかった」

「本当に伯爵夫人を信頼できるの、コリン？　これはあなたの婚約者としてではなく、同志として言っているの」

「彼女とは今までいろいろと困難な敵に立ち向かってきたが、裏切られたことは一度もない」

「でも今は状況が違うでしょう？」わたしは尋ねた。コリンの目を見ることができない。

「ぼくが彼女を振ったから？　きみは彼女が〝軽んじられた〟と考えていると言うのかい？」

「いいえ。そもそも彼女が軽んじられることを許すはずがないもの」ここは慎重に答えなければ。さもないと、ただの嫉妬に駆られた女だと思われてしまう。「でも彼女はシュレーダーを知っていたわ。それなのに、どうしてわたしたちが知りたがっている情報を教えてくれなかったのかしら？　シュレーダーの同胞の名前を教えるのさえ、いやがったのよ。もちろん、わたしと仲よくしてほしいなんて思っていないわ。でもせめて――」

「もしかすると彼女は、きみが自分自身で事件を解決できるよう機会を与えてくれているとは考えられないかい？　彼女が突然舞い降りてロバートを救ってしまったら、きみはどんな気持ちになるだろう？」

「ロバートがニューゲート監獄から出られるなら、わたしはそれでいいの。何も悩んだりしないわ」

「ぼくにはそう思えないんだ、エミリー。たぶん、彼女はきみが考えているよりもはるかにきみの手助けをしている。シュレーダーの同胞のリストを彼女の夫から渡されたんだったね？」わたしはうなずいた。「伯爵が妻に知られずにそんなリストを持ち出せると思うかい？　彼女はとても用心深い。夫にこっそりリストを持ち出されるなんて考えられないよ」

「わかったわ……今回はあなたの意見に従う。でも、これが当たり前だと思わないでね」わたしはコリンに尋ねたかった。昨夜あなたは伯爵夫人と会っていたの？　どうして今日の午後、彼女はあなたを訪ねてきたの？　あなたはどの程度伯爵夫人を信頼しているの？でも自分がコリンに小さな秘密を隠している以上、彼にすべてを打ち明けるよう求めるのは筋違いだろう。

とはいえ、もし伯爵夫人が突然地上から姿を消しても、わたしはこれっぽっちも残念に思わないだろう。わたしの人としての器も、しょせんその程度のものなのだ。

その晩、わたしたちは小型四輪馬車で〈オーフェンロッホ〉に出かけた。古典的な優雅さが漂うリング通りをあとにし、シュレーダー氏の同胞たちが住む埃だらけの地域へと向かう。日中もこのあたりは薄汚くてくすんで見えていたが、夜になると本当に暗くて恐ろしい。物陰から誰かが飛び出してきても、近くにやってくるまで相手が誰かわからない。しかもそういう至近距離だと、もはや相手から逃げられないのだからなおさらだ。馬車の中、ジェレミーはセシルとわたしの向かい側の席に座り、ずっと無言で不機嫌な顔をしていた。

「これほど退屈なあなたを見るのははじめてよ」セシルは前かがみになり、散歩用の杖で（つえ）ジェレミーをつついた。「ふたりの乙女が今まさに苦境に直面しているというのに、護衛するのにくたびれてしまったの？　この時間を利用すれば愛人も作れるものねえ」

ああ、セシルったら。よりによってそんなことを言うなんて。

「今まさに苦境に直面しようとしているふたりの乙女を飽き飽きさせ、どうにか恐ろしい現実から目をそらせる方法を探しているだけですよ。でも念のために言っておきますが、付き添いをやめる気はありません。あと、エミリーはいろいろな言葉で表現できるけれど、〝苦境に直面している〟という言葉は当てはまらないと思いますね」

わたしはジェレミーに笑みを向けた。でも彼はわたしを見ようとせず、代わりに自分の手袋を熱心に見はじめた。

「もう、そんなに浮かない顔をして」セシルがジェレミーに顔をしかめてみせる。「我慢できないのよ。そうでなくても、今日の午後じゅうフリードリヒとアンナと一緒に過ごして、彼らの愛し合うがゆえの悩みをひしひしと感じさせられていたのだから」

「悩み？」わたしは尋ねた。「てっきり、あのふたりはこのうえなく幸せなのかと思っていたのに」

「ええ、そのとおりよ。ふたりで一緒にいられる時間がかぎられていることを思い出すまではね。それを思い出したが最後、もう大変。すすり泣いたり、ため息をついたり……」セシルは口をつぐみ、肩をすくめた。

「マダム・ドゥ・ラック、安心してください。いかなる形であれ、今夜この馬車はそういった色恋の悩みとはいっさい無縁ですから」ジェレミーが言う。

セシルは身を乗り出し、ジェレミーの手を取った。「なら、よかったわ、わたしの友(モナミ)よ。実は、わたしとは二度といちゃいちゃしないと決心したはいいけれど、あなたがそのせいで苦しんでいるんじゃないかと心配していたの」セシルがウィンクをしてみせると、ジェレミーは笑った。

「まさか」ジェレミーがセシルの手に口づける。「あなたは本当に魅力的な人だ」

「ただ、あなたの母親になれるほど年が離れているけれどね」セシルが言う。「不思議だわ。あなたはムッシュ・ハーグリーヴスほどハンサムじゃないのに、それがどんどん気にならなくなっているの」

「あなたから言われると、それは最高の褒め言葉になりますね、マダム」

そのとき馬車が速度をゆるめた。目的地に到着したのだ。ジェレミーは御者に金を支払うと、わたしたちが馬車から降りるのを手伝ってくれた。通りはひどく汚れている。〈オーフェンロッホ〉へ向かう道すがら、すっかりできあがった酔っ払いが危うくわたしにぶつかりそうになった。ぶつからずにすんだのは、ジェレミーがすばやく引き寄せてくれたおかげだ。先日の会話を思い出して頬をゆるめ、〝救出〟してくれたことをからかおうと口を開いた瞬間、ふと気づいた。もはやそういう軽口が叩けるような雰囲気ではない。そう気づいたとたん、さらに頭が痛くなってしまった。

店内の様子は、予想していたのとはまるで違っていた。特にこの周辺の環境を考えると、驚かずにはいられない。部屋全体を占めているのは巨大な暖炉で、なんとも心地よい暖かさが漂っている。ほぼ埋まったテーブルから聞こえてくるのは、常連客たちの騒々しい笑い声。店内は明るさと居心地のよさに満ちあふれていて、どちらもこのあたりではめったに感じられないものだ。

「ほら、リナだ」わたしたちがついてきているかどうか振り返って確かめようともせず、ジェレミーはリナのほうへ早足で近づいていった。そしてリナの正面で、あたかもバッキンガム宮殿で開かれているパーティに出席しているかのような礼儀正しいお辞儀をしてみせ、彼女の手にキスをした。リナはさっと頬を染めたものの、セシルとわたしが近づいていくと厳しい表情に変わった。

「あなたのマフを持ってきたの」リナはそう言うと、椅子からマフを取り、わたしに突き出した。おそらく、今夜のリナは持っている中でいちばんよそ行きのドレスを着ているに違いない。昨年の流行最先端のデザインを真似たものだ。素材は柔らかいウールで、色は濃い赤紫色。生地は擦り切れているものの、よく手入れされている。

「あなたに使ってもらおうと思っていたのよ」わたしは祈るような気持ちで答えた。どうかこの答えを聞いて、リナがきまり悪く思いませんように。だが案の定、リナは目を細めてこちらをじっと見つめた。

「自分はたくさんマフを持っているから、ひとつくらいあげてもどうってことはないと言いたいの？」

「そんなことはないわ」自分が金持ちであることをひけらかすつもりはない。「でもこのマフはあなたの髪の色にとってもよく合っているわ。だから、あなたが持っているべきだと思ったの」

「そういうことなら、あたしのものにするわ」リナは一瞬瞳を嬉しそうに輝かせた。ほんの一瞬ではあったが。「そちらのお友だちは誰？」

「セシル・ドゥ・ラックよ」セシルは少女の手を取って握手をすると、テーブルについた。「さあ、何を食べましょうか？　もうお腹がぺこぺこよ」

これを聞き、リナはひどく驚いた様子だ。目を丸くし、それからセシルの向かい側に座ったジェレミーを見つめた。マフが置かれていた椅子の、ちょうど隣だ。ジェレミーが答える。「シュニッツェルがいいと思うよ」

「オーストリアでここがいちばんおいしいのよ」リナはそう言うと、ジェレミーの隣に座った。「まさかあなたたちがここで食事するとは思わなかったわ」

「食事には少し遅い時間だけどね」ジェレミーはリナの目を見つめた。「だけど、きみが紹介してくれた店だ。その店が出す食事なら、きっと待ってでも食べる価値があると思ったんだ」

　セシルはわたしに目配せをし、片眉を釣り上げた。

「シュレーダー氏はまだ来ていないのかしら?」わたしは切り出した。

「いいや」背後から男の声がした瞬間、たちまち後悔した。壁を背に座っていればよかったのに。案の定、前に進み出たのはシュレーダーだ。「こっちに来てわたしと一緒の席に座るんだ、カリスタ」

　次の瞬間、ジェレミーはもの問いたげなまなざしでわたしを見た。リナはといえば、シュレーダー氏をにらみつけている。一方のシュレーダー氏はリナをちらりとも見ようとしない。わたしは不安げな笑みを浮かべてジェレミーを見ると、テーブルから立ち上がり、シュレーダー氏のテーブルに座った。ジェレミーの目が届く距離にあるテーブルだ。

「ようやくあなたの居場所を突き止められたわ。運がよかったのね」わたしはドイツ語で話しかけた。

「リナがここを教えたのが気に入らない。わたしたちはもう何も話すことがないはずだ」

彼の答えは英語だった。

「いいえ、それは違う」わたしは母国語に切り替えた。ウェイターがわたしたちの前に持ってきたのは、背の高いビールグラスだ。「わたしはあなたの計画について知っている。英国政府もよ」

シュレーダー氏は笑い声をあげ、ドイツ語で答えた。「きみのことが本当に好きだよ、カリスタ。きみはいつも意欲に満ちている。見当違いも甚だしいが、それでも話を聞いていると楽しくなるよ」

「それならあなたには、あっと驚くような方法で皇帝を暗殺して、それを英国のせいにする気はないというの？」

シュレーダー氏は答えようとしない。ここでどう切り出すべきか、どうすれば彼に計画の一部でも打ち明けさせることができるのか、念入りに計画を練る時間の余裕はなかった。だから、いちばんいいのは――それが唯一無二の手段とは思えないけれど、はったりをかけることだと思ったのだ。そして、皇帝の訪問中にシュレーダー氏が何かを企んでいるとすれば、いちばんありえるのは皇帝の暗殺だろうと踏んだのだった。「フォーテスキューに脅迫文を送った人物を探し出す手助けをしてくれたら、あなたの計画を阻止するために英国がどんな計画を立てているのか教えてあげるわ」

「きみにそんなことがわかるわけないだろう?」

「女の力を見くびらないで。愛人と一緒にいるとき、男がどれだけあっさり秘密を漏らすか知ったら、きっと衝撃を受けるはずよ」

シュレーダー氏は声をあげて大笑いをし、手のひらでテーブルをぴしゃりと叩いた。

「きみが愛人から国家機密を盗む?　そんな話をわたしに信じろと?」

「ええ」わたしは動じることなく彼をまっすぐに見た。

「愛人か、それとも婚約者か?」

「それが重要なことかしら?」

「かもしれない」シュレーダー氏は驚くべき早さでビールを飲み干すと、ウェイトレスに身ぶりでお代わりを持ってくるよう伝えた。

「あなたが考えているよりも、わたしははるかに多くを知っているのよ。〈ボーモント・タワーズ〉で、ミスター・ハリソンがいかに向こう見ずな企てを実行したか、あなたは絶対に知っているはずだわ。フォーテスキュー卿の部屋から書類を盗むなんて、突拍子もない企みよね。でも、わたしはそのこととあなたの計画には関係があると考えているわ」

シュレーダー氏は体をこわばらせた。どうやら、わたしの推論は正しかったらしい。ああ、問題の書類をちらりとでも見られていたらよかったのに!　なんだか愉快な気分になりはじめている。今の状況そのものが楽しくてしかたがない。

「ねえ、知っている？　ハリソンは書類を盗んだ罪をわたしに着せようとしたのよ」わたしは苦い味を無視してビールをごくごくと飲み干した。「ハリソンよりもわたしと手を組んだほうが身のためよ。ハリソンは英国でわたしに手助けを頼んでおきながら、最終的に裏切った。彼があなたにも同じことをしないと言いきれる？」

「すべてが必ずしもきみの勝手な妄想ではないということがようやくわかってきたよ。ハリソンは――」

「ハリソンは今朝、わたしを襲ったわ。わたしの存在に脅威を感じていなければ、そんな真似はしないはずよ」

「彼が警戒しているのはきみじゃない。ハーグリーヴスだ」

「コリンはわたしの婚約者ですもの。彼の持っている情報ならすべて入手できるわ」

「きみが彼を裏切る？　そんなことをわたしが信じると思うか？」

「フォン・ランゲ伯爵夫人はコリンの愛人なの。コリンからは、彼女とは前に別れたと言われたわ」わたしは口をつぐんで唇を噛み、目を伏せた。どうか傷ついている様子に見えますように。「だけど今朝、そうではないことを知ったのよ」

「クリスティアナが？」シュレーダー氏の口から飛び出したのは、伯爵夫人の名前だった。やけに親しげな呼び方だ。しかも目に怒りの色が宿っていることから察するに、ふたりは親密な間柄なのだろう。

「前にもあなたは彼女のことをよく知っていると言っていたけれど、どうやらふたりの関係は……わたしが思っていたより親密だったみたいね。だからこそ、あなたには充分注意してほしいわ。伯爵夫人は喜んで、あなたの秘密をコリンに漏らしてしまうかもしれないもの」

「きみには関係ないことだ」シュレーダー氏は二杯目のビールを飲み干した。

　わたしは肩をすくめた。「いいえ、伯爵夫人のやることなすことすべて、自分にも関係があると考えているの。コリンが彼女との親密なつき合いをやめようとせず、わたしを裏切り続けているかぎりは」そう口にした瞬間、心がぽきっと折れたような気がした。あわてて集中力を保とうとする。でも、コリンの浮気をなかば公に認めることで、胸に刺すような痛みを感じずにはいられなかった。たとえそれが真実ではないとしてもだ。それはおそらく、わたしが心のどこかで、コリンを誘惑するためにクリスティアナは持てる魅力すべてを駆使しようとしているのではないか、と疑っているからだろう。

　思いのほか、頬が紅潮してしまった。もしかして嘘をついていることがばれてしまったんじゃないかしら？　そんな不安とは裏腹に、シュレーダー氏はわたしの態度を目の当たりにし、大きな誤解をした様子だ。

「はは一ん、きみは怒っているんだな？　ならば、きみがハーグリーヴスの情報を入手可能だということを証明してみせてくれないか？」

「ええ、もちろんよ」そう答えたものの、不安でいっぱいだ。この件について、コリンが手助けしてくれるのを祈るほかない。

シュレーダー氏は上着のポケットから紙と鉛筆を取り出し、何か走り書きをすると、わたしに手渡した。「このやり取りは誰にも気づかれないように行わなければならない。わたしは毎日午後二時と五時にこの場所にいる。きみが真実を話しているという証拠を、できるだけ早く持ってきてくれ」

シュレーダー氏はそう言った。今度はドイツ語で。

＊＊＊

一八九一年十二月二十三日
ケント州ダンリー・ハウス

親愛なるわが娘へ

レディ・エリオットから腰を抜かすような話を聞かされたわ！　あなた、ニューゲート監獄にいるロバートを訪問したんですって？　まったくあなたがちょこまか動き回ると、気が気でないわ。きっと今回も、ちょっとした興味から出かけたのでしょうね。

　お父様とわたしはクリスマスのあと、バルモラル城へ行く予定です。あなたが一緒に来られないと聞かされたときは、すっかり動転してしまったの。だけど、マダム・ドゥ・ラックがハプスブルク家の方たちと過ごせるようお膳立てしてくれるはず。あなたがエリザベート皇后に謁見したと知り、わたしが狂喜乱舞したのは言うまでもないわ。皇后には少し変わったところがおありだけど、それでもなお尊敬すべき方ですもの。もしあなたのことを気に入ってくれたら、あなたの結婚式に招待してはどうかと思うの。ねえ、想像できる？　ヴィクトリア女王とエリザベート皇后が出席されるだなんて！　お父様はかつてロシア皇太子（ツァレヴィチ）ニコラエヴィチに謁見したことがあるのよ。あの方もご招待できたら、昨夏にドイツの不愉快きわまりない王子と結婚されたルイーズ王女のお式よりも、さらにすばらしい招待リストになるはずだわ！

　ああエミリー、あなたの婚約をわたしがどれほど喜んでいるかはわかっているわよね？　だけどロシア皇太子がまだ結婚されていないことを考えると、あなたももう少し皇族との結婚を真剣に考えるべきだったのにと思わずにはいられないの。一般市民には皇族との結婚なんて夢のまた夢だわ。でもあなたほどの資産と美貌の持ち主ならば、皇太子をその気にさせることもできたんじゃないかしら？　いいえ、念のために言っておくけれど、あなたの亡き夫を軽んじるつもりはさらさらないのよ。

とにかく早く手紙で、ウィーンのパーティの様子を詳しく知らせてちょうだい。レディ・パジェットからはいつも、ウィーンの雰囲気は陰鬱そのもので、舞踏会もはちゃめちゃだと聞かされているわ。べつに驚くほどのことでもないけれどね。だけど、あなたがウィーンの最高クラスの方たちと交流しているのを知り、本当に嬉しく思うわ。ロバートの悪評で持ちきりの英国を離れて正解だったわね。ただ心配なのは、かわいそうなアイヴィーのことよ。殺人犯だった男の寡婦と結婚したがる人なんて、誰もいないはずだもの。

エディ皇太子とメアリーは二月二十七日に結婚が決まりました。ヴィクトリア女王には、すでにあなたの出席をお伝えしておいたわ。

あなたのことを心から愛している母
C・ブロムリー

16

どこに行ってもミスター・ハリソンがいるような気がして、わたしは不安を募らせていた。そんなある日、セシルとともに、〈インペリアル〉の居間でくつろいでいたときのことだ。ルイ十六世時代の骨董品に囲まれた非常に居心地がいいその居間で、表向きはフリードリヒとアンナのお目付役としてそこにいたものの、わたしはギリシャ語の勉強をするつもりでいた。でもあまりに気が散って、まともにものを考えることさえできず、寝室へ本を取りに行ったときにまた見つけてしまったのだ。本の上に置かれた銃弾を。居間に戻るなりセシルに銃弾を見せると、彼女も心底ぞっとした様子だ。

「これからいったいどうすればいいのかしらねえ、可愛い人？」セシルが尋ねる。

「わからないわ。ただホテルの厳戒態勢が今のままでは不充分だというのは明らかね」

「なんだか恐ろしいわ」銃弾を手に握ったまま、セシルがぽつりと言う。

「ええ、想像を絶する恐ろしさね。でも、ひるんではいられない。恐れを感じるのは当然だけれど、ここでひるんじゃいけないのよ」

「やれやれ、ロバート・ブランドンは幸運な男ね。あなたみたいな頼りがいのある友だちがいて」

「ロバートを救えないこと以上に恐ろしいことはないわ」冷静な態度を装いながらも、つい強めの言葉が口をついて出る。思わず両手を重ね合わせた。なんとか震えを止めなければ。

　セシルは背筋をしゃんと伸ばし、片方の眉を釣り上げた。「シシィに、宮殿から誰か派遣してもらえないか頼んでみるわ。もっと腕のいい護衛が必要だもの」

「ありがとう（メルシー）」

「とにかく、あのいけ好かない男にこれ以上苦しめられるわけにはいかないわ。ねえ、あなたも少し気晴らししたほうがいいと思うの。クリスマスまであとたった二日しかないって、知っていた？」

「とても何かをお祝いする気分になれないの」そう言いながら、わたしは心の中でぽつりとつぶやいた。ことあるごとに銃弾を置いていくのに飽きだしたミスター・ハリソンが、いっそのこと銃弾で標的を狙おう、などと決意することはないかしら？

「こぢんまりとしたパーティをここで開くつもりなの」セシルがシーザーを抱き上げて膝の上にのせる。羨ましそうにそちらを見上げるブルータスが不憫（ふびん）になってすくい上げたが、すぐに後悔するはめになった。案の定、ブルータスがレースの袖口を噛みはじめたのだ。

「どうしてもパーティを開くつもり？」わたしはブルータスを床に戻し、ビスケットをあげた。

「クリムトを招待するつもりなの。もちろんムッシュ・ハーグリーヴスとジェレミーもね。あと、どうせほかに行くところがないでしょうからフリードリヒも。それに、もしムッシュ・シュレーダーが参加してくれたら面白いと思わない？　リナに尋ねてもらうよう、ジェレミーにお願いしようと思っているの」

「リナに？」

「ええ。ジェレミーはリナを気に入っているわ。もしかしてあなたは反対？」

「もちろん反対なんかしないわ。ただ驚いただけ。本気なの？」

「あなたが例のレストランでシュレーダーと話しているあいだも、あのふたりはとっても仲がよさそうだったの。それに昨日、偶然聞いてしまったんだけれど、ジェレミーはここからさほど遠くない場所で熱心に家を探しているみたいよ」

「ジェレミーがウィーンに家を買おうとしているの？　どうしてそんなことを？」

「あら、自分のためじゃないわ。リナのためよ」

「まさか！」

「彼にそのことを尋ねてみたの。そうしたら、リナの身の安全を心配していたわ。だって、リナが住んでいる界隈はあんなだもの」

「ええ、ひどく恐ろしかったわ。ジェレミーがあの界隈からリナを救い出そうとしているのは正しいことだと思う。ただ――」

「ジェレミーがリナを愛人にするかもしれない、と考えるとショックなのね？」

「まさか！　わたしは――」そこで口をつぐんだ。「ええ……そうよ。そしてそんなことを考えた自分を恥じているわ」

「ショックなのは、リナがわたしたちとは違う身分だから？」

「いいえ、ただ……あまりにあからさまなやり方だから。そんなやり方だと、リナは救われる一方で貞操を失うはめになってしまう。ほかにもっといい方法があるはずよ」

「リナが貧民街から抜け出せるのはいいことだと思わない？」

「もちろんよ」本気でそう思っている。だけど、やっぱり納得がいかない。そのための理由なら山ほど挙げられる。「でも、ジェレミーはリナにそうそう会えないはずよ。ヨーロッパ大陸をひんぱんに訪れないかぎり――」

「あなた、妬いているの？」唐突にセシルが尋ねた。

「いいえ、ちっとも！　ただ……そんなことをしている人の話を聞いたことがなくて驚いているだけよ」

「いいえ、あなたは間違いなく知っているはずよ。女性のために屋敷を買ってあげる紳士がたくさんいることを。だけどありがたいことに、今の今まで意識せずにすんでいただけだわ」

「そんなことを言われても、ちっとも気が楽にならないわ」

セシルはフリードリヒとアンナのほうを見た。「あの子たちを結婚させるには、アンナのご両親をどう説得すればいいかしらねえ？」

「さあ、わからないわ。でも困ったことに、彼らのことを親身に考えられないの。ふたりを助けたくないわけじゃないのよ。でも――」

「当然よ。あなたはべつのことで手一杯で、こんな喜ばしい計画に手を貸す贅沢が許されていないんですもの。ちなみに、クリムトに大学の壁画のことを尋ねてみたの。そうしたら仕事の報酬をもらえるのは、少なくとも二年先になるんですって。それもすべてクリムトと弟の手柄になるそうよ」

「かわいそうなフリードリヒ。何かわたしたちにできることがあるはずだわ」

「若い恋人たちのことはわたしにまかせて。わたしたちがウィーンを発つまでに、あのふたりを婚約させてみせるわ」

「ええ、あなたにまかせたわ」

〈カフェ・グリーンシュタイドル〉でわたしを待っていたのは、愛しの婚約者だった。店まで付き添ってくれたにもかかわらず、ジェレミーはコリンの姿を確認すると、店内へは入らずに立ち去った。

　店に入ったわたしはヴィクトルにいつもの飲み物を頼み、これまたいつものテーブルに腰をおろした。店内に漂うコーヒーの香りを思いきり吸い込むと、神経が休まるような気がする。飲むのは嫌いだけれど、コーヒーの香りそのものはとても心地いい。とりもなおさず、それはこの店がわが家みたいに感じられるからだろう。

「この新聞、読んだ？」コリンは『新自由新報（ノイエ・フライエ・プレッセ）』をわたしの前で振ってみせた。「ウィーンの街で自殺者が増えているという記事が載っている。しかも、その自殺のしかたがどんどん過激になっているというんだ」

「そんな記事を書いたら、ますます自殺者が増えてしまうんじゃないかしら？」手袋をはずし、帽子を脱ぐ。ミスター・ハリソンやシュレーダー氏以外の話題を口にできることが、なんだかひどく嬉しい。たとえほんの一瞬でも。

「ウィーンには自殺にまつわる奇妙な文化みたいなものがあるんだ。諸聖人の日に、人々が行進して墓に花を手向けているのを見たことがあるだろう？『新自由新報』は、有名人の墓にどれくらい花が供えられていたかについて、長ったらしい記事を載せている。花の数では、ベートーベンがシューベルトを上回ったんだそうだ」

「フリードリヒから聞いたことがあるわ」ほつれた巻き毛を耳にかけた。「なんだかぞっとする話ね」

「もちろん、自殺の多くはフリートホーフ・ダー・ナーメンローゼン、つまり無縁墓地で行われるんだ。うら寂しくて、暗い場所だよ」

「だけど、諸聖人の日にはたくさんの花と祈りが捧げられるわ。レディ・パジェットから聞いた話だけれど、この街では、学校の勉強ができないからという理由で子どもまでドナウ川へ身を投げてしまうんですって。たぶん、レディ・パジェットの話が大げさなんだろうけど、この街は英国とはまるで違う気がするの」

「英国では自殺などという話題は禁物だからね」

「たしかに。でも、そういう英国の風潮が悪いとは思えないわ」

「それで、シュレーダーとの話し合いはどうだった？」

「少しやりすぎてしまったかもしれない」

「どんなふうに？」コリンに尋ねられ、わたしは一部始終を説明した。「しかし、きみには天性の才能があるんだな。はったりをかけて怖くなかったのか？」コリンはテーブルに手を伸ばし、わたしの手を握った。

「むしろ、わくわくしたわ」どっと押し寄せる安堵感に、思わずため息をついた。実は、伯爵夫人との浮気話を勝手にでっちあげたことで、怒られるのではないかとはらはらしていたのだ。「あなたが元恋人とよりを戻したことにしてしまったけれど、よかった？」

「シュレーダーがぼくのことをどう思おうが関係ない。きみさえいやな気分でなければね」

「架空の話だったら、あなたが二重生活を送って放蕩三昧していても我慢できるわ。でも、境界線を踏み越えすぎてしまったのではないかと心配なの。あなたの情報をシュレーダーに渡す約束をしてしまったんですもの」またしても巻き毛が顔にほつれかかってきた。ふたたび耳にかけようとするが、なかなかうまくいかない。

「ああ、明らかに踏み越えすぎだ。だけどきみの大胆さは尊敬するよ」コリンは強いまなざしでわたしを見つめた。

「よかった、そう言ってもらえて」わたしは手提げバッグ(レティキュール)を開け、ヘアピンを取り出した。言うことを聞かない巻き毛をどうにかしたい。ところがピンを見つけるより前に、手にひんやりとした感覚を覚えてたじろいだ。またしても銃弾だ。わたしはバッグから銃弾を取り出し、テーブルの上に置いてコリンを見た。「またミスター・ハリソンからの贈り物よ。おまえがどこにいても見ている、それを忘れるなという警告なの」

コリンはわたしの両手を取り、手のひらを包み込んだ。いかにも心配そうなまなざしだ。

「これまでにこういうことが何度あったんだ?」

「さあ、わからない。とにかく行く先々に銃弾が置いてあるような気がするの。ホテルの部屋も含めて」コリンの冷静な表情を見ながら、ぽつりとつけ足す。「なんだかとっても恐ろしいわ」

「当然だよ。銃弾を置かれたくらいできみがあきらめるとは思えないが、今後の調査は特に気をつけなければいけないよ」

「ええ、いつも注意を怠らないようにしているの。すでにホテルの支配人には警備をさらに手厚くするよう頼んだし、セシルも宮殿から護衛を派遣してもらえないかシシィに頼んでくれる予定よ」

「すばらしい考えだね。だが……」コリンは口をつぐみ、わたしと視線を合わせた。「もうやめてほしいときみを説得したい気持ちもある。このままロンドンに送り返してしまいたい。そして――」

「英国の典型的な過保護な夫のように振る舞いたい、と言いたいの？」

「そういう役割にもなんらかの利点はある」コリンはわたしの手を握りしめた。

「わたしたちの場合は違うわ」

「ああ。だがそうしたほうが、物事が簡単にいくときもある」

「簡単にいくからといって、それが本当にためになることとはかぎらないわ」

「なら、きみはミスター・ハリソンと彼の銃弾にどう対処するつもりだい？」

「これまで以上に細心の注意を払うようにするわ。理にかなった予防措置を取るつもりよ」

「自分ひとりだけでなんとかしようとしてはいけないよ」

わたしは笑みを浮かべた。「ジェレミーが守ってくれるわ」

「ハリソンがきみを傷つけることはないと信じている。きみを傷つけても、彼の計画が進むわけではないからね。だが絶対に大丈夫とは言いきれない。本当にこの調査を続けたいのか？」

「ええ。〝イエス〟以外の答えが思い浮かばないわ。どうかわたしを信じて。本当に注意を怠らないようにするから」

「わかったよ、エミリー。だけどあらかじめ警告させてほしい。もし状況が悪化したら、即刻きみを止めるからね」

「そんなことはできないわ」

「いいや、できるさ」コリンは胸の前で腕組みをした。

「もしそんなことをされたら、あなたに対する敬意をいっぺんに失ってしまうわ。だからこそ、そういうことが起きないようにしないといけないのよね」うまく切り返したつもりだったが、ふたりのあいだに流れる緊張感を和らげることはできない。「シュレーダー氏の件、手を貸してくれる？　彼に証拠として見せられるようなものを用意してもらえるかしら？」

「正しい内容ではあるが、まったく意味のない正式書類を用意することはできる。シュレーダーがそれを見て、きみへの信頼を高めるような書類であるべきだろう。同時に、自分の計画を遂行するのは困難だと、シュレーダーに確信させられるような書類を作ることが重要だ。きみ、いっそのこと、ぼくの仕事を引き継いではどうかな？　今の時点だと、ぼくよりもきみのほうが、シュレーダーの計画を暴くチャンスをものにできる気がするよ」

「そうかもしれないわね。でも、あなたのほうがわたしよりも彼らをうまく阻止できるはずだわ」

「なぜきみは今回の件にかつてないほど入れ込んでいるんだろう？」

「なぜって？　言わなくてもあなたならわかるでしょう？　入れ込むといえば、母のわたしたちの結婚式への入れ込みようときたら尋常ではないの。何しろ、ヨーロッパの皇族の半数を招待したがっているのだから！　ああ、いっそのこと、あなたと駆け落ちしてしまいたいわ」

「だったら、きみがヴィクトリア女王を説得してくれる？」コリンは笑いながら尋ねた。

「わたしなら、むしろあなたに働きかけるわ。女王相手だと、説得できる見込みなんてないもの」

「それはどうかな？　ぼくは驚くほど意志が強いことで有名なんだよ」

「それは、今までわたしが本気を出してあなたを誘惑しようとしたことが一度もないからよ」

「なぜぼくに参加する気がないとわかっているのに、そんなゲームを一方的にしかけようとするんだい？」

「あなたの女王に対する忠誠心があまりに強すぎるからよ」

「そんなことはないさ。すでに一度、女王の忍耐力を試したことがある。ナイトの称号を断ったときだ。ヴィクトリア女王には〝あなたの一族は風変わりすぎる〟と非難されたよ。女王はご存じなんだ。ぼくの祖先たちが代々、そういう爵位の授与を断り続けていることをね。そういうことがあった以上、またしても女王の忍耐力を試すのはいやだな」

「ナイトの称号を断ったの？」

「ほかの人よりもいい爵位を得たいという気持ちになれないんだ。もともと人の立場というのは得るものじゃない。運によって引き継いでいくものなんだよ」

「ええ、わたしなんかその最たる例ね。でも、あなたは違うと思うの。女王がナイトの称号を与えたいと思われたのは、あなたが国王陛下のために献身的な働きをしているからなのよ」

「もし特権に恵まれた家に生まれていなければ、こういう仕事を引き受けることはできなかっただろう。祖国に尽くすことは、自分の使命なんだ。でもそういう義務をまっとうしようという熱い気持ちは、ぼくだろうと、英国海軍のもっとも身分が低い船員だろうと、なんら変わらない。だって、ぼくらは英国のために自分にできることをやっているだけなんだから」

自分の仕事に情熱を持っているだけでなく、その仕事を有能にこなせる紳士を見ていると、うっとりした気分になってしまう。コリンの熱い語りを聞いているうちに、わたしは体のほてりを感じた。

「きみ、顔が赤いよ。気分が悪いのかい?」

「いいえ、その逆。今いるのが人目のある場所で、あなたにとっては運がよかったわね」

「いや、運が悪かったのかもしれない」コリンは指先でコーヒーカップのふちをなぞった。

「だけど、もしふたりきりなら、きみがそんな冷静な口調で話すとは思えないけどね」

「あら、見くびってもらっては困るわ」

コリンは椅子の上で身じろぎをした。「ぼくに誘いをかけるのはそれくらいで充分だろう、エミリー?」

「そうね」コリンに笑みを向けた。「話題を変えましょう。シュレーダー氏のために、どんな情報を用意してくれるつもり?」

「〈インペリアル〉宛てに書類を送るよ。それを見たとき、きみの無政府主義の友だちがどんな反応を示したか教えてほしい」

翌日、セシルとジェレミーと、クリムトのスタジオで朝食をともにした。セシルが〈インペリアル〉の従業員に用意させたのは驚くべき朝食メニューだ。ペストリーや果物、それに温かな食べ物まで揃っている。期待はずれなものがあったとすれば、持ち運んでいるうちにすっかり冷めてしまったコーヒーだけだろう。でももちろん、そんなことにめげるセシルではない。クリムトのスタジオにある小さなストーブで、みずからコーヒーを温めはじめた。

「セシルは本当に意欲の塊だね」ジェレミーはそう言うと、せわしなく立ち働くセシルを眺めた。わたしはジェレミーの態度が少し和らいだことに気づいた。

「本当にそうね」そう応じながら、ジェレミーにナッツがたっぷり入ったペストリーを手渡した。「ほかに欲しいものは？」

「いいや、これでいい。ありがとう」

「最近リナとは話をした？」

「ああ」

「元気？」

「ああ、元気だよ。ありがとう」

「あの……あなたがリナのために家を探していると聞いたの。わたし――」

「そのことについては話したくないんだ。すまない」ジェレミーは立ち上がり、テーブルから離れると、スタジオを横切りながら反対側まで歩き、壁にかけられた作品をぼんやり眺めはじめた。

「あなたは彼に対して優しくしてあげないといけない」そう言ったのはクリムトだ。コーヒーをいれるのはセシルにまかせている。

「何も悪いことはしていないのに？」わたしは膝の上にのってきた猫の柔らかな毛を撫でた。

「いいや、あなたは彼に、自分を愛することを許してしまった。いかなる結果も期待できないというのに」クリムトはカンバスからあとずさり、頭を一方に傾け、自分の作品を見つめた。

「結果？」

クリムトは無言で、目の前にある作品を見つめたままだ。次の瞬間、すばやい動きでパレットの上で絵の具を混ぜ合わせ、絵筆をカンバスにさっと走らせた。「こういう恋愛沙汰に関して、ぼくは達人なんだ。まわりの人たちが自分を愛してくれるのは心地いい。だけどひどく疲れることでもある。自分自身の気持ちが、まわりにいる人たちの気持ちと一致しない場合は特にね」

「それがあなたとセシルのあいだに起きていることなの？」

クリムトは笑った。「セシルがぼくにそんなことを許すはずがないだろう？」

「そうかしら、わたしはそうは思わないけれど」猫はわたしの膝上から逃げ出すと、背後からジェレミーに近づいた。ジェレミーはといえば、足元にいる猫にはまるで気づかない様子だ。

「セシルとぼくは相性がいいんだ。互いのことをよく理解できる」

そのあと午前中ずっと、ジェレミーはわたしに話しかけようとしなかった。それだけに、わたしは願わずにはいられなかった。今日の午後、シュレーダー氏の家へ行くときには、ジェレミーも態度を変えてくれたらいいのだけれど……。

「今日はいっそう寒いと思わない？」ふたりして小型四輪馬車へ乗り込むなり、わたしは真っ先にジェレミーに話しかけた。

「そうかな。全然気づかなかったよ」ジェレミーはこちらを見ようとせず、車窓を流れる建物ばかり見つめている。優雅な店が立ち並ぶ光景以外に、何か面白いことがないかなかば期待するかのように。

「日差しがかげってしまうと、ウィーンの街はいつも冷え冷えと感じられるわ。どうしてかしら？」

「さあ、ぼくにはさっぱりわからないよ」

「日差しって、やっぱり空気を暖めてくれるものなのよね」わたしはジェレミーをじっと見つめた。けれども彼は動こうとも答えようともしない。「今夜、何か予定はある？」

「いや、決めていない」

「ねえ、このままわたしとの会話を避け続けるつもり？」

「とっても疲れていて、会話を楽しむ気分じゃないんだ」

それから二十分ほど、無言のまま座り続け、ようやく目的地付近へ差しかかった。ジェレミーがやっと口を開いたのは、シュレーダー氏の家に近づいたときだ。「きみの友だちがぼくの前で話したがるとは思えない。だから、ぼくはきみが通された部屋の扉のすぐ外に立っている。盗み聞きしているとはっきりわかるようにね。もし身の危険を感じるようなことがあったら、叫び声をあげて呼んでほしい」

「ありがとう、ジェレミー」微笑んで礼を言ったが、ジェレミーは笑みを返してはくれなかった。

シュレーダー氏の家は、想像とはまるで違っていた。上品な界隈にあり、優美で壮麗な建物だ。彼の同胞が住んでいる貧民街とは大違いと言っていい。まるでメイフェアにいるような錯覚に陥りながら扉をノックすると、応対したのはシュレーダー氏本人だった。

「驚いているようだな」シュレーダー氏は洞窟のように広い玄関ホールへわたしを案内した。よく磨き込まれた大理石の床には絨毯がいっさい敷かれておらず、歩くたびにわたしたちの足音がこだまする。「それにお気に入りの付き添い役を連れてきたんだな。こうして見ると、ずいぶんと男前だな」

ここは彼にジェレミーのことを紹介すべきだろう。そう思ったものの、わたしは言葉に詰まってしまった。公爵を無政府主義者にどう紹介すればいいのだろう？　すると、シュレーダー氏はみずから手を差し出した。

「グスタフ・シュレーダーだ」

「ジェレミー・シェフィールドだ」ふたりが握手を交わす。

「シェフィールド卿、かい?」シュレーダー氏が尋ねる。

「ぼくは公爵だから閣下に当たる。だがそういうお高くとまった呼び方はいやだと言うなら、ベインブリッジと呼んでほしい」

シュレーダー氏は声をあげて笑った。「べつの状況ならば、きみのことが気に入ったかもしれない。だが実際のところ、新しい友人を作っている暇はないんだ。悪いが、きみは部屋に入らないでくれ。彼女とふたりだけで話をさせてくれないか?」

「扉の外でうろついていてもかまわないなら、それでいい。彼女をひとりにはしたくないんだ」

「ならば椅子を持ってこよう」シュレーダー氏は精巧な手彫りの椅子を引きずり、充分に設備が整った居間の扉の脇に置いた。「時間はそうかからない」それからわたしを部屋へ誘うと、重々しい扉をうしろ手に閉めた。

居間の装飾はナポレオン時代の様式でまとめられていた。ところどころにエジプトの雰囲気が感じられるしあがりは、ナポレオンがファラオの国を発見したあとに、一躍人気を博したスタイルだ。わたしは壁にかけられたすばらしい石碑にたちまち目を奪われた。

「あれは本物かしら？　それとも模造品？」

シュレーダー氏は肩をすくめた。「祖父が支払った金額からすると、本物なんだろう。象形文字（ヒエログリフ）が読めるのかい？」

「いいえ。でも読めたらどんなにいいかしら」手を伸ばし、擦り切れた石に指を走らせる。古代の人たちによって彫られた昔の文言を、じかに感じてみたい。「おじい様は蒐集家だったの？」

「わからない。祖父のことは知らないんだ」

「まあ、ごめんなさい」わたしはそう言うと振り返り、部屋全体を見回した。色合いが微妙に異なる金色、それに緑色でまとめられている。

「この家が気に入らないのかい？」

「どうしてそんなことを尋ねるの？」

「なんだか奇妙な表情を浮かべているからさ」

「実は、まさか無政府主義者がこれほど贅沢な家に住んでいるとは思わなかったの」

「わたしは良家の出なんだ」

「あなたって本当に矛盾だらけの人ね。とっても惹かれるわ。同胞たちは、あなたがお金持ちであることをどう考えているの？　彼らがあなたに、自分の富を放棄するよう要求しないのが驚きだわ。それか、せめて自分たちで山分けしようと言い出しそうなものなのに」

「人類が平等に扱われるような世界になったら、即刻こういう財産は放棄するつもりだ。ただその日まで、活動のために資金がいるからね。さあ、この話はもういいだろう。わたしにどんな情報を持ってきてくれたんだい？」

そう尋ねられ、コリンから送られてきた書類を手渡した。シュレーダー氏はちらりと一瞥したあと、書類を熱心に見はじめた。

「これは期待以上の成果だな。盗んだことを彼には気づかれなかったのか？」

「もちろんよ。なんのためにこれを持ち出したと思っているの？　わたしは……昨夜コリンの部屋にいたの。それで彼が眠っているあいだに、こっそり持ち出したのよ」頬が赤くなるのを感じた。「今日の夕方、コリンが家に戻るまでに戻さなければいけないわ。書き写すなりなんなり、好きにして」

「彼は本当に、これがなくなったことに気づいていないかい？」

「今朝、家を出るときは気づいていなかったわ」わたしが見守る中、シュレーダー氏はテーブルに座り、ものすごい勢いで書類の内容を帳面に書き写しはじめた。「それで、わたしにはどんな情報を教えてくれるつもり？」

「まだ決めていない。きみはびっくりするほど上等な手土産を持ってきてくれた。正直に言うと、きみの約束をあまり信用していなかったんだ」

「それじゃ、わたしが必要としている情報を教えてくれる？　フォーテスキュー卿の殺害を命じた人物はウィーンにいるの？」

「できるかぎり手を尽くして調べてみるよ。だがきみが言っていた、ぼくのいわゆる〝組織〟はかかわっていない」

「ミスター・ハリソンはどう？」

「あと二十四時間くれ」

「あなた、わたしとクリスマス・イブに会うつもり？」

「ほかに何か大事な約束でもあるのかい？」

「いいえ、特にないわ。またここに来ればいいのかしら？」

「いや、シュテファン大聖堂に来てほしい。九時きっかりに聖バレンタイン礼拝堂へ行くよ」

うなずいて立ち上がり、部屋を出ようと扉へ向かったが、壁にかけられたあるものが目に留まりつと足を止めた。

脇にグリフィンが刻された、決闘用ピストル。〈ボーモント・タワーズ〉で目撃した銃器と一緒だ。フォーテスキュー卿殺害に使われた凶器の片割れに違いない。

「このピストルはどこで？」

「わたしの兄が殺された決闘で用いられたものだ。この世の正義のために戦い続ける理由を思い出したいときのために、こうして飾ってあるんだよ」

シュレーダー氏の自宅を出ると、まっすぐ『新自由新報』の事務所へ向かった。もちろんジェレミーも一緒だ。道中、ジェレミーは無言を貫き通すのではなく、そっけない口調でシュレーダー氏の自宅の廊下で目撃した光景について教えてくれた。廊下でわたしを待っているあいだに、階段をおりてくるフォン・ランゲ伯爵夫人を見かけたのだという。しかも午後だというのに、彼女はイブニング・ドレス姿だった。使用人と親しげに話している様子や着替えをたくさん持っていたことから察するに、伯爵夫人は昨夜ひと晩あの家で過ごしたのではないか、とジェレミーは疑っていた。

『新自由新報』の事務所に着き、わたしたちがふたたびそこから出てきたのは、ほぼ二時間後のことだった。そのとき、わたしが手にしていたのは、十年以上も前に行われた決闘に関する古い新聞の切り抜きだ。そこには、ミスター・ロバート・ブランドンがジョセフ・シュレーダーを殺してしまった経緯が、詳しく記されていた。

＊＊＊

ロバート・ブランドンとジョセフ・シュレーダーのあいだで行われた決闘により、この野蛮な習慣は断じて認められない行為であることがまたしても実証された。シュレーダーは致命傷を負い、ブランドンはすぐさま国外へ逃げた。だが悲劇はそれで終わりではなかった。シュレーダーの立会人である英国人アルバート・サンバーンの死体が昨朝発見されたのだ。ピストル自殺を企て、即死だった模様である。おそらく、決闘をやめるようシュレーダーを説得できなかった自責の念に駆られてのことと思われる。

とはいえ、自殺が横行しているこの時期、サンバーンの自死は、ブダペスト行きの特急列車の客車から飛び降り自殺をした女性に比べると、あまりに目立たない。女性はウエディングドレス姿で、ドレスもベールも血まみれだったという。

『新自由新報』一八八〇年九月二十日

17

「実に厄介なことになったな」コリンはそう言うと、〈インペリアル〉のわたしの部屋で、暖炉の前を行きつ戻りつしはじめた。手にした『新自由新報』の記事に何度も目を走らせている。「ロバートがまたしてもこのピストルにかかわっていたとなると……あまりいい兆しとは言えない」

「でも、知っているのはわたしたちだけよ」わたしは答え、付け加えた。「ただし、フォーテスキュー卿がロバートを支配するためにこの情報を利用していたなら、話はべつだけど。それに今この情報を握っているのが誰であれ、その人物はこれを利用しない手はないと考えているはずだもの」

「あのフォーテスキューが、切り札になる情報を漏らすとは思えない。とはいえ、彼が個人的に所有していた書類を見つけないかぎり、どこまで把握していたかを正確に知ることはできないだろう」

「頭が切れるフォーテスキューのことだもの。捜したらすぐわかるような場所にそういう書類を保管しておくとは思えないの。ミセス・レイノルド＝プリンプトンに手紙を書いてみるわ。彼女はフォーテスキューの正式な三人の妻よりも、はるかに妻らしかったもの。わたしが知るかぎり、ミセス・レイノルド＝プリンプトンはフォーテスキューに政治面で多大な影響を及ぼしていたはず。あのふたりは単なる愛人以上の関係だったのよ」

「たしかにフォーテスキューが死んでしまった今、ミセス・レイノルド＝プリンプトンには彼が隠していた秘密を隠し続ける理由がないな」

「ただし、彼女自身がそういう秘密を利用しようと計画していたら話はべつだけれど。彼女だって、自分の大きな政治的影響力をあっさり手放したくないはずだわ」

「たぶんそうだろう。でもフォーテスキューがいなければ、彼女が政界に影響を及ぼすのは難しい」

「それは、彼女がどの程度重要な情報を握っているかによるんじゃないかしら？」

「まあね。だが、もはやフォーテスキューがいないという事実を踏まえると、ミセス・レイノルド＝プリンプトンの影響力は低いと言わざるをえないな」

「もうひとつ、べつの筋書きも考えられるわ。わたしの印象では、フォーテスキューはフローラ・クラヴェルと浮気をしていたはず。彼が単なる嫉妬心から殺害されたとは考えられないかしら？」

「フローラ・クラヴェルが彼を殺したと考えているのか？　たしかきみはあのとき、彼女の夫が怪しいと考えていたよね？」

「今はフローラも夫も犯人だとは考えていないわ。でもミセス・レイノルド＝プリンプトンはどうかしら？　彼女はレディ・フォーテスキューを脅威に感じたことは一度もないはずよ。でもフローラは若いし、きれいだし、賢いわ」

「興味深い説だな。だけど、彼女はあのときヨークシャーにはいなかった」

「いいえ、ハイグローブで開かれていたラングストン家のパーティに出席していたの。ちょうどジェレミーもそこにいたのよ」

「本当に？　それは追及する価値がありそうな情報だな」コリンはテーブルの上に新聞紙を放り投げた。「なんてことだ。ロバートめ、嘘をつくなんて」

「嘘？」

「ロバートは凶器のピストルを見せられ、実際手に取ったにもかかわらず、一度も見たことがないと否定したんだ」

「彼が嘘をつくなんて信じられないわ」

「今、ロバートはそれだけ絶望的な状況にいるんだよ。きっと、フォーテスキュー以外誰もピストルと自分の関係にたどり着くことはないと思ったんだろう。たとえその関係がわかったとしても、理論上は大した問題にならないかもしれない。でも実際、裁判中にそういう事実が明るみに出たら……」コリンはかぶりを振った。「わからないのは、二丁のピストルがなぜばらばらになってしまったかだ。所有者がウィーンで亡くなったとすれば、どうして一丁だけ英国へ戻っていたのだろう？」

「決闘の立会人だったミスター・サンバーンの所持品は、彼のご遺族に返されたんでしょう？　ピストルの片割れがその中に含まれていたに違いないわ。おそらく、あのケースに入れられて。だから、彼の妹のメアリーが住む〈ボーモント・タワーズ〉にあった」

「でも二丁揃っていないのに戻すのは、いささかおかしいと思わないか？」

「たぶん、お兄さんが決闘で殺されたあと、シュレーダーが盗んだのよ。彼がどんなふうにピストルを手に入れたかは、本人に尋ねれば簡単にわかるはずだわ」

「いや、どうやって手に入れたかは大して重要じゃないかもしれないな」コリンはまたしても行きつ戻りつしはじめた。

「わたしは、決闘を止められなかったからという理由だけでミスター・サンバーンが自殺したというのが、どうしても信じられないの。あなたは彼の自殺について何か知っている？　わたしは彼がインフルエンザで亡くなったと思っていたわ」

「それは親族が流した作り話だったんだろう。兄が自殺したという汚点を残したままだと、妹はとんでもない苦境に立たされてしまうはずだからね」

「もうひとつ、悩ましい情報を知っているの。今聞きたい？　それともあとにしましょうか？」

「今すぐがいいな。棍棒で殴られたような衝撃を覚えるのは一度でたくさんだよ」

「フォーテスキュー卿に脅迫文を送った人物の見当がついたわ」

「シュレーダーの同胞かい？」

「いいえ。シュレーダーはある女性と浮気をしているの……英国の政治に深くかかわっている女性と」

「誰だい？」

「フォン・ランゲ伯爵夫人よ」

「クリスティアナと？」コリンに尋ねられ、わたしはうなずいた。「どうしてそうわかったんだい？」

「彼女がまだあなたとの関係を続けていると話したときの、シュレーダーの反応を見て怪しいと思ったの」

「でも確かな証拠はないんだね？」

「今日の午後、ジェレミーが確認したわ」コリンとなかなか目を合わせられない。そこにどんな感情が宿っているのだろう？　そう考えると、なんだか怖い。「伯爵夫人はシュレーダー氏の自宅をたびたび訪れている様子だったそうよ」

　仮に、その瞬間コリンの瞳になんらかの感情が宿ったとしても、彼はそれを完璧に隠せる男だし、実際そうだった。コリンの態度は先ほどとなんら変わらない。ひとつだけ違ったのは、行きつ戻りつをやめたことだ。

「すぐにクリスティアナと話をしてみるよ。もしシュレーダーと深い関係なら、彼女はそれをずっと隠していたことになる……」コリンは口をつぐんだ。「いや、やっぱり彼女がそんなことをするとは考えられない。多くの点で無節操な女性ではあるが、彼女は無実の男が死刑になるのを傍観できるような人間じゃない」

「ええ、そうよね」そう答えながらも、わたしはまだ伯爵夫人への疑いを捨てきれなかった。それに、コリンがこれほどすばやく彼女を弁護したこともなんとなく面白くない。

「でもたとえそうでも、ロバートにとっていい前兆とは思えないわ。わたしたちがまだ知らない事情でもないかぎりは」

「不義の話題が出たついでに尋ねるが、ベインブリッジとはよく話し合ったかい？」

「いったいどういう意味？」わたしは尋ねた。冷静さを保てていればよいのだけれど。

「彼はきみを愛している。それなのに、きみの付き添いを彼にまかせてしまっていることに少し罪悪感を覚えているんだ。ベインブリッジはさぞ苦しんでいるに違いない。でも、ぼくも自分の職務を放り出してまで、きみに付き添うわけにもいかない。かといって、きみをひとりで行動させるわけにもいかないんだ」

「ジェレミーの代わりに、セシルに一緒に来てくれるよう頼むことはできるわ」

コリンはかぶりを振った。「きみは死と隣り合わせにある危険な場所まで足を運んでいる。だからこそ知りたいんだ。その……きみにはべつにそういう紳士がいるのか？　絶対的に――」

「わたしを守ってくれるような紳士？」

「ああ、そうだ。こんなことを尋ねてすまない」

「あなたはわたしに、この件から手を引いてほしいの？」

「きみはそうしたい？」

「いいえ」少し不安に感じながらコリンを見つめた。

「よかった。ぼくらは今、瀬戸際にいる。一歩間違えればひどく複雑な状況に巻き込まれるだろう。いや、ベインブリッジのことじゃない。事件調査のことを言っているんだ。そしてぼくらはふたりとも、相手を止めたいとは考えていない」

「もちろんそうだわ。でもコリン……」

「なんだい？」

目を合わせられなかった。「ジェレミーにキスをされたの」

「ああ、知っているよ。クリスティアナが一部始終を目撃していて、嬉々としてぼくに教えてくれたんだ」

「本当にごめんなさい。すぐに話すべきだったんだけれど――」

コリンはわたしの唇に指を一本押し当てた。「きみの貞節を疑ったことは一度もないよ」

目が合った瞬間、わたしは息苦しくなるのを感じた。「きっと、ぼくがうぬぼれすぎていたんだね」

「そんなことないわ。あなたほど大切な人はほかにいないんですもの」

「ならば、きみが今後もそのことを絶対に忘れないようにしないといけないな」コリンはわたしに口づけた。最初はゆっくりと。でも、しだいに強さと激しさを増していく。喜びのあまり、わたしは気を失いそうになった。しばらくぼうっとしてしまったほどだ。そう、今こそ気付け薬が必要かもしれない。ささいなことに気を配らなければならない日常生活へ戻るためには。


わたしとの話し合いのあと、コリンがすぐ尋ねたところ、クリスティアナは〈ボーモント・タワーズ〉でフォーテスキューと顔を合わせたとき、ウィーンで起きようとしている問題について話したことを認めた。でも、フォーテスキューを特別脅すようなことは言っていないの一点張りだ。フォーテスキューには、ウィーンの街が一触即発の状態にあり、ちょっとしたきっかけで炎に包まれてしまうだろうとしか言っていないという。

しかもクリスティアナの話によれば、フォーテスキュー卿は彼女の話にほとんど興味を示さなかったらしい。〝バルカン半島は大厄災への道をひた走っているが、英国はできるだけ長くその種の厄介事から距離を置き続ける〟〝これはあくまでオーストリア皇帝とドイツ皇帝の問題だ。英国は関係ない〟――それが彼の答えだったのだという。

でももしそうならば、どうしてフォーテスキューは自分が脅されていることをロバートに打ち明けたのだろう？　その瞬間、暗い考えが心をよぎり、わたしは必死にその考えを打ち消そうとした。でも、完全に無視することはできない。思えば、ロバートはピストルの件で嘘をついていた。もしかして、フォーテスキューから脅されていると打ち明けられたという話も、ロバートのでっちあげでは？

あるいは、クリスティアナがフォーテスキュー卿と言葉を交わしたのは、彼が脅迫文を受け取る前だったのかもしれない。何者かが〈ボーモント・タワーズ〉から重要書類を盗んだのは事実だ。そしてそのせいで、ロバートは今、国家への反逆の罪に問われてしまっている。もしミスター・ハリソンが犯人だとしたら――というか、それを疑ったことはなかったが、フォーテスキュー卿に送られた脅迫状も彼が盗み出している可能性が高い。

その日は一日じゅう雪が降りしきり、夜になってもいっこうにやむ気配がなかった。ウィーン市民が翌朝まで温かなベッドに潜り込んでいたのは言うまでもない。朝になっても、街は輝かんばかりの純白のキルトで包まれているかのようだ。

ベッドから抜け出すと、ドレスではなくバスローブを羽織り、寝室の巨大な窓の前に椅子を持っていって座り、降りしきる雪を眺めていた。とはいえ、本当は雪を見ていたわけではない。昨夜はあまりよく眠れなかった。いやな夢を見て何度も目がさめてしまったのだ。

メグが扉を開けて紅茶を持ってきてくれたが、飲んでいる時間はなかった。あまりに長いことぼんやりと雪を見ていたせいで、急がないとシュレーダー氏との約束の時間に遅れそうだ。

ジェレミーとわたしは無言のまま、シュテファン大聖堂に足を踏み入れた。建物に近づいていくと、脇に立っているリナの姿が見えた。ジェレミーがリナの腕を取り、三人で進んでいく。それからふたりは身廊に腰をおろした。わたしが無政府主義者と会う約束をした聖バレンタイン礼拝堂が見張れる場所だ。

礼拝堂の中へ入っていくと、シュレーダー氏は聖バレンタインの小さな祭壇の前でひざまずいていた。彼の顔に浮かぶ敬虔な表情を目の当たりにし、わたしは笑い出さずにはいられなかった。

「もしかして、あなたは信心深い人だったの?」小さな祭壇の前でシュレーダー氏の隣にひざまずきながら、わたしは尋ねた。

「まさか。ここで祈りを捧げるよりも、ヤギを生贄(いけにえ)にしたほうが手っ取り早く結果が出せると考えている」

「そんなことは言うべきじゃないわ」

「なぜ?　神の逆鱗(げきりん)に触れそうで怖いから?」

「ええ、そうよ」わたしは肌が粟立つのを感じた。

「そんなのは大昔の言い伝えに過ぎない。今の宗教はもっと現代的だよ」

「ここへ来たのは宗教について議論するためじゃないわ。どんな情報を持ってきてくれたの？」

シュレーダー氏は一瞬わたしを見つめてから口を開いた。「きみは美しい女性だ。こんな調査に夢中になっているのは不幸としか言いようがない。それに、きみは結婚相手も賢く選択したとは言いがたい」

わたしはため息をついた。「わたしはあなたの恋愛批判を聞きに来たんじゃないの。それにわたしの選択は何も間違ってなんか――」

「自分の選択によってどんな不幸がもたらされるか、きみは知るよしもない」

「クリスティアナのこと？」

「いいや。ただし彼女がきみに多大な悲しみを与える可能性は否めないがね。ハーグリーヴスは常に大きな危険にさらされているんだ。ああいう仕事をすることで、彼は自分自身の首を絞めているようなものだということを、きみも知っておいたほうがいい」

「コリンは類いまれな能力の持ち主よ。問題なく自分の身を守ることができるわ」

「本当にそう信じているのかい？」シュレーダー氏はわたしたちの前にある手すりを指先でこつこつと叩きはじめた。「たしかにハーグリーヴスは優秀だ。それは認めよう。だが彼のような状況にある者の身は安泰とは言いがたい」

「わかっているわ」

「彼を殺すよう命じられたんだ」シュレーダー氏がぽつりと言う。

その瞬間、全身を巡る血の流れが止まってしまったかのように感じた。

「彼の暗殺など朝飯前だ。たしかに注意深い人間ではあるが、無敵というわけではないからな」

「どうしてそれをわたしに教えてくれたの？」

「正直言うと、今のこの状況自体に矛盾を感じているからだ」

「冗談で言っているのではないのよね？」わたしは体の震えを止めるのに必死だった。少しでも気を抜くと、歯がカチカチ鳴ってしまいそうだ。

「ああ、いたって真面目だ。そういう仕事の依頼があったんだよ、カリスタ。ハーグリーヴスは、わたしやわたしのパートナーにとって邪魔な存在だからね」

「あなたのパートナーって誰なの？　ハリソン？」

「よくわかったな」

「あなたは彼を信用していないと思っていたわ」

「ああ、信用していない」

「でも彼はあなたに――」

「そうだ」シュレーダー氏は立ち上がると、聖遺物が収められたケースのほうへ歩き出した。「ハリソンはわたしにたんまりと報酬をくれる。だが、たとえわたしがハーグリーヴスを殺しても、すぐに代わりの者が彼の仕事を引き継ぐだろう。そうなると、わたしはきみからの情報を得られなくなってしまう」

「ということは、わたしが情報を盗めるから、コリンを生かしておくつもりなのね？」

「きみが価値ある情報をわたしに与え続けてくれるかぎりはね」

「そうすると約束するわ」わたしは手すりを握りしめた。そうしないと、頭がふらついて倒れてしまいそうだ。

「だが、ひとつ問題がある。きみはここへ、友人を助けるためにやってきたんだったね？」

「ええ」

「きみが探し求めている答えはオーストリアではなくて英国にある。もしこの国にい続けたら、きみの友人は処刑されてしまうだろう」

「ハリソンが〈ボーモント・タワーズ〉から書類を盗んだのは確かなの。それがどんな内容の書類だったのか、その中にフォーテスキュー卿を脅すような手紙が入っていなかったか、どうしても知りたいのよ」

「きみは何かを要求できる立場じゃない」

「わたしは必要だと思ったらいつでも要求するわ。あなたはわたしに危険きわまりない仕事を頼んだのよ。せめて見返りが欲しいわ」

シュレーダー氏は笑った。「まだきみが欲しがっている情報を漏らす段階ではない。そのときが来るとすれば、わたし自身の計画が達成されたときだろう。もちろん、わたしの必要としている情報をきみが速やかに渡してくれれば、そのときが来るのも早まる……」

「あなたって本当にいやな人ね」

「まさか。わたし以外の同胞ならば、すでにハーグリーヴス暗殺の任務を成し遂げていただろう。むしろ、きみは幸運だったんだよ。わたしに、彼を生かしておく価値があると見抜ける知性があっただけね」

シュテファン大聖堂からあわててコリンの部屋へ戻ったが、そこに彼の姿はなかった。考える間もなく、わたしは心当たりの場所をすべて当たってみた。〈グリーンシュタイドル〉に〈インペリアル〉、それにフォン・ランゲ伯爵夫人の屋敷まで。だけど、コリンはどこにも見当たらない。結局コリンのアパートへ戻り、玄関番（ハウスマイスター）にお金を握らせ、彼の部屋の扉を開けてもらった。

ジェレミーには、どうしてもひとりにしてほしいとお願いした。リナがまだわたしたちと一緒にいたから、自分が感情を爆発させてしまうところを、彼女に見られたくなかった。

ジェレミーを追い返すのは至難の業だったけれど、絶対にひとりではアパートから出ないと固く約束すると、渋々了承してくれた。この一室でコリンを待つだけにするし、付き添いが必要なときは〈インペリアル〉に前もってそう知らせる、と説き伏せたのだ。

ふたりが立ち去るとすぐに、わたしは部屋じゅうを歩きまわり、コリンの居場所がわかりそうな手がかりを探した。すでにコリンに害が及んでいると考えるのは早計だろう。わたしはシュレーダー氏の言葉を信じていた。彼はコリンを生かしておくに違いない。少なくとも今のところは。でも、どうしても息が浅く速くなってしまう。コリンが無事だとわかるまで、こうしてなんらかの手がかりを探さずにはいられない。

コリンのアパートには部屋が三つある。最初に足を踏み入れたときは、ひとり暮らしにしてはずいぶん広すぎるように思えたものだ。それなのに、今は圧倒的な絶望感に襲われているせいで、四方の壁がどんどん狭まってくるように思えてしかたがない。

居間には手がかりになるものが何もないとわかり、次に入ったのはコリンの寝室だ。寝室の隣には、机が備えつけてあるだけの小さな部屋がある。もしかして、予定表のようなものがあるかもしれない――そう考え、次々と机の引き出しを開けて中を調べはじめた。でも手紙の束を見つけたとたん、作業の手を止めた。

それは、わたしからの手紙だった。コリンはわたしの書いた手紙やメモをすべて保管してくれていたのだ。オペラ鑑賞をしていたときに、走り書きして手渡した紙の切れ端に至るまで。この紙切れを手渡したのは、たしかコヴェント・ガーデンで『椿姫(つばきひめ)』を鑑賞したときだ。

たちまち、えもいわれぬ感情に襲われた。コリンへの愛情、困惑、怒り、そして、このまま泣き崩れてベッドに倒れ込んでしまいたいという気持ち……。どうしてわたしたちはこれほど複雑な人生をともに歩まなければいけないのだろう？　英国とヨーロッパ大陸を行き来しながら、もっと安全で楽しい日々を謳歌できればいいのに。

引き出しに手紙の束を戻すと、ふらつきながら寝室へと向かった。すでにくたびれきっている。足にどうにも力が入らない。ベッドに倒れ込んですすり泣いていると、ふと遠くで教会の鐘の音が鳴っているのに気づいた。クリスマス・イブを祝福する鐘の音だ。

コリンが扉を開け、中へ入ってきた物音は聞こえなかった。それでも彼の存在に気づけたのは、あたりにシナモンと煙草、それにかすかなひげ剃(そ)りローションの香りが漂っていたからだ。コリンは窓の正面に立っていた。輝く光を背に受け、体の輪郭がくっきりと浮かび上がっている。

「どう言ったらいいのかわからないよ。自分のベッドにきみがいるのを見つけた場合、どう反応するのが適切なんだろう？」

「コリン――」

「泣いているじゃないか」コリンはベッドに腰をおろし、わたしを引き寄せた。「いったいどうしたんだい？」

どうにも自分を抑えられず、わたしはコリンの膝に頭をのせ、なすすべもなく泣きじゃくった。コリンは無言で背中をさすってくれ、涙がようやくおさまると、わたしの体を引き上げ、頭のてっぺんにキスをしてくれた。唇が触れるか触れないかの、あまりに優しいキスだ。わたしは目を開け、ようやくコリンと目を合わせた。数センチしか離れていない距離から、こちらを心配そうに見つめている。

「ぼくのエミリー、いったい何があった？ それに、ここで何をしているんだ？」

わたしは背筋を伸ばすと、コリンの両手を取り、シュレーダー氏から聞いた話を包み隠さず打ち明けた。「わたし、ひどく怖くなってしまったの」

コリンはわたしの額を撫で、頬にそっと手を当てた。

「心配する必要はないよ。すでに話したとおり、仕事柄、命を狙われるのには慣れている。でも、それはきみにとって、さぞショックなことなんだろうね。その気持ちは痛いほどよくわかるんだ」コリンは波打つ濃い色の髪をかきあげた。「だからこそ、いつも結婚をためらってしまうんだ。妻となる女性に我慢ならない状況を強いてしまうことになるからね。だが、ぼくはそういう不都合なこともきみに隠したくない。正直に打ち明けたいと思っている」

「ええ、わたしもあなたに何ひとつ隠してほしくないわ」自分でも聞き取れないほど低い声で答えた。

「差し当たり、ぼくらは目の前にある問題に対処しなければならない。でもエミリー、今回の事件が解決したら、じっくりと考えてほしいんだ。こういう類いのことは、また必ず起きるだろう。それを承知のうえで、ぼくのことを好きでいられるかどうかを」

「そんなことを考える必要があるかしら?」うっかりそう口走った瞬間、わたしはすぐに後悔し、かぶりを振った。なんだか、またしても頭がずきずきと痛み出している。「いいえ、もちろん考えなければいけないのよね。だって、あなたがいっさい妥協せずに大事な仕事をやり遂げようとする男性だからこそ、わたしはあなたを深く愛しているんだもの」

コリンはわたしを見ようとしない。その瞬間、ふと気づいた。彼がわたしと目を合わせることなく話をするのは、これがはじめてじゃないかしら? ええ、そうだ。はじめて出会ったときでさえ、コリンはわたしの目をじっと見続けてくれた。

コリンの顔を両手ではさみ、こちらを向かせたが、彼はすぐにそっとわたしの手を振り払い立ち上がってしまった。にわかに喉元まで不安が押し寄せてくる。

「でも、今きみが心から幸せになれないのは、まさにぼくのやっている仕事のせいなんだ」

「またうろうろと歩き出すつもり? お願いだからやめて」

わたしの言葉が聞こえなかったのだろう。コリンは性懲りもなく、窓の前でゆっくりと行きつ戻りつしはじめた。外では、まだ雪がしんしんと降り積もっている。

「ぼくらには、何も心配することなくただ幸せに暮らすというのは難しいのかもしれない」

「わたしなら、あなた以外の人と何年ものんべんだらりと暮らすよりも、たとえ不安な数週間を過ごすことになっても、すべてが解決してあなたととびきりの喜びを分かち合う人生を選ぶわ」

「じきにわかる。すべてが終わったとき、まだきみがそう考えてくれているかどうかがね」コリンはわたしの手を取った。「おいで、きみの友だちのために、さらに大事なプレゼントを用意した。ぼくだって、新年を迎える前に死にたくないからね」

＊＊＊

一八九一年十二月二十四日

英国ロンドン　バークレー・スクエア

親愛なるエミリー

今年のクリスマスほど、自分がひどくわがままに感じられることはないわ。だって考えることといえば、今の自分が置かれている惨めな状況についてばかりなんだもの。そしてそのたびに、どっと落ち込んでいるの。友人であるあなただけが、わたしの唯一の希望だわ。こんな手紙を書けば、あなたが負担に感じてしまうのはわかってる。でも、どうしてもこうせずにはいられないのよ。

わたしの世界は完全に崩壊してしまったわ。

ロバートはまだわたしの訪問を許してはくれません。もう耐えられそうにないわ。日が経つにつれて明らかになるのは、わたしの愛する夫が無罪放免になるのを期待してくれている人が誰もいないということ。友だちのほとんどはクリスマスを過ごすために郊外へ出かけているけれど、たとえお買い物をしにロンドンへやってきても、わたしを訪ねてくれる人はほとんどいないの。たまにお見舞いにやってきてくれる人がいても、みんな早口でごく当たり障りのない話題しか口にしようとしないわ。しかもそのあいだじゅう、わたしが夫の窮状について話し出すのではないかとびくびくしている様子なの。もしあえてその話題を持ち出したら、彼女たちはわれ先に部屋から逃げ出そうとするに違いないわ。

それにこんなことを認めるのは恥ずかしいけれど、エミリー、わたしは自分でも希望を持てなくなってしまっているの。ロバートを裏切っているような、とてもいやな気分よ。

勇気がなくて、ロバートには赤ちゃんのことを伝えられずにいるわ。そういう手紙を書いたところで、ロバートの現状がよくなるとは思えない。むしろ、最悪になってしまうのではないかしら?

わたしはこういう状態をひとりで耐えるのがどうにも苦手です。クリスマスだというのに、不安をかき立てるような手紙を出してしまってごめんなさいね。

あなたの献身的な友
アイヴィー

18

「なんですって！」セシルは手にしていたジンジャーブレッド・クッキーを取り落とした。コリンのアパートから戻ってきたわたしは、ちょうど〈インペリアル〉から出てきたセシルと出くわし、一緒にアム・ホーフ広場のクリスマス・マーケットに出かけようという話になったのだ。そんなわけで、わたしがシュレーダーから聞いた驚くべき話をセシルに告げたのは、人形やおもちゃ、キャンディに囲まれた華やいだ雰囲気の中でだった。「ムッシュ・ハーグリーヴスを止めなくては。仕事を続けさせてはだめよ」

「いいえ、わたしには彼を止められないわ」わたしたちは今、巨大なクリスマス・ピラミッドの脇を通り過ぎ、美しく飾られた背の低いモミの木の列に沿って歩いている。

「そうね、たしかにあなたは正しいわ。ただし、とっても難しい状況（セ・トレ・ディフィシル）ね。わたしに何かできるかしら？　あなたがムッシュ・シュレーダーに望みのものを提供し続けるかぎり、ムッシュ・ハーグリーヴスは安全だと思う？」

「相手はコリンを殺すと堂々と認めている男よ。そんな男を信用できる？」

セシルはわたしの質問に答えようとしない。わたしは言葉を継いだ。「シュレーダーがどんなひどい計画を練っているにせよ、彼にそれを打ち明けさせる手があるかもしれない」

「あら、そんな希望は抱かないほうがいいわ」

「いいえ、できるかもしれない」わたしはしかめっ面をした。「彼の計画がどんなものなのか、どうしても突き止めなければいけないのよ」

「それって、ムッシュ・ハーグリーヴスがやろうとしていることではないの？」

「ええ。でも、もしかするとわたしたちなら、コリンより先に突き止められるかもしれないわ。とにかくどうしても突き止めたいの。彼らが企んでいる破壊活動が、コリンを永遠に失うより最悪な結果を招くものかどうかを」

「もしそうじゃなかったらどうするつもり？」

「今はまだその質問に答えられないわ」わたしは外套の袖口にあしらわれたトリム飾りの裏地を引っ張った。糸がほころびはじめている。こんなありさまを見たら、メグはさぞ機嫌を悪くするだろう。「皇后がわたしたちを助けてくださるかどうか、あなたから尋ねてほしいの」

「シシィはオーストリアの政治から完全に遠ざかっているわ」

「でも皇族の誰かが狙われる恐れがあると知れば、きっと詳細を突き止めてくださるはずよ。それに今回の件をお願いしたとしても、皇后がマイヤーリンク事件のいやな記憶を思い出すことはないと思うの」

「あなたは、シュレーダーが誰かの暗殺を企てていると考えているの？」

「ええ」

「クリスマスのあとでないと、シシィとは話せないわよ」

「そんなに長く待てないわ。今日、皇后とお会いすることはできない？」

「無理よ。だってご家族と過ごされているんだもの」

「でも、手紙を書くことはできるでしょう？」


セシルはわたしたちのメイドとホテルの従業員数人に、スイートルームにクリスマスの飾りつけをするよう申しつけた。その結果、息をのむほどすばらしい空間ができあがった。蝋燭とクリスマスの飾りで覆われた巨大なツリーが出現し、炉棚には花冠が飾られ、あらゆる扉に花輪が掲げられた。にもかかわらず、わたしたちのクリスマスのお祝いは心からの熱意に欠けてしまっていた。フリードリヒはアンナに会えないせいでむっつりと不機嫌だ。リナは説明もなしに、わたしたちの招待を断ってきた。もちろん、シュレーダー氏は招待していない。ジェレミーもわたしとなるべく言葉を交わさないようにしている。コリンはまたしても心ここにあらずの様子で、何か一心に考え込んでいる。そんな中、すばらしかったのがクリムトだ。自分の猫の長所について語らせたところ、クリムトは意外なほど面白い人物であることがわかった。

「あなたがこれをこっそり持ってきてくれて本当に嬉しいわ」〈ホテル・ザッハー〉の名物ザッハトルテを食べながら、わたしはフリードリヒに話しかけた。ザッハトルテはフリードリヒがお土産に持ってきてくれたものだ。ダークチョコレート入りの糖衣とアンズのジャムという組み合わせは、わたしたちが楽しんでいる年代物のワインにとてもよく合う。

「いや、こっそり持ってきたとは言えないよ。このスイートに何を持ち込もうとしても、〈インペリアル〉の従業員たちはあえて止めようとしないんじゃないかな?」フリードリヒが言う。「たとえ競争相手であるホテルのトルテでもね」

「ぼくは〈ザッハー〉より〈インペリアル〉が好きだな」クリムトはそう言うと、セシルと目を合わせた。「ここのほうがずっと素敵な時間を過ごせる」

「そう願うわ」セシルは答えた。「聞いた話によると、こちらのホテルの客室のほうが、あちらよりもはるかに居心地がいいんですってね」

「ああ、ぼくが保証するよ。こちらのほうが格段にいい」

　そろそろみんなで話をするのをやめ、個人個人で会話をしたほうがいいかもしれない。招待客たちの様子を見て、わたしはそう感じはじめていた。きっとセシルも同じことを考えていたに違いない。椅子から立ち上がり、クリムトに何かささやくと、コリンに近づき、腕を差し出した。

「さあ」セシルが言う。「そろそろチェス対決の時間よ」

ふたりが去ると、フリードリヒはクリムトに話しかけた。「〈ブルク劇場〉のあなたの壁画を拝見し、とても感動しました」

「ばか言うんじゃない！　あんな豚みたいな駄作（ドレクシュヴァイン）！」クリムトはいきなり叫んだ。「あの壁画のことはいっさい話したくない」

「すみません」フリードリヒはすぐさま謝った。心なしか声が震えている。

「セシルから、きみは画家だと聞いた」クリムトが言う。「スケッチブックは持ってきたかい？　作品を見せてほしい」

「べつの部屋にあります」フリードリヒは椅子から飛び上がり、扉めがけて駆け出した。

クリムトがあとを追って出ていったため、部屋にはわたしとジェレミーのふたりだけが取り残された。ジェレミーはグラスの中の赤ワインを軽く揺らしている。

「明日、付き添いの必要はあるかい？」

「わからないわ、ジェレミー。わたし――」

「午後に予定があるんだ。もしキャンセルしたほうがいいなら、二時までに知らせてほしい」

「そんなにしてまで、わたしに同行する必要はないわ」

「でも、結局ぼくがそうすることはわかっているだろう？　きみに言っておきたいんだが――」コリンが部屋に入ってきたため、ジェレミーはそこで口をつぐんだ。

コリンはわたしに小さな封筒を手渡した。「きみ宛てにこれが届いた」

わたしは直ちに封を開けた。中に入っていたのは、新聞記事の切り抜き二枚だ。一枚目は『ロンドン・デイリー・ポスト』に掲載されたアルバート・サンバーンの死亡記事。二枚目は『新自由新報』に掲載された決闘と自殺にまつわる記事で、こちらはすでにわたしも読んでいる。死亡記事のいちばん上には誰かのこんな走り書きがあった。

〝ここで語られている嘘に答えが隠されている〟

「ジュリアン卿の新聞社が書いた記事だわ」わたしは『ポスト』の記事を手に取った。「彼はミスター・サンバーンの死について何を知っていたのかしら？　インフルエンザで亡くなったという話をでっちあげた人物が誰かわかっていたとか？」

「あの一家の誰かだろう」ジェレミーは葉巻を取り出し、火をつけた。「妹を守るための常套手段だ」

「でも、あの一族はもう断絶したも同然よ。ミスター・サンバーンの爵位は国王陛下に返還されてしまったんだもの」

「たしかに世継ぎは誰もいなかった。だが完全に途絶えたわけじゃない。女性の親族が残っているのだから」ジェレミーが言う。「どうしてそんなことを気にするんだ？」

「わからないわ」わたしはふたたび記事を眺めた。「この決闘で、ロバートのほうの立会人は誰だったのかしら？　たぶん、マーガレットに頼めば確かめてくれるかもしれない。ただし、ロバートが彼女との面会に応じればの話だけど」

「もし彼女との面会を断ったとすれば、ロバートは愚か者だ」コリンが首を振る。「でも、この決闘が今の彼の苦境と関係あるようには思えない」

「ええ、たぶん関係ないと思うわ。でも、どういうわけか……」頭の中で、ぼんやりとした考えが浮かんでいる。どうにかして、それがはっきりとした形になるようにしたい。

「フォーテスキューの死に政治が絡んでいると考えるのは簡単だわ。だけど政治以外の面で……フォーテスキューのせいで、ロバートよりも大きな打撃を受けている人がいたとしたら？　そういう人物がほかにいないかしら？」

「きみはそろそろ英国に戻るべきだ」コリンが言う。「もうじきウィーンで、ハリソンの計画が始動するかもしれない。だがフォーテスキューを殺害した犯人は誰かという答えはここにない。きみはウィーンで、ロバートが知りたがっていたことを発見した。とはいえ、クリスティアナがロバートを救うために証言するとは思えない。やはり、英国へ戻るべきなんだよ」

「そんなことできないわ。あなただってわかっているでしょう？」

「いや、帰国するんだ」コリンはわたしと目を合わせた。でも、彼はひどく冷めた目をしていた。

　十二月二十六日（ボクシング・デー）は街路に陽光がこぼれた。ところが空気の冷たさがこたえたらしく、セシルはホーフブルク宮殿へは絶対に小型四輪馬車で行くと言い張った。セシルの手紙を読んだシシィから、さっそく宮殿へ呼び出されたのだ。

　皇后は薄暗い居間でわたしたちを出迎えた。カーテンが引かれ、ランプもほとんど灯（とも）っていない。部屋を横切ってセシルの前にやってくると、ふたりは抱擁し合った。皇后の痩せすぎた体は今にもぽきりと折れてしまいそうだ。

「あなたたちの力になれるかどうかわからないわ」皇后はそう言うと、螺鈿（らでん）細工がちりばめられた張り子（パピエ・マシェ）の紙を張った椅子に腰をおろした。まるでトンボであるかのような軽やかな仕草だ。「わたしには有益な情報がいっさい知らされないことになっているの。息子がどうやって亡くなったのかさえ、教えてもらえなかったくらいだもの」

　セシルは皇后の手を取った。「でも今は充分すぎるほど知っているでしょう?」

「いいえ、そんなことはないのよ」皇后の顔も、肩も、首筋もこわばっている様子は見られない。でも手だけは違った。こぶしをきつく握りしめている。爪が食い込んで手のひらから今にも血が噴き出しそうなほど強く。「夫はわたしより情報を持っているはずよ」

「たとえそうだとしても、もう何も変えることはできないわ、シシィ。そんなに張り詰めていては体に毒よ」セシルは皇后のほうへかがみ込むと、耳元で何かささやいた。たちまち皇后の手から力が抜けていく。

「わたしの助けが必要なのね、大好きなセシル。それなら夫と話してみるわ――いいえ、理由は伏せたままにしておくから大丈夫。今後の公務の予定に興味があるふりをして聞いてみるつもりよ。夫は特に注意を払わなければいけない行事しか教えてくれないはず。謝肉祭がはじまると、パーティに次ぐパーティで大変なことになってしまうの」

「皇后陛下、その中に、もし進行を中断されたら大きな混乱を招いてしまうような行事はありますか？」

「謝肉祭が中断されただけでも、すでに大きな混乱と言えるのではないかしら？」皇后が尋ねる。

「たしかにそうですね」わたしはうなずいた。「ですが、政治的な会議などはいかがでしょう？　公式訪問される国賓のおもてなしはなさるのでしょうか？」

「ドイツ皇帝ヴィルヘルム二世が数週間滞在なさるけれど、国賓としてではないの。彼と皇帝は個人的にお会いになるわ。でも彼らが何を話し合うつもりなのか、わたしにはわからないの。もし詳しいことが知りたければ、カタリーナ・シュラットに聞くといいわ」

女優カタリーナ・シュラットがオーストリア皇帝フランツ・ヨーゼフの親密な友人であることは公然の秘密だ。皇帝は毎日カタリーナと朝食をともにし、自分の別荘に隣接した屋敷に彼女を住まわせている。皇帝はカタリーナのことを〝魂で結ばれた友〟と呼んでいるほどだ。カタリーナが高い爵位を持つ女性ではないため、彼女の存在は政治的に見てもなんの問題にもならない。彼女は皇帝のために料理を作り、噂話を楽しみ、いかにも中産階級らしい地に足のついたやり方で彼を幸せな気分にしているのだ。「申し訳ありません。決してそういうつもりで――」

皇后はほっそりとした手をひらひらさせた。「いいのよ。カタリーナが皇帝と一緒にいてくれて、わたしも嬉しいのだから」

「ドイツ皇帝のご訪問に合わせて、何か特別なことを計画なさっていますか？」

「いいえ、特には。ヴィルヘルムはここにほんの数日しかいない予定なの。集まりに参加されたあと、少年聖歌隊による歓迎会に出席される予定よ」

「無政府主義者たちには似つかわしくない催し物ね」セシルが肩をすくめながら言う。いったん口を開きかけたものの、わたしは話すのをやめた。そして自分が発言をやめた理由に思い至った瞬間、心底ぞっとした。

聖歌隊による歓迎会。わたしにしてみれば、これ以上無政府主義者たちにとって格好の暗殺の場はないように思えた。でも皇后にそれを告げるつもりはない。もし告げてしまえば、皇后は歓迎会を取りやめ、シュレーダー氏の計画を狂わせようとするだろう。そんな危険を冒すわけにはいかない。コリンを失うかもしれないのだから。

「コルフ島へ戻って、こういうごたごたとは無縁の生活を送りたいわ」皇后が言う。その声にはまぎれもない疲労が感じられた。「無政府主義者、暴力、自殺。この街には死のにおいが立ち込めているんだもの」

「休養なさるならギリシャほどうってつけのところはありません」わたしは言った。

「たしかあなたはギリシャ語を勉強しているのよね、カリスタ？」皇后が尋ねる。

「はい。と言っても、まだギリシャ語で『オデュッセイア』を読んだだけです」

「古代ギリシャ語と同じように、現代語も話せるの？」

「いいえ、思うようには話せません。サントリーニ島に別荘を持っていて、そこの料理人の息子からギリシャ語を習っています。ただ、なかなか時間が足りなくて、ギリシャ語を流暢に話せるまでには至っていないんです」

「ギリシャ語はすばらしく情熱的な言葉よね。あなた、ウィーンにはどれくらい滞在するの？　滞在中、一緒に会話のお勉強をしましょうよ」

「まあ、光栄です」

「わたしが古代言語を教わっているムッシュ・ルソフォルスは、すばらしい先生なのよ」そう言うと、皇后はドレスのスカートをふわりと膨らませた。彼女らしからぬ、気まぐれな振る舞いだ。「世界でも名だたる古典学者たちがわたしに会いに来てくれるの。かつてほどひんぱんではないけれどね」

「息子さんが亡くなって以来、あなたは自分の興味というものを完全に失ってしまったのね」セシルが言った。

「もうこれで充分だと思わない？　わたしはこれ以上生きながらえなくてもいいの。だって生きていること自体、とても苦しいんだもの。ああ、かわいそうなあの子。息子のことが恋しくてしかたがないのよ」

「わが子を失った母親の苦しみは、わたしには想像もつきません」わたしはぽつりと言った。「本当にお気の毒に思います」

それからしばらく、わたしたちは無言のまま座り続けた。誰も話そうとしない。ようやく皇后がかぶりを振り、口を開いた。

「あの子が自殺をするとは思えないの」セシルを見つめ、言葉を継ぐ。「あの子と父親がまったく異なる政治的見解を持っていたのは知っているでしょう？　フランスと英国は夫ではなく、ルドルフがオーストリア皇帝の座につくよう望んでいたはずよ。ルドルフはドイツとの関係を断ち、フランスと英国と忠誠関係を築こうとしていたのだから」

「つまり、フランスと英国側はルドルフの死を望んでいなかったということになるわね」セシルは言った。「ねえ、シシィ、いくら考えても無駄よ。もうおよしなさい」

「悲しい思いをさせてしまったなら、本当に申し訳ありません」

「悲しくない状態がどういうものか、もはや思い出せないわ」皇后は目を閉じ、しばらく何も話そうとはしなかった。「あとひとつ、あなたに言っておきたいことがあるの」目を開けた皇后がまっすぐに見たのはわたしだった。「わたしにはひとり、政治問題に詳しい……友人がいるの。その男性はあなたのことを知っていたわ。そしてわたしにこう言ったのよ。あなたの身に危険が迫っていると」

「その男性は、どうやってそのことを知ったか、あなたに話されましたか?」

「いいえ。ただ、あなたがとても不愉快な同国人の紳士の注目を集めていると言っていたわ」

「ミスター・ハリソンのことだわ」わたしはつぶやいた。

「ムッシュ・ハーグリーヴスにすぐに伝えなくては」セシルが言う。「彼ならあなたを守るための準備を整えてくれるわ。それに彼なら――」

「いいえ、セシル、大丈夫よ。自分で気をつけるようにするから、どうか心配しないで。今夜はここでその話はもうよしましょう。それよりクリムトの話を聞かせてちょうだい。今夜は彼に会う予定なの?」

「あなた、シュレーダーたちが聖歌隊の子どもを狙っていると考えているのね?」宮殿から出るなり、セシルが尋ねてきた。

「どうしてそう思ったの?」

「皇后から皇帝の予定を聞かされたのに、あなたが何も質問しなかったからよ。どんな話題であれ、本来のあなたなら、自分が納得できるまで質問をし続けるはずだもの」

「わたし、もっと自分の言動に注意を払わなければいけないわね」わたしは答えた。「でも、ええ、あなたの言うとおりよ。彼らは聖歌隊の歓迎会を狙っているのではないかしら。ミスター・ハリソンは戦争をはじめたがっているわ。もしオーストリアとドイツの統治者が同時に暗殺され、しかも、罪のない男の子たちも巻き添えを食ったとしたら——」

「みんな、そりゃあ怒るでしょうねえ。だけど、それがどうやって戦争につながるのかよくわからないわ」

「もし、その襲撃が英国政府によって企てられたものだという噂が広まったらどうかしら？」

「でもまさか。ありえないわ（メ・スネ・パ・ポシーブル）」

「ミスター・ハリソンは英国政府の人間よ」

「すぐにムッシュ・ハーグリーヴスに知らせなくては」

「ええ」そう答えたものの、わたしは馬車の窓の外をぼんやりと眺めた。雪がしんしんと降っている。

「カリスタ？　ねえ、聞いているの？　この件について、すぐになんらかの手を打たないと」

「でも、暗殺は絶対に起きるという確証があるわけじゃないわ。わたしたちは皇后から、皇帝の予定帳に書かれていた予定を聞かされただけだもの。皇后がもっと重要な情報を見過ごしている可能性も考えられるでしょう？」

「そんなこと、自分でも信じていないくせに。ねえカリスタ、よく考えてちょうだい。たとえコリンを守るためだとしても、あなただって誰かの命を犠牲にしたくなんかないでしょう？」

「いいえ、セシル……わたしはコリンを救うためなら、なんだってするわ」

＊＊＊

一八九一年十二月二十七日
英国ロンドン

親愛なるレディ・アシュトン
あなたから手紙をもらい、正直驚きました。あなたのお悔やみの言葉が心からのものかどうかは疑わしいけれど、それでもバジルの死を悼んでくれたのはありがたかったです。
バジルは比類なき才能を持った人でした。今後は英国じゅうが失ったものの大きさを思い知ることになると思います。バジルは同僚たちにはあまりよく思われていませんでした。それは、彼が偉大な功績と引き換えに支払わなければならなかった代償だとわたしは考えています。

あなたからの質問、楽しみながら読ませてもらいました。わたしがそんな重要な情報をあなたに教えると思いますか? たとえ一瞬であっても、あなたはそう信じ込むほど純粋無垢ではないはずです。だけど認めざるをえません。デイヴィッド・フランシス殺人事件を調査していた昨年の夏、あなたはわたしとロバート・ブランドンとの仲を疑い、ブランドンの家族を苦しめていると非難してきましたね。実はあのとき、わたしはブランドンにちょっとした好意以上の感情を抱いていたのです。ただしブランドンには、卓越した政治家に必要な冷淡さが欠けています。今回の醜聞がなかったとしても、政界では生き残れなかったでしょう。

ブランドンはすでにバジルの派閥からは切り離されています。それに自分の政治生命が絶望的であることもわかっているはずです。にもかかわらず、わたしはブランドンが殺人を犯したとは信じられません。いちばんの理由は、彼はそんなことができるほど心の冷たい人ではないと思うからです。

あなたの助けになるよう、わたしから提供できる情報はほとんどありません。ただひとつだけ教えましょう。ジョセフ・シュレーダーが死んだ日、あのウィーンの決闘の場で

〝政治家になりたい〟という野心を抱いていたのはブランドンだけではありません。ただブランドンと彼の愛らしい妻にとって不幸だったのは、政府にとってはブランドンよりもそちらの人物のほうがはるかに重要だったことだと言えるでしょう。

残念ながら、ブランドンが裁判にかけられた場合、有罪以外の判決が下されるとは思えません。わたしが知るかぎり（ご存じのとおり、わたしの情報網を活用すれば、知りたいことはなんでも知ることができます）、ブランドンが無実であることを示す証拠はおろか、警察の目をブランドン以外の容疑者に向けるような証拠もないようです。絶望的な状況と言わざるをえません。

あなたがこれ以上この件に深入りする前に警告しておきたいことがあります。バジルの政敵は倫理観や道徳観が欠如している者たちばかりです。彼らのうち、誰かがバジルの殺害にかかわっていて、あなたが真実に近づいていた場合、あなた自身の命が危険にさらされることになります。特に、ハリソンは決して軽く見てはいけない要注意人物です。

D・レイノルド＝プリンプトン

19

翌日、シュレーダー氏は約束の時間にシュテファン大聖堂へ姿を現さなかった。わたしは十五分間ずっと、祭壇の手すりの前でひざまずいていた。雇われ暗殺者から身の安全を守ってくれるようお祈りするには、どの聖人がふさわしいのだろう？　思い浮かんだのはただひとり。〝絶望的な状況を神にとりなしてくれる〟とされる聖ユダしかいない。しばらくすると膝が痛くなったため信者席に移り、持参したぼろぼろの『オデュッセイア』を読みはじめた。

「キリスト教の教会で異教徒の作家が書いた本を読んでいるのかい？」そう言って隣の長椅子にするりと座ったのはシュレーダー氏だ。「よほどギリシャが気に入っているんだな。さしづめ、ギリシャに殉じる麗しき殉教者といったところか？」

「それはあべこべよ。殉教するのはキリスト教信者のほうだもの」

「十字軍まではね」シュレーダー氏は片方の腕を信者席の背もたれに休めた。腕が近くにあり、なんだか落ち着かない。「身廊できみの付き添い役を見かけたよ。彼はきみのあとを追いかけるのがよほど好きなんだな」

「そうでもないと思うわ」

「で、今日はどんな情報を持ってきたんだい？」

「あなたはこのやり取りを楽しみすぎているわ」わたしは彼に薄い封筒を手渡した。「コリンはドイツ皇帝の件を知っているのよ」

「ドイツ皇帝の何を？」スパイとして見た場合、シュレーダー氏はコリンの足元にも及ばないだろう。内面の感情がすぐ目に表れてしまうから。

「皇帝の訪問、そして歓迎会……」

シュレーダー氏は封筒を開け、中身を読むと、わたしに返してきた。「彼はどうやってこれを知ったんだ？」

わたしは肩をすくめた。「さあ、想像もつかないわ。たしか、あなたは何度もわたしに言っていたわよね。あなたの〝組織〟は疑いの余地がないって」

「彼はどうやってわたしたちを阻止する気だ？」

「今日のところは、コリンがあなたの計画に気づいているという情報で満足してくれなくては」

「いや、もっと詳しく知りたい」シュレーダー氏が前かがみになる。近すぎるわ。わたしは彼を押し返した。「それにきみだってもっと知りたいはずだ。また未亡人として喪服が着たいと言うなら、話はべつだがね。とはいえ、きみは彼の妻じゃない。婚約者というおかしな立場にいる。彼と正式に婚姻しているわけじゃない。もし結婚式の前に彼が死んだら、きみは彼となんの関係もなかったことになってしまう」

「無意味な憶測はやめて」

「自信満々だな。だがいいかげんにしろ。もしこちらの計画を阻止できるとなれば、わたしは即刻彼を殺す」またしてもシュレーダー氏は椅子の背に腕をもたせかけた。わたしの肩に触れんばかりの至近距離だ。「カリスタ、きみは情報を持ち出す以上のことをしなければならない。わたしの計画がこれとはまるで違うんだと、婚約者を納得させろ」

「そんなの無理よ。わたしがそんなことを言っても、コリンは信じないわ」

「彼はきみが知性豊かで、才能ある女性だと知っている」

「それに、まさかわたしが裏切って密偵の真似事をはじめたとも思っていないはずよ」わたしはそう言うと、本を持つ手に力をこめた。

「きみは信用ならない」シュレーダー氏はもうわたしの体に触れそうなほど近づいている。

「きみはあの男を愛している。たぶん、きみが裏切っているのはわたしだ。彼ではない」

「コリンはわたしを裏切ったのよ」

「クリスティアナから聞いた。彼はウィーンに戻って以来、彼女のことを一度しか訪ねていないそうだ」

信じられない言葉を聞き、わたしは思いのほか衝撃を受けた。「彼女は嘘をついているわ」

「たしかに。彼らはなかなか簡単に忘れられない、情熱的な関係だったのだろう」シュレーダー氏がすっと目をすがめる。「そう聞くと落ち着かないかい？」

「コリンの昔の恋愛の話を聞かされて、わたしが楽しいとでも思う？」

「昔の？」

わたしはシュレーダー氏の目を真剣にのぞき込み、前かがみになると、視線を落とした。

「ふたりの関係は過去のこと、大した問題ではないといつも自分に言い聞かせているの。だけど本当は違う。そうでしょう？」

「きみだって、きみなりの過去があるじゃないか。彼の親友と結婚していたんだろう？」

「ええ」

「ということは、愛する者を裏切るってことがどういうことか、きみも多少はわかるはずだ」

「死んだ人は裏切れないわ」

「いや、それは違うな」シュレーダー氏は長椅子の背から腕を落とし、自分の膝上に置いた。「だが今はそんなことはどうでもいい。クリスティアナの名前を聞くと、きみの顔には嫉妬の表情が浮かぶ。動揺しているからこそ、きみはハーグリーヴスを裏切ったのだろう。もしそうでなければ……」そこで言葉を切ると、シュレーダー氏は皮肉っぽい笑みを浮かべた。これとまったく異なる状況なら、魅力的だと思えるような笑みだ。「いや、どうだろうと関係ない。きみは彼のことを愛している。彼を守りたいと思っているはずだ。だから納得させろ。皇帝の襲撃は謝肉祭の舞踏会で行われる、とな」

「どうすればそんなことができるの？」

「カリスタ、それはわたしが考えることじゃない。新年に生きている彼の姿を見られるかどうかは、きみにかかっているんだ」


コリンに何も隠すつもりはなかったものの、大聖堂から彼のアパートへ向かうあいだ、わたしは足が震えてしかたがなかった。それに気分も悪い。見かねたジェレミーが小型四輪馬車で行こうと言い出したほどだ。馬車に乗ったため、アパートにはあっという間に着いたけれど、コリンの部屋へ向かうあいだにふと気づいた。額に玉のような汗が浮かんでいる。この寒空にありえないことだ。ジェレミーはわたしより十歩ほど遅れてついてきていたが、コリンが扉を開けた瞬間に隣へやってきた。わたしがコリンに抱きしめられたのはその瞬間だ。どうやら、具合の悪そうな様子に驚いているらしい。

「ぼくはもう必要なさそうだ」ジェレミーはそう言うと、コリンに向かってうなずき、手を差し出して握手をした。

「恩に着るよ、ベインブリッジ」

ジェレミーが何も答えずに立ち去ると、コリンはわたしのほうを向いた。顔に浮かんでいるのはひどく心配そうな表情だ。

「ずいぶん具合が悪そうだ。ワインを少し飲むといい」

「ワインはいらないわ」わたしは顔を上げ、コリンにキスをした。いきなり荒々しいキスをされ、コリンは体のバランスを崩した。

「いったいどうしたんだい？」

「理由が必要？」

「いいや」コリンは両手でわたしの顔をはさみ込むと、優しく口づけた。それから片方の手を背中へ滑らせ、わたしの体を引き寄せ、強く抱きしめた。

このまま抱擁を続けられたらどんなにいいだろう。今日の午後聞かされたシュレーダーの脅し文句や、その後ここに来るまでに襲われたえも言われぬ恐怖をすべてなかったことにできたら……。それでもわたしはどうにか呼吸を整え、コリンから離れた。「とても重要なことがわかったの」

「ロバートに関することかい？」

「いいえ。シュレーダーの計画についてよ」わたしは唇を噛んだ。「あなたにすべて話さなければいけないのはわかっているわ。でも、それが思いのほか難しいのよ」

「どうして？」

「もしシュレーダーの計画を知れば、あなたは阻止しようとするでしょう。でも、もし阻止したら、あなたはシュレーダーに殺されてしまうの」

「きみはずいぶん彼のことを買っているんだな」

「怖いのよ。そういう自信のせいで、あなたがうっかり注意を怠ってしまうんじゃないかって」

「すべて聞かせてくれるね？　そうしないといけないよ」

「せめて〝ぼくも充分気をつけるから〟と言って、わたしをなだめてくれてもいいんじゃない？」

「エミリー、ぼくはきみをなだめるよりも、きみに対して正直でいるほうがずっと大事だと思うんだ。この仕事をこなすには、何より自信が必要だ——それに大胆さもね。だが用心深くすればするほど、そういった自信や大胆さをかえって発揮できなくなってしまうんだよ」

わたしは自分の手元をじっと見つめ、それからコリンのブーツを見おろした。

そしてふたたび手元に視線を戻した。

ついに勇気を振り絞り、コリンと目を合わせる。「あなたの仕事がどういうものか理解しているし、尊重もしているわ。危険がともなう仕事だってこともわかっている。だから、そのことで思い悩んだりはしない。ただ傲慢な態度のせいで、あなたを失うのだけは耐えられない」

「ぼくにどうしてほしいというんだい？」

「自分が脅迫されているという事実をよく考えてみて。どうか自分が無敵だなどと思わないでほしいの」

「そんなことを思うほどぼくは愚かじゃない」

「でも、誰かに雇われた暗殺者が自分の命を狙っていると知っても、あなたはちっとも気にとめていない。そういう態度が傲慢に思えるの」

「エミリー、ぼくは充分な訓練を積んでいる。自分の面倒は自分で見ることができるんだ。ぼくのことを信じてほしい」

「あなたから教わった言葉を、そのまま返すわ。お願いだから、不用意な危険は冒さないで」

「もちろんだ」コリンは間髪をいれずに答えた。「で、きみはどんな情報を手に入れたんだい？」

わたしはコリンの瞳をのぞき込み、一瞬ぼんやりと考えた。この瞳を二度と見られなくなったらどうしよう？「暗殺はドイツ皇帝がこの街を訪れているあいだに起きるはずよ。謝肉祭がはじまった直後に」

「来年の夏まで、ドイツ皇帝がウィーンを訪問する予定はないはずだが？」

「非公式な訪問なの」

「それをどうやって知ったんだ？」

「皇后からうかがったの」

「で、襲撃がそのあいだに起きることをどうやって知った？」

「シュレーダーから聞いたのよ」

「ほかに何か聞いたかい？」

「いいえ、今のところは何も」わたしは心臓が張り裂けんばかりに激しく打つのを感じていた。これだけで充分だろう。コリンは今の情報から暗殺事件の全容を突き止めるに違いない。でも一方で、シュレーダー氏にコリン殺害をやめさせるのはそう容易ではないだろう。だったらどうすればいいの？　コリンが謎を解いているあいだ、ミスター・ハリソンを無力にする方法を探し出さなければならない。そしてどうにかして、彼がヨークシャーで盗んだものが何かを突き止めなければ――その瞬間、わたしは唇にコリンの指先が触れるのを感じた。

「さっききみは、とても情熱的にぼくを出迎えてくれたね。あれはいったいどうして？」

「わからないわ。自分でも驚いているくらい。シュレーダー氏と話したあと、とても怖くなってしまって。まるで体じゅうの神経が……ああ、どう言っていいのかわからないわ」

「前よりいっそう活性化したように感じたんじゃないのか？」

「そうなの。だけどとても恐ろしかったわ」

「生き生きと元気づいた感覚を覚えたんじゃないかい？」コリンはわたしの首筋にキスをした。

「ええ、どういうわけか、そんな感じがしたの」

「恐れる気持ちさえ、心地よく感じられるほどだったんだね？」

「危うくそうなりそうだったわ」

「ならば、そういう感情をべつの方向へ向けないといけないよ」そう言うと、コリンは熱い抱擁をはじめた。そのおかげでわたしがごく自然に、強い恐れの感情を完全にべつの方向へ向けられたのは言うまでもない。


コリンのアパートを出た足でわたしが向かったのは、フォン・ランゲ伯爵邸だった。伯爵夫人のひどく蒸し暑い応接室に通されても、もはや怖気（おじけ）づくことはなかった。前回ここへ通されたときは、この暑さを心地よく感じたものだ。だけど今は違う。あまりの暑さに辟易せずにはいられない。わたしは外套を脱ぎ、椅子にかけると、手提げ（レティキュール）バッグから扇を取り出した。

「あら、レディ・アシュトン、暑いの？」伯爵夫人は応接室に入ってくるなり、わたしをにらみつけた。

「ええ、ひどく暑いわ。どうしてあなたがこの暑さに耐えられるのかわからないわ」わたしは扇をパチンと開き、扇ぎはじめた。

「どうしてここへ、レディ・アシュトン？　もうあなたのお友だちだというふりをしようとも思わないわ。わたしもそこまで暇じゃないから」

「あなたはコリンを愛しているの？」

伯爵夫人は目を光らせた。「なぜ彼本人にそう尋ねないの？」

しばらく彼女を見つめてから、口を開いた。「愛しているかどうかなんて、どうでもいいのかもしれない。あなたはコリンのことをまだ想っている。それは何より明らかだもの」

「わたしは彼と、永遠に色あせない関係を築き上げているの」

「では、シュレーダーとの関係は本当のところどうなの？」

「そんなのあなたに関係ないわ」

「ハリソンはコリンを殺すためにシュレーダーを雇ったわ」

「ええ、シュレーダーから聞いたわ。きっと、わたしがそれを面白がると思ったんでしょうね」

「そうなの？」

伯爵夫人はわたしと目を合わせた。「いいえ」

「すでに話したとおり、わたしはあなたを好きになれない。あなたの近くにいると、ひどく落ち着かない気分になるの。自分が無能で世間知らずみたいに思えてしかたがないのよ。あなたを見ていると、どうしてコリンがわたしたちふたりを愛したのかと不思議になってしまうわ」

「わたしたちはそんなに違わないわ」

「いいえ、知性豊かなあなたを目の前にすると、わたしはなんだか自分が恥ずかしくなってしまうの」

「コリンは女性に美しさだけでなく、高い知性も求めているわ。そのせいで、彼はなかなか幸せを感じられずにいるの。でも、つき合っていた頃のわたしは、そんな彼と知的で洗練された会話を交わすことができた。今のあなたと同じようにね」伯爵夫人は煙草に火をつけた。「わたしだって、できればあなたを認めたくないわ。でもいまだに、あなたがただ可愛らしいだけで退屈な女性だったらよかったのにと思っているのよ」

「やっぱりそんな女性だった、と思われないことを願うわ」

伯爵夫人はわたしに向けて煙を吐き出すと、声をあげて笑い、煙草を深々と吸った。

「あなたの純朴さときたら、ある意味、感動的ですらあるわね」

「あなたはシュレーダーの愛人なんでしょう?」

「ときどきはね。彼から聞いたわ。あなたから得られる重要情報と引き換えに、自分はコリン殺害をとどまっているんだって」

「ええ。だけどわたしはもうすぐ英国へ戻らなければいけないかもしれないの。もしそうなったら、代わりにシュレーダーを阻止する人が必要になってくるわ」

「その役をわたしにやれと？　わたしを信用できるの？」

「コリンを傷つけたくないというあなたの気持ちが本物だと信じられるからよ。あなたにお願いしてもいいかしら？　せめてこの件だけでも」

「ええ。だけど、ほかの件はお断りよ」

「わたしだってそれくらいわきまえているわ。あなたが考えているほど純朴ではないもの」

「たぶん、そうかもしれないわね」

わたしは席を立ち、去ろうとした。でも部屋を横切り、扉の前まで来たときにつと立ち止まり、振り返って伯爵夫人を見た。「どうしてあなたはコリンと結婚しなかったの？」

「妻を持ったら、彼はそれなりに責任を感じるはずよ。そういうことに気を取られて、職務をおろそかにしてほしくなかったの。絶対に彼を失いたくなかったから。だけど、愛しているという本当の気持ちを彼に伝えられなかった。もし少しでも希望があるそぶりを見せていたら、コリンはわたしに求婚し続けたはずよ。ね、わかったでしょう、レディ・アシュトン。これがあなたとわたしの違いよ。わたしのコリンに対する愛は、あくまで無私無欲なの。でもあなたの愛は、コリンを死に至らしめるほど危険きわまりないものなのよ」

「ああ、カリスタ、愛しい人(シェリ)！　どうして詳しい経緯を今まで打ち明けてくれなかったの？」クリムトのスタジオに足を踏み入れるなり、セシルが叫んだ。クリムトが絵の具を混ぜ合わせているのを確認し、わたしはセシルを部屋の隅へ引っ張っていった。

「わからないわ。なんだかとっても心細くて、何もかもが絶望的で、自分が愚かしく思えてしかたがないの」

「愚かしいことなんてないわ。クリスティアナのことを聞かせて。まさか本気で、彼女にムッシュ・ハーグリーヴスを奪われるのを心配しているわけじゃないわよね？」

「ええ、そうじゃないわ。ただ彼女のような……知性も経験も豊かで、世間を広く知っている女性を愛したあとだと、コリンがわたしのことを物足りなく思うんじゃないかって心配なの」

「もしそうなら、あなたに求婚するはずがないでしょう？　彼は誰よりもあなたのことをよく知っているのよ、カリスタ」

「ええ、でも――」

「あなたが何を心配しているかはわかるわ」セシルはわたしを見つめた。灰色の瞳は真剣そのものだ。「でもね、あなたと結婚したら、ムッシュ・ハーグリーヴスは満足するはず。結婚って、そう難しいことじゃないわ。あなただってすでにそれは知っているでしょう？」

「ほんの少しだけね」

「それで充分。あとはあなたの情熱しだいでどうにでもなるものよ」

「なぜコリンが伯爵夫人への想いを断ち切ったのかがわかればいいのに」わたしは震える手で下唇に触れた。「人の気持ちって、そんなに移ろいやすいものかしら？」

「ええ、そういうものよ」

「コリンはクリスティアナに求婚したのよ、セシル。でも彼女がコリンを振ったの」

「もう何年も前のことだわ」

「誰が誰を振ったんだって？」絵の具を混ぜ終えたクリムトが、わたしたちのほうへやってきた。

「いいのよ。なんでもないわ」わたしは答えた。

「クリスティアナとあなたの婚約者のことかい？」

「まったく。ウィーンじゅうの人がふたりのことを知っているのかしら？」わたしは思わず不機嫌そうに言った。

「ああ、そうかもしれない。当時はかなり噂になったからね」

「大切なのは、彼が今一緒にいるのがあなただということよ」セシルが言う。

「多かれ少なかれ、それは言えるな」

「そんな言い方をされても、ちっとも自信が持てないわ」わたしは答えた。

「愛とは常に変化するものだ」クリムトは絵筆を回転させ、持ち替えた。「今あなたには彼がいる。それで充分じゃないか。前に何があったのか、今後何があるのかなど心配しなくていい」

「今後何があるかなんて想像もできないわ。彼をもはや愛さなくなった自分の姿も思い描くことができない。それにどう環境が変わろうと、どれだけ時が流れようと、彼に対する気持ちが弱まることさえ考えられないの」

「その気持ちをずっと忘れないで」セシルがうなずく。「指のあいだからするりと逃げてしまわないよう、今の気持ちをしっかりつかんでおくのよ」

「人を愛する気持ちって、自分でどうにかできるものかしら?」

「どうにかできる愛なんてない」答えたのはクリムトだ。「愛は来るべきときが来ればやってくる。そして、去るべきときが来れば去っていくものだ」

「そんなこと、信じたくないわ」

「ならば、目を閉じるんだ、お嬢さん(フロイライン)。あなたはぜひともそうする必要がある」

＊＊＊

一八九一年十二月二十八日
英国ロンドン　バークレー・スクエア

奥様
日に日にミセス・ブランドンが困難な状況に直面するようになっている現状をお伝えすべきかと思い、この手紙をしたためております。いまや昼夜を問わず、新聞記者たちが屋敷の正面階段の前をうろついているありさまです。従者が汚水をまいても、記者たちがひるむのは一瞬だけ。ミス・スワードとミセス・ブランドンが屋敷から外出しようとすると、必ずあとを追いかけてきます。ミス・スワードとわたしで、記者たちを追い払う念入りな計画をいくつも立てましたが、これまでのところ、成功しているとは言えません。明日はミス・スワードの計画により、ミセス・ブランドンはメイドのお仕着せ姿で、使用人の出入り口から屋敷を出る予定になっております。
見事な計画です。ただわたしは、メイドとレディの違いは記者でも見抜いてしまうのではないかと心配しております。とはいえ、それをミス・スワードに進言する勇気は持ち合わせておりません。彼女は嬉々として作戦を練っておられるのです。

ミセス・オークリーから聞いたのですが、オデットはそちらの寒い気候に苦しみ、毎晩寝る前にチンキ剤を飲む必要があるとか。チンキ剤の作り方を同封しておきます。たとえ短期間でも、あれほど有能なメイドを仕事ができない状態にしてしまったミセス・ドゥ・ラックを恨まずにはおれません。

ベリー・ブラザーズ&ラッド社から、奥様が注文なさった赤ワインが届けられました。パーク・レーンに直接送られたほうがよかったのではないかとひそかに案じております。これらのワインが飲み頃になる頃には、どう考えても、奥様とミスター・ハーグリーヴスはご結婚されているはずですので。

もっとも控えめで献身的なあなたの使用人
デイヴィス

20

翌日はセシルが肖像画のモデルとして座る最終日だった。今後もクリムトと会うつもりなのかしら？　気になったけれど、セシルは何も言おうとしない。

その日の午後、わたしたちが〈インペリアル〉の部屋に招待したのはフリードリヒとアンナだった。ふたりの仲睦まじさを見せつけられているうちに、すっかりフォン・ランゲ伯爵夫人のように皮肉めいた気分になってしまったわたしは、招待客ふたり（といっても、彼らは当然、わたしたちにはほとんど注意を払おうとしなかったけれど）に背を向け、郵便物に目を通しはじめた。デイヴィスの手紙を読み、思わずくすりと笑ってしまう。

「あら、なんだか面白そうね」セシルが言う。

「わたしの執事があなたのメイドのことを心配しているわ。寒い気候に苦しんでいるんじゃないかとね」

「あのふたりは引き離しておかなきゃいけないわ。くっつけると、わたしたちのどちらかが、優秀な使用人を失うことになってしまうもの」

「あなたがロンドンへ越してきたらいいのに」前かがみになり、ブルータスの頭を撫でながらわたしは言った。

「パリが恋しいわ。すでに耐えられないくらい長いこと、離れているんだもの」

「でも、あなたはウィーンでもすばらしいことをいくつも成し遂げたわ。あの幸せそうなフリードリヒとアンナを見て。彼女のご両親はいずれ、フリードリヒを受け入れてくれるかしら？」

「クリムトがフリードリヒのスケッチを見て感心していたわ。きっと彼がフリードリヒを助けてくれるはず。でも、それでアンナのご両親にフリードリヒが認められるかどうかというと……」セシルは肩をすくめた。「もしリング通りにある建物の壁画製作の依頼を受けられれば、フリードリヒの立場もはるかによくなるのにね」

「わたしたちがいくら手助けしようとしても、フリードリヒは頑として受けようとしないでしょう。そこが彼のすばらしいところなのよ。尊敬に価するわ。だけど、やっぱり何かしてあげるべきよね。皇后はもう肖像画を誰にも描かせないつもりかしら？」

「ええ。その点に関しては絶対に譲らないでしょうね」

「でも、もしフリードリヒが皇后の肖像画を描いたらどうなると思う？　あなただって、彼の作品が活気に満ちあふれているのは知っているでしょう？　皇后もひと目作品を見れば、魅了されずにはいられないはずよ。たとえ肖像画が展示されることがなかったとしても、フリードリヒが皇后を描いたという噂が広まれば……」

「名案ね。そうなるようお膳立てできるかもしれないわ。〈インペリアル〉にいるわたしを訪ねるよう皇后を説得して、同じ時間帯にフリードリヒがここへ来るようにすればいいわね」

「うまくやれそう?」

「皇后は宮殿を離れたがっているわ。外出するのはいい気分転換になると思うの。わたしたちと一緒にここへ来るよう、彼女を説得できると思うわ」

「でも、もし皇后がフリードリヒと会うのをいやがったら?」

「フリードリヒがわたしの友人だと言えば、いやがりはしないはずよ」

わたしは下襟からぶら下げた時計をちらりと見て、招待客ふたりに声をかけた。「さあ、そろそろ帰る時間よ、アンナ。あなたをおうちまで送っていくわ」セシルとわたしが振り返ると、アンナとフリードリヒはマナーにのっとった方法で別れの挨拶を交わした。わたしが外套を羽織り、扉の前で待っていると、アンナがやってきた。瞳をきらきらと輝かせている。

「フリードリヒって本当に素敵なんです」アンナがのろけるのを聞きながら、ホテルの階段をおりてロビーまでたどり着いた瞬間、わたしは前にいる紳士とぶつかってしまった。

「ジェレミー! まあ、ごめんなさい」ジェレミーはわたしの腕に手をかけ、体を支えてくれたものの、ほんの一瞬しか目を合わせようとしなかった。

「レディ・アシュトン――すまない」

「ねえ、ジェレミー、そんな他人行儀な呼び方はやめて。わたしは――」

「どこかへ行くのかい？　付き添いは必要だろうか？」

「まあ、なんてお優しいんでしょう、閣下」アンナが言う。「でも、ふたりきりになりたいんです。あなたもご存じのとおり、レディっていろいろと話し合うことがたくさんあるんですよ」

ジェレミーはもの問いたげなまなざしでわたしを見た。

「わたしたちなら大丈夫よ。馬車を拾うから」

「なら、よかった」ジェレミーはそのまま立ち去った。

「お気の毒な公爵」ジェレミーを見送りながらアンナが言う。「最近ひどく悲しそうだわ。いったいどうされたのかしら？」

「みんながみんな、いつも幸せとはかぎらないわ」

アンナは含み笑いをした。「ねえ、家まで歩いて帰りませんか？　あなたとたくさんお話ししたいんです。馬車に乗るよりも、こうしてお散歩したほうが時間がたっぷり取れるから」

「そうね」微笑みながらわたしは答えた。「まだ当分暗くなりそうにないわね。だけど歩くなら、わたしにドイツ語で話しかけてちょうだい。セシルはドイツ語を勉強する必要もないほど堪能だけれど、わたしは違うから」

「恋愛について語るなら、フランス語で話すべきだと思いますけど」

「いいえ、ドイツ語で」わたしはにっこりと微笑んだ。「あなたはこのホテルに語学の先生としてやってきているのだから」

「公爵はもうじき結婚されると思いますか？　だって、あんなにハンサムなんですもの」

「そうね、わたしもジェレミーはハンサムだと思うわ」わたしはゆっくりとした口調で、慎重に答えた。「でも彼がそういう年齢だと考えると、ひどく不思議な気分になるの。わたしにとって、彼は可愛い男の子にしか見えないから」わたしはアンナに、ジェレミーと自分が幼なじみとして育ったことを話した。彼と一緒に釣りや木登り、乗馬を楽しんだ日々を思い出すと、なんだか悲しい気分になることも。

「おふたりが恋に落ちなかったのが残念だわ。そうなったら、とてもドラマチックだったのに」

「あなたは救いようがないほどロマンチストなのね」

通りを横切ったそのとき、何かがわたしの目をとらえた。誰かにつけられている。

「思ったより肌寒いわね。やっぱり馬車を拾いましょう」わたしは足取りを早めた。すぐに馬車が通りかかることを願いつつ。

「歩くのが早すぎます」アンナが言う。

「こうすれば体が温まるわよ」一ブロック歩いても、空いている馬車は通りかからない。物陰から物陰へとひっそり移動する術に長けているからか、ハリソンの姿はどこにも見当たらない。それでも、わたしにはわかった。彼は背後に迫っている。アンナの腕を取り、促した。「さあ、フリードリヒのことをもっと聞かせて」

「彼はスタジオの近くに、ふたりで暮らすための完璧な家を見つけてくれたんです。とっても素敵なんです。うちの母でも文句のつけようがないと思うわ。もしフリードリヒへの仕事の依頼がもう少しだけ増えたら――」

「通りの反対側へ渡りましょう」わたしはアンナを歩道に寄せた。「もう少しだけ仕事の依頼が増えたら？」

「ええ、フリードリヒがなんとかやっていけるだけのお金があればいいんです。ふたりで苦労して生きていく以上に素敵なことはないと思うから」

「本当にそのとおりだと思うわ」ハリソンはわたしたちが通りの端までたどり着くのを待ち、やはり反対側へ移ってきた。

「お金がうなるほどあるって厄介だと思うんです。そんなにないほうが、すべてが簡単にいくように思えて。そう思いませんか？　居心地のいい小さな家に住んで、スープを食べる。とってもロマンチックだわ。信じられないくらい」

「貧しさはゲームとは違うのよ、アンナ」思いのほか、厳しい口調でしわがれ声になってしまった。ちらりとうしろを振り返る。ハリソンはまだわたしたちのあとを追ってきていた。

「もちろんです。だけど、わたしたちは本当に貧しいわけじゃありません。むしろベルサイユにある小さくて質素な村で暮らすマリー・アントワネットみたいな感じかしら？　だってパパがついていてくれるんですもの。パパがわたしを餓死させるはずがないわ」

「わたしは、貧しい人たちが苦しみながら生きていかなければいけない状況を目の当たりにしたことがあるの。本当に恐ろしくてぞっとしたわ。わたしたちのどちらも、人生で本当の苦労を経験したことがないでしょう？　それなのに、貧しい人たちをそんなふうに悪し様に言うのはどうかしら……わたしは我慢ならないわ」

アンナは黙ってしまった。背後に迫る足音が早くなっている。

「ごめんなさいね、べつにあなたを困らせるつもりはなかったのよ」わたしはまたしても歩調を早めた。アンナの腕を引っ張り、どうにか歩かせる。

「お願い、レディ・アシュトン、もう少しゆっくり歩いてはだめ？」

「ごめんなさい。わたし、とっても寒くてしかたがないの」アンナの家まであと二ブロックだ。「フリードリヒはあなたの肖像画を描いているの？」

「いいえ。だけど来週から描いてもらう予定なんです。つまり、もしあなたとマダム・ドゥ・ラックが助けてくださったらの話なんですが……わたしが家から出る言い訳を一緒に考えてもらえないかしら？」

「何も問題ないわ」

　ハリソンはまたしても通りを横切り、わたしたちとは反対側の通りを歩きはじめた。山高帽を深々とかぶっているため顔が見えず、ポケットに両手を突っ込み、背中を丸めている。彼との距離が縮まるにつれ、わたしは寒気を覚えた。あたりの凍てつく空気よりもはるかに不愉快な肌寒さだ。

「わたしたちのために、おふたりがよくしてくださったこと、本当に感謝してもしきれません。わたし、ほとんど希望を失いかけていたんです」

「どんなときも希望を失ってはいけないわ」ようやくアンナの屋敷があるブロックへたどり着いた。彼女の父親の屋敷が通りの真ん中に立っている。それを見た瞬間、安堵のため息を漏らしたものの、わたしは歩調をゆるめようとはしなかった。玄関の階段をのぼり、アンナとともに屋敷へ入ると、すぐに馬車を出してもらった。でも〈インペリアル〉に到着して馬車から降りた瞬間、ミスター・ハリソンを振り切れたわけではなかったことに気づいた。

「わたしが許さないかぎり、きみはわたしから逃れることはできない」馬車の背後から姿を現すと、ミスター・ハリソンはわたしの腕を強くつかんだ。痛い。たぶん、あざになってしまっただろう。腕をねじって逃れようとしたが、その前にミスター・ハリソンはわたしを放した。「今回は許すとしよう。だが忘れるな、レディ・アシュトン。きみがどこへ行き、誰と会い、何を話したか、わたしはすべて把握している。きみを消すことなど朝飯前なんだ」

ひどく恐ろしかったものの、わたしは同時に怒りも覚えていた。くるりと振り向き、ハリソンに向かって思わず言い放った。「それなら、どうしてさっさとそうしないの？」

「きみがまだわたしの役に立つからだ」

「そんなことはありえないわ」

「きみが英国へ帰る予定を立てているという噂を聞いたぞ」

「根も葉もない噂話よ」

「きっと、そうなんだろう」ミスター・ハリソンはポケットに突っ込んでいた両手のうち、片手を動かし、何かを指でいじった。「きみはブランドンよりハーグリーヴスを選ぶはずだ。そのことをわたしは一瞬たりとも疑ったことがない」

「どちらか選ぶ必要なんてないわ」

「いいや、きみは選ぶ必要がある」ミスター・ハリソンはわたしに紙切れを手渡した。

「だがたとえ選んだとしても、きみがどちらかを救える見込みはほとんどない。そのことを肝に銘じておくべきだ。ブランドンが裁判で勝つのは絶望的だろう。ハーグリーヴスの場合……彼には自分を守る能力がある。ただし、きみと同じく、わたしも彼の傲慢さが命取りになるのではないかと考えているんだ」

わたしは紙切れを掲げてみせた。「これは今読んだほうがいいのかしら？　あとのほうがいいのかしら？」

「どちらでもかまわない。きみがどんな反応を示すかは見当がつく」

「それなら、あなたにこれ以上つまらない思いをさせられる前に、中へ入るわ。この手紙にわたしがどんな反応を示すか、勝手に想像でもして楽しんでちょうだい」そう言うと、わたしは急ぎ足でホテルへ入った。だがすぐロビーに引き返し、彼がもう本当にいないかどうか確かめた。ミスター・ハリソンの姿はどこにもない。代わりに喫煙室の長椅子に、煙草を手にして腰かけているジェレミーの姿を見つけた。

「こんなところで何をしているの？」隣の席に座りながら尋ねた。

「べつに何も」

「わたしはどきどきするような午後のひとときを過ごしてきたの」

「そうなのかい？」ジェレミーが煙草をじっと見つめる。まるでそこに宇宙の神秘が凝縮されているかのように。

「またしてもミスター・ハリソンに会ってしまったの」

ジェレミーは怒ったような声で言った。「彼に手荒な真似をされたのか？　ああ、やっぱりきみに付き添うべきだった」

「いいえ、大丈夫よ。正直に言うと、腕に少しあざができたけれどね。それより何より腹が立ってしかたがなくて」

「ぼくに何かできることはあるかい、エム？」

「わたしたちのあいだに漂うこの雰囲気が耐えられないの。今こそ、あなたの友情が必要だわ。あなたのことが恋しくてたまらないのよ、ジェレミー。あなたが遠くに行ってしまったみたいで心細いの。最近のあなたは黙ってばかりだわ。昔のように、わたしと一緒に笑ってくれる日はもう二度と来ないのかしら？」

「自分がひどい態度をとっているのはわかっている」ジェレミーは指で煙草を軽く叩き、クリスタルの灰皿に灰を落とした。

「ええ、最近のあなたの態度はひどいわ。でも、どうして今はちゃんと返事をしてくれているの？」

ジェレミーは椅子の背もたれに頭をもたせかけ、天井に向かって銀色の煙を吐き出した。

「きみに本当のことを隠していても意味がないと考えたんだ」

「あら、あなたはわたしに何も隠してはいないわ。そうでしょう？」

「ああ、エム……」ジェレミーがうめき声をあげる。「きみを愛しているんだ。いつだってきみを愛していた。でもきみにキスをしたときに感じたんだ……」ジェレミーは背筋を伸ばし、とうとう少しだけ笑みを浮かべ、かぶりを振った。「きみにぼろぼろにされたとね」

「ジェレミー、わたし――」

「何も言わないで。きみがハーグリーヴスを愛しているのはよく知っている。細かなことは話さないでほしいんだ。いいね？」

「あなたはこれからべつの誰かと出会うはずよ。心から愛せる女性が――」

「いいや、そんなことはありえない。べつの女性へ目を向けろとか、きみへの気持ちが変わるはずだとか言うのはやめてほしいんだ。そんなことは聞きたくない。ぼくがどれほど頑固な男か、きみだって知っているだろう？」

「あなたがそう感じるのは、わたしが手の届かない存在だからよ。それに、あなたはもともと結婚はしたくないと考えていたはずでしょう？」

「ああ、認めざるをえない。それはある程度当たっている。でも無情にもわざわざ指摘する必要はないんじゃないかな。ぼくは厄介な男かもしれない。だけど、そんなぼくにも感情はある。せめてぼくがひどく苦しんでいるのを認めてくれたっていいと思うよ」

「まあ、なんだか昔のあなたに戻ったみたいな話し方ね」手を伸ばし、ジェレミーの腕に触れかけたが、わたしは自分を抑えた。

「きみが今、何をしようとしたかわかるよ。ぼくに触ろうとしたのに、不安になってやめたんだろう？」

「わたしはただ――」ため息をついた。「これ以上、あなたにとって最悪な状況を生み出したくないと思ったの」

「いや、ぼくにとって、これ以上最悪な状況はないよ。きみにも責任を感じてほしいものだな。だって、きみはぼくの心を傷つけただけでなく、わがシェフィールド家を滅亡に導こうとしているんだから。ぼくは今後も結婚はしないだろうからね」

「メロドラマみたいな筋書きを考えさせたら、あなたの右に出る人はいないわね」

「多かれ少なかれ、人にはそういう才能があるに違いない。だが、おじはぼくに感謝するだろうな。もしこのまま自堕落な生活を続ければ、ぼくは早死にするだろう。おじはぼくの領地を前々から狙っているからね。たとえぼくがおじより長生きしたとしても、おじのばか息子が領地を相続することになる。つまりきみのせいで、英国でもっとも長く続いている由緒ある家系が破滅してしまうことになるんだ」

「まあ」わたしは微笑んだ。「どうしてあなたが結婚したがらないのか、今わかった気がするわ。そのほうがドラマの筋書きとしては面白いもの」

「ぼくは独身公爵として永遠に名を残すんだ」

「適齢期の娘を持つ、英国じゅうの母親たちが号泣する声が聞こえるようだわ」

「庶子を作るというのはどうだろう？　何人か子どもをもうけて。いとことの相続争いに名乗りを上げさせるという筋書きは？」

「庶子が相続を許されるはずがないわ」

「そいつはがっかりだな。庶子たちの包囲攻撃に苦しむおじの姿を想像するだけでも楽しいのに。仮に相続争いになった場合、ぼくの借地人たちはどっち側につくと思う？」

「それはあなたが収穫期に、借地人にどれだけ寛大に利益を還元してきたかどうかによるんじゃない？」

「きみの、そういう皮肉っぽいところが好きなんだよ」ジェレミーは長い息を吐き出した。

「ああ、こうして口に出して言ったら、なんだか気持ちが軽くなった気がする。きみにキスをしたことで、ぼくを軽蔑したりしていないかい？」

「あなたを軽蔑したことなんて一度もないわ。それに、キスをしたのもあれがはじめてじゃなかったはずよ」

「エム！　ぼくは自堕落な男かもしれない。だが自分がキスをしたレディが誰かくらい覚えているよ」

「あら、前にキスをしたのは、わたしが十歳のときよ。うちの父の領地にある湖のほとりで遊んでいたら、わたしが木から落っこちてしまったの。あなたはわたしを地面から立たせて、どこもけががないか確かめてくれたあと、キスしたのよ」

「なるほど。ぼくには自分が助けた女性にキスをする癖があると言いたいのかい？」

「そうよ。しかも、放蕩三昧してきたあなたのキスに悩まされているんだから」

ジェレミーはもう一本煙草に火をつけ、わたしをじっと見つめると、目をいたずらっぽく輝かせた。「そうなのか？　きみはこの前のキスを楽しんでくれたのか？　ほんの少しは？」

「ええ、少しはね」わたしは微笑まずにはいられなかった。「あなたは……ここ何年かのうちにかなり腕を上げたのね」

「そんなことを言うなんて、なんて悪いレディだろう。だけどそれを聞いて、あと五年はどうにか生きていけそうな気がするよ。でもそのあとは気をつけたほうがいい。またきみにキスをする気満々だからね」

「わたしはキスを阻止する気満々よ」

「べつにかまわないよ、エム。でも、ぼくはきみのそういうところが好きなんだ」

21

先ほどロビーに引き返した瞬間、わたしはミスター・ハリソンから手渡された手紙にすばやく目を通していた。そして今、ジェレミーの隣に座りながらまたしても手紙を開いている。それはこんな短い手紙だった。

〝きみの幸せをことごとくぶち壊すことに、わたしは大いなる喜びを覚えている〟


「これからどうするつもりだい？」ジェレミーは前かがみになり、手紙をのぞき込んだ。

「わからないわ」わたしはジェレミーに今日あったことをかいつまんで説明した。

「きみがハーグリーヴスのことを心配する必要はないだろう？　誰も彼のことは殺せないさ」

「その話題に関しては、あなたの意見は信用できないわ」わたしは笑みを浮かべた。

「たしかに。もし状況が許せば、ぼくがハーグリーヴスを殺してしまうかもしれない。でもエム、はっきり言って、きみの命をかけてまで彼を救おうとする必要はないと思うんだ。もっとハーグリーヴスを信用してあげないといけないよ。彼だって、自分の仕事の危険さはよくわきまえているはずだからね」

「もしわたしが情報を渡すのをやめたら、シュレーダーは間違いなくコリンを暗殺しようとするわ」

「クリスティアナは助けてくれると、本気で信じているのかい？」

「ええ、ある程度は」わたしはこめかみを指でこすった。「ただ怖いのよ。コリンをひとり、ここへ置いては行けないわ」

「ハリソンはきみをウィーンに足止めしておきたいんだろう。だから、こんなふうにしかけてきているに違いない。忘れたのかい？　きみはハリソンこそ、フォーテスキュー殺害事件の有力な容疑者だと考えていたはずだ。ハリソンにしてみれば、犯人が自分であることをほのめかす証拠から、きみをできるだけ遠ざけておきたいのかもしれない。そうは思わないかい？」

「それなら、わたしを英国へ帰らせたがっている人はいないということ？」ジェレミーの言うことはしごく正しく思える。それなのに、わたしは彼の考えが決定的に間違っているような気がしてしかたがなかった。

「さあ、ぼくにはわからないよ」ジェレミーはわたしと目を合わせ、ほんの少しだけ長く見つめたあと、視線を落とした。「きみを見ていると気がおかしくなりそうになる。一生恨むよ、エム。ぼくにこんな悩ましい生き方をさせたきみをね」

「それはきっと、そんな放蕩人生を生きているあなたに対する罰なのよ」

「きみがこれほど魅力的でなければいいのになあ」ジェレミーはわたしの手に口づけた。

「わたし、自分の新たな使命がわかったわ。あなたに奥さんを探すことよ。あなたがわたしのことをちっとも魅力的でないと思えるように、ありとあらゆる手を考えてあげるわ。そうねえ……まず手はじめにレティス・フライズワイドはどうかしら？　たしか彼女はまだ婚約していなかったわよね？」


二日後、シシィが〈インペリアル〉へ紅茶を飲みにやってきた。皇后がやってきたということで、ホテルが大騒ぎになったのは言うまでもない。両脇にふたりの護衛を従えた皇后に対し、ホテルの支配人は即興スピーチを披露し、インペリアル・トルテを振る舞った。皇后はひと目見ようと集まった野次馬たちにかすかに微笑むと（セシルとわたしがこの光景を見逃さずにすんだのは、ホテル内の騒ぎを知らせてくれたメグのおかげだ）、すばやく二階へ移動し、安堵の表情を見せた。

「なんだか疲れたわ」ひとたびわたしたちのスイートルームに落ち着くと、皇后は言った。

「でも宮殿の外へ出ると、とってもほっとするの」

「いらしてくださって光栄です」わたしは微笑んだ。「護衛を手配してくださったこと、本当に感謝の言葉もありません」

「助けになればいいわね」皇后が言う。

「おかげさまで、あなたの護衛がやってきて以来、ホテル内部では問題が起きなくなりました」わたしは全員分の紅茶を注ぎ、インペリアル・トルテを切り分けた。

「あら、わたしはいいわ」シシィはわたしが切り分けたトルテを見て、首を振った。

「今度はどんな痩身法を試しているの？」セシルが尋ねる。「セロリのスープしか食べないとか？」

「どうでもいいのよ。どうせ効果がないのだから」

「またそんなばかげたことを」セシルがたしなめる。「あなた、あまりに痩せすぎだわ」

「まあ、あなたって本当にいい人ね」皇后が答える。

「これはお世辞で言っているんじゃないのよ、シシィ」セシルは皇后の分のトルテをのせた皿を、彼女の前に置いた。「さあ、食べて」

ひと口だけ食べたものの、シシィはそれ以上口にしようとはしなかった。「今日の午後のために、あなたが計画してくれたお楽しみって何かしら？」

「実はもうひとり、友だちを呼んでいるの。あなたも彼のことが気に入るはずよ」セシルが答える。「彼は芸術家なの。ぜひ彼にあなたを描かせたいなと思って」

「あら、だめよ」皇后は答えた。でもその三十分後、フリードリヒがようやく到着すると、セシルは巧みにもすぐに戦略を切り替え、フリードリヒの作品を持ち上げると同時に、彼の恋愛を阻む障害についての説明をはじめた。

「せめて外套にアイロンくらいかけてきてほしかったわ」隣に座ったフリードリヒを見つめ、セシルは言った。「他人にいい印象を与えたいとは考えないの？」

「まさか殿下……皇后陛下がいらっしゃるとは思わなかったんだよ……」フリードリヒは困惑したような目でシシィを見た。「許してください、奥様。ぼくはあなたを正式になんてお呼びしたらいいのかさえわかりません」

「あら、なんだか可愛いところのある人ね」シシィが前かがみになり、セシルに言う。

「わたしの肖像画を描くことが、彼の経歴にとって本当にためになるの？」

「ええ」セシルは答えた。「彼にあなたの似顔絵を描かせて、その絵をわたしにちょうだい。わたしはあなたに思い出してほしいの。若い頃、ほかの画家たちが描いたあなたがどれほど美しかったかを。当時のあなたは本当に美しかったわ。だけど今は風変わりな女性になってしまった」世間では〝髪の長さが足首まである〟と言われているが、皇后の髪はまだ太くて白髪も驚くほど少ない。とはいえ、若い頃に比べてつやがなくなったのではないかしら、とわたしは思わずにはいられなかった。かつては輝いていたに違いない顔も、今ではさえない褐色だ。それでも、彫りの深い美しい顔立ちと大きな瞳は損なわれていない。セシルは皇后をじっと見つめた。「わたしはね、あの頃のあなたのほうがずっと好きよ。いいこと、愛しい人(シェリ)、完璧さというのは、みんなが信じているほど魅力的なものじゃないわ。むしろ退屈きわまりないものなのよ」

「あなたに反論する気力もないわ」皇后は物憂げな声で答えた。その瞳には少し輝きが戻っている。「それなら描いてちょうだい。このままじっと座っていればいいのかしら?」

「いいえ、むしろどんどん動いてください」フリードリヒが答える。「あなたの生き生きした姿を見て、描きたいんです」

フリードリヒが木炭を走らせているあいだ、わたしたちは豊かで繊細な風味のチョコレートとアーモンドの味わいが楽しめるインペリアル・トルテを食べ、紅茶を飲み、話し続けた。フリードリヒは驚くべき速さで、紙の上に木炭を滑らせている。まるでダンスを踊っているかのような華麗な動きだ。しばらくすると、フリードリヒは手を止め、テーブルに木炭を置き、できたと言いたげにスケッチを差し出してみせた。「これがあなたです」

フリードリヒは立ち上がり、シシィが座っているほうへ歩み寄ると、スケッチを切り取って、彼女にしか見えないように手渡した。皇后は作品を見て、青白い顔に涙をこぼしはじめた。「わたしはもうこんなに美しくないわ」

「あなたのすべては、周囲であなたを見ている人によって決まります」フリードリヒが言う。「鏡に映る自分を信じるのは、必ずしも賢明なこととは言えません」

「わたしたちにも見せてくださいますか？」わたしは尋ねた。

「だめよ」皇后はスケッチをフリードリヒに渡した。フリードリヒはスケッチを丸めると、上着のポケットから取り出した紐で結んだ。「ありがとう（ダンケ）」皇后が言う。

「どういたしまして（ビッテ）」フリードリヒが答えた。

「どうせなら刺青（いれずみ）が目立つようなドレスを着てくればよかったわ」そう言ったのは皇后だ。

「刺青？」フリードリヒが尋ねる。

「ええ、錨の刺青よ。肩に入れてあるの」次の瞬間、皇后は微笑んだ。唇から目にかけて、ふいに生き生きした表情が浮かび上がる。魅力的な笑みを見た瞬間、わたしは思わずにはいられなかった。息子の死によって悲しみに打ちひしがれる前、皇后はさぞや美しかったのだろう。

椅子から立ち上がった皇后が帰り支度をはじめると、わたしは彼女に近づいた。

「皇后陛下？」すぐそばで立ち止まり、ためらいがちに声をかける。「内密なお話があるのですが」

「そのようね。いったい何かしら？」皇后はギリシャ語に切り替えた。

「あなたと同じく、わたしもマイヤーリンクの件を疑っています」現代ギリシャ語を流暢に話せない自分がもどかしい。ちゃんと意味が伝わっていることを祈るほかない。「今ウィーンにいる英国人男性が、あなたの息子さんの死について情報を握っているかもしれません」

「それは誰?」

「あなたもすでにご存じの男、ミスター・ハリソンです」

「彼がどんな情報を知っているのかしら?」

「いいえ、ただわたしは彼を疑っているだけで、詳しいことはわかりません」

「陰謀が仕組まれたのではないかとにらんでいるの。誰かがわたしのルドルフを殺してしまったことだけはわかるのよ」

「ミスター・ハリソンがわたしに罪を打ち明ける気になるような証拠をお持ちではありませんか? ささいなことでいいんです。思った以上にわたしがあの件について知っていると、ミスター・ハリソンに思わせられる事実があると助かるのですが」

「確固たる証拠を捜し出せると思った人にはことごとく声をかけてみたけれど、誰も何も見つけられなかったの。でも、息子が自分の銃で六回も発砲していたということは知っているわ。息子は銃の名人だったの。それなのに、自分とヴェッツェラという女性を殺すために、そんなに発砲するなんておかしいとは思わない? まったく理解できないわ。それにルドルフの体にはあざがいくつかできていたの。きっと誰かと激しくもみ合ったに違いないわ」皇后はわたしの腕を取った。「もし何かわかったら、絶対に教えてちょうだい。夫はわたしよりもっと知っているはずなの。夫が何を隠しているのか、突き止めなければいけないわ」

「全力を尽くします」わたしは約束した。

「いったい何を話していたの？」シシィが部屋の扉の外で待機していた護衛たちに守られ、去っていくのを見送ると、セシルが尋ねてきた。

「マイヤーリンクのことよ」わたしは答えた。「皇后は当然真実を知るべきだと思ったから」


いよいよ大晦日(おおみそか)を迎え、ウィーンの街全体がお祭り気分にわき返っている。街を通り抜け、夕方から開かれる舞踏会へ出かける人たちはみな、ワルツを踊ることしか考えていないようだ。音楽家たちはこれからはじまる長い夜に備えて、重たい楽器を運んでいる。また、花屋の店員たちは舞踏会場を飾るための花を抱えて飛び回っていた。雪の残る通りにときおり花びらがこぼれ、汚い灰色を背景にそこだけ明るい色が目立っている。

若いレディたちは顔を輝かせ、肩をそびやかしながら、笑い声を立てていた。きっとダンス・カードにずらりと並ぶ紳士たちの中から、人目を盗んで誰とキスをするのか話し合っているのだろう。街路を漂うにおいも、すっかりお祭りのそれだ。クリスマスから飾られている花冠の松の香りと、パンを焼くにおいや香辛料の香りとがあいまっている。

コリンは仕事のため、ウィーン郊外にある小さな街におり、翌日まで戻ることができない。だけどセシルとジェレミー、そしてわたしはオペラのチケットを購入していた。シュトラウスの『こうもり』を観劇するのだ。そのあとはホテル主催の舞踏会に出席する予定でいる。ただし、お祭り騒ぎに浮かれる前に、わたしにはするべきことがあった。シュレーダー氏に会いに行くのだ。

「今夜ひと晩じゅう起きていられるかどうかわからないよ」〈インペリアル〉の階段をおりながら、ジェレミーはぼやいた。

「あなた、とても疲れているみたい。お昼寝をしたらどう？」

「この街は本当に体に悪い。おじに電報を打って、ぼくが死んだら屋敷をどうするか考えておくよう忠告したほうがいいかもしれないな」

「大聖堂から戻ったら昼寝をしたほうがいいわ。オペラの最中、ずっと隣で船をこがれたら耐えられないもの」

「〈グリーンシュタイドル〉に行くのはどうかな？　コーヒーを飲めば眠気も吹き飛ぶかもしれない」

「いいえ、お昼寝して」

「こうしてきみと議論していても無駄だな」

「ようやく気づいてくれて嬉しいわ」

そう言ってホテルを出ようとしたそのとき、コンシェルジュがジェレミーを呼び止めた。

「閣下！　あなた宛てにたった今、これが届けられました」

手渡された封筒をその場で開け、手紙に目を走らせると、ジェレミーは手を掲げて額を覆った。

「何か悪い知らせ？」わたしは尋ねた。

「リナからだ。すぐに来てほしいって。何かよくないことが起きたらしい。詳しいことは不明だが、ハリソンのせいで自分の身に危険が迫っていると書いてある」

「彼女のところへ行ってあげなきゃ」わたしは促した。それなのにジェレミーはためらいの表情を浮かべている。

「きみをひとりにすることはできない。一緒にリナのところへ行かないか？」

「それなら馬車を拾いましょう。先にわたしをシュテファン大聖堂でおろして。もしわたしが約束の時間に遅れるようなことがあれば、シュレーダーは待ってはくれないはず。待ち合わせに遅れる危険は絶対に冒せないもの」

「だが、きみをひとりにしたくない」

「シュレーダー氏と一緒なら、わたしは安全よ。危険なのはミスター・ハリソンのほうだわ。もしどうしてもというなら、大聖堂までわたしに付き添い、シュレーダー氏が中にいるかどうか確かめたあと、リナのところへ向かえばいいわ」

ふたりでホテルから出た瞬間、わたしは毛皮のマフに深々と手を差し入れた。昨日は寒さも和らいだおかげで雪も大半は解けかけていたのに、昨晩の冷え込みでふたたび凍りついてしまっている。

「大聖堂の外で、馬車の御者を待たせておくようにするよ」馬車に乗るわたしを手助けしながら、ジェレミーが言う。

「でも、あなたはどうやってリナのところへ行くの?」

「ぼくなら簡単にべつの馬車をつかまえられる。きみをひとりにさせるわけにはいかない。そんな危険は一瞬たりとも冒したくないんだ」

馬車に乗っているあいだも、ジェレミーは緊張している様子だった。いらだったように散歩用ステッキを床板にコツコツと叩きつけている。取り乱しているのか、わたしとまともに目を合わせようともしない。思わずジェレミーの手をつかんだ瞬間、小刻みに震えているのに気づいてわたしは驚いた。

シュテファン大聖堂へ到着すると、ジェレミーは中まで付き添うと言い張った。教会内は薄気味悪いほどしんと静まり返っており、身廊には誰もいない。通常なら旅行者が大勢いるはずなのだが、彼らも新年を迎えるにあたってもっと楽しい場所を訪れているのだろう。聖バレンタイン礼拝堂へ近づくにつれ、シュレーダー氏が信者席の後列に座っているのが見えた。体を前に曲げている。うたた寝をしているらしい。

「ね、わたしは大丈夫よ」微笑みながら、ジェレミーにささやいた。「だからもう行って。

リナがあなたを必要としているから」

ジェレミーはわたしの頬に口づけると、早足で教会の扉のほうへ向かった。扉が開いた一瞬、教会内に光が差し込んだが、ふたたび薄暗さが戻る。わたしは礼拝堂に背を向け、シュレーダー氏のほうへ歩き出した。

「あなたの魂が本当に心配になってきたわ」背後から近づきながら、彼に話しかけた。「この前は神を冒瀆するような発言をして、今度は教会で居眠りだなんて。あなたは本当に――」わたしは口をつぐんだ。何かがおかしい。話しかけてもシュレーダー氏はぴくりとも動かない。

信者席の端までやってくると、長椅子に濃い色の液体が流れているのが見えた。シュレーダー氏の服もずぶ濡れだ。めまいを覚えながらも、わたしはどうにか近寄り、その液体を見た。

血だ。シュレーダー氏の喉からどくどくと流れ落ちている。

もうこれ以上は見ていられない。もちろん、シュレーダー氏の顔など見られるはずもない。くるりと背を向け、礼拝堂を出てジェレミーを呼ぼうとしたそのとき、行く手をさえぎられた。

「何か問題でも？」わたしの手首をぎゅっとつかんだのは、ミスター・ハリソンだ。

「放して」これほどの恐怖を感じたことはない。それでもなお、しっかりと立っていられる自分に驚かずにはいられない。まるで今の状況の重大さを察知した自分の体が、襲いかかるめまいに負けじとばかりに、みずからを支えようと踏ん張っているかのよう。

「残念ながら、シュレーダーは自分の人生を終わらせる道を選んだ。だがやむをえないだろう。何せ、ウィーンは自殺の街だからな」

「あなたが殺したのね」

「証明できるかい、レディ・アシュトン？　きみはロバート・ブランドンの無実を証明するのに四苦八苦しているようだ。もしわたしがきみならば、シュレーダーなどに自分の時間を費やそうとは思わないがね」

「なんて卑劣な」わたしの言葉がうつろに響く。とても力強い言葉とは言いがたい。思わずあたりを見回した。誰か助けてくれる人はいないかしら？

「ここには誰もいない。誰かが助けてくれるなどと考えないほうがいい。シュレーダーがやってくる前に、ちゃんと人払いをしておいた。今夜のミサまで教会は閉鎖されると、みんなに伝えておいたんだ。さっき、きみの友だちが帰ったあと、扉にはひとつ残らず鍵をかけておいた。さあ、きみは今、かなりまずい状況にあるようだな、レディ・アシュトン」ミスター・ハリソンがわたしに近づいてくる。「シュレーダーに持ってきた書類を渡してもらおうか」

「いやよ」わたしは書類を中にはさんだ帳面を握りしめた。

「もっと自分の婚約者の心配をするべきじゃないのか？」ミスター・ハリソンはわたしの腕をねじり、手から帳面を奪い取った。「きみを始末したあと、まっすぐきみの婚約者のもとへ向かうつもりだ」

一瞬頭の中が真っ白になったが、わたしはどうにか口を開いた。「マイヤーリンクで何が起きたか、知っているのよ。発砲された銃弾が六発だったことも、皇太子の亡骸（なきがら）にあざがあったことも。皇太子は抵抗したんでしょう？　あなたがあのふたりを殺したの？　それとも、そういう汚れ仕事は誰かを雇ってやらせるほうがお好み？」

「もしきみが男ならば、そんなことを口にした時点で許しはしない。実際――」

ミスター・ハリソンは手を上げ、わたしの頬をひっぱたいた。たちまち頬に痛みが走る。視界もぼやけている。頬に手を当てたくてたまらない。でも、そんな衝動を懸命にこらえて口を開いた。「つまり、あなたはそういう事実を知っているということね。それをわたしに明かしたのは大きな間違いだったわね。わたしはこれ以上のことは何も知らないんだもの。ただ何か知っているかのようなふりをしただけよ」

ミスター・ハリソンはさらに向かってきた。ナイフを手にしている。「さあ、うんと楽しみながらゆっくり始末してやろう」

心臓が早鐘のようだ。息ができない。体の中でどうにか機能しているのは目だけ。だからわたしは敵をじっと見つめるしかなかった。体がうまく動かない。死の危機に直面しても勇敢に立ち向かっている、と言いたいところだけれど、実際は恐怖にすくみ上がり、まともに考えることもままならない。

コリンの顔を思い描こうとした。最期のときには、コリンの顔を思い浮かべていたい。だけどミスター・ハリソンのナイフ以外何も見えない。

彼に打ち勝つ望みは万にひとつもない。逃げ出そうとしたが、ミスター・ハリソンに外套の袖口をつかまれてしまう。なすすべもなく乱暴に引き戻されたそのとき、教会の扉が開き、男性の声が身廊に響いた。入ってきたのは、司祭三人とミサの侍者ふたりだ。鍵束を手にしたいちばん年かさの司祭が大声で、なぜ礼拝堂の扉がすべて閉まっているのだろう、と話している。

ハリソンはわたしの腕を乱暴にねじってから放した。「今度は必ずきみを仕留める」そう言い捨て、早足で立ち去っていった。

ハリソンがいなくなった瞬間、わたしはがたがたと震え出した。助けを求めて司祭たちのほうへ駆け寄ろうとする。一歩進むごとに、シュレーダー氏が真うしろにいることを意識せずにはいられない。それに、彼の血でドレスがぐしょ濡れであることも。

＊＊＊

一八九一年十二月二十五日
英国ロンドン　バークレー・スクエア

親愛なるエミリー
ひどいクリスマスになってしまったわ。今朝起きたら、アイヴィーがどこにもいなかったの。彼女は自分で馬車を呼んでニューゲート監獄へ行き、ロバートに会おうとしたのよ。だけど結局、泣きながら戻ってきたわ。またしてもロバートに面会を拒絶されたんですって。でも不憫に思った番人の計らいで、手紙をロバートに渡してもらえることになったそうなの。アイヴィーは番人の事務所にほぼ一時間座り、五ページに及ぶ手紙を切々と綴ったそうよ。それを番人に渡してもらい、返事を待っていたんですって。ねえ、ロバートからいったいどんな返事が返ってきたと思う？
〝愛する妻へ。メリー・クリスマス〟ですって。まったく、ロバートが刑務所の中にいてよかったかもしれない。もしわたしがそばにいたら、彼のことを絞め殺してしまっていたと思うわ。
そんなわけで、惨めなクリスマスの午前中を過ごしたわ。ロバートのご両親が一日じゅうわたしたちと一緒に過ごしているのだけど――ああ、もう彼らの退屈きわまりないことといったら！　ただ、それは息子がこういう状況にあるからだと思っているの。でもね、午後はほんの少しだけ事態が改善したわ。あなたの料理人がひどくみだらな詰め物料理を作ってくれたし（わたし、ローストビーフよりもおいしい料理を食べたのははじめてよ！）、デイヴィスはクリスマス・プレゼントを喜んでくれた様子だったの。包みを開けた瞬間は、ほとんど笑いそうになっていたわ。〝それでフィリップの葉巻を試してみたら？〟と言ったら、〝速達で奥様のお許しをいただかないかぎり、そんなことはできません〟ですって。あなたがデイヴィスに許しの電報を送ってあげたら、相当面白くなりそうよ。

今日ミスター・マイケルズはお母様と一緒なの。お母様は〈キュー国立植物園〉の近くに住んでいらっしゃるのだけれど、今夜わたしにプレゼントを渡しに立ち寄ってくれたわ！　それでね、ごめんなさい、エミリー。わたしったら、あなたの図書室から『アエネーイス』を勝手に拝借し、新聞で包んで、彼に渡してしまったの。必ず来週にはお返しするわ。てっきりミスター・マイケルズは本をくれるのかと思っていたら（プレゼントの包みも、いかにもそんな感じだったし）、中に入っていたのはノートカードだったの。とはいえ、贈り物をくれた彼の気持ちはありがたかったけれどね。

あなたがこの休日を少しでも楽しんでいるよう祈っているわ。それにあなたがもうすぐ帰国してくれることもね。

マーガレット

22

そのあと何が起きたのかは、ほとんど覚えていない。とにかくめまいがひどく、すべてが回っているように見え、恐怖と悲しみのどん底へ突き落とされた気分だった。

やがて警察がやってきて、わたしを英国大使館へ連れていこうとしたが断った。それなら〈インペリアル〉に戻るほうがいい。ただ、ひとりきりになりたくない一方で、誰とも一緒にいたくない気分だ。もしかして、人でごった返す通りに出れば、名もない大衆のひとりとして慰めを得られるかもしれない。そこで、質問担当のがっしりした体格の警察官に、ホテルまで歩いて帰りたいと言ってみた。すでに質問は終わっており、警官はわたしがシュレーダーの死体を見つけ、ハリソンに脅された状況を慎重に書きとめる作業を終えていたのだ。

けれども警察官は頑として聞き入れず、馬車で帰るべきだと言い張り、ホテルまで馬車で送ってくれたばかりか、スイートルームまで同行してくれた。部屋の扉を開けたセシルはわたしの顔を見るなり、手を差し伸べてきた。それからセシルが警察官と何か話をしていたが、わたしはほとんど気にとめなかった。窓辺に近寄り、外の景色を眺めてみるものの、目には何も映らない。

部屋の扉が閉まって警察官が立ち去ると、セシルはわたしを抱擁してくれた。

「ねえカリスタ、わたしたち、この街を離れなくてはいけないわ」

「だめよ、コリンを捜し出さないと」わたしは答えた。本当は今すぐ泣き出したかった。というか、思いきり泣き叫びたい。でも、どうしようもないむなしさに圧倒され、そんなことすらできない。セシルは呼び鈴を鳴らしてメグとオデットを呼ぶと、すぐに荷造りをはじめるよう命じた。

わたしは窓辺から離れようとはしなかった。

ジェレミーが部屋に入ってきたのにも気づかなかった。ジェレミーの話によれば、リナの家に駆けつけると、彼女は丸まって横になりながら本を読んでおり、そんな手紙は送っていないし、どうしてここにやってきたのかとひどく驚いた様子だったという。だまされたと気づいたジェレミーはすぐにシュテファン大聖堂へ引き返したが、そこで知らされたのは中で誰かが殺されていたという事実だけだったのだ。ただジェレミーがそう話しているあいだも、わたしは彼の話をほとんど聞いていなかった。

セシルからもジェレミーからも窓辺から離れるようさんざん言われたものの、わたしは頑として離れようとはしなかった。結局、ジェレミーが赤ワインを注いだグラスを持ってきて、グラスをわたしの手に握らせて飲ませてくれたが、まるで味がしない。わたしはグラスをジェレミーに返すと、椅子にどさりと座り込んだ。

「明日、オリエント急行でウィーンを出発する」ジェレミーが向かい側に座ってわたしに言った。「ハーグリーヴスの居場所を知っているかい？　もしよければ、彼に電報を打っておこうと思うんだ。ぼくらが出発する前に、ハーグリーヴスが戻ってこられるかどうかわからないからね」

翌日になっても、結局コリンは戻ってこなかった。彼が今どこにいるのか、わたしにはさっぱりわからない。わかっているのは、コリンが列車で移動をしていることと、ウィーンから遠い場所には行っていないということ、それに年明けまでには戻る予定だということだけだ。出発までの時間を利用し、わたしはできるかぎりのことをした。コリンと皇后宛てに二通手紙をしたためたのだ。

帰国の旅はさんざんだった。まったく眠れず、目を閉じるとすぐにシュレーダー氏とハリソンのナイフのイメージが思い浮かんでしまう。はたして現実の世界では、わたしが見た悪夢より最悪なことが起きようとしているのだろうか？　そんな答えなど知りたくもない。よろめきながらカレーで連絡船に乗り込んだが、翌朝列車でヴィクトリア駅へ到着するまで、ほとんど何も覚えていなかった。

久しぶりに見るロンドンの街はまたしても黄色い霧が立ち込め、すっぽりと覆われてしまっている。次の瞬間、駅のプラットフォームで出迎えてくれたマーガレットの姿が目に入った。たぶん、ジェレミーが前もって電報を打ってくれていたのだろう。マーガレットを目の前にして、ようやくわたしはぼんやりとした無気力状態から目ざめた。

「大丈夫?」わたしが列車から降りると同時に、マーガレットは尋ねた。

「あなたの質問に答えるために、どこから話せばいいのかさえわからないわ。でもあなたがここにいてくれてよかった」マーガレットは腕をわたしの腕に巻きつけると、額をくっつけた。いつになく言葉少ない友だちの姿を目の当たりにし、それだけで心が少しずつ癒されていくように思える。いまだ問題が山積みだ。どこから手をつけていいのかわからない。でも、考えるのをやめてしまうのは我慢ならない。しっかりと集中してあれこれ考え続けることこそ、唯一の解決策と言えるだろう。

ロバートの裁判はいよいよ差し迫ってきている。時間切れになどさせるものですか。まずはロバートの件に焦点を絞り込み、あとのことはそれから考えればいい。マーガレットにもそれがよくわかっているのだろう。

ひとたび駅から出ると、わたしたちは三手に分かれた。ジェレミーは馬車に乗って行きつけの紳士クラブへ向かい、セシルとメイドたちはわたしの馬車でバークレー・スクエアへ戻った。一方、マーガレットとわたしにはべつの計画があった。馬車でウィンザーまで行き、降り立ったのはミセス・レイノルド＝プリンプトンの領地だ。それも事前に訪問の約束もしないままで。

仮にわたしたちの予期せぬ訪問に驚いていたとすれば、ミセス・レイノルド＝プリンプトンは完璧にその感情を押し隠したと言っていい。愛想のいい笑みを浮かべ、応接室へわたしたちを迎え入れてくれた。室内いっぱいに置かれていたのは、かつて大使だった夫と諸外国を回っていたときの記念品だ。インドの象牙、エジプトガラスの瓶、トルコの繊細なコーヒー・セット。それに壁には動物の頭部の剥製（はくせい）が飾られている。大使は狩猟家だったに違いない。ほとんどがアフリカのもので、責めるかのようにわたしたちをにらんでいる。

「なんて素敵なお部屋なの」マーガレットが言う。口角を持ち上げてにやりとしないよう注意を払っている様子だ。「あなたの室内装飾の腕は大したものなんですね」

「家を飾るのはわたしの趣味なの」ミセス・レイノルド＝プリンプトンが答える。

「〈ボーモント・タワーズ〉の内装も見ました」わたしは言った。「特に絵画室に飾られていた、ベニスの商人の壁画はすばらしいですね」

ミセス・レイノルド＝プリンプトンは猫のような笑みを浮かべた。「あら、〈ボーモント・タワーズ〉の絵画室の話をしに、ここへやってきたわけじゃないんでしょう?」

「ええ、実はそうなんです。あなたはご親切にも、ウィーンでの決闘の場に、英国政界に興味を持つ人物がいたと教えてくださったわ。その人物が誰なのか教えてもらえないかしら?」

「レディ・アシュトン、あなただってわかっているはずよ。誰よりもこのわたしが、バジルを殺した犯人に正義の鉄槌が下されるのを見たがっていることをね。だけど、わたしもよく調べてみたけれど、この第二の人物はバジル殺害とはなんの関係もないわ。そもそも、わたしはその男性とは個人的つながりがいっさいないの。残念ながら、彼は無関係よ」

「その男性の名前を教えてください」わたしはなおも言った。

「知ったところで、意味がないわ」

「でも、どうしても彼と話がしたいんです」

「エミリーは一度言い出したら聞きませんよ」マーガレットが言う。「自分の手で何か見つけ出すまで、とにかく一瞬たりとも休もうとしないはずです。ここは彼女に免じて教えてあげてくれませんか?」

「教えたからといって、いい結果が出るとは思えないの」ミセス・レイノルド＝プリンプトンは無慈悲な笑みを浮かべた。

「だけど、悪い結果につながることもないはずです。べつに、わたしは公の場でその人物を糾弾しようとしているわけではないんですもの」

「あなたって本当にしつこい人ね。尊敬するわ」ミセス・レイノルド＝プリンプトンは眼鏡をかけ、わたしをじっと見つめた。「はじめて会ったときから、あなたのことがあまり好きじゃなかったわ。でもあなたのそういう一途さを、若さゆえの愚かさだとみなすべきだったのかもしれないわね」

「たしかに、認めざるをえません。わたしたちの出会いは望ましいものではなかったですから」

これを聞いてミセス・レイノルド＝プリンプトンは笑った。「あなたったら、わたしがロバート・ブランドンと浮気をしていると非難したのよ」

マーガレットが椅子から身を乗り出した。「常々思っているんですが、エミリーって小説を書くべきだと思うんです。物語を作り出す才能があるんですもの」

「ええ。ただ、ああやってあなたに食ってかかったのは、親友を思う純粋な善意からだったんです」わたしはミセス・レイノルド＝プリンプトンに言った。「でも、あなたにはいつも感心しています。だって、あなたは自分自身で政界に影響を及ぼすことができるんですもの。わたしの知り合いのレディで、そんなことを成し遂げた人はひとりもいません。フォーテスキュー卿があなたの忠告を当てにしていたというのは、周知の事実ですものね」

「正しい見解だわ」ミセス・レイノルド＝プリンプトンは肩をそびやかし、椅子の上で背筋を伸ばした。

「でも、これは同時に、政府の紳士たちが認めようとしない見解なのでしょうね」わたしは賭けに打って出た。大半の男性がミセス・レイノルド＝プリンプトンの持つ影響力を快く思わず、退けようとしている。彼女はそのことに対して神経質になっているんじゃないかしら？

「ふん」ミセス・レイノルド＝プリンプトンはもったいぶったように眼鏡をゆっくりとはずした。「わたしたちレディはいつも陰に回るよう要求されてしまうものなのよ」

「わたしも……」そこで口をつぐみ、笑みを浮かべ、両手をもみ合わせた。よき指導者を探しているように見えていればいいのだけれど。「わたしも何かにつけて婚約者の仕事を手助けするようにしてきました。正直に言うと、あなたがお手本だったんです。自分が未熟者だということは充分承知しているつもりです。でもたぶん、いつかあなたとわたしで協力関係を結べる日が来ると信じているんです」

「あなた、わたしを操ろうとしているの？」

「そんな、まさか」

「いいえ、そうだわ」ミセス・レイノルド＝プリンプトンはわたしをしばし眺め、またしても笑った。音楽の調べのような笑い声だ。「あなたのことが好きになりはじめているかもしれないわ、レディ・アシュトン。あなたと一緒に価値ある協力関係を築くこともありえるかもしれない」

「それなら、その男性の名前を教えてもらえないでしょうか?」

「ジェームズ・ハミルトンよ。政府では財務大臣を務めていて、若手の中では首相の最有力候補と目されているわ」

「本当にありがとうございます」

「あなたがそこらへんの紳士より信頼に足る協力者であることを願うわ。がっかりさせないでね」

「この件について、あなたを失望させることは絶対にありません。あなたがわたしの手助けを必要としているときは、すぐに駆けつけるつもりです」

「ええ、当然そうよね」ミセス・レイノルド゠プリンプトンはふたたび眼鏡をかけた。「これであなたに貸しができたわ」

「ついでに、もうひとつお願いしてもいいでしょうか?」

「ええ、どんなお願いかしら?」

わたしはなるべく簡潔に、ミスター・ハリソンからコリンの命を狙うと脅されている事情を打ち明けた。「フォーテスキュー卿はミスター・ハリソンもしっかり管理していたはずです。どんな方法だったかは教えてくれなくてもいいんです。だけどお願いします。どうか今回もミスター・ハリソンを阻止してください」

ミセス・レイノルド゠プリンプトンはかぶりを振り、すっと目を細めた。「バジルはハリソンについては何も明かしてくれなかったの。わたしに話すのもためらわれるほど微妙で繊細な秘密を握っていたに違いないわ。力になれなくてごめんなさいね。あなたの婚約者が最悪の事態を阻止できるよう祈るほかないわ。ハリソンの脅しで、さすがのあなたもすくみ上がっているのは明らかだもの」

「きみたちレディがこれほど堕落していたとは」ジェレミーは嘆いた。「まだ午後だというのに赤ワインを飲んでいるのかい？　なんと気ままな！」

ウィンザーから戻ると、マーガレットとわたしはセシル、アイヴィーとともに図書室へ移り、デイヴィスに赤ワインを注がせた。ついでに、マーガレットが吸えるようフィリップの葉巻も持ってくるよう執事に命じた。デイヴィスが素直に応じたのは、わたしに命じられたからではない。オデットが帰ってきたからだ。べつに普段のデイヴィスがぼんやりしていると言いたいわけではないけれど、今日の彼は特別きびきびとしている。明らかに、オデットと再会できたおかげに違いない。

「赤ワインを飲むのに早すぎる時間なんてないわ」答えたのはマーガレットだ。

「ウィンザーでわかったことを教えてちょうだい」アイヴィーが言う。「ミセス・レイノルド＝プリンプトンはあまり好きにはなれないけれど」

「わたしも彼女を完全に信頼しているわけじゃないの」マーガレットが言う。

「わたしもよ」わたしは言葉を継いだ。「どうしてフォーテスキュー卿が彼女に失望しなかったのか不思議でたまらないわ。もう何年も長いこと、ずっと彼女に尽くしていたなんて」

「彼の奥さんたちはどう思っていたのかしら？」セシルが尋ねる。

「どの奥さんが？」マーガレットはそう尋ねると、箱から葉巻を一本選び出した。「まあ、どの奥さんでも大した違いはないわね。彼女たちがフォーテスキュー卿を愛していたとは思えないし」

「フォーテスキュー卿自身も気にしていなかったんじゃないかしら。出産で亡くなった二番目の奥さんのことでさえ、気にかけていなかったみたいだもの」わたしは言った。「結局のところ、フォーテスキュー卿が愛人と一緒に過ごせば、それだけ奥さんは彼の面倒を見なくてすむのよ。わたしが覚えているかぎり、彼らの結婚生活は情熱とは完全に無縁だったはずよ」

「ということは、完全に対等な、ある意味幸せな夫婦だったわけね？」そう尋ねたのはマーガレットだ。

「そのとおり」わたしは暖炉の火に向けてグラスを掲げた。グラスの中の液体がきらきらときらめく。

「レディがこんなに皮肉っぽいものだとは想像もしなかったよ」ジェレミーはまたそう口

を挟むと、葉巻に火をつけた。「まさに驚きだね。計り知れないほど貴重な秘密を握っているかのような気分だ」

「実際そうよ」マーガレットが言う。「もしその秘密を明かしたら、わたしたち、容赦なくあなたの命を奪うから」

「フォーテスキューの今の奥さんはどうなの？」セシルが尋ねた。

「今では未亡人になってしまったわね。彼女のことはよく知らないけれど、今の状態に満足しているんじゃないかしら」わたしはそう答えた。

「あのふたり、まだ結婚して一年も経っていないのよ」アイヴィーが言う。「一族の領地を取り戻してもらって、さぞ夫に感謝していたんでしょうね。とはいえ、彼女が何を考えているのか、やっぱりわたしにはわからないわ」普段なら頬が薔薇色に染まっているのに、今のアイヴィーの顔は真っ青だ。「それに、あのパーティにミセス・レイノルド＝プリンプトンが出席していなかったのが、奇妙に思えてしかたがないの。フォーテスキュー卿はいつもああいう催し物には必ず彼女を出席させていたでしょう？　もしミセス・レイノルド＝プリンプトンが招待されていなかったとしたら、原因はなんなのかしら？」

「〈ボーモント・タワーズ〉で、フォーテスキュー卿は明らかにフローラ・クラヴェルといちゃついていたわ」わたしは指摘した。「もしかすると、ミセス・レイノルド＝プリンプトンはふたりの仲を知っていたんじゃないかしら？」

「そんな、まさか！」アイヴィーが目を丸くする。

「もちろん、彼女は知っていたんでしょうよ」そう言ったのはマーガレットだ。「そうやって相手の情報を握ることで、彼女はこれまで成功してきたんだもの」

「マーガレットの言うとおりね」セシルが同意する。

「まさか、ミセス・レイノルド＝プリンプトンが殺人にかかわっていると考えているの？」アイヴィーが尋ねた。

「ハイウォーターのパーティで、ぼくはミセス・レイノルド＝プリンプトンと一緒だった」そう言い出したのはジェレミーだ。「ぼくと同じように、彼女だって〈ボーモント・タワーズ〉へ簡単に行けたはずだ」

「信じられないわ。ミセス・レイノルド＝プリンプトンがフォーテスキュー卿に危害を加えるなんて」アイヴィーが言う。「不適切な関係であったとはいえ……彼女はフォーテスキュー卿を愛していたんだもの」

「ああアイヴィー、あなたって本当に人がよすぎるわ」そう言うと、わたしは壁時計を見上げた。「さあ、そろそろ大蔵省に行ってミスター・ハミルトンと会わなくては」

「一緒に行ってほしい？」ジェレミーが尋ねる。「なんだか懐かしいよ。きみの付き添い役として、相手にばれないようこっそり隠れていたウィーンでの日々がね」

「あなたに来てもらえるとわたしもとっても楽しいわ。でも今日は大丈夫。またべつのときにお願い」

そのときアイヴィーがはっとした。「ハミルトン！　そうだわ！　どこかで聞いたことがあると思ったら！　たしか、彼のお母様はミスター・レイノルド＝プリンプトンの愛人だったんじゃない？」

「でも、彼はあんな年寄りよ」マーガレットが指摘する。

「ええ、今はね。でもあなたは正しいわ、アイヴィー。うちの母の話によれば、ふたりは小さな頃から相思相愛だったのに、結婚が許されなかったの」わたしは説明した。「だからこそ、彼があんなに年をとっても、彼女は献身的に世話をしているのよ」

「なんて素敵な話なのかしら」アイヴィーがうっとりと言う。そばでマーガレットがぐるりと目を回した。

「でも、それが重要なことかしら？」そう尋ねたのはセシルだ。「年をとって体が弱っても世話をしてくれる人がいてムッシュ・レイノルド＝プリンプトンは喜んでいるはずよ。でも、それ以外に何かある？　フォーテスキュー卿の殺害に関係することとは思えないんだけど」

「たぶん関係ないんでしょう。最初は断ったにもかかわらず、ミセス・レイノルド＝プリンプトンもハミルトンの名前をあっさり明かしたくらいだもの」わたしは言った。

「あれはあなたの巧みな作戦のせいだと思うわ。あなたったら、いとも簡単にミセス・レイノルド＝プリンプトンの信用を勝ち取ってしまったんだもの」マーガレットが言う。

「まったくあのときは舌を巻いたわ」

「そんな場にさえ同席できなかったなんて。落ち込むなあ」ジェレミーが残念がってみせる。

「あら、落ち込むことなんてないわ。だって、あなたとは秘密の打ち明け話をする仲じゃない？」わたしはワインを飲み干した。「とはいえ、やっぱりミセス・レイノルド＝プリンプトンには一本取られたわ。何か重要な情報を握っているに違いないと最後まで思わせたんだもの」

「ということは、あなたはハミルトンはまるで無関係だと思っているの？」マーガレットは尋ねた。

「ええ。ささいなことをさも重要に見せることにかけて、ミセス・レイノルド＝プリンプトンの右に出る者はいないわ」

23

「もちろん、ロバートのことを聞いたときは本当に動揺したよ。きみの想像以上にね」大蔵省にあるミスター・ハミルトンの執務室は優美きわまりない家具があふれる、快適な部屋だった。財務副大臣ではなく、まさに財務大臣にふさわしい堂々たる一室だ。「きみも知ってのとおり、ぼくらは大学の同窓生だったからね」

「わたしが興味があるのは、あなたたちがウィーンで過ごしていた時期なんです」

「あまりに昔のことすぎて覚えていないな。オックスフォードを卒業後、ぼくらは欧州を旅したんだ。いわゆる〝大陸巡遊旅行〟というやつだよ。たしか、ウィーンにも立ち寄った記憶がある」

「むしろウィーンでの滞在は、あなたの脳裏に焼きついて離れないのではありませんか？それとも、そんな記憶など簡単に忘れてしまえるほど、あなたは命にかかわる決闘の場に何度も立ち会っているのかしら？」

「……どうしてそのことを知っているんだ？」突然ミスター・ハミルトンは声を荒らげた。

オックスフォード大学じこみのゆったりとしたしゃべり方ではなくなっている。心なしか、いっきに自信を失った様子だ。ペンを手に取り、机の端をこつこつと叩きはじめた。

「わたしはたった今ウィーンから戻ってきたばかりなんです。そこでグスタフ・シュレーダーという男性と知り合いになりました」名前を口にしたとたん、思い浮かんだのはシュテファン大聖堂で見た彼の死体のイメージだ。わたしはぶるりと身を震わせないようにするのが精一杯だった。「その決闘で亡くなったのが彼のお兄さんだったんです」

「ああ。あれはひどい事件だった。ロバートはあのかわいそうな男を殺す気など毛頭なかったんだ」

「それなら、彼はそもそも発砲すべきではなかったんじゃありませんか？」

「もちろんそうだ。だが当時のロバートは若かったし、すぐかっとなった。それにシュレーダーはロバートが好きだった女性を侮辱したんだ」

ロバート・ブランドンがすぐかっとなるところなど、想像もつかない。「それなのに、彼は逮捕されなかったんですね？」

「ああ。ぼくらはすぐにウィーンから逃げ出したんだ。それ以外に選択肢はないだろう？」いまやミスター・ハミルトンは手でペンをぐるぐると回している。「立派な行いと言えないのは百も承知だ。でもロバートには輝かしい未来が待っていたからね。だから、ぼくも彼に言ったんだ。ここに残って殺人の容疑をかけられるのは愚の骨頂だと。決闘は違法行為かもしれない。だが実際は、誰もそんなことは気にしていない。あの決闘でロバートは片手をぴしゃりと叩かれたようなもの。だからと言って、今後いっさい公の生活から締め出されるほどじゃないとね」

「それでフォーテスキュー卿は、そのすべてにあなたがかかわっていた事実をつかんでいたんですね?」

「何を言いたいのかわからないよ、レディ・アシュトン」ミスター・ハミルトンはしかめっ面をすると、ペンを机上にある精巧な手彫りのカップへ戻した。「フォーテスキュー卿がこの件と何か関係あるのかい?」

「フォーテスキュー卿は決闘の件でミスター・ブランドンを脅迫していました。彼の裁判で、そういう事実が公表されるのは間違いありません」わたしはいったん口をつぐみ、ふたたび言葉を継いだ。「もしかしたら、あなたも脅迫されていたのではありませんか?」

「あの大失態において、ぼくが果たした役割など微々たるものだ。脅迫などには値しない。だってぼくは誰かを殺したわけではないのだから。いったいきみは何が言いたいんだ? ぼくがフォーテスキュー殺害に関与しているとでも?」

「もちろん、違います」にっこり微笑んで答えると、ミスター・ハミルトンはたちまち目を輝かせた。そんな彼の表情を目の当たりにし、わたしにはすぐにわかった。この人はわずか数秒で相手を魅了してしまう魅力の持ち主に違いない。「でもフォーテスキュー卿は、みんなの秘密に関するファイルを持っていました。同時に、彼はあなたの熱心な支援者でもあった。フォーテスキュー卿が自分の思いどおりにできない相手にそれほど目をかけるとは思えないんです」わたしは机の近くに椅子を引き、身を乗り出した。「こんな言い方をして、ご気分を害していなければいいのですが」

ミスター・ハミルトンはペンを手に取り、またしても回しはじめた。今度は先ほどよりも早く。「ぼくは……ぼくはレディとこういう類いのことを議論するのに慣れていないんだ」

「あら、わたしにはあなたがとても賢明な方のように思えます。あなたがこういう活発な議論をレディとされるのをいやがる方には思えないんです」

「ああ……もちろんだ」

「それならば、フォーテスキュー卿はあなたに対してどういう脅しをかけてきたんですか?」

「母に関することだ。それ以上は言いたくない」

「それなら、もうこの話題は追及しないようにします」わたしは答えた。ミスター・ハミルトンの話を聞いても、フォーテスキュー卿への嫌悪感が増すだけだとわかっていたからだ。

頭の中でもう一度決闘にまつわる事実をおさらいし、ロバートの裁判に有利になる点はないかどうか考えてみる。有利になるかどうかは疑わしいけれど、ひとつ気になることがあった。

「もうひとつ質問させてください。ジョセフ・シュレーダーが立会人に英国人を選んだことが引っかかっているんです。奇妙だとは思いませんか？　彼とアルバート・サンバーンはそれほど仲がよかったのでしょうか？」

「そうとは言えないな」いまやミスター・ハミルトンも身を乗り出していた。「サンバーンは決闘の一週間ほど前にウィーンへやってきたばかりだったんだ。あの醜聞のあとすぐにロンドンを離れてね。もちろん、ごく内密に」

「醜聞ってどんな？」

「ぼくも詳しい話は知らない。噂で聞いただけなんだ」ミスター・ハミルトンは口をつぐみ、襟を引っ張った。「いずれにせよ、レディに聞かせるべきじゃない類いの話だよ」

「お願いします、ミスター・ハミルトン。どうかわたしには話して」

それでも彼はすぐには口を開こうとしなかった。そこでわたしは首をかしげ、さも純粋な興味がありそうな目つきでじっと彼を見つめた。社交界デビューの年以来、ついぞ使うことのなかった女の武器だ。

「そうだな」ミスター・ハミルトンはこほんと咳をした。「クリーブランド・ストリート・スキャンダルという名前を、きみも聞いたことがあるだろう？　たしか二年以上前に巻き起こった醜聞だ」

「ええ。でもよく知っているとは言えません」フィリップの服喪期間に起きた出来事に違いない。新聞を定期的に読むようになったのはそのあとだからだ。

「そうか、だったら話してもわからないかもしれないな」ほっとした口調だ。

醜聞にまつわる詳細は、あとで自分で調べればいいだろう。「それで、ミスター・サンバーンとジョセフ・シュレーダーはどうつながっているんですか？」

「あえて言うなら、その醜聞にかかわっていたサンバーンに、シュレーダーが同情したということだ。どうかそれ以上ぼくに聞かないでほしい」

フォーテスキュー卿に対する評価が今より低くなるはずがない。そう思っていたのに、母親が幼い頃から好きだった男性と関係していることをちらつかせてミスター・ハミルトンを脅迫していたと知り、胸が悪くなった。目の前にいる気の毒な男性をこれ以上いじめるつもりはない。そこでわたしはミスター・ハミルトンに大げさに感謝の言葉を告げ、部屋をあとにすることにした。わたしをエスコートしようとしたミスター・ハミルトンはあわてるあまり、つまずいてしまった。

大蔵省の建物を出たわたしはその足で『ロンドン・デイリー・ポスト』を発行する新聞社へ出かけ、ジュリアン・ノールズ卿との面会を申し出た。

がっちりした体格のジュリアン卿は、わたしを愛想よく迎えてくれた。まるでスポーツ競技大会で獲得したトロフィーであるかのように、わたしをこれでもかとばかりに見せびらかしながら建物じゅうを練り歩いていく。「諸君、こちらはレディ・エミリー・アシュトンだ。偉大な人物がいらしてくださったんだ。ありがたいことじゃないか。心から歓迎するんだぞ」

それからジュリアン卿の仕事部屋に通された。クルミ材の羽目板張りの壁と鉛ガラスでできた窓が特徴的な、居心地のいい部屋だ。至るところに喫煙パイプのにおいが染みついている。

「で、今回はどんな用件かな？」

わたしは革張りの椅子の端にちょこんと腰かけた。「実は、クリーブランド・ストリート・スキャンダルについて教えてもらえないかと思って」

ジュリアン卿は眉を釣り上げ、激しく咳き込んだ。「いやあ、レディに話すような話題じゃない」それでも身を乗り出して言葉を継いだ。「いったい何が知りたいのかな？　きみの知り合いが、あの醜聞に関係しているとか？」

「いいえ、そうじゃないの。だけど……」わたしは一瞬ためらった。彼にどこまで話せばいいかしら？　「実は、その醜聞にまつわる話の中に、ロバート・ブランドンの弁護に役立つ重大な情報がありそうなの」

「なぜそう思ったんだい？」

「まずは、醜聞の詳細を聞かせてくれないと」

「そうだね」ジュリアン卿はまたしても咳き込んだ。「その……ロンドン警視庁が……悪名高い娼館を摘発したんだ。で、顧客の中には高貴な身分の貴族たちも数人含まれていたんだよ」

「まあ、それだけ？　そんなことはびっくりするほどたくさん起きているんじゃないの？」

「いいや、こういうことはさほど多くない。でもレディ・アシュトン、どうしてそんなことを知っているんだ？」

「あなたの新聞でそういう記事を読んだの」

「ああ、そうか……」彼はまたしても咳き込んだ。

「クリーブランド・ストリート・スキャンダルは、ほかの摘発と何が違ったの？」

「いや……その娼館は……電報配達の少年たちでいっぱいだったんだ」

「どういうことか……」まだ意味が完全には理解できず、わたしは口をつぐんだ。

「つまり、男娼館だよ。館の中は、電報配達の少年たちだらけだったんだ」ジュリアン卿はハンカチで口を覆うと、びっくりするほど顔を真っ赤にした。

「あら」わたしはつぶやいた。「もっと最悪なことなのかと思ったわ」

「え？」

「ねえ、ジュリアン卿。わたしはギリシャ古典をすべて読んでいるのよ。そんなことくらいで衝撃を受けたりしないわ」

「ああ、きみのことが本当に好きだよ、レディ・アシュトン」ジュリアン卿はハンカチで額を拭うと、詳しい説明をはじめた。「実はあの醜聞には、クラレンス公もかかわっていたというもっぱらの噂なんだ」

「エディ王子が？」

「ああ、まさに王子本人がね。とはいえ、王子はどうにか逃げ出したそうだ。ただしアーサー・サマセット卿とユーストン伯爵はそれほど運に恵まれていなかった。で、この醜聞がブランドンとどう関係してくるのかな？」

「アルバート・サンバーンという紳士もこの醜聞に関係していると聞いたの」

「そんなこと、どうやって知ったんだい？」

「まさかわたしが情報源を明かすとでも？」

「これは一本取られ(トゥシェ)たな、レディ・アシュトン。でも、たしかにアルバート・サンバーンのことは覚えている。そうか。きみがなぜこの件をブランドンと結びつけたのかわかったぞ」

「まあ、ぜひ教えて」

「サンバーンもこれと似たような男娼がらみの摘発で逮捕されたんだが、新聞各紙はそのことを報道しなかったんだ。フォーテスキュー卿が報道を伏せるよう、裏から手を回したからだよ。だけど、彼が殺されたこととそのことがどう関係しているのか、わからんな」

「フォーテスキュー卿は新聞社に賄賂を渡したの？」

ジュリアン卿は肩をすくめた。「いや、金の問題じゃない。この話自体がそんなに面白いものじゃなかったんだ。だから、代わりにほかの話題を追うことにしても、うちとしては痛くもかゆくもなかった。その摘発で捕まった客たちは、クリーブランド・ストリートにかかわっていた面々ほど高い身分ではなかったからね」

「フォーテスキュー卿も関係していたの？」

「まさか。フォーテスキューはひどく慎重な男だった。そんな不名誉な状況で捕まるようなへまはしない。サンバーンは彼の事務所で働いていたんだよ。なぜわたしがこの件をよく覚えているかというと、フォーテスキューがせっかく握りつぶそうとしたのに、サンバーン自身がそれを台無しにしてしまったからなんだ」

「ということは、その逮捕劇が公になってしまったのね？」

「〝公に〟というのは適切な言葉ではないかもしれない。ただ誰かが話を漏らしたせいで、サンバーンの婚約が破棄されてしまった。しかも婚約していた女性の父親が、サンバーンにこれ以上ないほどの屈辱を与えたんだ。記憶によれば、ウィーンに逃げたサンバーンをはるばる追いかけて」

った。

「いやあ、覚えていないなあ。何せ、もう十年以上も前の話だから。こういう醜聞というのはあっという間に生まれては消えていってしまうものなんだ。その後どうなったか調べようなどと考える人間はどこにもいないよ」ジュリアン卿は使い古したパイプで煙草を吸った。

「でも、醜聞で人生を台無しにされた側の人たちが、それほど簡単に忘れるとは思えないわ」

「興ざめなことを言わないでほしいな、レディ・アシュトン。きみたち貴族には、悪いことをするときは、必ずそれなりの報いを覚悟してもらわないと」

その晩はよく眠れず、うとうとしたら目ざめる状態をくり返していた。フォーテスキュー卿を殺した犯人を捜し出すどころか、ロバートを無罪放免にする証拠さえつかめていない。でも、よく眠れなかったのは、その件で悩んでいたからではない。ウィーンから戻って以来、コリンからなしのつぶてなのがどうも気になる。ミスター・ハリソンにどうにかされてしまったのではないかしら？　どうしても恐ろしいイメージが浮かび、そのたびに頭を左右に振らずにはいられない。

一時になるとベッドから起き出し、行きつ戻りつしはじめた。そして二時四十五分、ランプに明かりを灯し、どうにかして『ドリアン・グレイの肖像』を読み終えようとした（そして失敗した）。三時三十分、ついに読書をあきらめ、コリンに宛てて手紙をしたためた。もし彼がウィーンへ戻っていたら、わたしが残した手紙を見つけていることだろう。ウィーンを発つ前に、シュレーダーの計画の詳細を綴った手紙だ。でも今回したためたのは、恋文にほかならない。

やがて五時前になると、〝こんな朝早くに執事を起こしてはいけない〟という人としての慎みを忘れ、廊下をまっすぐ進み、階上にある使用人部屋へ上がると、デイヴィスの寝室の扉を叩いた。

「奥様？」

「あなた、もう着替えているのね」わたしは心底驚いた。

「もう五時近くですので」

「まあ、なんてことかしら。あなたがこんなに早く起きるなんて知らなかったわ」

「そうでないと家事が回っていきません」

「もっと夜早い時間にあなたを寝かせてあげないといけないわね。あんまり遅くまでこき使って、あなたをへとへとにさせるわけにはいかないもの」わたしはデイヴィスに手紙を手渡した。「ウィーンにいるミスター・ハーグリーヴス宛てに、この電報をすぐ送ってもらえるかしら？」

「喜んで」デイヴィスはきちんとお辞儀をした。

「それからデイヴィス」

「はい、奥様」

「今日の午後はお休みを取りなさい。オデットはマダム・ドゥ・ラックと一緒にパリへ戻る前に、ロンドン見物をしたいでしょうから」

「奥様、そんなことは――」

わたしは片手を上げた。「これは命令よ、デイヴィス。わたしをがっかりさせないでちょうだい」

寝室へ戻ったものの、もはや眠る気にはなれない。呼び鈴でメグを呼び、長い時間をかけて熱いお風呂に入り、朝を迎えるためにドレスに着替えた。もちろん、わたしの友人たちはまだ起きていないし、彼女たちをわずらわせたくない。そこで、ひとりで朝食を食べることにした。コリンの身を案じながら。

ただし、ひとりきりの時間は長くは続かなかった。ものすごい勢いで扉から母が入ってきたのだ。

「奥様、レディ・ブロムリーです」母の肩越しにデイヴィスが叫ぶ。わざわざ部屋に入ろうとはしなかった。

「お母様、てっきりケントにいらっしゃるものと思っていたわ」そう話しかけた瞬間、わたしはかつてない疲労感に襲われた。

「あなたが英国へ帰国すると聞いて、すぐにロンドンへ戻ってきたの。ねえ、またニューゲート監獄へ行ったわね？　信頼できる情報源から聞いたの。だから否定するのは時間の無駄よ。まったく、いったい何を考えているの？」

「ロバートがわたしに会いたがったのよ」あまりに疲れていて、母を納得させるだけのうまい言い訳をひねり出すことができない。

「彼はどうしてそんな要求をして、あなたの体面を汚そうとするのかしら？　アイヴィーはどこ？　彼女と話がしたいの」

「アイヴィーならまだ寝ているわ。それに彼女のことはそっとしておいてあげて。すでに充分苦しんでいるのだから」

「そうでしょうとも。夫選びを失敗したせいだわ。もしあなたがわたしに夫選びをまかせてくれたら――」

「いいえ、まかせないわ」

「エミリー！」母は日傘で床を軽く叩いた。「母親に対してそんな口のきき方は許しませんよ。そうでなくてもあなたは――」

「アイヴィーは実際抱えきれないほどの問題に頭を悩ませているの。お母様がそれを増やすことはないわ」

「彼女を取り巻く状況は――」

「お母様が思っている以上に悲惨なの」わたしは慎重に言葉を選び、意味ありげな目で母を見ると、片眉を釣り上げた。

「まさか……そうなの？」母のしゃべり方がゆっくりになる。わたしはうなずいてみせた。

「ああ、なんてかわいそうなアイヴィー！　犯罪者の子どもだなんて、あまりにひどすぎるわ！」

「ロバートは有罪じゃないわ。無罪放免になるはずだもの」

「もしわたしがあなたなら、そんなに自信たっぷりに断言しないわ」母が言う。わたしには母の心の動きが手に取るようにわかった。知っている未婚男性の爵位をあれこれと思い浮かべているに違いない。「アイヴィーの面倒を見てもいいと言ってくれる、尊敬できる男やもめがどこかにいるに違いないわ。きっと年上の紳士になるでしょうね。アイヴィーの喪が明ける頃には、彼女も醜聞まみれの状態ではなくなっているはず。とはいえ――」

「お母様、ロバートは死んでないわ！」

母はため息をついた。「もちろん、そうよ。でも、前もって計画を立てておいたって悪いことはないでしょう？」

「醜聞といえば、お母様に質問したいことがあるの」この言葉に母は興味を引かれた様子だったが、メイドがコーヒーを注ぎ終わって退室するまで待った。「アルバート・サンバーンのことをご存じかしら？」わたしは尋ねた。

「サンバーン……」母はきっかり十五秒天井を見上げたあと、わたしに視線を戻した。

「ええ、サンバーンね。あんなに若くして死んでしまうなんて、本当に悲劇だったわ。それに彼の妹さんのかわいそうだったこと！　わたしたち全員が妹さんのことを気の毒に思ったものよ。花嫁持参金も充分にないまま、ひとり残されてしまったんだもの。彼女の親類縁者は誰ひとりとして、あの子の面倒を見ようとはしなかったわ。わたしの記憶によれば、彼女は六カ月ごとに屋敷からべつの屋敷へ転々と移り住んでいたはず。大好きだったご両親を亡くした直後に、今度はお兄さんまで亡くしてしまったんですもの。あまりにひどい運命で言葉もないわ」

「ええ、控えめな表現で言えばね」

「そういえばエミリー、ウィーンに滞在しているあいだ、あなたの健康を本気で心配していたのよ。あの街はどこよりもインフルエンザが猛威をふるっているから。サンバーンもどこかべつの街へ行っていれば、インフルエンザなんかにかかって死なずにすんだのにねえ」

「彼はどうしてウィーンに行ったのかしら？　婚約破棄ですったもんだがあったんでしょう？」

「そうなのよ。たしか、婚約相手の父親に婚約を破棄させられたあと、ウィーンへ行ったの」

「親が破棄させるって、なんだかおかしくない?」

「父親たるもの、娘を守って当然でしょう。実際、父親は娘とサンバーンの婚約に猛反対したらしいわ」

「サンバーンが婚約していた女性って誰か知っている?」

「ヘレン・マキニスよ。当時は婚約破棄のせいで落ち込んでいたけれど、どうにか近衛騎兵連隊の隊長と結婚したはずだわ。お似合いの結婚だったのよ」母はコーヒーをお代わりした。「話を元に戻すけれど、わたしが今日やってきたのはね——」

「ねえ、お母様、知っている? ミスター・サンバーンは本当はインフルエンザで死んだのではないって」

「あら、どうしてそんなことを言うの? もちろん、彼はインフルエンザで死んだのよ。どの新聞にもそう書いてあったわ」

「彼はウィーンで自殺をしたの。ウィーンではどの新聞もそう報じていたわ」

「本当に?」

「ええ、本当よ。だってわたし、ジュリアン・ノールズ卿にも確認したんだもの」そう言いながら、わたしは自分に向けられた母の瞳にまぎれもない賞賛の色が浮かぶのを見た。かつてないことだ。これこそ、わたしが今まで母に与えた噂話の中でももっとも驚くべきものだったに違いない。

「来週、エディ王子の誕生日の祝賀ディナーに、お父様とわたしが招待されているのは話したかしら？」母が尋ねる。「たぶん女王にお願いすれば、あなたの分の招待状も融通できるかもしれないわ」

「無理にとは言わないわ。特に、女王はわたしの結婚式にあれほどご親切な申し出をしてくださったんですもの」

「ええ、そうね。ところで使用人に命じて、わたしのための部屋を準備させてちょうだい。領地へ戻る前に、ここであなたと数日一緒に過ごすことにするわ」

＊＊＊

一八九二年一月二日
ウィーン
親愛なるカリスタ
今日〈インペリアル〉を訪れ、あなたがオーストリアを去ったことを知らされたときの悲しみときたら……！　さようならすら言えなかったのが本当に残念だよ。それで、ぜひともこの手紙を書かなければと思ったんだ。あなたとセシルのすばらしい手助けにひと言礼を言いたかったから。ぼくが皇后の肖像画を描いたという噂は、皇后がホテルを一歩出た瞬間からあたりに広まっていった。昨日の新聞には、皇后がぼくの肖像画をいたく気に入り、皇帝に手渡したという記事が載ったんだ。そう、すべて皇后がぼくらに話してくれた計画どおりだよ。

それ以来、ぼくのもとには肖像画を描いてほしいという依頼が殺到している。おかしなものだよね、誰も絵の具では頼んでこない。皇后の肖像画と同じように、木炭でしあげてほしいという依頼ばかりなんだ。ということで、ウィーンでは今、スケッチが大流行りなんだよ。

でも何よりよかったのは、あの恐ろしいエッコルト夫人がぼくに対する態度を一変させたことだ。なんと自分の肖像画を描いてほしいと頼んできた。だから、ぼくはほかの誰よりも真っ先に彼女の肖像画を描くことに同意したんだ。あとエッコルト夫人からは、もしぼくの肖像画が気に入ったら、今度家へ招いてあげるから一緒に紅茶でもどうかと誘われた。愛しいアンナとぼくの婚約は、もう時間の問題だと思う。本当に何もかもあなたたちのおかげだ。皇后がぼくの才能を認めてくださり、あなたたちがくれた機会を台無しにせずにすんで本当によかったと思っている。自分の才能に関しては、ぼくは揺るぎない自信を持っているんだよ。

悲しいお知らせがあるんだ。あなたとの共通の友人と言っていいよね？　グスタフ・シュレーダーが大晦日に自殺してしまった。この訃報を聞いて、きっとあなたもぼくと同じくらいショックを受けているだろうね。

この場を借りて、あなたが元気であること、そして今年があなたにとってさらにいい一年になることを祈っている。あと、ベインブリッジに伝えてほしい。頼まれたとおり、彼のロンドンの住所宛てにあなたのスケッチを送っておいたとね。

最後にもうひとつだけ。実は今、クリムトのスタジオから帰ってきたばかりなんだ。彼が完成させたセシルの肖像画を見せてもらった。本当に傑作だ。それに驚くべき作品でもある。なんとクリムトはセシルの肖像画に、あなたの目を描いていたんだよ！

フリードリヒ・ヘンクラー

追伸　〈グリーンシュタイドル〉のヴィクトルからあなたに渡してほしいと頼まれていた詩を同封するね。フーゴ・フォン・ホーフマンスタールからだ。あなたがウィーンを突然発ったと知って、あの詩人はひどくがっかりしていたらしい。一度でいいから、あなたと直接会って話したかったとね。

24

バークレー・スクエアにいるよりも父のいるケントに帰り、グロブナー・スクエアにかまえる自身の屋敷で、亡き夫フィリップの家族を出迎えるほうがはるかに楽しいはず。わたしはそう母を説得しようとした。それなのに、母の決心は揺らがない。というか、まだわたしが話している途中だというのに、寝室に身を隠してしまった。

寝起きにもかかわらず、母が来ていることを突然知らせて、友人たちを驚かすわけにはいかない。だから、わたしたちのパーティに参加者が増えたことを伝えるべく、まずはセシルの寝室の扉をノックした。扉が開いた瞬間、熱狂的に出迎えてくれたのはけたたましく吠えるシーザーとブルータス。わたしが部屋に足を踏み入れた瞬間から、二匹はドレスのスカートのいちばん噛みやすい位置を確保するべく小競り合いをはじめた。わたしは二匹ともすくい上げると、セシルのベッドに向けて放り投げた。

「この子たちは本当に行儀を知らないわね。これほどマナーの悪い子は見たことがないわ」

「小さいのに憎たらしいでしょう？」セシルはシーザーの頭をかいてやり、ブルータスの頭を軽く撫でた。

「フリードリヒとアンナが来年のクリスマスまでに結婚するほうに賭けるわ」わたしはセシルにフリードリヒからの手紙を手渡した。

「すばらしい（マニフィック）！　だけど、ジェレミーがあなたのスケッチを欲しがっていたというのはなんなのかしら？」

「怖くてきけないわ」

「かわいそうなジェレミー」

「気の毒がることはないわ。ジェレミーがわたしに惹かれているのは、わたしと結婚する機会が与えられていないせいなんだもの。ただそれだけのこと」わたしの手のにおいをくんくんと嗅いでいるブルータスの耳を触りながら、言葉を継ぐ。「ほら、あなた宛ての手紙よ。クリムトからもらしい手紙も入っているわ」

「妙だわねえ。クリムトが手紙を書いてくるなんて、意外もいいところだわ。だけど、ちゃんと別れの挨拶もすることができなかったんですものね」

「彼とはまた会うつもりなの？」

「ええ、たぶんね。それが重要なこと？」

「重要なことになればいいのに、と思って」

「実はわたしもそう思っているのよ」セシルは笑ったが、それ以上何も言おうとしなかった。

「話はまったく変わるけれど、あなたに警告しにやってきたの。母がここに来ているのよ。しかも、これからあなたと母をふたりきりにしなければいけないの」

「あら！　彼女はいつだって一緒にいて楽しい人だわ」

「一緒にいて二十分もしたらうんざりすることになるはずよ」

「それなら、どうしてお母様とわたしをふたりきりにしようとするの？」

わたしはセシルに、アルバート・サンバーンとヘレン・マキニスについて話した。「これから彼女のお父様に会わなければいけないの」

「居場所を知っているの？」

「ええ。デイヴィスが今朝、彼のお宅へ従者を送ったわ。一家はロンドンのお屋敷には住んでいないけれど、今ちょうどミスター・マキニスがロンドンに滞在しているんですって。行きつけの紳士クラブにいるそうよ」わたしはセシルのベッドの隅に腰かけた。「デイヴィスといえば、オデットと一緒に今日の午後は休ませることにしたの」

「どうして？」

「デイヴィスにオデットを連れて、ロンドン見物に行くようすすめてあげたのよ」

「あなた、ふたりの仲を進展させようとしているのね、カリスタ？　そんなことをしても何もいい結果は生まれないわよ」

「わたしたちにとってはね。だけど、ふたりにとっては確実に生まれるはずよ」

〈カールトン・クラブ〉に予告なしで姿を現すつもりはなかった。そこでわたしは、ミスター・マキニスに手紙を送り、配達の少年に彼からの返事を待つよう伝えた。幸い、ミスター・マキニスはわたしとの待ち合わせに同意してくれた。十一時に大英博物館だ。グレート・ラッセル通りにある壮麗な建物に足を踏み入れた瞬間、心地よい静寂がわたしを包んだ。いつもながら、なじみのある展示室が、自分を心から迎え入れてくれているかのような気分になる。神秘の魔法にかけられ、重厚な歴史のうねりの中へのみ込まれたような錯覚を覚えてしまうのだ。

ミスター・マキニスがわたしを待っていたのは《パリスの審判》の花瓶の前だった。夫フィリップが亡くなる直前にこの博物館に寄贈した逸品だ。ここを待ち合わせ場所に指定したのは、《ロゼッタ・ストーン》の前だとあまりに目立ちすぎると考えたからだ。

「お会いいただけて、なんと感謝の言葉を述べていいのかわかりません」わたしはそう言いながら、彼に近づき、手を差し出した。

ミスター・マキニスはお辞儀をし、わたしの手に口づけた。「あなたからの手紙を読んで、本当に驚きました。サンバーンというのは、わたしにとって二度と聞きたくない名前だったので」

「ええ、お気持ちお察しします。それなのに無理に思い出させてしまい、本当に申し訳ありません。まず申し上げておきたいのは、彼がかかわった醜聞について、わたしはすべてを知っているということです。かんばしくない情報も隠す必要はありません。わたしがこうしてやってきたのは、ここ数年で起きた一連の出来事がフォーテスキュー卿殺害事件に関連しているのではないかと考えたからです」

「そういうことなら、あなたは完全に見当違いをされていますな、レディ・アシュトン。フォーテスキューはこの帝国の中でもっとも信頼に足る人物でした。一流の男だったと言えるでしょう。わたしは彼に一生の借りがあると感じていたんですよ。いや、少なくとも、彼はわたしの娘にとっての恩人なんです」

「それはどうしてです？」

「サンバーンの忌むべき性癖について警告してくれたのは、フォーテスキューなんです。彼から警告されなければ、わたしの可愛いヘレンの人生はどうなっていたか……」

それを聞いて、恐ろしさで身が縮む思いがした。「フォーテスキュー卿があなたに、そう警告したんですか？」

「ええ。サンバーンはウィーンに逃れ、わたしは彼のあとを追いました。あのまま逃がすなどとうてい許せなかった。ヘレンは彼に夢中でした。婚約破棄となってヘレンの心がぼろぼろに傷ついたのは言うまでもありません。正直言って、わたしは彼を殺してやりたかった」

「さぞ腹立たしい思いをされたに違いありません。それで、サンバーンはなんと申し開きしたんです？」

「実際はほとんど何も言いませんでした。見ていてこちらが哀れになるほどだったんです。サンバーンは泣いて、わたしの許しを乞い願いました。そして、翌日にみずから命を絶ったんです。男として、彼ができた唯一の立派な行いと言えるでしょう」

それを聞き、わたしはアルバート・サンバーンよりもさらにひどい傷心を抱えることになった。一瞬何も話すことができなくなってしまったほどだ。「ほかに誰かこのことを知る人は？」

「できるだけ誰にも知られないようにしようと努めました。ヘレンはすでに充分苦しんでいます。これ以上の醜聞に巻き込みたくはなかったのです。それにサンバーンの家族にさらなる悲しみを与える必要もないと思いました。サンバーンの妹であるメアリーが兄の死後、生きる場所を見つけるのに苦労しているのも知っていたんです。だから、サンバーンはインフルエンザで亡くなったという噂を流し、死亡記事も書かせた。メアリーにとってはなんのためにもならないかもしれませんが、それでも家族の中に自殺者が出たという事実を知られるよりはましだろうと考えたんです」ミスター・マキニスは居心地悪そうに身じろぎをした。

「すべて打ち明けてくださったこと、本当に感謝します」

「今日あなたと会うのはやめようかとさんざん迷ったんです。事実が明るみになったところで、サンバーンにとってもいいとは思えない。こういう話はなるべく黙っているに越したことはありませんからね」

ミスター・マキニスに礼を述べると、わたしは霧の立ち込める道を歩き、バークレー・スクエアの自宅まで戻った。いまや、もっとも受け入れられない不愉快な考えがひとつの形になろうとしている。このまま無視できればどれほどいいだろう。でも、絶対に無視できないことにわたしは気づいていた。


屋敷の正面玄関でマーガレットに出くわした。「コリンから何か知らせは?」わたしはすかさず尋ねた。

「残念ながら何もないわ。でも、あなたのお母様がいてもうびっくりよ!」

「ごめんなさいね」わたしは帽子を脱ぎ、待機していた従者に外套と一緒に手渡した。

「母の様子はどう?」

「アイヴィーを階上に連れていって、階下へおりるのはもちろん、ベッドから出すことさえ禁じると申し渡したわ。それにわたしをレディ・エリオットの息子と結婚させるのに夢中になっているみたい」

「ヘンリーじゃなくて？」

「ええ、ヘンリーじゃないわ」

「そうよね、彼はあなたとは全然合わないもの」

「あなたのお母様はいつまでここにいらっしゃる予定かしら？　ここだけは常に安全な隠れ家だと考えていたのに。ああ、本当に耐えられないわ」

「わざわざ言われなくてもわかっているわ、マーガレット。何しろ、わたしは母と何年も同居していたんだもの」

「それで、大蔵省でミスター・ハミルトンにはちゃんと会えたの？」

「エミリー！　ああ、戻ったのね？」母の声が階上から聞こえてきた。「すぐにここへ上がっていらっしゃい」

わたしはため息をつくと、階段をのぼりはじめた。マーガレットも背後からついてきている。「ねえ、ハミルトンについて知りたいわ」マーガレットがささやく。

「母の話が終わるまで待ってね」

母がわたしたちを連れていったのは黄色い寝室だった。アイヴィーがベッドに横たわり、枕の山の上に片足をのせている。

「まあ、まだブロスを食べ終えていないじゃない」母はベッド脇のテーブルからボウルを手に取り、アイヴィーに向かって突き出した。「丈夫な男の子が欲しいなら、しっかり食べなくちゃ」

アイヴィーは目を大きく見開き、言われたとおりにした。すると、今度は母がわたしに向かって言った。「あなたの料理人に、アイヴィーには毎日最低でもビーフ・ブロスを六皿、それにアルコール度の高い赤ワインをグラスで一杯飲ませる必要があると言っておいたわ。ここに閉じこもっているあいだは、好ましくないものはすべて避けないと――」

「ここに閉じこもっているあいだ？」わたしはさえぎった。「お母様、アイヴィーをずっとベッドに縛りつけておくわけにはいかないわ。だってまだあと……正確には何カ月なのかわからないけれど」

「予定日まであと六カ月よ」アイヴィーが答える。やっと聞こえるか聞こえないかの細い声だ。

「さあ、ブロスを食べておしまいなさい」母はわたしのほうを振り向くと、低い声で言った。「この部屋から不適切なものはすべて取り除いておいたわ」

「不適切なもの？」

「もちろん、あの忌まわしい紙のことよ。オスカー・ワイルドをアイヴィーに読ませるなんて、いったい何を考えているの？　まったく、あなたの常識を疑うわ」

「もしかして『ウィンダミア卿夫人の扇』の脚本のこと？　あれをどこへやったの？　教

えて」

「暖炉に放り込んでやったわよ。まったく最悪の男だわ、ワイルドは。慎み深さというものがこれっぽっちもないのだから」

「暖炉に放り込んだ？」わたしは壁にもたれ、額を手でこすった。「お願い、嘘だと言って」

「まっすぐお立ちなさい、エミリー。そんなだらしない姿勢をして、人目が気にならないの？　もちろん、あんなものは暖炉に放り込んだわ。あれほど恥ずべきもの、燃やしてしまうほかないでしょう？　開いたとたん、〝わたしはなんだって我慢します。でも誘惑だけはだめなんです〟なんて台詞が書いてあるのよ！　まったく、そんなことを堂々と言うなんて、どういう類いの人間なのかと思わない？」

「むしろ、わたしは面白い人だと思うけれど」わたしはぽつりと答えた。

「ばかなことを言わないで！　アイヴィーのような体調のレディには不適切きわまりない作品だわ！　あなたのように結婚さえしていないレディにとっては特にね」

「でも、わたしは結婚していたことがあるわ」暖炉のそばへ行き、火かき棒で薪のあいだをつついてみた。でも、脚本は完全に燃えてしまったらしく、影も形もない。

「それにミス・スワードにとってもよ！　あんなものを手に取らせたら、どうなってしまうことか！」

「まあ、レディ・ブロムリー、どうぞご心配なく。わたしなら、そんなものはちらりとも見るつもりがありませんから」マーガレットはにっこりと笑みを浮かべながら答えた。

「ああ、よかった」マーガレットにうなずきながら母が安堵したように言う。「あなたが良識のある女性で」

「セシルはどこ？」わたしは尋ねた。

「お風呂に入っているわ」母が答える。しかめっ面をこらえるのに必死な様子だ。「フランス人というのは、わたしたち英国人よりもずいぶん風変わりな習慣をたくさん持っているものなのねえ。だけどマダム・ドゥ・ラックは良家のご出身だもの。ねえ、ミス・スワード、知っている？　わたしはね、彼女がフランス王族の末裔ではないかと考えているの」

「なんて素敵なんでしょう」マーガレットは答えた。「わたしもかねがね、セシルの物腰にはどこか気品があると思っていたんです」

「ここへ滞在しているあいだに、あなたのことをもっとよく知りたいわ、ミス・スワード。あなたに対するわたしの第一印象と、本当のあなたは完全に違うんじゃないかと思えてきたの」

「レディ・ブロムリー、そろそろ失礼してもいいでしょうか？　図書室へ行って、アイヴィーが楽しんで読めるような本を探してきたいと思います」マーガレットは扉のほうへ向かいながら、わたしに向けてウィンクをした。

「彼女と一緒に行きなさい、エミリー」母が命じる。「アイヴィーは体を休める必要があるの。ほんの数時間ならここへ来て少し言葉を交わしてもいいけれど、アイヴィーのことをわずらわせてはだめよ」

わたしは一瞬同情のまなざしをアイヴィーに向けると、部屋から出た。廊下の床にぺたんと座ってわたしを待っていたのはマーガレットだ。ひっそりと笑みを浮かべている。

「いったいあなた、どうしてしまったの？」

「あなたのお母様と仲よしになろうと思って」

「さっきのあなたの態度にはぞっとしたわ」わたしは彼女を立たせると、階下を目ざした。

「気をつけてよ。さもないと、母は今月末までにあなたを誰かと婚約させようとするから」

「そんなことが起きる危険は万にひとつもないわ。わたしは自分のことはちゃんと自分で面倒見られるから」

「セシルは本当にお風呂に入っているの？」

「ええ。メグが手伝っているわ。オデットとデイヴィスは何時間か前に一緒に出かけていったの。階下ではもうその噂で持ちきりよ」

「どうしてそれがわかったの？」

「ふたりがここから出ていくのを見送ったあと、階下へおりていって、みんながなんて言っているかこの耳で確かめてきたのよ。あなたの使用人たちはなかなか女主人思いね」

「そうじゃないと思っていたの？」

「いいえ。ただ、彼らがあなたのことを必死で守ろうとしているのが印象的だったのよ。それにみんな、あなたとコリンが結婚したら、誰がここに残って誰がパーク・レーンへ行かされるかと戦々恐々としていたわ」

「まあ、そんなこと、まだ考えてもいないわ」

「たぶんその結果しだいで、失恋してしまう使用人たちもいるんじゃない？」

ちょうど階段のいちばん下へたどり着いたとき、正面玄関をノックする大きな音が聞こえた。

「わたしがデイヴィスの代わりをやってあげる」ノックに応じようとした従者にマーガレットが言う。従者はお辞儀をすると、自分の持ち場へ戻った。

マーガレットが重々しい扉を大きく開けると、そこに立っていたのは気品ある紳士だ。

「ミスター・マイケルズ！」マーガレットはにやりとした。「あなたがやってくるなんて驚きだわ。さあ、どうぞ。レディ・アシュトンのことを覚えているかしら？」

「ああ、もちろんだ」ミスター・マイケルズはわたしに向かってうなずくと、手を伸ばしかけたが動きを止め、マーガレットのほうを見た。「最後に送った手紙にきみが返事をくれないから、ずっと心配していたんだ」

「それでわざわざロンドンへ戻ってきたの？」

「てっきり、わたしの『恋愛指南(アルス・アマトリア)』に関するコメントに、きみが不快感を表してくるに違いないと考えていたんだ」

「まさか。むしろすばらしいコメントだと思ったのよ」マーガレットが答える。「さあ、図書室へ行きましょう」通路を歩きはじめたそのとき、母がちょうど階下へおりてきた。わたしだけが立ち止まり、ふたりを見送る。

「あれはどなた？」母がすかさず尋ねてきた。

「ミスター・マイケルズよ。オックスフォード大学の個別指導教員なの」

母は鼻に思いきりしわを寄せた。

「たしか、とっても裕福なおうちの出だそうよ」わたしはささやいた。「そういえばヘンリー・エリオットについての話を聞いた？」

「いいえ。聞かせてちょうだい」

「外出から戻ったらすぐに話すわ。どうしても行かなければいけない約束があるの」わたしはいたずらっぽい笑みを浮かべ、つけ加えた。「わたしの代わりに、あのふたりに付き添っていてくれるかしら？」

「ええ、喜んで」

戻ってきたマーガレットは、わたしに意味ありげなウィンクをした。彼女はまだ知る由もない。これから、うちの母に付き添われることになろうとは。

パディントン駅から始発電車に乗ってウィンザー駅に着いたわたしは、その足でミセス・レイノルド＝プリンプトン宅を訪ね、動物の剥製だらけの応接室へ通された。彼女はハンカチに服喪のための黒いモーニング・バンドを縫いつけている。執事がわたしの来訪を告げても、顔を上げようともしなかった。

「ミスター・ハミルトンをどうやって見つけたの？　彼はあなたのお役に立ったかしら？」

「ええ、ある意味では」わたしが答える。

「紅茶はいかが？」

「いいえ、結構です。それよりもわたし、これからどう考えても不適切な質問をあなたにするつもりなんですが」

ミセス・レイノルド＝プリンプトンはハンカチを脇に置いた。「あら、面白そうね。何かしら？」

「なぜフォーテスキュー卿はメアリー・サンバーンに求婚したのでしょう？」

「本当に不釣り合いな結婚に思えるわよね？　彼女はバジルにお金ももたらさないし、美しくもないいんだもの」

「それに、ふたりが愛し合っているようにも見えません」

「どちらにとってても好ましいことがあったから結婚したんじゃない？」

「だけど、彼が愛していたのはあなたです」

「ええ、彼なりの愛し方でね」ミセス・レイノルド＝プリンプトンは薄笑いを浮かべた。

「なのに、どうして彼はメアリーを選んだのかしら？」

「本当に奇妙よね。バジルらしくない決断だわ。でもはっきりとではないけれど、バジルは彼女の家族に起きたことを気の毒に思っているとほのめかしていたわ。女王から、彼女の父親の爵位と領地を与えられたあとは特にね」

「ということは、その埋め合わせをするためにメアリーと結婚したんでしょうか？」

「絶対にそうだと思うわ」

「メアリーはそのことを知っているのかしら？」

「求婚したときに、バジルから聞いたはずよ」

わたしは頬杖をつき、唇を噛んだ。「愛する男性がべつの誰かと結婚するのは、さぞつらいことでしょうね。わたしには想像もできません」

「結婚というのは、単なるビジネスみたいなものだもの。わたしは全然気にしていなかったわ」

「信じられないわ。だってあなたは彼を愛しているんでしょう？」

「愛していたのよ。バジルはもうこの世にいない。それに、わたしは彼の死を公然と悼むことも許されていないんだもの」

「彼はメアリーと結婚すべきではありませんでした。待つべきだったと思うんです。あなたと……結婚できるようになる日を」

「ええ、そうね。ただバジルはほかの誰かの望みを叶えるような類いの男性ではなかったわ。そしてわたしはその点を受け入れていた。わたしたちが長年うまくやっていけた秘訣はそこにあるのよ」

「でも、それでは悲しすぎます」

「何もないよりはずっとましよ」ミセス・レイノルド＝プリンプトンは膝の上で両手を重ねると、背筋を伸ばした。「彼女と結婚するのは正しいことだったのよ。どうしてバジルを責められる？　わたしが知るかぎり、バジルが完全に無私無欲の行動を取ったのはメアリーとの結婚だけなんだもの」

25

コリンからなんの知らせもないまま、さらに二日が過ぎた。彼が今どこに滞在しているのか、その街の名前すらわからず、連絡を取る手立てがない。当局に詳しく問い合わせることさえできないのだ。ドイツ皇帝は明日ウィーンへ到着し、その翌日に聖歌隊の歓迎会に出席する予定だ。わずかな事実だけでなく、皇后から聞いた話をすべてコリンに告げるべきだったのかもしれない。取るに足りないように思える情報でも、隠してしまうことでマイナスの結果を生み出す可能性があるのだから。特に、今回は罪のない人たちの命を危険にさらす恐れがある。でも、コリンならばそんな情報などとっくに手に入れているだろう。

もし彼がまだ生きていればの話だけれど。

そんなことは、とても声に出して言えない。マーガレットにも、アイヴィーにも、セシルにも、それに自分自身に対してさえも。わたしはニューゲート監獄にいるロバートに意識を集中しようとした。もちろん、完全に集中できたわけではないけれど、コリンのことを少しだけ忘れられた。同時に、認めざるをえないだろう。母の存在もまた、わたしの気持ちをコリンからそらす手助けになっていた。

「ミス・スワードの教授のことをどう考えればいいのか、わからないわ」ディナーのために寝室で着替えていたわたしに、母はこう話しかけてきた。「マナーもいいし、外見もきちんとしている。ミス・スワードにはちょっと年上すぎるかもしれないけれど、彼女には人生全般において手綱をしっかり握ってくれるようなお相手がふさわしいものね」

わたしは両方の眉を釣り上げて姿見を見つめた。くせの強いわたしの髪と格闘をしていたメグが、ちょうど完璧な髪型に結い上げてくれたところだ。「あのふたりはお似合いだと思うわ。だけどマーガレットが結婚したがっているとは思えないの」

「ばかなことを言ってはだめよ、エミリー。女性は結婚しなければいけないの。ミスター・マイケルズはそこそこいい収入があるみたいだし。といっても、飛び抜けて高額な収入ではないけれどね。もしこれがあなただったら、わたしは絶対にミスター・マイケルズとの結婚は許さなかったと思うわ。でも、結局ミス・スワードは米国人だし、自分自身の財産がたくさんあるんだもの。返す返すも残念なのは、彼女とベインブリッジ公爵がうまくいかなかったことよ。でも、今のミス・スワードなら公爵ともうまくやっていけるんじゃないかしらね」

「そうかもしれないわね。お母様は恋愛結婚の手伝いをしたいと考えているのね？」

「ええ。だって愛っていいものだもの。恋愛にうつつを抜かさないかぎりね。ところで、なぜヘンリー・エリオットとミス・スワードをくっつけることに反対したのか、まだ教えてくれていないわね」

「そうね……」わたしは姿見に映る母を見つめた。「ヘンリーは結婚相手として申し分ないと思うわ。でも噂によれば、申し分のない経歴の持ち主で、うなるような富を持っていて、彼の気を引こうとしている若いレディがいるとか」

「本当に？　いったい誰なの？」

「わたしは秘密を明かす立場にないわ」そう、特にこれは作り話なのだからなおさらだ。

「ヘンリーはそのことを知っているの？」

「もうじき知ることになるはずよ」

「なんて興味深いんでしょう。レディ・エリオットにさっそく周囲の動きに注意を払うよう言っておかなくては。あとミスター・マイケルズとは、今夜話してみるべきかもしれないわね」

わたしはすでにミスター・マイケルズが気の毒になっていた。彼がこの母と対等にやり合えるとは思えない。

その夜、わたしはアイヴィーが恋しくてしかたがなかった。うちの母に恐れをなし、アイヴィーはベッドにふせったままだ。それでも、わたしはアイヴィーが楽しめるような工夫を少しずつ考えはじめていた。たとえば、キャロライン・ノートンの衝撃的な小説『迷子になり、救われて』をこっそり手渡すのもいいかもしれない。愛人とエジプトへ許されざる旅行をした女主人公ベアトリス・ブルックが、その愛人と結婚できると信じていたのに病気になってしまうという筋書きだ。メロドラマ中のメロドラマと言っていい。

その晩は気もそぞろで、友人たちにほとんど注意を払うことができずにいた。ディナーのあとみんなで図書室へ移動すると、さっそくひとり書き物机に座り、コリン宛ての手紙をしたためた。でも、文章をろくに綴りもしないうちに紙を丸めて書き直すという作業をくり返すはめになった。

「手紙を書き直すのは、これでもう五度目よ」三十分後、そう口にしたのはマーガレットだ。赤ワインが入ったデカンタを持ってきて、わたしのために注いでくれる。「いったい何を書いているの？」

「べつに何も」

「三十分もかけて手紙を書いてくれる人が、ぼくにもいたらいいのに」ジェレミーが言う。

「だったら、もう少し日頃の態度を改めないと」

「そんな残酷なことを言わなくても」ジェレミーが赤ワインをすする。

「エミリーは残酷だもの」マーガレットは声をひそめた。「彼女のお母様と遊んでいるほうがずっと楽しいわ。レディ・ブロムリーはひどく面白い人なんだもの」

「そう言っていられるのも今のうちよ」わたしは微笑んだ。「来週になれば、母は絶対にあなたの結婚式の計画を立てはじめるに違いないわ」

「それはないわ。おまけに、わたしはニューヨークで結婚しなければいけないんだもの。大丈夫、わたしの身は安全よ」

「レディ・ブロムリーの手にかかると、誰も安全だなんて言えなくなるんだ」ジェレミーが言う。「ぼくなんかよちよち歩きをしていた頃から知っているよ」

マーガレットは部屋をぐるりと回り、その場にいる全員のグラスにワインを注いだ。それからセシルとミスター・マイケルズの楽しそうな会話にほんの少しだけ加わったあと、わたしの母の前で立ち止まった。「さあ、レディ・ブロムリー、赤ワインを飲んでわたしをびっくりさせてください」

「いいえ、赤ワインはレディの飲むものではないわ」母がきっぱりと答えた。「ありえません」

「本当に？」マーガレットが尋ねる。顔にいかにも純粋そうな表情をわざと浮かべながら。

「疑問の余地はないわ」母は声を落とした。低いのに女優のようによく響く声でささやきはじめる。「ミスター・マイケルズはどう言っているの？」

「あら、わたしったら、そんなことさえ気にしていませんでした。極上のワインだと考えているみたいですよ」マーガレットが母の手に赤ワインのグラスを押しつける。もしかして、母もグラスを受け取るんじゃないかしら？　一瞬そう期待し、わたしはマーガレットの優れた演技力に圧倒されそうになった。でも悲しいかな、それは多くを望みすぎだったようだ。母はグラスをテーブルの上に置き、シェリー酒が飲みたいと言い出した。呼び鈴を鳴らそうとしたそのとき、デイヴィスがすぐに部屋に入ってきた。
「奥様、これが今届きました」デイヴィスがそう言って手渡したのは、一通の電報だ。コリンからかもしれない。わたしはすぐに封を開けた。でも残念ながら違った。

H阻止のために手助けしてくれるかもしれない人物と、これからすぐに会う予定。Cの姿はどこにも見当たらず。彼が仕事に没頭している証拠よ。心配の必要はないわ。

クリスティアナ・フォン・ランゲ

心配しなくていいという伯爵夫人の忠告にもかかわらず、不安をかき立てられたわたしは、翌朝ジュリアン卿と面会の約束を取りつけた。彼が郊外への小旅行から戻ってきた初日である。ひどいだるさを感じていたため、彼の事務所へは徒歩ではなく、自分の馬車で行くことにした。いったいウィーンでは今、何が起きているのだろう？　やきもきするあまり、馬車の中ではずっと手袋をいじらずにはいられなかった。

「やあ、レディ・アシュトン。わたしを定期的に訪ねてくれるようになったのかい？　それなら嬉しいんだが」わたしが事務所へ到着するなり、ジュリアン卿は言った。「きみはたいそう魅力的だ。どんな男も、きみを前にするとわくわくせずにはいられないだろう」

「それはあまりに褒めすぎというものよ。だけど、お言葉はありがたく受け取っておくわ」

ジュリアン卿は机に手のひらを勢いよく叩きつけた。「さあ！　今日はどういう用件かな？　放蕩にふけって転落したきみの貴族の友人たちに関して、もっと情報が欲しいのかい？」

「いいえ。ねえ、覚えているかしら？〈ボーモント・タワーズ〉でディナーがはじまる前、レディ・フォーテスキューが突然中座してしまったときのことを」

「ああ、覚えているよ。ちょっと変だなと思ったんだ。だが、彼女は風変わりな女性だからね。恐ろしいほど言葉数が少ない」

「彼女が部屋から出ていってしまったとき、たしかあなた、一緒にいたでしょう？　何を話していたの？」

「そうだなあ……そうそう、あれはレディ・フォーテスキューに、彼女の夫には新聞各紙の報道を支配したがる傾向があると話していたときだ」

「アルバート・サンバーンの話をした？」

「名前は出していないけどね。サンバーンの事件を例にあげて、彼女の夫が圧力をかけてその記事を握りつぶしたことを話した」

「あなたが誰のことを話しているか、レディ・フォーテスキューが気づいた可能性はあるかしら？」

「まさか、ありえない。あの一件に深くかかわっていた人間にしかわからないはずだ」

「それなら、あなたは彼女が誰なのか知らなかったのね？　レディ・フォーテスキューがアルバート・サンバーンの妹だと」

「いや、もちろん知っていたとも。だからサンバーンの名前を出さなかった。だが、彼女に事件の詳細を話す人間がいたとは思えない。当時はまだ小さな女の子だったからね。兄の死の真相を知るはずがない」

　わたしはすぐに気づいた。ジュリアン卿の考えが全面的に間違っていることに。

　わたしはすぐにバークレー・スクエアに戻り、友人の姿を捜した。でもあいにくマーガレットとセシルは外出しており、母はアイヴィーに聖書を読み聞かせている最中だ。残念ながら、母を説得して一緒にヨークシャーへ連れていくわけにはいかないだろう。そこでひとりで列車に乗り込み、個室に腰をおろした。感じているのは、えも言われぬ恐怖だ。普段なら小説を読めば、そういう不安や恐怖から気をそらすことができる。だけど今回持参したのは小説ではなく、コリンが一年以上前にくれたギリシャ語の文法書だった。彼が学校で使っていたものだ。ページをゆっくりとめくってはいるが、実際に読んでいるわけでも、ましてや勉強しているわけでもない。ただコリンが持っていた本だと思うだけで、心が少し慰められるのだ。

レディ・フォーテスキューには前もって電報を打ち、訪問する旨を伝えておいた。そのため駅に着くと、彼女が手配した馬車がわたしを出迎えてくれた。原野の中を馬車で走る時間は、記憶よりも短くてすんだ。やがて見えてきたのは〈ボーモント・タワーズ〉の巨大な建物だ。見あげながらふと思う。この建物がどうしても好きになれない。まるで建築で悪夢を表現しているかのように見える。だけど今は、少し前回と違った印象を受けた。この建物自体にどうしようもない悲しみが染み込んでいるように思える。以前ここへ来たときには、あまりに批判的なまなざしで見ていたため、そこまで気づけなかったのだろう。

建物の中に足を踏み入れると、時計はすべて針が止められ、窓にもひとつ残らず重々しいカーテンがかけられていた。屋敷全体が深い喪に服しているのだ。

レディ・フォーテスキューがわたしを迎えてくれたのは小さな次の間だった。前回ここを訪れた際、首相を迎えてのディナーをどう乗りきればいいのかと心配を募らせている彼女を見つけたのと同じ部屋だ。

「突然お邪魔してごめんなさいね」わたしは言った。「ここは素敵なお部屋ね」

「母がよく使っていた部屋なの」レディ・フォーテスキューが答える。「小さかった頃、ここで過ごすのが好きだったわ」

「その気持ち、よくわかるような気がするわ」

「今日は緊急の用件だとか」心なしか、レディ・フォーテスキューの顔は緊張でこわばっている。とはいえ、前回会ったときよりも、全身から力のようなものがみなぎっているようだ。

「ええ。あなたのお兄様と旦那様のことについて話したいと思ったの」

レディ・フォーテスキューは青ざめた。「どうして？」

「本当は何が起きたのか、わたしにもようやくわかったのよ」

「どういう意味？」

「どういう意味かは、あなたがいちばんよく知っているはず。とうとうすべてのピースがつながったの」

「つながったって……どうやって？」レディ・フォーテスキューは椅子の肘かけを強くつかんだ。瞳が曇り、頬の赤みが消えている。そのうえ、腕がぶるぶると震えはじめた。

「ウィーンにあったもう一丁のピストルよ」

「ウィーンのどこにあったの？　必死で捜したのに見つけられなかったわ」

「ピストルは決闘に使われていたの。決闘で殺された男性の弟が持っていたのよ」

「そう、血塗られた記念品というわけね。兄がウィーンで二丁セットになったピストルを買っていたのは知っていたの。ピストルの柄に文字を彫り込んだとも言っていたわ。でも、何に使うために買ったのかは知らなかった」

「旦那様があなたのお兄様の件にかかわっていると知ったのは、いつだったの？」

「あなたも参加した、あの週末のパーティのときよ」レディ・フォーテスキューは体の震えを止めようとするかのように両腕で自分の肩を抱きしめた。「信じられなかったわ。親切にもこの屋敷を取り戻してくれた男が、わたしの人生に起きた不運の原因を作った人だったなんて。それに、大好きな兄を破滅に追いやった張本人だったなんて」レディ・フォーテスキューはすすり泣きはじめた。「兄は本当に絶望していたの。兄の手紙を読んで、わたしは胸がつぶれる思いだったわ」

「お兄様はあなたに手紙を送っていたの？」

「ええ。自殺を図る前に、ウィーンから」

「当時、あなたは何歳だったの？」

「十二歳よ」

「お兄様は今後のことを詳しく書いていたのかしら？」

「いいえ、具体的には何も書いていなかったわ。ただ自分はもう身の破滅だ、家に戻ることはできないとだけ書かれていたの。あと、自分の人生が台無しになってしまったのは、ある男のせいだと」

「でも、その男の名前は書かれていなかったのね？」

「ええ。〝新聞社に圧力をかけてまで自分に自由をもたらしてくれた男が、突然敵に回ってしまった〟と書いてあっただけ」レディ・フォーテスキューはわたしが差し出したハンカチを受け取った。「ジュリアン卿からあの話を聞かされたとき、もちろんすぐに兄の件だと気づいたわ。そして、味方のふりをしておきながら兄を破滅に追いやったのが、夫だということにも」

「旦那様にはそのことを問いただしたの？」

「ええ。あの人、わたしを見て笑ったのよ、レディ・アシュトン。信じられる？　笑いながらこう言ったの。過去をくよくよ思い悩むな、今これほど快適に暮らせているのだからいいじゃないかって。もし武器さえ持っていたら、その場であの人を殺していたわ」

「それで、どうしたの？」

「兄の銃を手に取ったの」レディ・フォーテスキューはハンカチで口元を押さえた。声がくぐもって聞こえにくくなる。「ウィーンにいた兄の友人が送り返してくれた私物の中に、あのピストルとケースが含まれていたのよ」

「……本当に残念だわ」

「後悔なんてしていないわ。ただ疲れてしまっただけ。あなたにわかるかしら？　すべてを奪い取られるのがどういうことか。屋敷も、私物も、それまでの地位も根こそぎ奪われてしまうの。いろいろなところをたらい回しにされ、どこでも歓迎されないのがどういうことかわかる？　それに自分にとってのいちばんの幸せが、使用人が望む幸せと大差ない状態がどれほど惨めか想像できる？　十年間、わたしはそんな悲しみを抱えながら生きてきた。苦しいことしかない人生だったのよ」

「あなたはどうやって……」

「あの人を撃ったか？　簡単よ。わたしはアーチェリーが得意だったの。それで両親が亡くなったあと、兄はわたしに射撃を教えてくれたのよ」

「どうやったの？」

「図書室からピストルを持ち出したわ。兄が自分の人生を終わらせたのと同じピストルを使いたかったから。あの日、狩りに出かけた男性陣を追って、少し離れた雑木林に隠れた。そして彼らが撃ったショットガンの音にかき消されるタイミングを狙って、発砲したの」

「さぞ恐ろしかったでしょうね」

レディ・フォーテスキューは目に涙をいっぱいためた。「ええ。だけどどうしてもあの人を生かしてはおけなかった」

わたしはレディ・フォーテスキューのほうへ手を伸ばした。「でも、無実のミスター・ブランドンを絞首刑にするのは許されないわ」

「ええ……そうね……悪いのは自分だとわかっているわ。でもどうしても現実を受け止めることができないの」

「きちんと受け止めなければいけないわ、メアリー」わたしはレディ・フォーテスキューの手を取った。「何が起きたのか知ってしまった以上、わたしはこのことを警察に話さなくてはいけないわ。どうかわかってちょうだい。そうするしかないことを」

「いやよ」レディ・フォーテスキューはかぶりを振った。何度も何度も。

「でも、どうしてもそうしなくてはいけないの。ただ、あなたに寛大な措置を取ってもらえるよう、働きかけることはできるはずよ。これまであなたがどんなにつらい人生を送ってきたかは、誰だってわかるはずだもの。夫にそんな形で裏切られていたなんて……その動かしがたい事実があれば、あなたを助ける方法は必ずあるはずだわ」

レディ・フォーテスキューが椅子から立ち上がった瞬間、わたしは恐ろしくなった。レディ・フォーテスキューがわたしを力ずくでどうにかできるわけがない。それなのに、彼女が決闘で使われたピストルを手にしているような錯覚を覚えてしまったのだ。もちろん、そんなばかなことがあるはずない。そもそも、レディ・フォーテスキューはわたしがここへやってきた用件を知らなかったのだから。それなのに動転するあまり、目の錯覚を覚えてしまったらしい。

「ミセス・ブランドンのことを考えてあげて。彼女は妊娠しているのよ、メアリー。どうか赤ちゃんからお父さんを奪わないであげて」

「赤ちゃん？」

わたしはうなずいた。

「人生を台無しにされて苦しむ子どもがまたひとり、生まれてしまうのね」レディ・フォーテスキューがぽつりと言う。声に感情がこもっていない。

「あなたの助けになると約束するわ。フォーテスキュー卿に人生をめちゃくちゃにされるのを恐れている人は大勢いるはずだもの。お兄様の手紙に書いてあった内容を正確に教えてくれるかしら？　あなたの夫がアルバートの破滅にどうかかわっていたか証明できればきっと……」できない約束はしたくない、とわたしは思った。レディ・フォーテスキューは一生刑務所で過ごすことになるだろう。だけど、絞首刑になるよりははるかにましだ。獄中にいるレディ・フォーテスキューを訪ね、本を届けてあげよう。彼女の心の痛みを癒すためにできるかぎりのことをしよう。「あなたへの温情あふれる判決が下されるはずだわ」

「兄からの手紙は、今まで誰にも見せたことがないの」

「お願いよ、メアリー」わたしは彼女の手を取った。「あなたを助けさせて」

「兄の手紙を読めば、本当に事態が変わると言える？」

「ええ」わたしはきっぱりと答えた。この答えが当たっていますように、と祈るような気持ちで。

「わかったわ。待っていて、手紙を取ってくるから」

「ええ、お願い」

だがレディ・フォーテスキューが部屋から出ていったあと、わたしは彼女が何をしようとしているかにはたと気づいた。応接室からあわてて飛び出し、大声で名前を呼び、全速力で廊下を駆け抜ける。お願い、どうかレディ・フォーテスキューを見つけられますように……。でも、わたしの祈りが聞き届けられることはなかった。

図書室の扉に手をかける寸前、一発の銃声が屋敷じゅうに響き渡った。

26

図書室の扉を開けると、メアリーが床にくずおれていた。手から少し離れたところに転がっていたのは、決闘で使われたあのピストルだ。メアリーの額には星型の穴が開いており、そこから細長い血のあとがひと筋流れている。どうにか近づいて息があるか確認したものの、もちろんメアリーは事切れていた。ふと気づくと、いつの間にか手を伸ばし、メアリーの目を閉じていた。うつろな瞳はあまりに悲しすぎて、見るに忍びなかったのだ。

使用人たちが図書室へ駆け込んできた。中にはわたしを床から引き上げてくれた者もいる。でも助けなど必要なかった。完璧に落ち着いているし、冷静そのものだ。あたかも窓の外からこの現場を見ているかのような気分だった。だけど同時に、ひとりきりになった瞬間、今日撃している光景を思い出し、打ちのめされるであろうこともわかっていた。メアリーが倒れている場所の隣にある机には、ピストルが収められていたマホガニーの箱が置かれている。蓋は閉められており、その上に手紙がのせられていた。きっとアルバートの手紙だろう。そう思って開封してみると、目に飛び込んできたのはメアリーの震える筆跡だ。

わたし、メアリー・フォーテスキューは夫バジル・フォーテスキュー卿を殺したことをここに告白します。

アルバートの手紙はどこにも見当たらない。箱の中に何かべつのものが残されているかもしれないと考え、箱の内部に敷き詰められたベルベットの布地をひっくり返してみた。でも、結局何も見つからなかった。ふたたびメアリーを振り返り、彼女の隣にひざまずいてみる。できれば亡骸には触れたくない。だけど、じかに触れて確かめなければならない。メアリーの手をそっと開くと、案の定、そこには真っ黒な手紙の燃えさしが握られていた。わたしがはじめてこの収納ケースを発見したときに見たのと同じものだ。

その瞬間、ふっと気を失いそうになった。生まれてはじめてのことだ。でもどうにか冷静さを保ち、助けを呼び、使用人たちに警察へ連絡するよう指示を出した。警察は驚くべき早さで現場に到着した。いや、もしかすると、わたしが時間の感覚を失っていただけかもしれない。警察官はわたしを図書室から出そうとしたが、頑として応じなかった。ここから出ていくつもりはない。この件の詳細がきちんと報告されるのを確認するまでは。そして引き続き確認しなければならない。ロバートがちゃんと釈放されるかどうかを。フォーテスキュー卿の子どものうちの誰かが、メアリーの葬式の手配をしてくれるかどうかを。

　警察官の質問に答えているあいだ、わたしは落ち着いた声を保とうとした。震えないよう両手をきつく握りしめるのも忘れない。〝明らかな自殺〟というのが彼らの見解だった。ほかの手紙と照らし合わせ、メアリーが残した手紙の筆跡を確認したあと、警察官が取りかかったのが使用人たちへの質問だ。フォーテスキュー卿が亡くなったとき、メアリーが屋敷を離れていたかどうかを確認している。もちろん、すべて形だけの確認だ。とはいえ、こういう手順は必ず踏む必要があるのだろう。

　じきにすべての手順を終えた警察官が満足すると、遺体が運び出され、使用人たちが絨毯の汚れを落としはじめた。わたしはそこに突っ立ったままだった。どうしてもわからない。メアリーはどうやってこのピストルを手に入れたのだろう？　フォーテスキュー卿が殺されたあと、警察はこの屋敷の一室を使って関係者全員から事情聴取をし、そのときに凶器を見せていた。当然メアリーも見せられていたはずだ。そのあと事情聴取が終わって部屋を出るとき、警察は鍵をかけたに違いない。ただし、鍵を持っているメアリーなら、事情聴取が行われた部屋へ忍び込み、凶器を盗み出すことなど簡単なはずだ。結局、証拠品をロンドン警視庁へ送るよう命じられるまで、ピストルが盗まれていたことに誰も気づかなかったに違いない。

　図書室を元の状態に戻すべく、使用人たちがせわしく立ち働いているのを見ながら、わたしはぼんやりと考えていた。使用人たちのようにすばやく普段どおりの思考を働かせ、ありふれた日常に戻ることなどできそうにない。ロバートが釈放され、アイヴィーのもとへ戻ってくる。そう考えればほっとするけれど、事件が解決しても全面的に喜ぶ気になれない。メアリーをひとりで退室させるべきではなかった。一緒についていくべきだったのだ。自分が力になるとメアリーをもっと上手に説得すべきだったのに。本当にメアリーを止めることは不可能だったのだろうか？　何か手立てがあったように思えてならない。

この件に関して、自分は責められるべき立場にないことはわかっている。それでも心が慰められることはない。たしかに大義は達成された。けれど、あまりに痛々しいやり方でだ。メアリーの死に顔が、わたしの脳裏から消えることはないだろう。

27

〈ボーモント・タワーズ〉をようやくあとにし、わたしは数時間でロンドンへ戻った。ロバートはニューゲート監獄から釈放され、その足でバークレー・スクエアにあるわたしの屋敷へやってきた。彼がやってきたとき、わたしはひとり図書室にいた。こちらのやるせない気分を察してくれたらしく、友人たちが気をきかせてくれたのだ。窓際の席にぽつんと座り、霧がたちこめる公園を眺めていると、扉を開けてロバートが入ってきた。

「エミリー……」一瞬ためらってから、ロバートはわたしの前までやってくると、わたしを抱擁した。「きみにはなんと礼を言っていいのかわからない」

「ああ、ロバート。事件を解決したのは、お礼を言われるためじゃないわ」

「だけど、きみは悲しそうだ。もう悲しむ必要なんてないのに」明らかに疲労困憊(ひろうこんぱい)しているが、ロバートの瞳は喜びで輝いている。まぶしいほどに。

「コリンからなんの便りもないの」

「ハーグリーヴス？　今彼はどこにいるんだ？」

「アイヴィーから話は聞いていない？」

「まだアイヴィーには会っていないんだ。まず命の恩人であるきみを訪ねるべきだと思ってね」

「まあ、早く奥さんのところへ行って！」わたしは立ち上がると、文字どおりロバートを部屋から追い出そうとした。

「まずはハーグリーヴスのことを教えてほしい。今度はぼくにきみの力にならせてくれ」

わたしはできるだけ手短に、ロバートが獄中で過ごしていたあいだに起きたことを説明した。

「ぼくの政府のコネは、もはや利用できるかどうかわからない。だから自分たちでウィーンへ行って、ハーグリーヴスを捜そう。アイヴィーと話をさせてくれ。すぐにすべて手配するから」

ロバートは妻に会うためにあわてて部屋を出ていった。でも、わたしは旅行の準備をする気になれずにいた。ミスター・ハリソンが何を計画しているのであれ、その計画は今日実行される。わたしがその場に居合わせることは不可能だ。よしんば可能だったとしても、わたしに何ができるだろう？　友人たちがロバートの釈放を喜んでいるあいだ、わたしは窓際の席に座り、マーガレットが図書室に置いていたオウィディウスの『恋愛指南（アルス・アマトリア）』の翻訳本を読もうとした。

「奥様？」扉を開けたのはデイヴィスだ。「ミスター・ブランドンが、ウィーン行きの切符を予約したと伝えてほしいとのことです。あと一時間以内にお発ちにならなければいけません。メグがすでに荷造りに取りかかっております。ですが、三枚目の切符を巡ってマダム・ドゥ・ラックとミス・スワードが言い争っている最中です」

「どうしてウィーンに戻らなければいけないの？」デイヴィスのすぐうしろで叫んだのは母だ。「ミスター・ハーグリーヴスなら、お仕事が終わりしだい、ここへやってくるはずでしょう？　ねえエミリー、そろそろヨーロッパ大陸を遊び歩くのはやめなさい。もしどうしても旅がしたいと言うなら、お父様とわたしと一緒にサンドリンガム宮殿へ行きましょう。エディ王子のお誕生日を祝うディナーは明日なのよ」

「いいえ、お母様。サンドリンガム宮殿へ行く気はないわ。それにウィーンにも」

「あら、珍しい。あなたから分別ある言葉を聞いたのはいつ以来かしら？」母はわたしに近づき、前かがみになると、顔をじっと見つめた。「あらまあ、エミリー。あなた、ひどく疲れた顔をしているわ。それとも目の下にしわが出ているのかしら？」

母が眼鏡を取り出すあいだに、わたしはすばやくあとずさった。「きっとどちらも当っているかもしれないわ。でもね、これはわたしの顔にも味が出てきているという証拠よ。完璧なんて退屈だし、つまらないわ」

「ばかなことを言うんじゃありません。すぐにお手入れをしなくては。メグはどこ？　早く調合して顔に塗らないと――」

「いいえ、そんなことをしている時間の余裕はないわ」

「それに、もしサンドリンガム宮殿へ行くとすれば、わたしもあなたと言い争っている時間の余裕がないわ」

「お母様――」今母が浮かべている表情ならよく知っている。こういう表情を浮かべた母は手強い。いくら言い争っても、勝ち目はないだろう。わたしは机にあったペンと紙を母に手渡した。「お手入れの方法をここに書いておいて。今夜必ずやっておくから」

「絶対にお手入れするのよ。あなただって、ミスター・ハーグリーヴスにそんな顔を見せたくないでしょう？　彼に呆れられてしまうわよ」

「ええ、お母様」

急がなければいけないと言い張っている割に、母は美しさを取り戻す奇跡のお手入れ法についての指示を丁寧に書き綴った。ページいっぱいに美しい文字が並んでいる。母は何事も完璧にやらないと許せないたちなのだろう。「さあ、わたしはこれで失礼するわね。母はだけど、どうしてもあなたに言っておきたいことがあるの。わたしはね、アイヴィーのことが心配でたまらないのよ。アイヴィーによれば、ご両親はまだインドにいらっしゃるんでしょう？　ご両親が英国へ戻られるまで、アイヴィーを〈ダンリー・ハウス〉に滞在させるべきだわ。そうしたら、アイヴィーの面倒はすべてわたしが見てあげられるもの」

「アイヴィーの面倒はロバートが完璧に見てくれるはずよ」

「まあエミリー、あなたのことが本当に心配よ。あなたは夫に対してあまりに多くを期待しすぎだわ。アイヴィーがわたしと一緒に〈ダンリー・ハウス〉へ出発できるよう、手配はもうすませてあるの。もちろん、ロバートも大歓迎よ。ぞっとするような疑いが晴れたんですものねえ」

「わたしは――」

「ああ、時間切れよ。急がなくては」母はわたしの額にキスをすると、あわただしく列車の駅に向かった。ロバートが戻ってきたのは、そのすぐあとだ。わたしの外套を手にしている。

「さあ、行かなくては、エミリー。ペインブリッジも一緒に来てくれる。彼とは駅で落ち合う予定だ」

ウィーンへ誰が一緒に行くかについて、白熱した議論がくり広げられたのは言うまでもない。結局、最初に折れたのはセシルだ。明らかにこんな危険な旅をする状態ではないアイヴィーに付き添い、ロンドンに残ると言ってくれた。わたしが解決したふたつの事件の結末をことごとく見逃していただけに、マーガレットはどうしても行くと言い張って聞かない。けれども出発前に、オックスフォードにいるミスター・マイケルズに電報を打つのは忘れなかった。

駅まで見送りにやってきたロバートの両親は仏頂面で、息子がすぐ旅行に出かけるのは気に入らない様子だ。アイヴィーは夫の腕にしがみついている。ようやく戻ってきてくれたのに、またしても夫と離れなければいけないのが悲しいのだろう。とはいえ、アイヴィーの顔には一点の曇りも見られなかった。肌は磁器のように滑らかで美しい。アイヴィーにはわかっているのだろう。絶対に夫が自分のもとへ戻ってきてくれることが。

「ようやくベッドから出られて、さぞ嬉しいでしょう?」列車へ乗り込む直前、わたしはアイヴィーを抱きしめた。

「ええ、正直ほっとしたわ。でも、あなたのお母様はお母様なりのやり方で、わたしにとても親切にしてくださったのよ」

「気をつけたほうがいいわよ、アイヴィー。母はこれから半年間ずっと、あなたの面倒を見るって言い張っているのだから」

「何かわかったら、すぐに電報を送ってね。あなたたちから便りがあるまで眠れそうにないわ。本当に心から祈っているのよ――」アイヴィーはふいに口をつぐんだ。

「ええ、わたしも同じ気持ちよ」わたしは答えた。

「あなたたちみんな、どうしてそんなに心配しているのかわからないわ」わたしの両頰にキスをしながらセシルが言う。「忘れちゃいけないわ。ムッシュ・ハーグリーヴスは衝撃的なほどハンサムなだけでなく、飛び抜けて賢い男性だってことをね。あのハリソンという男など、彼の相手にもならないわ。それとジェレミーから目を離さないでちょうだいね。リナと彼のあいだに何かあったら、すぐに知らせてちょうだい」

列車の個室に入るや否や、電報係の少年が飛び込んできた。封筒を手にしている。たちまちわたしの胸は弾んだ。コリンだわ。コリンからに違いない。

だけど、違った。

電報はマーガレット宛てで、差出人はミスター・マイケルズだった。内容を詳しく明かさなかったものの、目を通すなり、マーガレットは赤面した。それから、自分で翻訳したオウィディウスの詩を熱心に何度も読み返し続けている。

列車が動き出すと、わたしはみぞおちのあたりにねじれるような痛みを覚えた。不安と興奮のあまり、全身のありとあらゆる神経が波立っているかのよう。ウィーンまでたどり着くのに、あと何時間かかるのかしら？　もう一秒たりとも耐えられそうにない。あと数時間もどうやって生き延びればいいの？　列車が駅を出発する前から、ジェレミーは眠りに落ちていた。ジェレミーが心底羨ましい。わたしもあんなふうに眠れたらいいのに。

ロバートが一冊の本を手渡してきたのは、そのときだ。メアリ・エリザベス・ブラッドンの『世界、肉体、そして悪魔』。「たしか、これが彼女の最新作だろう？」

「いつこれを？」

「メグがきみの荷造りをしているあいだに、きみの従者に買いに行かせたんだよ」

「もしかして、あなたにも大衆小説のよさが伝わったのかしら?」

「いや、そうじゃない。やっぱり時間の無駄だし、こんなものを読んでいたら堕落してしまうと考えている。ただ、こういう本が必要な場合もあるとわかったんだ。獄中にいるときのぼくが、まさにそうだったんだよ」

「ということは『レディ・オードリーの秘密』を楽しんでくれたのね?」

「ああ、心からね」ロバートは前かがみになり、声を落とした。「だが、きみ以外の人にそれを認めるつもりはない」

「ああ、よかった。大衆小説を好きになる見込みがまったくないわけではないのね、ロバート」

ロバートは答える代わりに、わたしの手を強く握りしめた。

カレーへの航海は嵐に見舞われた。でも逆巻く波に船が大揺れしても、なぜかわたしは平気だった。心配を募らせ、物思いにふけるあまり、恐ろしい強風にもほとんど気づかなかったのだ。フランスに到着すると、外は冷たい冬の雨が降っていた。この調子だと、じきにみぞれに変わるだろう。ロバートの頼もしい腕に手助けされながら、フェリーの渡り板を慎重におりていく。前を行くのはマーガレットとジェレミーだ。波止場に降り立ち、ウィーン行きの列車へ乗り換えようとしたそのとき、彼が見えた。

彼は確固たる足取りで、フェリーに近づいてきた。小型かばんを携え、腕に抱えているのは一冊の本だ。そのとき、抱えていた荷物が雨に濡れた地面にいっきに落ちてしまった。荷物を拾おうとかがんで彼が顔を上げた瞬間、わたしは必死で走り出した。

「コリン！」押し倒すような勢いで、わたしは彼に抱きついた。負けじとばかりに、コリンが熱烈な抱擁を返してくる。顔のありとあらゆる部分にキスの雨を降らせると、ようやく体を離し、わたしの顔をじっくりと見つめた。

「あなた、けがをしているわ」わたしはそう言い、コリンの眉の脇にある深い切り傷にそっと手を当てた。

「クリスティアナが死んだ」

28

　同じ言葉を二度、三度とくり返してしまいそうだ。わたしたちは全員引き返し、英国行きのフェリーへと乗り込んだ。マーガレットとジェレミー、ロバートが気をきかせてくれ、わたしの船室でコリンとふたりきりにしてくれた。

「ああ、ぼくもだよ」コリンの声は低くかすれている。

「ハリソンのしわざなの？」

「ああ。クリスティアナはシュレーダーの同胞のカウフマンという男を説得し、計画にまつわる詳細を聞き出そうとした。だが待ち合わせ場所で彼女を待っていたのは、ハリソンだったんだ」コリンは片手を髪に差し入れた。「後悔してもしきれないのは、ぼくがそのときすでに、彼らの計画の詳細を知っていたということだ。クリスティアナはカウフマンに会う必要などなかった。そのことを知らずに会いに行ってしまったんだ」

「あなたのせいじゃないわ」わたしはコリンの頭をそっと引き寄せ、自分の肩にもたれさ

「本当に残念だわ」

せた。

「一月一日になる前にウィーンを離れたのは、シュレーダー宛ての爆発物の船荷を迂回(うかい)させるためだったんだ。皇帝とドイツ皇帝が聖歌隊の少年たちによる歓迎会に出席しているあいだにその会場を爆破するというのが、シュレーダーの計画だったんだよ。爆発物の輸送人たちから直接詳しい予定を聞き出したんだ」

「でも、どうやって？」

「運び屋たちの集団に潜入したんだよ。そのとき、ウィーンには戻らないことに決めたんだ。ぼくらがいた町は、ウィーンからはるか遠く離れた場所だったからね。それでクリスティアナにも電報が打てなかったんだ」

「コリン――」

「最初はそんなに長居するつもりじゃなかった。だが長く滞在し続ければ、陰謀の全容を知ることができるだけでなく、爆発を妨害できる可能性もあるとわかったんだよ」

「それで、爆発を妨害したの？」

「ああ。ただし今回、爆発を妨害できたかどうかは大した問題じゃなかった。結局、ぼくらは爆弾をしかける前に敵を阻止できたからね。ぼくは敵の目を欺くために、必ず表向きと裏向きの理由を用意することにしている。いわば二重の言い訳みたいなものだ。だが、今回だけはそのやり方が裏目に出てしまった。もしぼくがそんなことをしなければ――」

「そんなふうに考えてはいけないわ」

「いや、考えずにはいられないんだ」言葉とは裏腹に、コリンの表情は冷静沈着そのものだ。非常に困難な状況に直面すると、きまってみせる表情だ。「クリスティアナはぼくの部屋にやってきて、きみがぼくに宛てた手紙と電報を見つけたらしい。クリスティアナが亡くなったあと、夫のカールが彼女の部屋で見つけて、ぼくに返してくれたんだ。もしクリスティアナがきみからの手紙を開けていれば、きみもすでに陰謀の計画を知っていることがわかったのに」

「わたしのせいだわ。あの計画の内容を知ったとき、すぐにあなたにすべて話すべきだったのよ。でもわたし――わたし、とっても怖かったの。もしすべて話してしまえば、あなたはハリソンを阻止するために大胆な手段に打って出るんじゃないかと心配で。それでシュレーダーに殺されてしまうかもしれないって」

「こういう事態の場合、ぼくの直感を信じてくれなければいけないよ。でも、シュレーダーの計画の詳細を手紙に書き残してくれたこと、とっても嬉しかったんだ」

「もっと前にあなたに計画の詳細を話していたら、クリスティアナは死なずにすんだのかもしれない」

「そんなふうに考えてはいけない。さっきぼくにそう言ったばかりじゃないか。今度は、きみが自分の忠告を受け入れる番だよ」コリンはわたしの唇に触れた。「きみはロバートのためにすばらしい仕事をやってのけたね」

「それはあなたよ。世界を救うために驚くべき仕事を成し遂げたんですもの」

「ちょっと大げさな言い方だね」

「そうかもしれないわ」コリンの頬に片方ずつキスをしながらつけ加える。「いいえ、そうじゃないかも」

「ハリソンは、英国政府が襲撃に関与しているかのように見せようとしていたんだ。その企みが成功すれば、戦争突入は必至だろう。だからこそ、ぼくたちは何がなんでもハリソンの計画を阻止しなければならなかった。ただし、ぼくも一瞬ためらってしまったのは否めない。ハリソンの意見に、ほんの少しだけ同意できる真実が含まれていたからだ。もし今ドイツと戦争に突入すれば、間違いなく英国は勝利するだろう」

「でも、今後も戦争は起こらないのでしょう？」

「今のところはね。ただ、このあとはどうなるかわからない。もし戦争が避けられないとしたらどうする？　ハリソンが言うとおり、ドイツ皇帝は自国の海軍の力を増強したがっているんだ」

「だからといって、ドイツ皇帝が英国と戦いたがっていることにはならないはずよ」

「ああ、もちろんそうだ。だがもしドイツ皇帝が本気ならば、英国に勝利するよう自国の陸軍と海軍を増強するだろう。言い換えれば、数えきれないほどの英国人が死んでしまうことになる。だからこそ、罪のない一般人が犠牲にならないよう、ハリソンの攻撃を阻止したんだ。でも今回そうすることで、ぼくは将来的にさらに大きな犠牲者を出す危険性を広げてしまったんじゃないだろうか？」

「そんなばかな。ドイツ皇帝はイギリス女王の孫息子よ。英国との戦争なんて望んでいないに決まっているわ」

「紳士的な外交術が通用する時代は終わってしまったんじゃないか？　ぼくはそれが心配なんだよ、エミリー。それがぼくらにとって、そしてぼくらの世界にとってどういう意味を持つんだろう？」コリンは弱々しい笑みを浮かべた。「だが今はこんな話はやめておこう。きみのことが心配だ。すでにここ数週間、恐ろしい思いにさらされ続けてきたんだろう？」

コリンの視線を受け止めながらも、わたしは何も言わなかった。コリンが両手でわたしの顔を包み込んでくれる。頬に感じる、コリンの手のひらのひんやりとした感触が心地いい。

「正直に言うと、どちらが最悪かわからないんだ」コリンはぽつりと言った。「きみが今回のような事態を目撃して恐怖を感じることと、あまりに無感覚になりすぎてそういう恐怖が当たり前のように感じられることのね」

「こんなことが日常的になる日がやってくるとは思えないわ」

「もうこういう捜査をやめたいかい？」

「まだはじめているかどうかもわからないのよ」

「いや、きみは優れた調査能力があることをくり返し証明してみせてくれた。エミリー、よければぼくの妻だけではなく、パートナーにもなってほしいんだ」

「あなたのお仕事の？」

「ああ」

「女王がお認めになるかしら？」わたしは思わず尋ねた。コリンの申し出を聞き、最初に感じたのは衝撃だ。けれど、やがて嬉しさが衝撃に取って代わった。コリンから認められた自分がなんだか誇らしい。

「女王の意見を日に日に気にしなくなっているような気がするよ」コリンは前かがみになり、わたしにキスをした。軽く触れた彼の唇は、うっとりするほど柔らかい。

「どの程度気にしなくなったの？」キスを返しながら尋ねる。「この船の船長の立会いで、わたしと結婚してもいいと思うくらいに？」

わたしの笑い声は、コリンのキスに封じられた。「ロバートの言うとおりだな。きみは衝撃的な筋書きの小説の読みすぎのようだ。いや、読みすぎというのは大げさかな」

「残念だわ。わたしたちふたりにとって、せっかくのチャンスだったのに」

英国に帰国したら、さぞ喜ばしい気分になるだろう。わたしはそう考えていた。実際アイヴィーとロバート、それにマーガレットとセシルは満面の笑みを浮かべている。でも、コリンとわたしはそんな気分になれずにいた。死にまつわる記憶のあれこれがどうしても脳裏から消えないのだ。友人の中でも、わたしの気持ちをいちばんわかってくれたのはセシルだった。ある晩寝室にやってきて、夢を見てさめざめと泣いていたわたしを慰めてくれたのだ。

とはいえ、四六時中鬱々としていたわけではない。みんながまだ郊外に滞在しているため、ロンドンの街はひっそりとしている。それゆえ、この街のいちばんいいところを、各人がそれなりのやり方で満喫していた。ロバートはソールズベリ卿に呼び出され、面会の最後にこう言われたという。〝きみの政治生命は、かつてほど輝かしいものではなくなったにせよ、完全に絶たれたわけではない〟と。わたしはふたたびジュリアン卿を訪ね、ロバートを大げさに褒めたたえ、この醜いドラマの被害者として描いた記事を書くよう説得した。ジュリアン卿が一も二もなくこの話に飛びついたのは言うまでもない。ロバートにしてみれば、被害者扱いされるのは不本意だっただろうが、刑務所にいるあいだ、彼はまぎれもない被害者だった。記事にもそう書くのが望ましい。

一週間くらい過ぎた頃、母が今度は黒ずくめの衣装でバークレー・スクエアに舞い戻ってきた。

「聞くも恐ろしい知らせを持ってきたのよ」母が切り出す。案の定、わくわくしたような声だ。

わたしたち全員が図書室へ集まっていた。ロバートはアイヴィーに詩を読んであげていたところだ。シェイクスピアの十四行詩。ありきたりではあるけれど、いかにも愛情の感じられる詩の選択と言えるだろう。マーガレットとミスター・マイケルズはオウィディウスの詩の一節について大声で論じ合っている。その傍らではコリンとセシルがチェスを楽しんでいた。わたしはといえば、ロバートから手渡された小説を読みふけっている最中だ。何も考えることなく、読書に没頭できる今がありがたい。

母はにっこり笑うと、目をきらきら輝かせた。明らかに、観客が大勢いるのを喜んでいる様子だ。「親愛なるエディ王子、いつかわたしたちの国王になるはずの王子が肺炎で亡くなってしまったの」

「まあ、なんてことかしら」アイヴィーが言う。「お気の毒に。女王はさぞがっかりなさっているに違いないわ」

「ウェールズ皇太子妃もとても落ち込んでいるわ」母が答えた。「でもアイヴィー、ベッドから出たらだめじゃないの。ロバート、こんなふうに奥さんを連れ回すなんて、いったい何を考えているの？」

「レディ・ブロムリー、大丈夫ですよ、ぼくは――」ロバートは最後まで言い終えることができなかった。

「すぐに私物を誰かに荷造りさせなさい。あなたたちを一緒に連れてケントへ戻るわ」

「まあ、なんてご親切なんでしょう」アイヴィーが言う。「でもそんな必要はありません。わたしたち——」

「この件については、何を言われても耳を貸すつもりはありませんよ。ロンドンにいるなんて正気の沙汰じゃないわ。ヨークシャーではどんな方たちがご近所に住んでいらっしゃるの？　いいえ、だめだめ。あなたを絶対に連れて帰るわよ。もちろん、あなたがロバートのご家族と過ごすつもりなら話は別だけれど。ロバートのお母様を説得してまでそうするつもりは——」

今度はアイヴィーがさえぎる番だった。「いいえ、ありがとうございます、レディ・ブロムリー。あなたのご親切なお申し出を断るつもりはありませんが、今度はわたしのほうを向いた。

母はしてやったりというような笑みを浮かべると、今度はわたしのほうを向いた。わたしはとっさに身をこわばらせた。「さあ、今度はあなたよ。あなたたちの結婚式の予定は、今どうなっているの？　いったん計画を延期するのがいちばんいいんじゃないかしら？」

わたしはもう少しでこう答えるところだった。コリンとは一日も早く結婚したいし、大がかりな祝宴は必要ない、と。でも、コリンに先を越されてしまった。

「もちろんです」コリンが答える。「あなたと女王陛下が適切だと考える時期に挙式することにします」

「女王にご相談し、できるだけ早い時期を選んでいただくわ。どう考えても今は――」

「ええ、時期尚早ですから」コリンは答えた。なんだか信じられない。彼が母に同意するなんて。「ただ、あなたなら最良の方法を探し出して、すべてうまくまとめてくださると信じています。本当にありがとうございます、レディ・ブロムリー。あなたのご協力にはお礼の言葉もありません」

「まあ、ミスター・ハーグリーヴス、いいのよ。こうするのがわたしの喜びでもあるのだから」母は顔を輝かせると、図書室の扉のほうへ歩き出した。「あなたの荷造りの様子を見てくるわね、アイヴィー。さあロバート、呼び鈴を鳴らして従者を呼んで、ヨークシャーに電報を打つのよ。あなたのトランクを直ちにケントへ届けるようにとね。ほら、ミス・スワード、どうして手伝ってくれないの？」

マーガレットの口から飛び出したのは返事というよりもむしろ、抑えた笑い声のようなものだった。それでも素直に母のあとをついていく。申し訳なさそうにミスター・マイケルズを一瞥しながら。彼女が出ていってすぐ、ミスター・マイケルズも部屋を出ていった。

「どうして母の計画に賛成したの？」わたしはコリンを部屋の隅へ連れていくと、ひそひそ声で尋ねた。

「今この瞬間、どうしてもやりたいことがあるんだ。わざわざお母さんの不安をかき立てることはないだろう?」

「不安?」

「友人と離れて、ぼくらふたりだけで一緒の時間を過ごしたいんだ。それがいちばんいいと思う。ぼくは……彼女の死を悼む必要があるんだよ、エミリー。どうかぼくのそばにいてほしい。それに、ここにはいたくないんだ。英国にも、ロンドンにもね」コリンの瞳に宿る苦しみを目の当たりにし、わたしは衝撃を受けた。彼にとって、クリスティアナがどれほど大きな存在だったか思い知らされたからだ。ふたりの関係はもう過去のことだ。とはいえ、コリンは彼女のことをまだ大切に思っていたのだろう。それは苦しいことだけれど、同時にわたしにとっては希望にも思えることだった。かつて激しく愛した相手を、人はそれほど簡単に捨てられるはずがない。そう信じてきたのだから。

「もちろんよ」わたしはコリンの腕を取った。「あなたの好きなようにして」

そのとき扉が開き、手紙を手にしたデイヴィスが入ってきた。「奥様、これが速達で届けられました」デイヴィスから手渡された瞬間、わたしはすぐに封筒を破った。それはシシィからの手紙だった。

＊＊＊

親愛なるカリスタ

英国からの手紙、本当にありがとう。息子の死に関する詳細な情報を求めていたけれど、あなたが教えてくれた話により、わたしの心も幾分か慰められました。マイヤーリンク事件の容疑者についてヒントをくれたあのとき、あなたはわたしに〝詳しいことはわからない〟と話していたわね。でもあの瞬間、あなたが慎重に言葉を選んでいることに気づいていたの。だから、以前〝彼〟の話が出たときの、あなたの反応を思い出すだけで充分だったわ。わたしが知っているほかの情報も〝彼〟が犯人であると指し示していたんですもの。あなたから聞いた話を秘密工作員に打ち明けたこと、どうか許してちょうだいね。わたしの疑念を知るや否や、工作員はすばやく行動に打って出たわ。その結果、あなたもよく知っているミスター・ハリソンの自殺の一報が届けられたのよ。

またひとり、ウィーンで犠牲者が出てしまったわ。

あなたの友だちフリードリヒからは、今でも便りが届いています。彼が描いたスケッチを皇帝に見せたらとても驚いた様子で、一度フリードリヒに会いたいとのこと。フリードリヒの婚約発表の日は近いと思うわ。

セシルにまた会いたいと伝えておいてね。

エリザベート

わたしは手紙をコリンに手渡した。「皇后はこんなことをすべきじゃなかったのに」コリンはそう言うと、セシルに手紙を渡した。セシルが肩をすくめて言う。

「ウィーンでは自殺が流行っているものね」

「ミスター・ハリソンの死を心から悲しむ気にはなれないわ」アイヴィーとロバートにも読ませたあと、わたしはそう言って手紙をたたみ、封筒へ戻した。「ジェレミーが前もって警告してくれていたのにね。〝人を殺めて誇ることは正しからず〟って」

「その知らせを聞いても喜べないわ」アイヴィーが言う。「ただミスター・ハリソンの性格を知っていたから、正義の鉄槌が下されたと思うだけよ」

わたしたちはしばし黙ったまま座っていた。ミスター・ハリソンの死を悼む気にはやはりなれない。だけどこの数週間、あまりに多くの死に直面しすぎた。そうすぐには立ち直れそうにない。

「みんな、なんて怖い顔をしているんだ」部屋に入ってくるなり、ジェレミーは言った。「まったく驚きだよ。玄関ホールでくり広げられている光景を見て、てっきりきみたち全員、シャンパンで乾杯しているものだと思っていたのに」

「シャンパンで乾杯？」わたしは部屋を横切って扉まで歩き、廊下をのぞいてみた。ひと組の男女がしっかりと抱き合っている。マーガレットとミスター・マイケルズだ。彼らから五歩離れた場所で、うぬぼれたような笑みを浮かべているのは、わたしの母だ。わたしに見つかった瞬間、母はミスター・マイケルズの背中を日傘でつついた。

「ほら、もう充分でしょう？　お友だちに大ニュースを発表してあげなさい」

「大ニュース？」わたしは廊下へ出た。残りのみんなもわたしのあとからぞろぞろとついてきている。

「わたし、ミスター・マイケルズと婚約したの」そう言ったのはマーガレットだ。

「まあ、マーガレット！」正直に言って、わたしは衝撃を受けていた。

「あなたのお母様は本当に執念深い方ね、エミリー。もう降参だわ」

「わかっていたのよ。さすがのあなたも、うちの母にはかなわないって」わたしはマーガレットを抱きしめた。

　幸せなふたりに、祝福の言葉があちこちからかけられる。デイヴィスは自分の判断ですかさずシャンパンと葉巻を持ってきた。しかも、まもなく花嫁になるマーガレットが葉巻をふかしても、うろたえたりしなかった。

「オデットはデイヴィスに優しく接しているみたいね」わたしはセシルに話しかけた。

「目下のところ、それが最大の心配よ。大急ぎでパリへ戻らなくちゃ」

「旅行といえば……」わたしは歓喜にわく人たちの中から、アイヴィーをひとり連れ出した。「本当はわたしの母と一緒にケントになんて行きたくないんでしょう？」

「もう決まってしまったことだもの、エミリー。それに、今のわたしには反論するエネルギーも気力もないわ。おまけに、今この瞬間はロバートのそばにいられるだけでいいの。たとえあなたのお母様でも、わたしからこの喜びは奪えないはずよ」

29

サントリーニ島の天候は完璧にはほど遠かった。空も海も鈍色で、別荘の白壁と青いシャッターには強い雨が吹きつけている。コリンとわたしは別々に到着した。ここで密会を果たす計画だった。なるほど、わたしたちは婚約している。けれど付き添い役もなしにふたりで旅行することは許されない。そんなことをすれば、あっという間に貴族のあいだで噂になってしまうだろう。結婚もしていないのに、第三者の目が届かないところで一緒に過ごすのは許されないことなのだ。コリンは五日前に到着していたが、わたしがたどり着いたときには別荘にいなかった。料理人のミセス・カテヴァティスは表を指差してこう言った。こんなお天気にもかかわらず、あの方は散歩に出かけていますよ、と。

ミセス・カテヴァティスから傘を受け取ったが、なんの役にも立ちそうにない。強風で引っ張られ、傘の骨はすぐに曲がってしまった。それに横殴りの雨のため、島の崖の突端へ通じる道を歩いているあいだに、外套もびしょ濡れになってしまった。この崖の突端は思い出の場所。そう、コリンから求婚された場所だ。それも二度も。そして今日も同じ場所で、わたしはコリンを見つけた。こちらに背を向け、眼下に広がる広大なカルデラを見おろしている。

振り向いたコリンは暗い目をしていた。しかも泣き腫らした赤い目だ。いつもの温かみが失われ、そこはかとなく悲しい瞳をしている。コリンはわたしを抱きしめ、嗚咽した。

十五分以上経った頃、コリンは顔を上げた。「どうして泣いているのか、説明する必要はないよね？」

「もちろんよ」わたしにはコリンの痛みがよくわかった。夫を亡くしたとき、わたしが感じたのと同じ痛みにほかならない。

「きみとはなんの関係もないことなんだ。どうかわかってほしい。エミリー、ぼくらは今、相思相愛だ。数年前、ぼくがクリスティアナを愛していたことは事実だが、きみとの関係とは全然違うんだ。彼女はぼくのことを……」

「彼女はあなたを愛していたわ。クリスティアナからそう聞かされたの。求婚を拒んだのは、あなたが結婚生活に気を取られ、命の危険にさらされるのを恐れてのことだったのよ」

「彼女がきみにそんなことを？」

「ええ」

「ぼくは――」

わたしは片手を上げ、コリンの唇に触れた。「コリン、いいのよ。クリスティアナはあなたを愛していたの。あなたはその事実を知るべきだわ」

「クリスティアナは、ぼくとのことは単なる遊びだと言い続けていた。その言葉を鵜呑みにしてしまっていたんだ。まさか彼女が誰かを愛するなんて、思いもしなかった」

「あの人は、秘密を守る達人だったのよ」

「ああ、まさに」

雨に濡れた大地の香りが立ちのぼっている。わたしの好きなにおいだ。父の領地で遊んでいた子どもの頃を思い出す。でも今日は違った。喉に絡みつくようで、なんだかうまく呼吸ができない。わたしという存在の中心が、ぶるぶると震え出している。どうしても震えを止められない。

「あなたをがっかりさせたくないの」その言葉が口をついて出た瞬間、わたしはひどく後悔した。

「がっかりさせる？」

きまり悪さのあまり、わたしはコリンの胸に顔を埋めた。「あなたの過去の恋愛と比較されたら、今の自分はあなたをがっかりさせるだけなんじゃないかと心配なの」

「きみにだって過去はあるじゃないか、エミリー。ぼくだって、きみの過去をそう簡単に受け入れられるわけじゃない」

「わたしの過去？　わたしには過去なんてほとんどないわ」

「いいや、ぼくは知っている。きみは誰かさんの妻だった。ぼくの親友のね」

「ええ。だけど――」

「それにきみは彼を愛した。はじまりはどうであれ、結果的に彼を愛したんだ。一方、彼も最初からきみに夢中だった。きみは完全に彼のものだったんだ」

「コリン、わたし――」

「きみは社交界デビューを果たしたばかりの少女ではない。それに、ぼくもケンブリッジを出たての若造じゃない。ぼくらは互いに、これまで人生を精一杯生きてきたんだよ、エミリー」雨がさらに激しくなってきた。ふたりとも、もう全身ぐしょ濡れだ。「その事実を受け入れなければいけないよ。そうとしか言えない」

知らないうちに、目から涙がこぼれそうになっていた。コリンがそんなわたしを強く引き寄せる。

「震えているね。寒いだろう。さあ、そろそろ中へ入ろう」

心の片隅に、コリンを止めたがっている自分がいる。もっとこのことについて話し合いたいという強い気持ちを感じている。一方で、もうこの話題について話す必要はないと全面的に認めている自分もいる。渋々ではあるが、認めていることに変わりはない。過去があればこそ、今のわたしたちがここにいる。過去がなければ、わたしとコリンが一緒になることは決してなかっただろう。

　コリンはわたしの手を取り、手をつなぐと上着のポケットの中へ滑らせた。

「愛しているわ」コリンを見上げて言った。

　コリンは笑みを浮かべた。「簡潔な言葉だね。だけど、ぐっときたよ」

「わたしたち、いったいいつになったら結婚できるのかしら?」微笑みながら尋ねた。

「今日の午後なら空いているよ。もしきみさえよければ」

「でも、女王はなんて?」

「きみの意見以外、誰の意見にも関心はない」コリンはきっぱりと言った。その瞬間、わたしはふいに気づいた。コリンは本気なのだ。その証拠に、声にからかうような調子が感じられない。

「ミセス・カテヴァティスは知っているの?」

「ぼくらがこうして話し合っているあいだも、ほうれん草とチーズのパイ(スパナコピタ)と肉のパイ包み(クレアトピタキア)を作ってくれているよ」

「まあ、それなら〝ノー〟とは言えないわ」

　コリンはわたしの目にほつれかかる濡れた巻き毛を撫でつけ、両手で顔を包み込むと、優しく口づけた。その瞬間、わたしは心の障壁がいっきに崩れ去るのを感じた。

　幸せになりたい。今はもうそれしか考えられない。

「まっすぐ教会へ行こうか?」コリンが尋ねる。

「でも、結婚許可証が必要だわ」

「すでに用意してあるんだ」

「わたしたち、こんなにびしょ濡れだけど」

「びしょ濡れでもぼくはかまわない。きみは?」

「ええ」わたしはコリンをじっと見つめた。今この瞬間のコリンの顔を、心に刻みつけておきたい。いつでも思い出せるように。「変ね。全然気にならないの」

そう、気になるものですか。待ちに待った瞬間がついに訪れたのだから。

この小説を書くにあたって

時代の先を行く街――文字どおり、一八九〇年代のウィーンは、中央ヨーロッパのほかの国々より〝五分〟先を行っていたと言えるでしょう。オーストリアの首都として文化面での成熟度は非常に高く、政治面でもさまざまなドラマがくり広げられ、知性面でも活発な意見交換がなされていたのです。シュトラウスのワルツの調べが流れ、まばゆい美しさに輝く街ウィーンほど、ヨーロッパ大陸巡遊旅行の滞在地にふさわしい場所はなかったと言っても過言ではありません。そんな表の顔と同時に、ウィーンには裏の顔もありました。反ユダヤ主義と貧困がはびこっていたうえ、欧州大陸の中でも自殺率がいちばん高かったのです。

レディ・エミリーの事件帖シリーズ第二話『盗まれた王妃の宝石』を書き終えたあと、わたしはじっくりと考えました。今度はエミリーに何をさせよう？

エミリーを英国の外へ行かせたいという基本方針は決まっていました。彼女がもっとも居心地よく感じられる場所に連れていってあげたかったのです。

シリーズ第一話『折れたアポロ像の鼻』で、エミリーは知性面での目ざめを経験し、学問を追究することの重要さに気づきました。でも続く第二話では、新たに抱いた学問への興味が、自分が所属する英国社交界では受け入れられず、理想と現実の折り合いをつけざるをえなくなってしまいます。現代社会に住むわたしたちから見れば、学問の追究は魅力的だし、意義あることのように思えるかもしれません。ところが当時のエミリーが属する世界ではありえないことであり、直ちに却下されて当然だったのです。

そのため、エミリーは一歩ずつ視野を広げつつ、自分を阻む境界線を慎重に押し広げなければいけませんでした。そこで第三話にあたる本作で、わたしはエミリーをウィーンへ連れていくことにしたのです。混沌とした雰囲気のこの街で、エミリーははじめて自分のような貴族とも自分の使用人とも異なる階層の人たちと交流し、仲よくなっていきます。現代社会に生きるわたしたちなら、社会の底辺に蔓延する貧困や疾病について鮮やかにイメージを膨らませることができるでしょう。ところがヴィクトリア朝時代では、下層階級が直面する困窮や窮状について、新聞で読むくらいしかできなかったのです。エミリーも最初、雪で覆われた美しいウィーンに足を踏み入れたとたん、この街に恋をしてしまいました。リング通りや舞踏会、博物館、オペラ、そしてコーヒーハウスに魅了されたのです。ところがフリードリヒやリナとの出会いにより、エミリーは厳しい現実を目の当たりにし、目をそらすことができなくなります。こうしてはじめて社会的良心を持つようになるのです。

こういったシリーズものを執筆するうえで楽しみでもあり、悩みでもあるのが、一冊ごとに物語の横糸をどう紡いでいくかという点です。エミリーが世間知らずの未亡人から世慣れて独立した一人前の女性へと成長していく過程は、とても一冊だけで描きれるものではありません。もちろん、エミリーをもっとどんどん成長させたいという思いに駆られる瞬間は多々あります。とはいえ、実際のところ、伯爵の娘、それも箱入りのひとり娘が一夜にして豹変するなどということはありえません。エミリーは成長を邪魔する要因と闘いながら、時間をかけてゆっくりと変化を遂げていかなくてはならないのです。

エミリーとコリンの恋の行方を、シリーズの中で延々と引き延ばすつもりはありませんでした。わたし自身が〝早くふたりに一緒になってほしい〟と思っていたせいもあります。同時に、「結局ふたりは結婚するの？　しないの？」といつまでも気を持たせるシリーズものが多すぎてうんざりしているからでもあります。エミリーは身勝手で浅はかな決断により、最初の結婚相手を決めてしまいました。そんな彼女ゆえ、事態がこのように変わったのは非常に幸運だったと言っていいでしょう。エミリーのコリンに対する愛情は、フィリップに対するそれと比べると、まるで違うと言っても過言ではありません。それは、最初の結婚により、エミリーが自分の結婚観を見直したからにほかなりません。もしも夫の支配下に置かれることがなく、夫と同じ尊敬を周囲から集められる女性がいたとすれば……？　いったいどんな女性になっていくのでしょうか？

わたしにしてみれば、ヴィクトリア朝時代においてさえも、圧倒的な力を行使しているのが男性だということに興味を覚えてしまいます。そう、自分の伴侶をどう扱うかを決めるのは、男性のほうだったのです。ここでまたしてもわたしは作家としてのジレンマを抱えることになります。〝エミリーをもっと現代女性のように描きたい〟という衝動に耐えなければいけないからです。エミリーは強くも冷静にもなることができる女性です。とはいえ、やはり彼女もこの時代の一女性でなければなりません。たしかに、コリンはものわかりのいい、すばらしい男性です。でも、エミリーは知っています。夫になれば、コリンが自分を支配するであろうことを。そんなエミリーが〝せっかく苦労して手に入れた独立状態を手放してもいい〟という気になったのは、コリンを心から信頼しはじめたからにほかなりません。

執筆モードに入る

小説を執筆する喜びは数えきれないほどあります。もちろん〝パジャマ姿で仕事ができる〟という喜びだけではありません。実際、わたしはずいぶんといろいろな場所で作品を書いてきました。『折れたアポロ像の鼻』はコネチカット州ニューヘイブンにある屋根裏部屋つきのアパートメントで、『盗まれた王妃の宝石』はテネシー州フランクリンにあるスターバックスで、『エリザベス：ゴールデン・エイジ』はうちの長椅子の上で（一日に一度とは言わないまでも、執筆途中で眠り込み、はっと目ざめたことは数知れません）……という具合です。本書は、唯一〝それらしい場所〟——自分の書斎でしあげた作品です。ちなみに今執筆中の小説の原稿はベッドの上。巨大な枕の山にもたれながら下書きをしている最中です。そう、ご想像のとおり、今のわたしは可能なかぎりパジャマ姿で仕事をしているのです。〝わがまま気まま、ここに極まれり〟といったところでしょうか。

でも一冊の小説を世に出すには、書くという作業以上のものが必要になってきます。山のような調べものです。本書の執筆中いちばん楽しかったのが、ウィーンの料理と文化に徹底的に浸ったことと言えるでしょう。シュトラウスの調べを聞き、オーストリア料理をふんだんに楽しみました。

シュニッツェルに麺料理のシュペッツレ（優れたメーカーのシュペッツレをわたしにくれた、すばらしい作家クリスティ・キールナンに感謝）、果物などを薄いパイ生地で巻いて焼いたお菓子シュトルーデル、それにザッハトルテ……。いいえ、認めなければいけません。正確にはザッハトルテではないことを。この有名なお菓子を手作りするのは、予想以上に大変でした（チョコレートのテンパリングが難しいのです）。そこでわたしはついに手作りをあきらめ、有名料理家ジュリア・チャイルドのレシピ「シバの女王」に頼ることにしたのです。だから厳密に言えば、フランス料理ということになります。でも、これほど優美なデザートがあるでしょうか。きっとウィーンの人たちも、わたしのこの意見に賛成してくれるに違いありません。

わたしは書斎の壁いっぱいにウィーンの古い地図、そしてこの小説に登場する場所の写真を貼ってみました。そのうえで昼も夜も費やし、一八九〇年代のウィーンを描いた本をことごとく読破していきました。手に入れられるかぎりの書物を読んだつもりです。そうするうちに、改めて気づいたことがあります。この本のために自分が選んだ設定がひどく魅力的であるということです。当時〈ブルク劇場〉の正面は、なんと四千個の電球で飾られていたと言います。また新聞には、諸聖人の日に、墓に手向けられた花の数がいちばん多かった有名人（たとえばベートーベン）は誰かといった記事が掲載されているのです。さらに、リング通りにまつわるこんな信じられない記述もありました。「ここにやってきてじっとしているだけで、流行の最先端に躍り出られる」――この通りを歩いていた人たち全員がこんな気分で、うっとりとしていたのでしょう。当時は舞踏室に二千人もの招待客が集まり、アーモンドミルクやレモネード、それに数えきれないほどのシャンパンのボトルを空けていたのです。
そして朝になると、パーティ参加者たちは目ざめ、こんな自殺を報じる新聞記事を読んでいたのでしょう。

〝ブダペスト急行に乗った若くて優美な女性が、化粧室に小さなスーツケースを持ち込み、まもなくウェディングドレスにベールという姿で出てくると、車両の扉を無造作に開けて、驀進（ばくしん）する列車から飛びおりた。のちに純白の花嫁衣装を真っ赤に染め、線路際で死んでいる彼女が見つかった〟

フレデリック・モートン『ルドルフ――ザ・ラスト・キス』より

ウィーン。とにかく、すべての対比がくっきりとした街だったのです。

謝辞

今回の出版に関して、次の方々に心から感謝の意を表します。

本書をよりよくするための導きと洞察を与えてくれたジェニファー・シヴィレットとアン・ホーキンズ。

広報宣伝の達人ダニエル・バーレット、シャリ・ニューマン、バジー・ポーター、トム・ロビンソン。

頭部を撃たれたらどうなるか丁寧に説明してくれたニューヨーク市監察医のドクター・ヴィンセント・トランチーダ。

鉄道旅行に関する歴史について、圧倒的な知識を誇る旅行サイト〝ザ・マン・イン・シート・シックスティワン〟の運営者マーク・スミス。

ウィーンに関するお宝情報を惜しみなく教えてくれ、本書のタイトルの発案もしてくれたマイク・キャンベル。

ものすごく才能ある作家であり、著者の不安を見事に解消してくれるパートナーでもあるジョイクリン・エリソン、クリスティ・キールナン、エリザベス・レッツ、レニー・ローゼン。

わたしの正気を保ち、しっかりと地に足がついた状態にさせてくれるうえ、楽しませてくれるブレット・バトルズ、ローラ・ブラッドフォード、ロブ・グレゴリー・ブラウン、ジョン・クリンチ、カレン・ディオン、ザリナ・ドッケン、ベンテ・ギャラガー、メラニー・リン・ハウザー、ジョー・コンラート、ダスティ・ローズ、サチン・ワイカル。

常に最高なローラ・モアフィールドとリンダ・ローバック。

いつも変わらぬ友情で支えてくれるクリスティーナ・チェン、タミー・ハンフリーズ、キャリー・メダーズ、ミッシー・ライトリー。

何も言わなくても、わたしが必要としているものをちゃんと知っていて〝すべておまかせ〟という気分にさせてくれるB・S・R。

いつも惜しみない協力をしてくれるゲイリー&ステイシー・グッティング。

すべてに関して感謝したいマットとザンダー。

訳者あとがき

読者のみな様、お待たせいたしました。〈レディ・エミリーの事件帖〉第三話『円舞曲は死のステップ』をお届けします。第一話『折れたアポロ像の鼻』、第二話『盗まれた王妃の宝石』と同じく、もちろん主人公は未亡人である若き貴婦人探偵、レディ・エミリーです。

レディ・エミリー・アシュトンは、ヨークシャー州のカントリーハウス〈ボーモント・タワーズ〉で、婚約者のコリン・ハーグリーヴスや親友アイヴィー・ブランドンたちと週末を過ごしていました。でも、ゆっくりと週末を楽しむつもりでいたのに、エミリーは気が気でありません。招待客の中に、コリンとやけに親しげな様子の女性がいたからです。彼女の名前はクリスティアナ。ウィーンからやってきたフォン・ランゲ伯爵の妻だといいます。しかもクリスティアナは才色兼備。さすがのエミリーも劣等感を覚えずにはいられません。手強いライバル登場で、すっかり浮き足立ってしまいます。

そこへ現れたのが、政界の黒幕フォーテスキュー卿です。エミリーにとって、女性蔑視の傾向があるフォーテスキュー卿は以前からの天敵であるうえ、コリンとの結婚を邪魔しようとする目障りな存在でもあります。案の定、彼はエミリーをさらに動揺させるような発言をします。かつてコリンとクリスティアナはふたりで協力し合って密偵活動を行っており、そのとき深い仲にあったというのです。自分が所有する〈ボーモント・タワーズ〉にクリスティアナを招いたのも、コリンとエミリーの仲を引き裂くために違いありません。

ところがそんなとき、エミリーはまたしても殺人事件に巻き込まれてしまいます。なんと被害者はフォーテスキュー卿。凶器は、屋敷にあった決闘用のピストルでした。その前日にフォーテスキュー卿と言い争いをしていたこと、さらには射撃の名手であることから、あろうことか、エミリーの親友アイヴィーの夫であるロバート・ブランドンが容疑者として逮捕されてしまいます。

ロバートは無実を主張。さらに「フォーテスキューは死ぬ数日前から、誰かに脅されていた」と言い張ります。ただわかっているのは、それがウィーンからの手紙で、一国の政治にかかわる高位の人物の暗殺計画をほのめかす内容だった、ということだけです。警察はロバートの話に耳を貸そうとせず、ニューゲート監獄に彼を収監してしまいます。

四面楚歌（しめんそか）の状態に陥ったロバートはエミリーに助けを求め、ウィーンに行ってほしいと頼み込みます。というのも、フォーテスキュー卿が最近、ウィーンの無政府主義者たちの集団をやけに気にかけていたからです。ただし、彼らがフォーテスキュー殺害にかかわっているかどうかは不明です。しかも、わかっているのは、その集団を率いるのがシュレーダーという男だということだけ。少ない手がかりに頭を抱えながらも、エミリーはアイヴィーとロバートのために手がかりを追い、ウィーンへと旅立つのですが……。

本作の特徴としてまず挙げたいのが、前の二作に比べても際立つスケールの大きさです。当時の華麗な貴族社会を再現しつつ、殺人事件やオーストリアを脅かすクーデター危機、実際にあったマイヤーリンク事件、さらには無政府主義者たちの不穏な動きや、ウィーンの最下層の人々の暮らしまで織り交ぜられ、壮大なスケールで描かれています。ミステリの枠内で作り込んだプロットの中に、人生や芸術、恋愛に関する至言はもちろんのこと、政治や社会情勢、宗教、身分の格差にまつわる印象的な台詞もちりばめられ、いつにもまして流麗なストーリーテリングが楽しめます。

また舞台がウィーンであることも、本書の大きな魅力と言っていいでしょう。当時の華やかなりしウィーンが舞台なだけに、演出はクラシックかつ上質です。一面の雪に覆われたリング通りやホーフブルク宮殿、シュテファン大聖堂、美術史美術館、最高級ホテルの〈インペリアル〉、有名なカフェ〈グリーンシュタイドル〉、さらにはウィンナー・ワルツの調べが流れる舞踏会など、全編を通して漂うのは、丁寧に醸成された優雅な雰囲気です。読んでいると、当時のウィーンへタイムスリップしたかのような臨場感が味わえます。エリザベート皇后やグスタフ・クリムト、フォン・ホーフマンスタールなどの実在の人物が登場するのも、本シリーズのお楽しみのひとつと言えるでしょう。

謎解きの面白さもさることながら、今回はエミリーとジェレミー、コリンと元恋人クリスティアナのふた組が織りなす切ない男女関係にも注目です。好きだとわかっているのに自分のものにできない。そんな恋愛の歯がゆさが、ジェレミーとクリスティアナの姿を通じて鮮やかに描き出されています。特にコリンを想うがあまり、自分の素直な気持ちを隠してしまうクリスティアナの女心に、ほろりとさせられた読者の方も多いのではないでしょうか？

とはいえ、本作の最大の特徴は、やはり主人公エミリーの成長ぶりです。命の危険にさらされても捜査を決してあきらめず、堂々とした探偵ぶりを披露してくれています。フリードリヒやリナとの交流で、今回生まれてはじめて貧しい人々の存在に気づかされたエミリー。もはや、さんざん甘やかされて育ち、自分勝手な理由で結婚をした、世間知らずの伯爵のひとり娘ではありません。本シリーズを通じて、今後エミリーはどう成長していくのでしょう？

いつも陰になり日向（ひなた）になり、エミリーを守ってくれるコリンとの関係は健在です。特にサントリーニ島の印象的な情景の中、弱い部分を見せたコリンとエミリーのしっとりしたラストシーンは忘れがたいものになっています。「過去があればこそ、今のわたしたちがここにいる。過去がなければ、わたしとコリンが一緒になることは決してなかっただろう」という一文は、時代や世代、国籍を問わず、いかなる恋愛関係にも共通する普遍的な真理と言えるのではないでしょうか？

すでに刊行されている第四話『Tears of Pearl』の舞台は、とうとうコリンと結婚したエミリーがハネムーンに出かけたトルコになります。遠い異国のエキゾチックな雰囲気の中、陰謀と愛憎が渦巻く、これまたスケールの大きな作品となっています。ますます目が離せない〈レディ・エミリーの事件帖〉にどうぞご期待ください。

二〇一七年三月

訳者紹介　さとう史緒

成蹊大学文学部英米文学科卒。小説からビジネス書、アーティストのファンブックまで幅広いジャンルの翻訳に携わる。主な訳書にアレクサンダー〈レディ・エミリーの事件帖シリーズ〉(ハーパーBOOKS)、マルホトラ『チーズは探すな!』(ディスカヴァー・トゥエンティワン)などがある。

レディ・エミリーの事件帖
円舞曲は死のステップ

2017年4月25日発行　第1刷

著　者　ターシャ・アレクサンダー

訳　者　さとう史緒(しお)

発行人　スティーブン・マイルズ

発行所　株式会社ハーパーコリンズ・ジャパン
東京都千代田区外神田3-16-8
03-5295-8091(営業)
0570-008091(読者サービス係)

印刷・製本　大日本印刷株式会社

定価はカバーに表示してあります。

ISBN978-4-596-55053-8

人気の貴婦人探偵シリーズ、
好評既刊

レディ・エミリーの事件帖

折れたアポロ像の鼻
盗まれた王妃の宝石

ターシャ・アレクサンダー　さとう史緒 訳

19世紀倫敦に喪中の貴婦人探偵、現る。

この見事な物語はまるで、オースティンが書いた『ダ・ヴィンチ・コード』のようだ

——マーサ・オコナー／作家

レディ・エミリーの事件帖 折れたアポロ像の鼻　定価：本体907円＋税
ISBN978-4-596-55013-2
レディ・エミリーの事件帖 盗まれた王妃の宝石　定価：本体926円＋税
ISBN978-4-596-55035-4